밤 여행자

일러두기

1. 이 책의 외래어 표기는 국립국어원의 외래어 표기법을 따랐습니다.
2. 책, 잡지, 신문 제목은 『 』, 노래 제목은 〈 〉로 표기했습니다.
3. 각주는 모두 옮긴이 주입니다.

밤 여행자

1

夜旅人

자오시즈 지음 · 이현아 옮김

달다

차례

제1장

1937년에서 온 그

가로등도 지친 자정이 넘은 깊은 밤.

비가 내릴 듯 말 듯, 밤공기는 숨 막히는 열기로 가득했다.

부검실 건물 밖에 경찰차가 한 대 서 있었다. 차량 좌측 뒤쪽에 H3987이라는 번호판이 달린 폭스바겐 파사트 경찰차로, 차창이 반쯤 열려 있었다.

차 밖에는 남녀 경찰 둘이 차창에 기댄 채 담배를 피우고, 차 안 조수석에는 쭝잉宗瑛이 발효 콩으로 양념된 황어 통조림과 씨름을 하고 있었는데, 통조림 뚜껑을 열려고 힘을 주는 순간 통조림 따개가 툭 끊어졌다.

칼을 꺼내 깡통 뚜껑에 조심스럽게 집어넣고 각도를 조절해 반 바퀴 돌리니 마침내 뚜껑이 열렸다. 차갑게 식은 밥 위에 통조림을 기울이자 기름 범벅인 발효 콩 양념이 찔끔찔끔 흘러나왔다.

차 밖에 있던 남자가 담뱃불을 끄고 차 안을 들여다봤다.

"쭝 선생님, 지금 밥이 넘어가세요? 전 방금 토할 뻔했는데."

"현장 더 다니면서 토하고 또 토하다 보면 익숙해져. 넌 방호복이나 사무실에 갖다 놔."

담배를 피우던 여자가 후배 경찰에게 명령하더니 이번에는 쭝잉 쪽으로 몸을 돌리며 말했다.

"먹지 마. 그거 쟤들이 점심에 먹고 남긴 거야. 날씨 봐라, 진작 상했겠다."

여자가 담배를 낀 손가락을 차창 유리에 얹자 담배 연기가 차 안으로 날아들었다.

쭝잉은 도시락을 한쪽으로 치우고 열다 만 통조림 뚜껑을 마저 땄다.

배가 고프면 눈에 보이는 게 없다고, 쭝잉은 벌써 열두 시간째 빈속이었다.

연달아 세 번 현장에 출동하느라 상하이를 거의 반 바퀴나 돌았더니 온몸에서 냄새가 진동했다.

현장 감정과 검시는 육체노동이었다. 방호복에서 해방된 몸은 기진맥진했고 위장은 어서 음식을 달라고 아우성쳤다.

이마에서 연신 땀이 스며 나오고 제복 셔츠 등판에는 손바닥만 한 땀자국이 나 있었다. 회색 견장이 차 안의 흐릿한 조명에 밝게 빛났다.

힘을 너무 주었는지 피할 새도 없이 날카로운 통조림 캔 뚜껑이 오른손 손아귀로 파고들었다. 그 순간, 휴대전화 벨 소리가 울렸다.

캔 뚜껑에 벤 손아귀에서 솟구친 피가 통조림의 기름과 섞여 아래로 흘러내렸다.

벨 소리가 점점 커졌다. 쭝잉은 휴대전화 액정을 슬쩍 보더니 아무 말 없이 바지 주머니에서 알코올 솜을 꺼내 한 손으로 포장을 찢고 기름기와 피를 닦아냈다.

"왜 안 받아?"

차 밖에 있던 여자가 안으로 팔을 쭉 뻗어 전화를 받으려는 순간 벨 소리가 멎었다.

여자가 휴대전화를 들어 액정을 봤다.

"성추스, 부재중 전화 한 통."

곧이어 문자가 들어왔다.

"동생 긴급 입원."

문자를 보던 여자가 눈을 찡그리는 순간, '띵' 하는 소리와 함께 두 번째 문자가 들어왔다.

"혈액 급구, 빨리 내원 바람."

여자가 묘한 표정으로 입꼬리를 당기며 쭝잉에게 휴대전화를 보여주었다.

"갈 거야?"

쭝잉이 고개를 들자 액정 불빛이 그녀의 얼굴을 비추었다. 알코올 솜으로 상처를 지압하니 찌르는 듯한 자극이 몰려왔지만 떼면 통증은 금세 사라질 터였다.

쭝잉이 대답하려는데 전화벨이 다시 울렸다. 이번에는 사무실이었다. 전화를 받으니 저쪽에서 말했다.

"교통사고야. 자네와 샤오*정이 출동해. 주소는 문자로 바로 보내줄게."

알코올 솜을 떼자 손아귀 사이로 피가 계속 나와 손바닥 지문을 타고 아래로 흘러 통조림통 속으로 떨어졌다.

쭝잉은 고개를 들어 창밖을 보며, "여기 아직 안 끝났어요. 일단 쉬안칭과 샤오정 먼저 보낼게요" 하고 말했다.

멀리 묘지에 묘비가 빽빽이 서 있는 게 눈에 들어왔다. 쭝잉은 시선을 돌리며 전화를 끊고 차 밖에 있는 여자에게 말했다.

"쉬안칭, 나 대신 현장 좀 가. 다음에 내가 너 대신 두 번 갈게."

쉐쉬안칭이 차 문을 열고 운전석에 앉더니 피곤한 듯 한숨을 내쉬었다. 그녀의 한숨에는 복잡한 감정이 담겨 있었지만, 그래도 내색하지 않고 들고 있던 담배를 끄고 협상 타결을 알렸다.

"오케이. 저 앞까지 데려다줄게."

"가는 길도 아니고, 저쪽이 급한 것 같은데 어서 가. 난 택시 타고 가면 돼."

쭝잉이 차에서 내리자, 쉐쉬안칭은 자동차 헤드라이트를 켜 쭝잉이 가는 길을 비춰주었다. 쭝잉이 걸어가며 손을 들어 휘휘 흔들었다. 곧 커브가 나타나고 시야에서 쭝잉이 사라졌다.

사무실 복귀가 아니라 다시 현장으로 출동해야 한다는 소식

---

* 　小~. 주로 연소자의 성이나 이름 앞에 붙여 친근함을 표시한다.

에 샤오정은 한바탕 불만을 쏟아냈다. 차 안을 정리하던 샤오 정이 발밑에서 가죽 지갑을 집어 올려 살피더니 미간을 찌푸리 며 말했다.

"이거 쯩 선생님 지갑 아니에요?"

힐끗 쳐다본 쉐쉬안칭이 버럭 화를 냈다.

"참나, 지갑도 없으면서 무슨 택시!"

쉐쉬안칭은 쯩잉이 지나갔을 법한 길로 경찰차를 몰아 쯩잉 을 찾았지만 보이지 않았다.

"제가 쯩 선생님께 전화해 볼게요."

샤오정의 말에 쉐쉬안칭이 갑자기 차를 돌리며 화가 난 듯 말했다.

"됐어. 알아서 가겠지."

한밤중이라 택시가 잡히지 않았다. 게다가 쯩잉은 늘 운이 좋지 않았다. 어렵게 택시를 잡았더니, 택시 기사가 머리를 쑥 내밀며 상하이 사투리가 섞인 표준어로, "이런, 경찰관님, 뒷자 리에 이미 승객이 있네요. 다른 차 타세요" 하고 말했다.

빈 차라는 표시에 세웠고, 서더니 이제 와 승객이 있단다. 쯩 잉은 더 기다릴 수 없어 병원 주소를 대며 가는 길이 아니냐고 물었다.

"가는 길이긴 한데, 뒷좌석 손님이 괜찮으실까 모르겠네요."

그러면서 뒤로 고개를 돌려 허락을 구했다.

"손님, 이분이 병원에 급한 일이 있다는데."

뒷좌석에는 정말 사람이 있었다. 뒷좌석 승객이 부드러운 어조로 대답했다.

"저는 급하지 않으니 그렇게 하시죠."

뒷좌석 승객의 대답에 쭝잉은 뒷문을 열고 들어가 앉았다.

그제야 상처를 처리할 시간이 생겼다. 손아귀에서 손목으로 이어지는 방향으로 사 센티미터 정도가 깊숙이 패인 채로 벌어져 손바닥이 온통 피투성이였다.

왼손을 바지 주머니에 찔러 넣어 알코올 솜을 찾았지만 없었다. 쭝잉은 망설이다가 기사에게 물었다.

"기사님, 휴지 좀 있습니까?"

기사가 텅 빈 갑 티슈를 힐끗 봤다.

"이런, 다 썼네요."

그 말에 쭝잉이 손을 쥐려는 순간, 옆에 있던 '안 급한 선생'이 불쑥 손수건을 건넸다. 하얀색 면으로 만든 흡수가 잘되는 고급 손수건이었다.

쭝잉은 조금 놀랐다.

"안 쓴 거라 깨끗합니다."

그늘에 얼굴이 가려진 남자는 흰 셔츠에 검은 바지를 입고 무릎에는 서류 가방이, 발 옆에는 검은색 접이식 우산이 놓여 있었다. 날씨는 후텁지근해도 비는 오지 않았는데 말이다. 게다가 우산은 젖어 있고 발밑에 물이 고여 있었다.

쭝잉은 시선을 거두고 손수건을 받으며 건조한 목소리로 고맙다고 말했다.

"고맙기는요."

그가 말했다.

쭝잉은 손수건을 꽉 눌러 지혈했다.

택시 기사가 라디오를 틀었다. 마침 심야 뉴스 시사 프로그램에서 청중과 대화를 하고 있었다. 쭝잉이 어릴 때부터 방송된 프로그램으로, 외할머니는 한밤중에도 잠을 안 자는 사람이 이렇게나 많다고 말씀하시곤 했다.

밤에도 바쁜 사람에게는 보통 사람은 모르는 사연이 있게 마련이다.

오늘 밤 택시는 빨간불과 인연이 없는지 병원까지 단숨에 도착했다.

차가 멈추자, 쭝잉은 주머니를 뒤졌지만, 어찌 된 일인지 지갑이 없었다.

"가던 길이었으니 택시는 같이 부른 걸로 하죠. 택시비 따로 낼 필요 없습니다. 급한 일 있는 거 같은데 어서 가세요."

'안 급한 선생'이 싹싹하게 말했다.

"손님들, 서로 모르는 사인데 무슨 같이 택시를 불러요!"

곱절로 돈을 벌려던 기사는 눈앞에서 돈이 날아가려 하자 투덜거렸다.

"아는 사이입니다."

남자가 손을 뻗으며 어서 가라는 표시를 했다. 옛날 신사가 손님을 배웅하던 전형적인 포즈였다.

쭝잉은 피 묻은 손수건을 손에 계속 쥐고 있었다. 차 문이 닫히려고 할 때 다시 고맙다고 말했더니, 상대는 의외의 말을 했다.

"고마워하지 않아도 됩니다. 우리는 다시 만날 테니까요."

어두운 조명에 비친 얼굴에 보기 좋은 미소가 걸렸다. 쭝잉은 남자의 얼굴을 자세히 보고 싶었지만, 상대는 이미 차 문을 닫은 뒤였다.

택시가 방향을 바꿔 병원 북문을 빠져나갔다.

쭝잉은 그 자리에서 삼 초 정도 서 있다가 몸을 휙 돌려 계단을 올라 건물로 들어갔다.

스물네 시간도 안 돼 이 병원을 두 번째로 찾는 거였다. 첫 번째는 어제 새벽으로, 성추스를 피해 뇌 MRI를 찍었고 결과는 아직 통보받지 못한 상태였다.

두 번째는 바로 지금으로, 급하게 혈액이 필요했고 마침 쭝잉이 혈액 제공자였다. 이복 남매인데도 공교롭게 둘 다 희귀한 혈액형이었다.

엘리베이터를 타고 7층으로 올라갔다. 복도에 걸린 전자시계에 02:19:37이라고 표시되어 있었다. 붉은 숫자가 반짝일 때마다 마치 생사가 결정되는 것 같았다.

사실 매우 다급한 상황이었지만, 누적된 피로로 심장이 너무 빨리 뛰어 여기서 더 급하게 행동하기는 무리였다.

휴대전화를 꺼내 성추스에게 전화를 걸려는 순간, 상대가 벌써 빠른 걸음으로 다가오고 있었다.

쫑잉은 다친 오른손을 바지 주머니에 숨겼다.

성추스는 쫑잉을 잡더니 아무 말 없이 병실로 데리고 갔다. 중환자실이라 밖에서만 들여다보고 옆에 있는 채혈실로 들어갔다.

쫑잉이 아무것도 묻지 않자, 옆에서 문진표를 대신 작성하던 성추스가 먼저 설명했다.

"외삼촌과 함께 차 타고 귀가하다 교통사고가 났대. 중위는 병원으로 실려 와 응급처치를 했지만, 외삼촌은 운이 나빠 현장에서 즉사했어. 병원에서 쫑위 어머니에게 연락했으니 곧 오실 거야."

성추스가 설명하는 동안 실습 간호사가 쫑잉의 하늘색 셔츠 소매를 걷어 올려 벨트를 묶고 팔오금에 알코올 솜을 문질렀다. 하얀 등 아래서 실습 간호사는 주사기를 든 채로 계속 망설였다.

그때 채혈실 밖 복도에서 소란스러운 발소리가 들려왔다.

문 하나 사이로 큰고모의 목소리가 들렸다. 쩌렁쩌렁 울리는 목소리가 사고 경위를 캐물으며 원망의 말을 쏟아냈고, 병실로 들어가려다 간호사에게 저지당했는지 원망을 멈추지 않았다.

깊은 밤, 감정은 놀이공원의 롤러코스터처럼 기복이 심해 극단적이기 쉬웠다.

큰고모는 매우 흥분했지만 쫑잉은 오히려 침착했다.

실습 간호사는 계속 주삿바늘을 꽂지 못해 이마에 식은땀이 엷게 배어 나와 있었다.

"내가 할게요."

"네?"

쭝잉의 말에 실습 간호사가 깜짝 놀라 고개를 들었다.

"그녀 말대로 하세요."

성추스가 가운 가슴에 달린 주머니에 볼펜을 넣으며 말했다.

"이 병원 의사였어요. 혈관 잡는 거 잘하니 보고 배워요."

성추스가 간호사에게 차트를 건네며 쭝위 어머니와 큰고모를 만나러 밖으로 나가려는 순간, 큰고모의 원망에 찬 소리가 들렸다.

"쭝잉은 왜 여태 안 나타나? 아무리 가족 피라도 바로 뽑아서 쓸 수 있는 게 아닌데 말이야. 각종 검사에 방사선 조사까지, 시간도 오래 걸리는데 늦어지면 어쩔 거야?! 어서 전화해서 빨리 오라고 해."

"가족분이 아는 게 많네요. 방사선 조사도 다 아시고. 경험이 많아 보여요."

옆에 있던 간호사가 성추스에게서 차트를 받으며 말했다.

성추스는 대답하지 않았다.

밖에서 다시 말소리가 들렸다.

"이 병원에서 계속 근무했으면 이렇게 기다리지 않아도 됐을 거 아니냐고!"

큰고모는 갑자기 쭝잉을 탓하기 시작했다.

"멀쩡한 의사 때려치우고 그게 뭐야! 칭린은 회사밖에 모르고 제 자식은 나 몰라라 하고 말이야! 그러니 제 엄마처럼 괴상해져서는 맨날 죽은 사람만 쫓아다니며 이상한 냄새만 풍기지. 누가 개하고 친구를 하겠어? 그렇게 재수가 없으니 시집은 다 갔지!"

실습 간호사가 마침내 혈관을 찾았다. 바늘이 피부를 뚫고 정맥에 들어가자 투명한 관으로 혈액이 빠져나가 혈액 팩에 고였다. 그렇게 팩 세 개가 찰 때까지 피를 뽑았다.

쭝잉은 눈을 감았다. 의자에 등받이가 없어 벽에 기대는 수밖에 없었다.

성추스가 나가며 바로 문을 닫았다. 그는 밖에 있던 큰고모와 쭝위 어머니에게 인사하고 그들을 아래층에 있는 진찰실로 안내했다.

그제야 비로소 소란이 멈추고 복도가 다시 조용해졌다. 실내는 마치 피가 소용돌이치는 것 같았다.

혈액 채취 제어기의 숫자가 안정적으로 올라가자, 실습 간호사가 주삿바늘을 빼고 팔뚝에 반창고를 붙여주었다.

"두 개 더 주세요."

쭝잉의 말에 실습 간호사는 그제야 쭝잉의 오른손 상처를 알아채고 남은 반창고를 모두 주었다.

재빨리 반창고를 붙이고 일어나자 눈앞이 핑 돌았다.

간호사가 잽싸게 포도당을 건넸지만 쭝잉은 벌써 나간 뒤였다.

쭝잉은 엘리베이터를 타고 2층으로 내려갔다.

엘리베이터의 창백한 전등에 심란해진 쭝잉은 눈을 감아버렸다. '띵' 하는 소리와 함께 엘리베이터 문이 열렸다. 눈을 뜨자 성추스가 들어오는 게 보였다.

성추스는 손을 뻗어 1층을 눌렀다.

"난 지금 응급실 가봐야 해. 곧 돌아올 테니 진찰실에서 좀 쉬고 있어."

성추스가 쭝잉을 밖으로 밀어내며 말했다.

쭝잉이 간호 스테이션으로 다가가자 간호사 한 명이 바쁘게 차를 타고 있었다. 쭝잉도 아는 간호사였다. 간호사는 곧 쭝잉을 발견했다.

"쭝 선생님!"

"량 간호사님."

쭝잉이 대답하자, 그녀가 종이컵 두 개를 내밀었다.

"선생님 가족이 물을 찾네요. 제가 가려고 했는데, 진찰실 가는 길이면 선생님이 갖고 가시겠어요?"

찻잎 몇 개가 가라앉았다 떠올랐다 하는 찻물은 투명했다. 쭝잉은 종이컵 두 개를 들고 진찰실로 향했다.

문을 열자 천장에 두 줄로 설치된 형광등이 환하게 빛을 뿜었다. 온기라고는 전혀 없는 것이 마치 무영등 아래에 있는 것처럼 숨을 곳이 없어 보였다.

쭝위 어머니가 소파에 앉아 두 손으로 얼굴을 감싸며 무너지려는 정신 줄을 가까스로 잡고 있었다.

큰고모가 고개를 들어 쭝잉을 보자, 쭝잉이 종이컵을 내밀었다.

쭝잉의 제복을 훑던 큰고모는 이상한 냄새에 미간을 찌푸렸다.

"오늘 당직이었니?"

"네."

"회사에서 오는 길이고?"

"아니요, 부검실이요."

종이컵을 든 쭝잉의 손이 허공에 멈춰 있었다.

큰고모는 표정을 확 바꾸더니 종이컵을 받아 들지 않았다.

쭝잉은 종이컵을 탁자에 놓고 창가로 다가가 큰고모가 앉아 있는 소파에서 최대한 멀리 떨어졌다.

"봐라, 지금 네가 하는 일 얼마나 힘드니. 월급도 적고 말이야. 아가씨가 이런 냄새나 풍기고 다니니 좋은 일이 생기겠어? 내가 전에 했던 말은 다 널 위해서야."

본인을 위한 거겠지.

밤이 깊어질수록 날씨가 더 더워지더니 밖에서 '콰르릉' 천둥이 쳤다. 쭝잉은 유리창에 바짝 다가섰지만, 외부의 신선한 공기가 전혀 느껴지지 않았다. 실내는 진흙탕 속처럼 답답했다. 안에서 굵고 거친 넝쿨이 뻗어 나와 자신을 꽉 붙잡고 아래로 잡아당기는 것 같았다.

"집에 안 간 지 오래됐다며? 시간 있으면 좀 가보고 그러렴. 혼자 있으면 괴팍해지기나 하지."

큰고모가 덧붙였다.

"네 아빠는 왜 이럴 때 출장을 갔다니. 샤오위에게 또 무슨 일이 생길 줄 알고. 어쨌든 네가 누나니 잘 보살펴라."

"사무실로 다시 들어가야 하니?"

쭝잉은 쉬지 않고 움직이는 큰고모의 마른 입술을 보고 시선을 종이컵으로 옮겼다.

큰고모는 쭝잉이 건넨 차에 손도 대지 않았다.

번개가 유리창 바로 앞에서 치는 것 같았다. 쭝잉은 몸을 돌려 건물 아래쪽을 쳐다봤다.

눈에 익은 그림자가 건물에서 나왔다. 흰 셔츠에 검은 바지, 손에 서류 가방과 우산을 들고 있었다. 쭝잉은 그를 알아봤다. 택시에서 만난 '안 급한 선생'이었다.

다시 천둥이 치더니 마침내 비가 쏟아졌다. 비바람에 오동나무 잎이 흔들리자, 그가 들고 있던 우산을 폈다.

쭝잉은 그제야 검은 우산에 하얀색으로 그려진 뫼비우스의 띠를 발견했다. 그 아래에는 숫자 '9.14'가 쓰여 있었다.

그것은 쭝잉의 우산이었다.

쭝잉이 미친 듯이 병원 입구로 달려갔을 때, 그녀를 맞은 것은 무섭게 내리는 장대비뿐이었다.

바로 그때 구급차가 사이렌을 울리며 응급실 앞으로 들어왔고, 사람들이 쏟아져 나와 한바탕 떠들썩하게 빗속으로, 밤 속으로 들어갔다.

흰 셔츠에 검은색 우산을 든 사람은 보이지 않았다.

병원 입구로 내려오기까지 삼십칠 초밖에 안 걸렸건만, 그 사람은 자취도 없이 사라졌다. 쭝잉은 잘못 본 게 아닌지 자신을 의심하기에 이르렀다.

바닥은 빠르게 젖어 차가 지나가면 차바퀴에 물보라가 일었다. 갑작스러운 밤비에 더위도 흩어져 로비로 습하고 서늘한 기운이 흘러들어 왔다.

쭝잉은 뒷걸음질하다가 몸을 돌려 입구에 놓인 의자에 앉아 호흡을 가다듬었다.

구급차 사이렌 소리가 멈추자 세차게 쏟아지는 빗소리만 들렸다. 신선한 공기가 몰아쳐 몸 안에 쌓인 나쁜 기운을 씻어내는 것 같았다.

천장에 두 줄로 설치된 형광등은 절반이 꺼진 상태였고, 1층은 오가는 사람도 드물었다. 다리를 쭉 펴고 눈을 감으니 호흡이 조금씩 안정되었다.

계단을 올라가는 것처럼, 아니면 구름을 밟은 것처럼, 발밑이 푹푹 꺼지는 게 넘어질 것 같았다. 하지만 계속 가면 놀랄 일이 생기긴 해도 위험할 것 같지는 않아 계속 앞으로 걸어갔는데, 어느 순간 갑자기 발밑에 닿는 게 없었다. 퍼뜩 꿈에서 깨는 순간, 심장도 같이 바닥으로 툭 떨어지는 것만 같았다.

쭝잉은 눈을 떴다. 심장이 두근두근 뛰었다. 그 순간 누군가 어깨를 두드렸다.

"여기서 뭐 해?"

진료를 끝내고 돌아온 성추스였다.

"담배 좀 피우려다 깜빡 잠이 들었네."

쭝잉은 대충 둘러대며 몸을 앞으로 기울여 두 손으로 이마를 감쌌다.

"여기 있으면 십중팔구 감기 걸려. 여름 감기 걸릴라."

성추스가 가운 주머니에 두 손을 찔러 넣고 비가 오는 기세를 살피며 말했다.

"비 좀 그치면 집에 가서 자. 지금은 일단 같이 올라가고."

쭝잉은 꼼짝하기 싫었지만, 성추스의 인내심도 대단해 쭝잉이 움직일 때까지 옆에 서서 기다렸다.

"네 큰고모님이 말씀을 좀 함부로 하는 경향이 있지만, 늘 그러셨으니 너무 마음에 담아두지 마."

쭝잉의 마음을 풀어주려 애쓰는 게 보였다.

"응."

쭝잉은 성추스를 따라 위층으로 올라갔다. 성추스는 낮에 좀 쉬었냐고 물었고, 쭝잉은 엘리베이터 벽에 기대 사실대로 말했다.

"근무 대기조라."

엘리베이터 문이 열리자, 성추스는 고개를 돌려 쭝잉을 쳐다봤다. 순간, 그녀가 기계처럼 보였다. 제복을 입은 국가의 기계.

진찰실 문을 열자 큰고모와 쭝위 어머니가 여전히 있었다.

위로의 말을 많이 들었는지, 쭝위 어머니는 감정을 많이 추스른 듯 보였지만 눈가는 여전히 붉게 물들어 있었다. 쭝잉이 들어가자, 쭝위 어머니가 비음이 섞인 목소리로 말했다.

"쭝잉, 고맙다."

쭝잉이 뭐라고 대답하기도 전에 큰고모가 입을 열었다.

"네가 갑자기 뛰어나가서 내가 얼마나 놀랐는지!"

큰고모는 혼잣말하듯 투덜거렸다.

"어릴 때부터 늘 제멋대로였다니까."

성추스는 쭝잉에게 눈짓으로 컴퓨터 책상 뒤에 있는 의자를 가리키며 앉으라고 하고, 자신은 다른 의자를 끌어와 소파 앞으로 가서 두 사람에게 말했다.

"이번 사고는 좀 심각한지 응급실에 기자들도 왔어요. 중위 아버지와 연락되셨어요?"

"해외 출장 갔는데 어디 바로 올 수가 있겠어?"

큰고모가 걱정스러운 표정으로 대답했다.

"기자들이 할 일도 없나? 뭐 이런 일에 취재까지 나오고 난리야. 회사에는 영향이 없을까 모르겠네."

큰고모는 이러쿵저러쿵 말이 많았지만, 쭝잉은 그런 일에는 별 관심이 없었다.

쭝잉이 몸을 돌리다 팔꿈치가 마우스에 닿았는지 컴퓨터 모니터가 켜졌다. 모니터에는 오랜만에 보는 의료영상저장전송 시스템 팍스PACS가 떠 있었다. 게다가 로그인 상태여서 보관 데이터를 열람할 수 있었다.

마침 중위의 뇌 MRI 사진이 3×4 배열로 열두 장 올라와 있었다. 쭝잉은 차근차근 살펴봤다. 중위의 뇌 상태는……

다행히, 그렇게 심각하지 않았다.

바깥의 빗소리는 점차 잦아들었고, 쭝잉은 눈을 감아 실내의 대화 소리를 차단했다. 그러자 시계가 째깍째깍 움직이는 소리가 또렷하게 들렸다.

시계 초침을 따라 심장박동도 빨라졌다. 굽은 척추가 호흡을 방해하자 어제 아침 폐쇄된 검사 기계로 들어가면서 느꼈던 질식감이 다시 찾아왔다.

갑자기 답답해져 숨을 훅 내쉬면서 눈을 번쩍 뜨고 손에 쥐고 있던 마우스를 움직여 조회 화면을 열었다.

성추스가 갑자기 쭝잉 쪽으로 고개를 돌리며 뭐 하냐고 물었다.

쭝잉이 병록 번호를 입력하자 자신의 MRI 영상이 나왔다.

"지뢰 찾기."

쭝잉이 대답했다.

어두운 모니터에 뜬 미판독 영상에 '판결문'이 숨어 있었다.

경험 많은 임상의는 이것만으로도 진단을 내릴 수 있었다.

십 분 뒤, 화면에서 정보를 포착하려 애쓰던 눈빛이 어두워지면서 앞으로 쭉 뻗었던 목이 뒤로 빠지고 어깨가 아래로 축 쳐졌다. 순간 질식할 것처럼 숨이 턱 막혀 의자에 꺼지듯 등을 기대며 두 손을 꼭 쥐었다.

한여름 밤 진찰실, 발바닥에서부터 한기가 올라왔다.

주변의 소음이 일시에 사라지고 정적이 흘렀다. 시계 초침 소리조차 들리지 않았다. 그러나 다음 순간, 문이 확 열리면서 떠들썩한 소리가 쏟아져 들어왔다.

녹음 펜과 카메라를 든 사람 셋이 뛰어들며 사고 당사자를 취재하고 싶다고 소리쳤다. 큰고모와 중위 어머니가 당황해 어쩔 줄 모르자, 성추스가 벌떡 일어나 나가라고 소리쳤다.

"여긴 진료실입니다. 인터뷰 안 합니다. 나가세요."

녹음 펜을 든 사람은 출신조차 밝히지 않고 중위 어머니에게 달려들며 단도직입적으로 물었다.

"사망자 가족이십니까?"

"죽긴 누가 죽어! 당신 대체 무슨 소릴 하는 거야?"

큰고모가 사납게 밀쳐내도 상대는 꿋꿋이 중위 어머니를 붙잡으며 추궁했다.

"죽은 싱쉐이 씨 동생이시죠? 싱쉐이 씨가 왜 새벽에 조카를 데리고 나갔습니까? 그 사실을 알고 있었습니까?"

의심으로 똘똘 뭉친 화살이 무자비하게 날아왔다. 그것은 난폭한 침입이자 지독한 무신경이었다.

화가 치민 큰고모는 탁자에 놓인 종이컵을 상대에게 던졌다.

"당장 다 나가!"

그 순간 카메라 셔터 소리가 울렸고, 성추스가 나서서 막았다. 그러나 눈썰미 좋은 누군가가 컴퓨터 책상 뒤에 앉아 있던 쭝잉을 발견했다.

하늘색 제복은 너무 눈에 띄었다. 그가 쭝잉에게 카메라를 들이대자 옆에 있던 사람이 불쑥 다가와 물었다.

"이번 사건 담당 경찰입니까?"

상대가 셔터를 누르는 순간, 쭝잉은 고개를 돌리며 책상 위에 놓인 차트를 집어 얼굴을 가렸다.

쭝잉이 얼굴을 찌푸리며 대답을 거부하자 '찰칵찰칵' 하는 셔터 소리가 이어지며 질문 세례가 쏟아졌다. 쭝잉은 한마디도 알아들을 수가 없었다.

그 누구도 방해하지 않는 고요함이 절실할 때 떠들썩한 심문대에 올려지니, 매 순간이 다 고통스러웠다.

뒤늦게 보안 직원이 오고 나서야 조용해진 진료실은 혼란과 슬픔이 짙게 감돌았다.

방금 기자들의 질문 공세에서 쭝잉은 이번 사고가 단순 교통사고가 아니라 다른 사건이 더 얽혀 있다는 것을 알게 되었다. 그러나 지금은 그런 것에 신경 쓸 여유가 없었다.

시간은 새벽 3시 56분을 가리키고 있었다. 비는 멈췄고 밤은 깊었으며, 사람들은 피곤한 듯 무표정한 얼굴로 각자의 자리에 앉아 아무 말도 하지 않았다.

쭝잉은 가까스로 정신을 차리고 마우스를 클릭해 조회 기록을 삭제한 뒤, 일어나 의자를 제자리에 넣고 성추스에게 말했다.

"비 그쳤으니 이만 갈게. 무슨 일 있으면 연락해."

성추스가 배웅하려고 나서자, 쭝잉이 문 앞에서 말했다.

"이 시간엔 위급 상황이 자주 발생하니까 선배는 그냥 여기 있어."

쭝잉은 습관적으로 몸으로 문을 밀어서 열고 조용히 나갔다.

어둠이 짙게 깔린 도로는 축축했다.

병원에서 왼쪽으로 돌면 쭝잉의 집으로 가는 길이었다. 새벽 4시경, 거리의 상점은 거의 문을 닫았고 건너편 24시간 편의점만이 따뜻한 불빛을 뿜고 있는 게 투명한 식량 저장 창고 같았다.

차가 지나가자 쏴아 하고 물보라가 일었다 빠르게 사라졌다.

빠른 걸음으로 횡단보도를 건너 편의점으로 향했다. 편의점 문을 열자 종소리가 울렸다.

"어서 오세요."

야간 담당 아르바이트생이 기계적으로 인사했다. 목소리에 힘이 하나도 없었다.

쭝잉은 매대에서 컵라면을 하나 집고 냉장고에서 생수 한 병을 꺼내 계산하려다가 컵라면 하나를 더 집어 들었다.

"13.4위안입니다."

주머니를 뒤지던 쭝잉은 지갑을 놓고 온 게 생각났다. 휴대전화로 결제를 하려는데 액정에 배터리 잔량이 일 퍼센트라고 떴다. 휴대전화도 그녀처럼 꺼지기 직전이었다.

컵라면을 받아 든 쭝잉은 창가에 놓인 긴 녹색 탁자로 가 앉았다. 에어컨이 차가운 바람을 아래쪽으로 맹렬하게 쏟아내고 있었다.

생수 뚜껑을 따서 단숨에 반을 들이켜니 텅 비었던 위가 물주머니처럼 출렁거렸다.

손님이 더 들어오지 않자, 아르바이트생들이 흐물거리는 어묵을 폐기 처분하기 시작했다.

"이 곤약 못 먹겠네. 완자도 버려야겠어."

한 명은 폐기 처분하고 다른 한 명은 폐기 목록을 작성했다. 폐기 처분이 끝나자, 두 사람은 냄비를 씻고 국물을 교환하는 일을 서로 떠밀었다.

쫑잉은 티격태격하는 소리를 들으며 컵라면 뚜껑을 열었다. 컵라면 냄새가 콧속으로 훅 파고들었다.

뜨거운 국물에 고추기름이 둥둥 떠 있었다. 라면을 먹으니 이마에 땀이 맺혔다. 맛있게 먹는 것처럼 보였지만 위는 저항하기 시작했다. 그래도 쫑잉은 컵라면 하나를 꿋꿋하게 다 먹었다.

그러는 동안 쉐쉬안칭에게서 전화가 왔다. 휴대전화 액정에 불이 들어오고 일 퍼센트 남은 배터리가 이십 초간 완강하게 버티다 결국 까맣게 꺼졌다. 별 하나가 소멸하듯이.

배가 부르니 고통과 번뇌는 유리문 밖에나 있는 것처럼 걱정이 싹 사라졌다.

쫑잉은 편의점에 오랫동안 앉아 있었다. 당일의 신선한 도시락과 빵을 실은 편의점 배송차를 보고서야 날이 밝아오고 있다는 것을 깨달았다.

언제나 아침은 오고 도시인들은 일어나 생계를 위해 달려야 했다. 쫑잉은 일어나 699번지 아파트로 돌아갔다.

아파트는 병원에서 가까웠다. 도보로 십여 분이면 충분했다. 공기는 신선하고 축축했고, 거리에는 일찍 일어나 아침밥을 사러 나온 아이와 운동하러 나온 노인이 있었다. 거리 끝에서 서서히 해가 밝아오는 모습은 백 년을 이어온 이곳의 풍경이었다.

1930년에 건설된 699번지 아파트는 곡선형 빌딩으로 총 칠 층으로 이루어졌다. 도시 중심부에 있지만 도시의 소음 속에서도 조용했고, 한 세기 동안 전쟁과 변화의 거대한 소용돌이 속에서도 살아남았다.

이곳은 쭝잉의 외할머니가 살던 곳으로, 외할머니가 막내아들을 따라 해외로 떠난 뒤 쭝잉 혼자 살고 있으니 그녀의 집인 셈이었다.

바쁘다 보니 회사 숙소를 자주 이용해 벌써 며칠째 집으로 돌아가지 못했다. 간밤의 비바람에 정문 앞 플라타너스 잎이 떨어져 바닥을 뒤덮었고, 아치형 정문 위에 박힌 사각형 채색 유리가 아침 햇살을 받아 바닥에 알록달록한 무늬를 새겨놓았다.

출입 카드를 대고 건물 안으로 들어가니 1930년대의 낡은 엘리베이터 대신 현대식 엘리베이터가 나왔다. 이곳에 사는 수십 가구 역시 나중에 이사 온 사람들이었다.

쭝잉은 꼭대기 층에 살았다. 옛날식 복층 구조로 그 당시에도 매우 현대적이고 편리했을 것이다. 유일한 단점이라면 창문으로, 창문이 세로로 좁게 나서 일 년 내내 햇빛이 부족해 늘 어두침침했다.

복도는 밥 짓는 인간 세상의 냄새로 가득했지만, 쭝잉은 지옥을 떠도는 유령 같았다.

집에 들어온 쫑잉은 기운이 하나도 없었다. 쾅 하고 현관문을 닫고 소파로 다가가 무너지듯 드러누웠다.

커튼이 쳐져 있어 집 안은 어두웠다. 몇 분 뒤, 쫑잉은 천천히 눈을 뜨고 늘 그랬듯이 탁자 위의 찻잔을 집어 들었다.

머리가 멍한 상태로 입으로 찻잔을 가져가 물을 들이켰다.

건조했던 목구멍은 물을 신나게 반겼다. 그러나 쫑잉은 퍼뜩 무서운 사실을 깨달았다…….

물이, 따뜻했다.

현대인의 연락 두절은 휴대전화 전원을 끄는 것에서부터 시작된다.

교통사고 현장에 쳐진 바리케이드는 진작 철수되었다. 날이 밝자 비가 멈췄고 해도 보였다.

밤새 바빴던 쉐쉬안칭은 초조한 듯 길가에 서 있었다. 벌써 열 번도 넘게 쫑잉에게 전화를 걸었지만, 처음에는 연결음이 나오더니 나중에는 아예 전원이 꺼졌다는 안내가 나왔다. 한 번도 없던 일이었다.

쫑잉의 휴대전화는 포기하고 회사 숙소로 전화를 걸었다. 아무도 받지 않았다. 결국 699번지 아파트로 전화했다. 휴대전화 너머로 역시 '뚜…… 뚜…… 뚜……' 하는 연결음만 들렸다. 전화를 끊으려는 순간 '뚜' 하는 연결음이 뚝 멈추더니 전화를 받는 기척이 느껴졌다.

관자놀이의 혈관이 툭툭 튀었다. 쉬쉬안칭은 상대가 말하기도 전에 소리쳤다.

"야! 더위 먹어서 정신이라도 나갔어? 아니면 일부러 전화기 끈 거야?!"

하지만 전화기 너머에서 뜻밖에도 젊은 남자의 목소리가 들려왔다. 어떤 젊은 남자가 온화한 목소리로 그녀의 분노에 대응했다.

"여보세요, 누구 찾으십니까? 제가 대신 전해드리겠습니다."

낯설고, 이상했다.

쉬쉬안칭은 액정에 뜬 번호를 다시 한번 살폈다. 분명 699번지 아파트의 유선전화였다.

저쪽에서 다시 부드럽게 말했다.

"실례지만 누굴 찾으십니까?"

쉬쉬안칭은 꾹 참고 있던 화에 누군가 기름을 들이붓는 것 같았다. 그녀는 한 자 한 자 힘주어 또박또박 말했다.

"그러는 당신은 누굽니까? 쭝잉더러 어서 전화 받으라고 해요!"

새벽 5시 58분, '딸칵' 소리와 함께 전화가 끊겼다.

'뚜뚜뚜' 소리에 쉬쉬안칭은 순간 멍해졌다. 다시 전화를 걸었지만 통화 중이었다. 상대방이 수화기를 들어 옆에 내려놓았기 때문이었다.

새벽 5시 58분은 쭝잉이 699번지 아파트로 돌아와 열쇠로 현관문을 연 순간이었다.

갑자기 전화가 끊기자, 쉐쉬안칭은 그 자리에서 한동안 멍하니 서 있다가 정신을 차리고 검은 방수 모자를 거칠게 벗은 다음 이마로 내려온 젖은 머리칼을 뒤로 쓸어 넘겼다. 초조한 기색이 역력했다.

옆에서 한참을 기다린 샤오정이 말을 걸었다.

"쉐 샘, 일단 아침부터 드시죠."

대답이 없자 샤오정이 다시 물었다.

"군만두 어때요?"

쉐쉬안칭은 아침밥 생각이 전혀 없어 차 열쇠를 샤오정에게 건넸다.

"너 먼저 사무실로 가. 난 쭝잉에게 가봐야겠어."

비가 그친 맑은 새벽, 차도 많고 사람도 많았다.

6시 10분, 쉐쉬안칭은 699번지 아파트로 향하는 지하철에 탔고, 쭝잉은 소파에서 일어나 앉았다.

쭝잉은 숨을 멈추고 주변 소리에 집중했다. 집 안에는 구식 탁상시계 소리 외에 다른 움직임은 없었다. 탁자 서랍을 열어 은색 알루미늄으로 된 감식 가방을 꺼냈다. '딸깍' 소리와 함께 가방이 열리자 안에서 라텍스 장갑을 꺼내 끼고 증거물 수집병에 컵에 담긴 온수를 담았다. 그리고 증거물 수집용 봉투를 열어 머그컵을 담아 밀봉했다.

그리고 일어나 주방으로 향했다. 반 개방식 주방은 깨끗하게 정리되어 있었고, 싱크대 위에는 전기포트뿐이었다.

전기포트에 손을 대니 온도가 45도에서 50도 정도 되는 것으로 보아 이십 분쯤 전에 물을 끓인 것 같았다. 그러니까 새벽 5시가 넘어서도 이 집에 사람이 있었다는 말이었다.

주방의 다른 곳은 손대지 않은 것 같았다. 쓰레기통을 열어 보니 빈 우유갑이 있었다. 우유갑을 집어 생산 날짜를 확인했다. '2015-07-21', 그제 생산한 우유였다.

주방 검사를 끝낸 쭝잉은 침실로 들어가 흔적을 살폈지만 아무 소득도 없었다.

이번에는 2층으로 향했다. 2층에는 작은 방 하나뿐으로, 평소에는 손님방으로 사용했다. 그러나 쭝잉은 손님을 거의 초대하지 않았고, 오랫동안 청소를 하지 않아 문손잡이에 얇게 먼지가 쌓여 있곤 했다. 하지만 지금 눈앞의 손잡이는 빛이 날 정도로 깨끗하게 닦여 있었다.

라텍스 장갑을 낀 손으로 조심스럽게 손잡이를 잡아 돌리며 문을 열려고 하는데, 손잡이가 꼼짝도 하지 않았다.

문이 잠겨 있었다.

쭝잉은 방문을 잠그는 습관이 없었다.

쭝잉은 침착하게 손잡이에서 지문을 뜨고 아래층으로 내려가 문과 창문을 살폈다. 손을 탄 흔적이 없는 것으로 봐서 상대는 이 집 열쇠를 가진 게 분명했다.

그래, 열쇠.

쭝잉은 현관의 등을 켜고 오 단 서랍장 제일 위 칸을 열었다. 과연, 안에 넣어둔 예비 열쇠가 날개라도 달렸는지 보이지 않았고, 배달 음식용으로 넣어둔 잔돈도 사라졌다.

그런데 작은 상자 옆에 편지가 한 통 있고, 편지 옆에 잘 말려서 접어놓은 검은색 우산이 놓여 있었다.

편지를 꺼내려는 순간, 현관문이 쾅쾅 울리며 쉬쉬안칭의 목소리가 들렸다.

"빨리 문 열어. 안 열면 사람 불러서 부순다!"

얼른 다가가 문을 여니 꿀밤 두 대가 날아왔다.

"집에 있으면서 전화를 꺼놔? 집에 있으면서 전화를 꺼놔?"

"충전하는 걸 깜빡했어."

쭝잉이 태연하게 대답했다.

"일부러 그랬지?"

쉬쉬안칭은 쭝잉의 얼굴을 보자 걱정과 화가 반으로 줄었지만, 쭝잉이 장갑을 끼고 있는 것을 보고 다시 얼굴을 찌푸렸다.

"뭐 해?"

"업무 스킬 강화."

쭝잉이 진지하게 대답했다.

"장난해? 집에 도둑 들었어?"

쭝잉을 밀치고 들어온 쉬쉬안칭은 거실에 놓인 감식 장비 가방을 봤다.

"경찰에 신고도 안 할 거면서 증거는 수집해서 뭐 하려고?"

쭝잉은 대답하지 않았다. 이 일은 단순한 주택 침입이나 절도가 아니라는 것을 직감했지만, 지금은 누구에게도 설명하고 싶지 않았다.

"뭐 없어진 거라도 있어?"

쭝잉이 입을 꾹 다물고 대답하지 않자, 쉐쉬안칭은 몸을 돌려 그녀를 노려봤다.

비슷한 키에, 둘 다 밤을 새서 눈에 핏발이 선 것이 상태가 비슷했다.

"됐다."

잠깐의 대치 끝에 쉐쉬안칭이 먼저 포기했다.

"말하고 싶지 않으면 관둬. 나도 억지로 듣고 싶지 않아."

쉐쉬안칭은 담뱃갑을 꺼내 두 개비를 집어 하나를 쭝잉에게 건넸다.

"집에 몇 시에 도착했어?"

"6시쯤."

쭝잉이 담배를 받으며 대답했다.

쭝잉은 분명히 기억했다. 소파에 누웠을 때 탁상시계가 '땡땡땡' 여섯 번 울렸으니까.

"그래? 그러면 말을 해야겠다."

쉐쉬안칭은 휴대전화 잠금을 풀어 통화 기록을 쭝잉에게 보여주었다.

"5시 57분에 내가 이 집으로 전화를 걸었더니 웬 남자가 받았어. 5시 58분에 갑자기 전화를 끊었고."

"그 남자가 뭐라고 했어?"

쉐쉬안칭은 피곤에 절은 뇌를 열심히 돌려 기억을 더듬었다.

"여보세요, 누구 찾으십니까? 제가 대신 전해드리겠습니다."

"말투가 도둑 같지는 않네. 혼선된 거겠지."

쭝잉이 눈을 내리깔며 말했다.

쉐쉬안칭이 고개를 저었다.

"그래도 이상해. 뭐 어쨌든 네 일이니 알아서 처리해."

쉐쉬안칭은 라이터를 꺼내 담배에 불을 붙이려고 했지만 켜지지 않자, 다급하게 주방으로 들어가 가스레인지를 켜서 담배에 불을 붙이고 한 번 깊이 빨아들이고 나서야 본론으로 들어갔다.

"어제 네가 나한테 떠넘긴 현장, 사고 낸 사람이 누구게?"

쉐쉬안칭이 싱크대에 기대며 물었다.

쭝잉은 장갑을 벗고 소파에 앉아 불을 붙이지 않은 담배를 들었다.

"빙 돌리지 말고 그냥 말해."

"싱쉐이."

천천히 담배를 돌리던 쭝잉의 손이 멈췄다.

"쭝위 외삼촌이지?"

쉐쉬안칭이 연기를 내뿜으며 한숨을 쉬었다.

"같은 차에 타고 있던 쭝위가 중상으로 입원해서 혈액이 필요하니까 그 집에서 너를 찾은 거 아니야?"

추리한 내용을 말한 쉐쉬안칭의 입가에 냉소가 맴돌았다.

"꼭 필요할 때만 찾지. 이렇게 말해서 미안. 걱정이나 진심 따윈 전혀 없어 보여서."

쭝잉은 담배를 내려놓으며 두 손을 맞잡았다.

"그 얘긴 하고 싶지 않아."

"그럼 다른 얘기 할까?"

쉬쉬안칭이 개수대에 담뱃재를 털며 물었다.

"무슨 얘기가 듣고 싶어?"

"현장 상황."

쉬쉬안칭이 다시 담배를 한 모금 빨며 미간을 찌푸렸다.

"터널 안에서 차량이 중심을 잃고 다른 차 세 대와 연쇄 추돌한 다음 콘크리트 벽을 들이받았어. 차 앞면은 거의 완파됐고, 싱쉐이는 현장에서 즉사, 중위는 뒷좌석에 앉아 목숨은 건졌지."

"그게 다야?"

"성인 두 명이 사망했고 두 명이 경상을 입었어."

쉬쉬안칭은 감정 없는 목소리로 말하고는 담배 연기를 내뿜으며 눈을 가늘게 떴다.

"싱쉐이의 죽음은 교통사고로 인한 게 맞아. 그런데 흥미로운 게 발견됐어."

쉬쉬안칭이 몸을 돌려 두꺼운 커튼을 확 열어젖혔다. 여름 아침의 햇살이 쏟아지자, 쭝잉은 무의식적으로 고개를 돌려 피했다.

"네가 직접 봐."

쉬쉬안칭은 뉴스 헤드라인을 말하며 자신의 휴대전화를 쭝잉에게 던졌다. 검색하자 키워드가 떴다.

'연쇄 충돌, 신시新希 약품연구원 책임자 싱 모 씨, 신시제약 임원 아들 쭝 모 씨, 차량에서 마약으로 의심되는 약물 발견, 정

보 봉쇄, 취재 거절, 임산부 한 명, 남성 한 명 현장에서 사망.'

스크롤을 아래로 내리니 관련 사진이 쭉 떴다. 긴급 구조 현장, 가족사진…… 그리고 얼굴을 가린 쭝잉의 사진이 나타났다.

쭝잉은 손가락으로 사진을 밀어버리고 고개를 들다 쉐쉬안칭과 눈이 마주쳤다.

"가리려면 제대로 가려야지, 얼굴만 가리면 무슨 소용이야?"

쉐쉬안칭은 물을 틀어 개수대에 담배를 껐다.

"경찰 번호는 다 노출해 놓고. 몇 분이면 개인정보가 다 까발려지는 세상에. 요즘 같은 세상에선 잠자코 있는 게 최선인 거, 몰라?"

쭝잉은 댓글창을 열었다. 온갖 의혹과 추측이 난무했다. 모두 소매를 걷어붙이고 추리에 나선 모양이었다.

"차량이 제어가 안 된 이유가 뭐야?"

"기계 고장일 가능성은 적고, 열에 아홉은 인위적인 거야."

"'마약 발견'은 진짜야?"

"싱쉐이의 가방에서 의심스러운 물건이 발견돼 검사 맡겼어. 그가 마약을 한 뒤 운전을 했는지는 화학 검사를 더 해봐야 하고."

쉐쉬안칭은 잠시 뜸을 들이고 나서 말했다.

"들자 하니 신시가 신약을 출시할 예정이라는데, 이럴 때 약품연구원 사람의 마약 관련 스캔들이 터지면 앞으로 어려워질 걸."

쭝잉이 뉴스 화면을 닫았다. 쉐쉬안칭은 목이 말라 전기포트를 들어 손에 잡히는 컵에 물을 가득 따랐다. 그 순간, 쭝잉이 고개를 획 들며 격앙된 목소리로 외쳤다.

"그 물 마시지 마!"

저지에 실패하자, 쭝잉은 벌떡 일어나 쉐쉬안칭의 손에 들린 컵을 뺏고 전기포트를 들어 안에 있는 물을 개수대에 따라 버렸다.

"왜 그래?"

쉐쉬안칭이 소리쳤다.

쭝잉은 두말하지 않고 냉장고에서 따지 않은 새 차茶 음료를 건넸다. 심지어 뚜껑까지 따서.

손에 힘을 주자 상처가 벌어지면서 다시 피가 새어 나왔다. 쉐쉬안칭은 그제야 밴드가 더덕더덕 붙은 쭝잉의 손으로 눈길을 돌렸다.

쭝잉은 손을 거두며 시간을 보더니 말했다.

"늦었어. 돌아가 교대해야 하잖아. 이번 사건에서 나는 제외될 테니 네가 수고 좀 해줘."

쉐쉬안칭은 할 말이 없어 주머니에서 지갑을 꺼내 쭝잉에게 돌려주었다.

"또 잃어버리지 말고."

쭝잉은 알겠다고 말하며 휴대전화를 돌려주고 쉐쉬안칭을 배웅했다.

엘리베이터에 타려던 쉐쉬안칭이 갑자기 고개를 돌리며 말했다.

"쭝잉……"

하지만 이내 말을 삼키고 당부의 말만 남겼다.

"푹 쉬어."

쭝잉은 문 앞에 서서 진지하게 고개를 끄덕였다.

쉐쉬안칭을 배웅한 쭝잉은 현관문을 닫고 현관 서랍장의 서랍을 열었다. 나무 상자 옆에 놓인 봉투를 꺼내 보니 얇은 수첩과 편지가 들어 있었다.

편지를 펼쳤다.

"쭝 선생님께.

매우 외람되게도 편지를 남깁니다. 아마 당신도 몇몇 일로 곤혹스러우우실 겁니다. 아파트에서 잠시 기다리시면 우리는 밤 10시에 다시 만날 겁니다. 자세한 상황은 그때 말씀드리겠습니다.

놀라지 않으셨기를 바랍니다.

당신의 건강과 행복을 기원하며, 만사형통하시기를 바랍니다.

23일 새벽,
성칭랑盛清讓 드림."

밤 10시, 아직 멀었다.

쭝잉은 편지를 내려놓고 소파로 가 쉐쉬안칭이 준 담배를 다시 집어 들고 잡동사니 상자에서 라이터를 꺼냈다. 거실을 가득 채운 새벽빛 속에서 담배에 불을 붙였다.

건물 밖 자전거 보관소에서 울리는 맑은 종소리, 문이 열리는 소리, 경비와 이야기하는 소리, 길에서 버스가 브레이크 밟는 소리…….

쭝잉은 소파에 앉아 말없이 담배를 피웠다.

담배 연기 속에서 쭝잉은 갑자기 소매를 올려 냄새를 맡고 고개를 숙여 옷깃을 킁킁거렸다.

폴리에스테르 원단으로 만든 제복 셔츠는 공기가 안 통해 땀 냄새가 쉽게 났다. 게다가 현장에서 묻어 온 피비린내에 약품 냄새가 더해져 있었다. 하지만 쭝잉은 이 냄새들이 역하다고 생각하지는 않았다.

담배를 다 피우고 제복에 붙은 경찰 번호와 계급장을 떼고 욕실로 들어가 세탁기에 옷을 넣었다.

샤워기를 틀자, 소나기가 쏟아지는 것 같은 물소리에 세탁기 돌아가는 소리가 순식간에 묻혔다.

수증기 속에서 쭝잉은 일찍 일어난 옆집 꼬마가 〈도나 도나Donna Donna〉를 연주하는 소리를 들었다. 연주가 그치고 나서야 샤워기를 잠갔다. 순간 세상이 조용해졌다가 곧 세탁기가 세차게 돌아가는 소리가 들렸다.

쭝잉은 수건으로 몸을 닦고 깨끗한 티셔츠와 실내용 바지로 갈아입었다. 주방에서 약상자를 가져다 손에 난 상처를 치료하고 침실로 들어가 휴대전화에 충전 코드를 꽂으니 검은 화면에 로고가 나타났다.

충전이 시작됐구나 생각한 쭝잉은 침대에 누워 눈을 감았다.

마침내 쭉 펴진 척추와 근육은 휴식을 원했다. 거실에 놓인 탁상시계는 성실하게 시간을 앞으로 밀어냈고, 째깍째깍거리며 부지런히 태양도 지평선 아래로 밀어냈다.

쭝잉은 휴대전화 벨 소리에 잠에서 깼다. 모르는 번호라 저절로 꺼질 때까지 받지 않았다.

침대에 계속 누워 있었다. 날은 이미 저물었고, 커튼을 닫지 않아 도시의 어둠이 열여섯 개로 나뉜 격자창을 통과해 들어와 실내에 빛과 어둠이 교차했다.

쭝잉은 돌아누워 휴대전화를 집어 들었다. 오른쪽 위에 배터리 잔량이 백 퍼센트라고 표시되어 있었다. 충전 완료.

휴대전화 배터리는 0에서 100으로 회복된다. 그러면 사람은?

온종일 먹은 게 없어 배가 고팠다. 저녁을 배달 주문하고 음식이 오기를 기다리면서, 쭝잉은 방금 걸려온 낯선 번호를 검색했다. 검색 결과를 보니 귀찮을 게 뻔한 언론 종사자 같아서 차단해 버렸다.

음식은 빨리 배달되었다. 이것은 도시가 주는 편리함이었다. 따끈따끈한 세트 메뉴는 양이 많았다. 쭝잉은 반 정도 먹고 더 넘어가지 않아 그대로 쓰레기통에 던져버렸다.

저녁 8시 정각, 아직 두 시간이 남았다.

쭝잉은 일어나 옷을 널고 이를 닦은 뒤 텔레비전을 켜고 멍하니 봤다.

다큐멘터리였다. 5월의 라플란드를 항공 촬영한 것으로, 순록이 떼를 이뤄 달리고 있었다. "장장 팔 개월 동안 이어진 새

하얀 겨울이 지나고 라플란드에도 마침내 봄이 찾아왔다"라는 내레이션이 흘러나왔다.

겨울이 저렇게 길다니, 깨끗하고 차가운 좋은 곳이네. 쭝잉은 겨울이 좋았다.

밤 10시까지 이십 분이 남았을 때, 쭝잉은 텔레비전을 끄고 증거물을 하나씩 탁자에 올려둔 다음 맞은편에 의자를 갖다 놓았다.

현관 통로 등만 남기고 다른 등은 전부 껐다.

집 안에 다시 어둠이 내려앉았다. 쭝잉은 담배에 불을 붙이고 계단 입구에 앉아 기다렸다.

탁상시계가 '땡땡땡' 열 번 울렸을 때는 쭝잉이 들고 있던 담배도 다 탄 상태였다.

문이 열리는 소리가 작게 들렸다. 그런데 소리가 나는 곳은 위층이었다. 이어서 아래로 내려오는 발소리가 들렸다. 안정적이고 침착하며 동작이 크지 않은.

늘 축 처져 있던 눈꺼풀이 순간 확 치켜 올라갔다. 상대가 손을 뻗어 그녀의 어깨를 짚으려는 순간, 쭝잉은 상대의 오른팔을 확 잡아채 중심을 흩트려 계단 밑으로 넘어뜨렸다.

상대가 채 반응하기 전, 쭝잉은 일회용 결박 끈으로 재빨리 상대의 두 손을 뒤로 묶었다.

"쭝 선생, 우리 앉아서 얘기합시다."

상대는 말하기가 불편한지 결박을 풀어달라고 간청했다.

"지금도 말은 할 수 있을 텐데요."

쭝잉은 결박을 풀어줄 생각이 없었다. 상대를 제압한 채로 눈을 감고 한 자 한 자 꾹꾹 누르듯 말했다.

"이름, 나이, 출생지, 주소."

"성칭랑, 32세, 출생지와 주소는……."

말하기가 곤란한지 그는 잠시 멈췄다가 다시 부드럽게 말했다.

"여깁니다."

"여기요?"

"네, 여기요."

말도 안 돼. 쭝잉이 이 말을 내뱉기도 전에 갑자기 손에서 힘이 탁 풀렸다.

통증이 기습 공격하듯 몰려와 머리가 산산조각 나는 것 같았다.

호흡이 거칠어지고 이마에 혈관이 툭 튀어나왔다. 쭝잉은 쓰러지기 일보 직전이었지만 성칭랑에게는 기회였다. 성칭랑은 몸을 일으켜 힘을 주어 결박을 풀었다.

그러나 다음 순간, 성칭랑은 몸을 숙여 쭝잉을 살폈다.

"쭝 선생, 괜찮아요? 말씀하세요. 뭐 필요한 거 있어요?"

쭝잉은 통증 때문에 눈을 뜰 수조차 없었다. 두 손으로 머리를 꽉 감싸고 이를 악물었다. 근육이 바짝 긴장해 입을 열 수도 없었다.

"진통제 줄까요?"

성청랑이 다시 물었다.

대답이 없자, 성청랑은 빠르게 뒤로 두 걸음 옮겨 소파에 있던 담요를 쭝잉의 어깨에 덮어주고 그녀를 안아 소파로 옮겨주었다.

주방에 있던 약상자를 기억한 성청랑은 재빨리 주방으로 달려가 약상자를 가져와 진통제를 찾아서 탁자에 놓인 물컵과 함께 쭝잉에게 건넸다.

쭝잉은 물도 마다하고 성청랑의 손에서 약을 집어 그대로 삼켰다.

7월인데도 성청랑의 손바닥에 닿은 떨리는 쭝잉의 손가락은 아주 차가웠다. 그래서 성청랑은 침대식 의자에 놓인 외투를 가져와 쭝잉에게 덮어주고 말을 더 걸지 않았다.

날씨가 바뀌었다.

밤바람이 창문에 부딪혀 '쾅쾅' 소리를 냈다.

성청랑이 다가가 창문을 닫자, 번개가 번쩍 내리쳤다.

'우르르 쾅쾅' 천둥이 지나가자 실내에는 시계 소리와 쭝잉의 무거운 숨소리만 들렸다. 곧이어 비가 유리창에 들이치면서 바깥 풍경이 모호하게 뭉개졌다.

성청랑은 커튼을 치고 거실 등을 켰다.

창가에 놓인 책장에 의약 관련 서적이 꽂혀 있고 각종 증서와 상패가 놓여 있었다. 소유자는 모두 같은 사람이었다. 쭝잉.

책장 옆 커다란 구식 액자에는 사진이 다닥다닥 붙어 있었다.

어릴 적 사진 몇 장 외에 나머지 사진 속 쭝잉은 웃음기가 전혀 없고 한결같이 입을 일자로 굳게 다물고 있었다. 벽 쪽에 놓인 화이트보드에는 신문 스크랩, 병리 해부 사진, 보고서 같은 게 잔뜩 붙어 있고, 한쪽 구석에는 인체 골격 모형이 놓여 있어 음산한 기운을 풍겼다.

처음 이것들을 봤을 때, 성칭랑은 집주인이 마르고 냉정하며 진지하고 고집스러운 사람일 것이라고 판단했다.

책장 유리 너머 구석에 아주 작은 휘장이 놓여 있는 게 보여 다가갔다. 중앙에 CESA라고 쓰여 있고 아래에 영문이 나열되어 있었다. 'Extreme Sport Association'이라는 글자도 있었다.

익스트림스포츠협회, 새로운 발견이었다.

성칭랑은 다시 주방으로 돌아와 전기포트에 물을 받았다. 물을 조금 끓여놓을 생각이었다.

전원을 연결하자 포트에서 금세 '보글보글' 시끄러운 소리가 났다.

갑자기 쉰내가 올라와 고개를 숙여 보니 발 쪽에 놓인 쓰레기통에 도시락이 처박혀 있었다. 음식은 이미 부패가 시작된 상태였다. 쓰레기통을 비우고 컵을 씻고 정리를 끝내자 소나기도 어느새 멈춰 있었다.

쭝잉이 소파에서 다시 깼을 땐 새벽 5시 40분이었다.

꿈에서 쭝잉은 라플란드의 새하얀 설원에서 순록이 끄는 썰매를 타고 있었다. 순록이 너무 빨리 달리는 바람에 손잡이를 놓친 그녀는 방향을 가늠할 수 없는 설원에 홀로 남겨졌다. 곧

얼어 죽을 것 같았다.

이렇게 죽는 것도 나쁘지 않았다.

일어나 앉자, 성칭랑이 탁자 너머에 앉아 책을 읽고 있었다. 그의 머리 위로 어슴푸레한 전등 불빛이 내려앉아 있었다.

쭝잉은 탁자로 시선을 옮겼다. 탁자 위에는 자신이 올려놓은 '증거품' 외에 서류 가방과 트렁크, 그리고 보온컵이 하나 놓여 있었다.

쭝잉은 몸을 앞으로 기울여 컵을 집어 뚜껑을 열었다. 약하게 온기가 올라왔다. 물은 아직 따뜻했다.

성칭랑은 들고 있던 책을 내려놓고 쭝잉이 물을 다 마실 때까지 기다렸다.

"몸이 허락한다면 이제 차분하게 대화를 나눌 수 있을까요?"

불빛에 비친 그의 얼굴은 매우 온화해 보였다. 쭝잉은 노기를 가라앉히고 담요를 무릎까지 접어 내리며 말하라는 뜻을 나타냈다.

성칭랑은 서류 가방을 열어 접힌 문서를 하나 꺼내 쭝잉 앞에 펼쳐놓았다.

제일 오른쪽에 번체자*로 '임대계약'이라는 네 글자가 세로쓰기로 쓰여 있고, 그 옆에 계약 내용이 있었다. 표시된 물건은 699번지 아파트 중 바로 이 복층 아파트였고, 계약서 작성 날

---

* 중국에서 전통적으로 써오던 방식 그대로의 한자를 간체자에 상대하여 이르는 말. 중국 정부는 문맹률을 낮추고 교육 보급을 위해 한자 간략화를 진행해, 지금은 간략해진 간체자를 쓰고 있다.

짜는 민국* 21년 7월 12일이라고 적혀 있었다.

민국 21년이면, 1932년이었다.

이 아파트는 1931년에 완공된 이후, 입주민이 계속 바뀌어 이런 철 지난 계약서는 문헌과 소장 가치 외에는 아무 의미가 없었다.

자세히 읽어본 쭝잉은 사실대로 말했다.

"지금은 2015년이에요. 민국 시대 법률이 지금의 중국에선 적용되지 않고요. 성 선생님, 이 계약서는 효력이 없습니다."

"쭝 선생이 있는 이곳에서는 효력이 없을지도 모르지만, 제가 있는 이곳에서는 여전히 유효합니다."

성청랑이 말하며 다른 서류를 꺼냈다.

"이건 공공조계** 공부국***에서 어제 진행했던 회의 기록입니다."

성청랑은 서류를 쭝잉 앞으로 내밀며 손가락으로 날짜를 가리켰다.

민국 26년 7월 23일.

성청랑은 고개를 들어 쭝잉을 쳐다봤다.

쭝잉이 눈을 치켜뜨며 말했다.

---

* 民國. 중화민국의 연호. 중화민국(1912~1949)은 1911년 신해혁명으로 청조淸朝가 무너진 뒤 세워진 국가로, 손문孫文이 임시 총통에 취임했다.
** 상하이 공공조계. 근대 중국에 있던 조계租界의 하나로, 개항장에 외국인이 자유로이 거주하며 치외법권을 누리도록 한 구역이다. 상하이에는 공공조계와 프랑스 조계가 있었다.
*** 工部局. 과거 조계의 행정기관.

"내가 이렇게 이해하면 되나요?"

쭝잉은 말 속도를 늦추며 확인하듯 말했다.

"그러니까 당신은, 민국 26년 7월 23일에서 왔다는 말이죠?"

"그렇습니다. 이건 제가 겪은 어제가 확실합니다."

성칭랑이 재빨리 확인해 주었다.

쭝잉은 앞으로 기울였던 몸을 뒤로 물렸다.

성칭랑은 손목시계를 보며 시간 여유가 있다는 것을 확인하고 이어서 말했다.

"10시 전까지 저는 제 방에서 일하고 있었습니다. 그런데 10시가 지나자 주위의 모든 게 바뀌었습니다."

성칭랑이 주위를 둘러보며 덧붙였다.

"이렇게요."

쭝잉은 아무 말도 하지 않았다.

"저도 이게 무슨 일인가 싶고, 지금도 이해할 수가 없습니다."

"언제부터 시작됐죠?"

"7월 12일이요."

그날은 쭝잉이 잇단 두 건의 사건으로 열흘 넘게 숙소에서 지내느라 집에 돌아오지 않은 때였다.

"당신 말대로라면, 당신은 매일 밤 10시에 이곳에 온다는 말인데, 그러면……."

쭝잉은 재빨리 생각을 정리했다.

"7월 23일 새벽엔 왜 택시에 있었죠?"

쭝잉의 '심문'에 성청랑이 조리 있게 대답했다.

"밤에는 보통 여기에 있고 가끔 다른 곳에 있을 때도 있습니다. 하지만 어디에 있든 밤 10시만 되면 어김없이 쭝 선생이 있는 이 시대로 옵니다. 그날 밤은 교외에서 일하다 10시 정각이 되자 이 시대로 왔습니다. 여기서 먼 곳이라 도보는 너무 느려 교통수단이 필요했습니다. 택시 잡는 것도 여의치 않아서 한참을 걷다가 갖고 있던 현금을 다 주고서야 택시를 잡을 수 있었습니다."

어제 탔던 그 택시인가 보다.

"얼마나 줬어요?"

"250위안이요."

"그 수첩에 기록해 놨습니다. 보셨습니까?"

물론 봤다. 확인이 필요했을 뿐이다. 편지와 함께 있던 얇은 수첩에 세세하게 기록되어 있었다.

쭝잉이 기억하는 첫 번째 기록은 "책장에서 『신화자전*』 사용 뒤 당일 반납"이었고, 최신 기록은 "쭝 선생의 현금 250위안 사용, 택시비, 미상환"이었다.

주인의 언어 습관을 고려했는지 모두 간체자로 쓰여 있었다.

이러니 어제 쭝잉은 성청랑에게 고맙다고 할 필요가 없었던 것이다. 어쨌든 차비는 자신의 돈이었고 그가 멋대로 사용한 것이었으니.

---

* 新華字典. 중국 최초의 현대 중국어 사전으로 가장 기본적인 사전이다.

"집주인의 재물을 함부로 사용했으니 실례가 이만저만이 아닙니다. 쭝 선생, 제 사과를 받아주십시오. 안 된다면 보상을 해드리겠습니다."

"250위안이라, 택시 얼마나 탔어요?"

쭝잉은 보상은 관심 없다는 듯 물었다.

"이십 분 정도요. 여기 자동차는 아주 빠르더군요."

"미터기를 켜라고 했어야죠."

쭝잉은 눈을 내리깔며 들고 있던 보온컵을 탁자에 내려놓았다.

"250위안으로 뭘 할 수 있는지 알아요?"

"아래층에 밤새 영업하는 상점에 가니 가격표가 붙어 있더군요. 한번 가봤습니다."

성칭랑은 근거를 대며 대답했다.

"일용품 물가와 대조하면 현재 유통되는 화폐의 구매력에 대한 개념이 대충 생깁니다."

성칭랑은 서류 봉투에서 영수증을 한 장 꺼내 쭝잉에게 내밀었다. 3.8위안짜리 우유를 산 영수증이었다.

"택시비 250위안을 운행 거리로 계산하면 비합리적일 수 있습니다. 하지만 심야여서 그것 말고는 다른 방법이 없었습니다."

성칭랑의 말은 일리가 있었다. 쭝잉은 한참 침묵하다 다시 입을 열었다.

"내 예비 열쇠도 가져갔고요."

"만일에 대비한 겁니다. 문밖에 있는데 열쇠가 없으면 갈 곳이 없거든요."

"그러면 2층 방문은 왜 잠갔죠?"

쭝잉이 눈을 들어 성칭랑을 쳐다봤다.

"그게 바로 제가 말하려던 겁니다."

성칭랑은 탁자에 놓인 트렁크를 열어 쭝잉 쪽으로 돌렸다. 안에는 금괴와 미국 달러, 은화와 법폐*가 들어 있었다.

"은화와 법폐는 유통이 안 될 것 같고 미국 달러는 가능할 것 같습니다. 금은 경화**에 속할 테고요. 이 중 하나는 사용할 수 있을 겁니다."

이렇게 생각이 주도면밀하니 요구 또한 분명했다.

"이 집 곳곳에 있는 골동품은 쭝 선생에게 매우 중요한 것 같고, 저도 쭝 선생이 그것들을 내다 팔지 않길 바랍니다. 2층에 있는 방은 늘 비워두는 것 같던데 잠시 제게 임대하면 좋겠습니다."

정중한 말투에 쭝잉을 바라보는 눈빛 역시 진지하고 신뢰가 갔다.

날이 완전히 밝기 전, 어슴푸레한 실내에서의 대화는 마치 꿈의 한 단락 같았다.

"저를 못 믿어도 이해할 수 있습니다."

성칭랑은 다시 고개를 숙여 시계를 보고 느긋하게 말했다.

"하지만 제 말이 거짓이 아니라는 게 곧 증명될 겁니다."

---

*   法幣. 1935년 11월 4일~1948년 8월 19일까지 중국에서 유통된 화폐.
** 언제든지 금이나 다른 화폐로 바꿀 수 있는 화폐.

시계가 5시 59분 40초를 가리켰다.

성칭랑은 서류 가방을 정리하고 단정하게 앉아 고개를 들었다.

"매일 새벽 6시, 저는 쭝 선생의 시대에서 사라집니다."

"그럼, 이렇게 하면요?"

쭝잉이 차가운 눈빛으로 상체를 앞으로 기울여 성칭랑의 손을 덥석 잡았다.

서늘한 기운이 전해지면서 구식 탁상시계가 다급하고 불안한 듯이 째깍째깍 움직였다.

침착하던 성칭랑의 얼굴에 불안한 기색이 떠올랐다. 그가 매섭게 경고했다.

"삼 초 남았습니다. 손 놓으세요."

쭝잉은 놓지 않았다.

제2장

지나가던 친구

결국 쭝잉이 잡은 건 공기였다.

마지막 일 초에 성칭랑은 안간힘을 써서 손을 빼냈고 순식간에 사라졌다.

탁자 맞은편에는 텅 빈 의자만 남고 '땡땡땡' 시계 소리만 정확하게 여섯 번 울렸다.

성칭랑은 쭝잉의 손을 놓으려고 애쓰다 아무것도 가져가지 못해 트렁크와 서류 가방이 탁자 위에 덩그러니 남아 있었다.

어슴푸레한 장식등이 조용히 비추는 실내에는 쭝잉의 숨결만이 감돌았다. 몇 시간이 지났건만 마치 한바탕 꿈을 꾼 것처럼 현실감이 전혀 느껴지지 않았다.

쭝잉은 냉정을 되찾기 위해 잠시 소파에 앉아 있었다. 문득 카펫 위에 떨어져 있는 금속 커프스단추가 눈에 띄었다. 성칭랑이 떨어뜨린 듯했다. 쭝잉은 단추를 집어 들어 어루만졌다.

차가운 금속 촉감이 선명하게 느껴졌다.

환각이 이렇게 생생할 리가 없었다. 아니면 정신 상태가 약을 쓸 수 없을 정도로 심각해졌다거나.

쭝잉은 상체를 불쑥 앞으로 숙여 탁자 위에 놓인 서류 가방을 끌어당기고 잠깐 망설이다가 잠금장치를 풀고 안에 있는 물건을 꺼냈다. 서류 봉투 두 개와 지갑 하나, 만년필 한 자루, 끈이 달린 수첩 한 권이 다였다.

소박하고 실용적이며 정갈하고 질서정연했다.

서류 봉투를 열어보니 조금 전 성칭랑이 보여주었던 임대 계약서 등 자료들이 나왔다. 대충 넘겨 보다가 증명서 한 부에 시선이 멈추었다. 모서리 네 곳에는 파란 바탕에 하얀 태양이 있는 민국 국기가 박혀 있고, 위쪽 정중앙에는 국부인 손문의 얼굴이 인쇄되어 있으며, 오른쪽에는 '상하이변호사공회 회원 증서'라고 쓰여 있었다. 그리고 작은 글씨로 '성칭랑 변호사가 본회의 회원임을 증명하며, 회원 명부 등록 외에 각급 법원에⋯⋯' 같은 내용과 회원 번호, 공회 규정이 쓰여 있고, 마지막에는 위조 방지를 위한 상하이변호사공회 집행위원회 낙관이 찍혀 있었다.

끝까지 다 읽은 쭝잉은 서류를 서류 봉투에 넣고 끈이 달린 수첩을 펼쳤다. 첫 장을 넘기자 강의 시간표가 붙어 있었다.

시간표 윗부분에 둥우대학교* 법학대학이라고 쓰여 있고,

---

* 東吳大學. 중화민국 시기에 미국 기독교 감리회가 설립한 중국 최초의 서양식 대학.

아래에는 '천지의 정기를 기르며, 고금의 성인을 본받는다'라는 교훈이 중국어 번체자로 쓰여 있었다. 강의 시간이 모두 저녁인 것으로 보아 겸직 교수인 듯했고, 형법과 비교법을 주로 강의하는 모양이었다. 토요일 저녁에는 모의 법관으로 법학 전문대학원 실습 법정에 출석해야 하는지, 옆에 '필요할 듯, 통보 기준'이라고 쓰여 있었다.

뒷장에는 중국어와 영어가 혼용된 일정이 기록되어 있었다. 그중 한쪽에는 프랑스어가 빽빽하게 적혀 있었는데, 대충 훑어보기만 해도 눈이 팽팽 돌아갈 지경이었다.

쭝잉은 읽기를 그만두었다. 바로 그때 휴대전화가 울렸다. 알람이었다.

오늘은 오전 근무조라 어서 씻고 회사로 달려가 야간조와 교대해야 했다.

옆집 꼬마의 피아노 소리가 울리는 가운데, 쭝잉은 재빨리 옷을 갈아입고 성칭랑의 개인 물품을 전부 금고에 넣었다.

정리를 끝내고 집을 나서는 순간, 옆집에서 울리던 왈츠 연주가 끝났다.

버스에서 지하철로 갈아탔다. 출근 시간 대중교통은 매우 혼잡했다. 왼쪽 문 옆으로 밀린 쭝잉은 손을 올리는 것조차 힘들었다.

환승역에 도착하자, 승객이 우르르 내렸다가 다시 우르르 탔다. 쭝잉은 자세를 고치고 휴대전화를 꺼내 기사를 클릭했다. 지하여서인지 신호가 잘 안 잡혀 사진과 글이 섞인 기사는 제대로 뜨지 않았고 인기 댓글만 보였다.

여전히 의심과 음모론이 대세로, 서슬 퍼런 말투가 액정을 뚫고 나올 기세였다.

"그 예비 부모가 제일 불쌍하지. 배 속 아이까지 세 명이나, 정말 끔찍해. 듣자 하니 큰애가 겨우 여섯 살이라던데. 사고만 안 났으면 아주 단란한 네 식구인데 이제 끝났지. 보상금이 다 무슨 소용이야. 사고 낸 사람 정말 최악이야. 배경이 어마어마 하다던데?"

"의심스러운 게 한두 개가 아님. 눈이 삐지 않고서야 사고 낸 사람이 마약 안 했다는 걸 어떻게 믿음?"

"상장 제약기업 약품연구원 임원이 마약을 숨기다니, 신시약 어디 믿고 쓰겠어?"

"경찰은 왜 부검 결과 발표 안 해? 담당 법의관은 신시와 무슨 관계야? 뭔 내막이 있는 거 아니야?"

"사진 속 여자 경찰 조사 바람. 뭔가 이상해 보임. 견장 색깔을 보라고. 기술직 경찰임."

"……."

갑자기 '띵똥' 하는 소리와 함께 액정 위쪽에 그룹 채팅 메시지가 떴다.

채팅창을 열어보니 부서 단체 문자가 99+로 쌓여 있고, 마지막에는 골뱅이 표시 @을 달아 쭝잉과 쉐쉬안칭에게 보낸 "쭝 선생님 파이팅, 칭 형님 파이팅!"이라는 메시지와 함께 두 손을 모아 공수하는 이모티콘이 있었다.

칭 형님은 쉐쉬안칭을 가리키는 말로, 쉐쉬안칭이 이번 사건의 담당 법의관이었다.

사진 속 그 여자 경찰은 쭝잉이었고, 기술직 경찰의 견장은 회색이었다.

단체 채팅창에 새 메시지가 떴다. 음성 메시지로, 발송자는 쉐쉬안칭이었다.

쭝잉은 휴대전화를 귀에 대고 메시지를 열었다. 시끄러운 지하철 소음에 잘 들리지 않았지만, 상대가 무슨 말을 하는지는 알아들을 수 있었다.

"그들이 내 전문성을 의심할 수는 있어도, 내 직업적 양심을 의심할 자격은 없어."

음성 메시지가 끝난 뒤에도 쭝잉은 귀에서 휴대전화를 떼지 않았다. 쭝잉은 지하철 유리문 쪽으로 시선을 돌렸다. 빠르게 내달리는 지하철 옆으로 획획 지나가던 어둠이 마침내 끝나고 유리문 밖이 환해졌다.

도착했다.

쭝잉은 사람들을 따라 지하철에서 내려 편의점에서 아침을 해결한 뒤 사무실로 향했다. 법의감정센터라는 방대한 조직은 오늘도 어김없이 질서 정연하게 움직이고 있었다.

우연히 만난 샤오정에게 쉐쉬안칭을 봤냐고 물었다.

"쉐 선생님은 어제 탈진할 정도로 바빠서 오늘은 휴가 내셨어요."

샤오정은 대답하면서 인터넷을 도배한 댓글이 떠올랐는지 불만스럽게 덧붙였다.

"결론이 뭐 자기들 생각처럼 그렇게 빨리 나오는 줄 아나. 이 사건이 얼마나 복잡한데. 개처럼 바쁘게 뛰어다니는데 의심만 받다니 정말 불쾌해요."

신입다운 치기와 불만이 쏟아져 나왔다.

쭝잉은 쉐쉬안칭에게 전화해 볼까 하다가 결국은 하지 않았다.

현장에 출동하지 않는다고 한가한 건 아니었다. 처리해야 할 서류가 산더미였기 때문이다. 쭝잉은 컴퓨터 모니터 앞에 앉아 보고서를 썼다. 한번 앉으니 오전이 훌쩍 지나갔고, 오후에는 법원에 들렀다 돌아오니 벌써 퇴근 시간이었다.

차로 회사 입구에 들어서자, 당직 근무자들과 떼로 몰려온 사람들이 대치하고 있는 게 보였다. 흥분한 말투가 곧 몸싸움이라도 벌어질 것 같았다.

사람들이 몰려 있는 곳에서 세 걸음 뒤에 어린아이가 공포에 질린 표정으로 서 있었다.

쭝잉은 차에서 내렸다.

"이틀이나 지났는데 왜 여태 아무 소식이 없는 거야?! 조사, 조사, 도대체 언제까지 조사만 할 거냐고! 가족에게 가타부타 무슨 말이라도 해줘야 할 거 아니야! 사고 낸 사람은 죽었는데 죽은 사람에게 찾아갈 수도 없잖아!"

"죄송합니다. 여러분 심정은 잘 알겠습니다. 하지만……"

"또 어영부영 넘어가지! 교통경찰 쪽도 그러더니 여기도 똑같네!"

당직 직원의 말을 끊은 중년 여성이 갑자기 옆에 있던 아이를 휙 끌어와 더 절박하게 외쳤다.

"이 애 좀 보라고. 이렇게 어린데, 부모가 사고로 모두 죽었어. 아이를 봐서라도 빨리 결과를 내놔야 할 거 아니야!"

"그럼, 그럼, 그렇고말고!"

중년 여성의 말에 옆에 있던 사람들도 동조했다. 쭝잉이 다가가자, 중년 여성이 쭝잉을 확 잡더니 쭝잉의 회색 견장과 경찰 번호를 뚫어지게 쳐다봤다.

"당신이 그날 병원에 있었던 경찰이지? 당신은 이게 도대체 어떻게 된 일인지 알지?"

옆에 있던 사람도 말을 보탰다.

"시체 부검한 법의관이 당신이야?"

쭝잉이 아무 말도 하지 않자 그녀의 태도가 불만스러웠는지 중년 여성이 쭝잉을 잡아당겼다.

당직 직원이 다가와 말렸지만 사람들이 말을 들을 리 없었다. 옆에서 누군가 사진을 찍는 것을 본 쭝잉은 미간을 찌푸리며 붙잡고 있는 상대에게 매몰차게 말했다.

"이 손 놓으세요."

잡아당기는 기세가 너무 세 쭝잉은 뿌리치지도 못했다. 직원이 다가와 말렸지만 소용없었고, 더 시끄럽게 엉망으로 뒤엉킬 뿐이었다.

조금 전까지 몇 걸음 뒤에 서 있던 아이가 보이지 않았다.

안 돼!

쭝잉이 반응했을 때는 이미 늦었다. 어른들이 밀고 당기며 몸싸움을 하는 동안, 애꿎은 아이가 부딪혀 바닥에 쓰러졌다.

부주의로 아이를 밟은 사람이 놀라 소리치자, 쭝잉은 자신을 잡고 있던 여자의 손을 힘껏 뿌리쳤다.

뒤통수가 바닥에 부딪히고 어깨는 밟혀 그렇지 않아도 놀라 어리둥절해 있던 아이는 아프다는 소리도 내지 못하고 불러도 아무 반응을 하지 못했다.

모두 당황했다. 사람들이 흩어지자, 쭝잉이 다가가 아이의 상태를 살폈다.

"병원으로 옮겨야겠어요."

"심각해요? 구급차 부를까요?"

조금 전까지도 큰소리치며 소란을 피우던 중년 여성은 놀랐는지 손을 벌벌 떨며 아이를 안으려고 했다. 쭝잉이 그녀를 말렸다.

"골절이 있을 수 있습니다. 조심해서 옮겨야 해요."

쭝잉이 전문가다운 냉철한 말투로 말했다.

"들것 가져오세요."

순간 주위가 조용해졌다.

잠시 뒤 사람들이 어느 병원이 제일 가까운지 상의하기 시작한 가운데, 그 중년 여성이 갑자기 어제 사고 부상자들이 실려 간 그 병원으로 가자고 하면서 쭝잉에게도 함께 가자고 요

구했다.

쭝잉은 동의했다.

도시는 금요일 저녁 러시아워 상태로 들어갔다. 차 안에 앉아 있으니 거대한 태양이 지평선을 무겁게 누르고, 무기력한 열기가 피어오르는 사이로 자동차가 빽빽하게 늘어선 모습이 보였다. 마치 전쟁터 같았다.

아이의 상태에 신경을 곤두세웠더니 쭝잉 자신의 상태는 급격히 나빠졌다. 창문을 열고 담배를 피우고 싶었지만, 옆에 있는 아이를 보며 마음을 접었다.

병원에 도착하자 응급실에서 아이의 상태를 파악하고 각종 검사가 이어졌다.

중년 여성이 원망의 말을 쏟아내며 병원비를 계산하자, 옆에 있던 사람들이 이런저런 말을 보탰다. 그들의 말에서 저 중년 여성은 아이의 외숙모이고, 아이는 7월 23일에 발생한 터널 사고로 목숨을 잃은 부부의 자식이며, 이제 겨우 여섯 살이라는 것을 알 수 있었다.

쭝잉의 휴대전화가 울렸다.

성추스였다.

"쭝잉, 네 아버지 곧 도착한다는데 병원에 올래?"

쭝잉은 잠자코 있다가 밖으로 나와서 대답했다.

"지금 바빠."

성추스가 몇 초 동안 침묵하다가 입을 열었다.

"알았어. 끊을게."

"응."

쭝잉은 성추스가 먼저 끊기를 기다렸다가 벽에 기대 담배에 불을 붙였다.

천천히 어둠이 내려앉았다. 낯익은 자동차가 병원으로 들어오자 쭝잉의 눈빛이 어두워졌다.

아버지의 차였다.

쭝잉은 응급실에서 아이가 입원 수속을 마칠 때까지 있었다. 일이 다 끝나고 보니 밤 9시가 다 된 시간이었다. 허기가 져 병원 맞은편에 있는 일본식 구이집에 가 스테이크와 일본식 냉면을 시켰다.

반쯤 먹었을 때, 아버지 쭝칭린에게서 전화가 왔다. 전화를 받자 저쪽에서 말했다.

"병원으로 오거라."

"네."

전화를 끊고 남은 냉면을 한입에 쓸어 넣었다.

아버지가 지금 시간에 부르는 이유는 뻔했다. 방금 출장에서 돌아와 사고 상황을 파악하자니 시스템 내부에 있는 쭝잉에게 듣는 게 제일 편하기 때문일 것이다.

결과는 쭝잉의 예상을 전혀 벗어나지 않았다. 쭝잉을 본 아버지의 첫 마디는 "차에서 발견된 게 뭐냐?"였다.

"정식 보고서 아직 안 나왔습니다."

"내 앞에서도 경찰 행세냐? 검사는 했고?"

"제 담당이 아니라 잘 모릅니다."

부녀가 복도 끝에 서서 대치하고 있는데 복도 입구에서 줌 렌즈가 나타났다.

렌즈를 당기는 소리가 미세하게 울렸다. 쭝잉이 움직임을 감지했을 때, 병실에서 호출 소리가 들렸다.

쭝위의 상태가 위급해졌는지 당직 의사가 달려왔다. 가족들은 밖에서 기다리는 수밖에 없었다.

시간은 더디게 흘렀고 밤은 더 깊어졌다. 위급한 상황이 무사히 지나가길 바라는 시간은 견디기 어려웠다.

쭝위 어머니는 오랫동안 잠을 못 자 부쩍 초췌해진 모습으로 의자에 앉아 아무 말도 하지 않았다. 쭝칭린도 열 시간이 넘게 비행기를 타고 귀국해 곧장 병원으로 달려왔으니 피곤하긴 마찬가지일 터였다. 쭝잉은 벽에 기대서서 아무 데도 가지 못했다. 그들은 가족이었으니 그 누구도 먼저 쉬러 가겠다고 말할 수 없었다.

이 밤, 쭝잉은 곧 쓰러질 것만 같았다. 바깥이 조금씩 밝아질 때까지 힘겹게 버티고 나서야 쭝위의 상태가 조금 나아졌고, 쭝잉은 마침내 이곳에서 벗어날 수 있었다. 심장이 이상할 정도로 빠르게 뛰었고, 발은 허공을 딛는 것 같았다. 병원 문을 나서니 넓은 도로에는 아무도 없었다.

쭝잉이 무의식적으로 도로를 건너는데 갑자기 뒤에서 누군가 팔을 확 잡아채 중심이 뒤로 무너졌다. 그 순간 자동차 한 대가 그녀 앞으로 휙 지나갔다.

쭝잉은 정신이 번쩍 들었다. 고개를 돌리니 익숙한 얼굴이 있었다.

"당신이 왜 여기에?"

쭝잉의 팔을 잡은 성칭랑이 숨을 헐떡이면서 무슨 말을 하려는 순간, 이 도시는 6시를 맞이했다.

모든 게 달라졌다.

'따르릉, 따르릉' 구식 자전거가 휘청거리며 쭝잉 앞을 지나갔다.

비단 치마를 입은 여자아이가 거리 한쪽에서 두유 병을 안고 멍하니 쳐다보고 있었다. 갑자기 나타난 두 사람을 보고 놀란 모양이었다. 아이는 고개를 홱 돌리고 울면서 상점 안으로 뛰어 들어갔다.

"엄마, 귀신이 나타났어요!"

누군가 자신을 끌어당겼고, 정신을 차리자마자 마주한 건 성칭랑의 시선이었다. 지금 같은 상황은 성칭랑도 예상하지 못한 일이었다. 하지만 이미 벌어진 일, 길거리에 멍하니 서 있어 봐야 아무 소용이 없었다.

거리는 아직 잠이 덜 깬 모습이었지만 일찍 일어나 활동하는 사람은 있게 마련이었고, 쭝잉의 제복은 조금 이상해 보이기에 충분했다.

성칭랑이 낮은 목소리로 쭝잉에게 빠르게 말했다.

"쭝 선생, 저를 따라오세요."

성칭랑이 손을 놓고 앞서갔다. 뭘 물어볼 수도 없어 잠자코 따라가는 수밖에 없었다.

낯선 거리를 지나 빠른 걸음으로 십 분 정도 걷자 등에서 땀이 났다. 고개를 드니 불쑥 익숙한 아파트가 나타났다.

담장이 달랐다. 수리하고 색을 다시 칠하기 전 색깔이었다. 정문도 달랐다. 이 아파트의 특징인 곡선 형태로 늘어선 건물만 현대와 같은 모습이었다.

안으로 들어가니 남북으로 통하는 넓은 복도가 나왔다. 천장 등이 희미하게 켜져 있는 복도에는 아무도 없고 고요한 서늘함만이 있었다.

성칭랑이 갑자기 걸음을 멈췄다. 쫑잉은 그가 군더더기 없는 동작으로 우편함에서 최신 신문을 꺼내고 우유병을 집어 드는 모습을 봤다.

그 순간, 앞쪽에서 상하이 말이 들렸다.

"성 선생님 돌아오셨어요? 엘리베이터 열어드릴까요?"

쫑잉은 그제야 안내 데스크 너머에 앉아 있던 작고 마른 중년 사내를 발견했다. 데스크가 높아 반질반질하게 잘 빗어 넘긴 머리의 반만 보였다.

"괜찮습니다."

성칭랑은 거절하고 한 손으로 쫑잉의 소매를 살짝 잡아 따라오라고 했다. 그리고 남쪽에 있는 계단으로 꼭대기까지 올라갔다.

문을 연 성칭랑이 비켜서며 쫑잉에게 들어가라고 표시했다.

"쭝 선생, 들어가세요."

쭝잉은 성칭랑을 한 번 보고, 문 안쪽을 한 번 보고, 다시 주위를 둘러봤다. 이상한 느낌이 점점 더 강하게 들었다. 마지막으로 고개를 들었는데 현관에서 실내로 이어지는 통로의 등이, 매우 낯이 익었다.

과연, 예전에 외할머니가 이 등이야말로 진짜 골동품이라고 하셨는데 그 말이 맞았나 보다. 이때부터 사용한 등이 수십 년 뒤에도 계속 사용되다니.

성칭랑이 쭝잉의 시선을 따라 보며 말했다.

"쭝 선생 시대의 아파트는 내부가 거의 다 바뀌었고, 이 현관 등 하나만 남아 있더군요."

성칭랑이 한 손으로 신문과 우유병을 든 채로 현관 등을 보면서 말했다.

"저 등이 나의 길을 비추고 쭝 선생의 길도 비춰주니 귀한 인연이네요."

성칭랑이 잠시 뜸을 들이고 말했다.

"그러니, 이제 들어가시죠."

성칭랑은 시종 예의 바르고 온화했으며, 언행은 더 말할 것도 없이 선량했다.

쭝잉은 결국 문 안으로 들어섰다. 성칭랑은 우유와 신문을 현관에 있는 수납장 위에 놓고, 허리를 숙여 슬리퍼 한 쌍을 그녀의 발 옆에 놓아주고 자신도 슬리퍼로 갈아 신었다.

실내 바닥에는 가늘고 좁은 나무로 된 마루가 깔려 있었고,

커튼이 유리창을 가리고 있어 어두컴컴했다.

쭝잉은 슬리퍼로 갈아 신고 소파에 앉았다. 등에 난 땀이 식는지 조금 서늘했다.

거실에는 시계 소리뿐이고, 건물 밖에는 '덜커덩, 덜커덩' 전차가 지나가는 소리가 들렸다 사라졌다.

성칭랑은 한쪽에 서서 쭝잉에게 말했다.

"쭝 선생을 이 시대로 오게 해서 정말 미안합니다."

성칭랑의 사과를 듣던 쭝잉은 오히려 그에게 고마워해야 하는 게 아닐까 생각했다. 성칭랑이 잡아당긴 덕에 사고를 면했으니 말이다.

하지만 생각만 하다가 결국 아무 말도 하지 못했다. 또 의문이 생겼기 때문이다.

쭝잉은 어제 새벽 상황이 떠올랐다. 시험해 보려고 성칭랑의 손을 잡았지만 무뚝뚝하게 경고하고 손을 빼지 않았던가. 이 사람은 분명 그것이 어떤 결과를 가져올지 알고 있었고, 그래서 이런 상황이 발생하지 않도록 노력한 것이었다.

그런데 오늘 아침에는 왜 그런 것일까? 곧 사라질 시간에 길에 나타난 것은 평소 신중하고 이성적인 그의 태도와는 분명 다른 행동이었다. 그래서 물었다.

"오늘은 왜 거기에 나타난 거예요?"

"당신을 찾고 있었습니다."

"나를요?"

쭝잉이 눈을 들었다.

"쫑 선생이 제 개인 물건을 정리한 것 같아서요. 그 안에 든 서류 봉투가 급하게 필요해서 선생을 찾았습니다."

"내가 병원에 있는 건 어떻게 알았어요?"

"몰랐습니다."

"처음엔 아파트에 있는 전화로 쫑 선생 번호로 전화했지만 받지 않더군요. 그래서 직접 찾아 나서기로 했습니다. 선생은 근무지에 있을 테니 지도에서 찾아봤죠. 창고에 놓인 자전거를 빌려 한밤중에 집을 나섰습니다."

짧은 몇 마디에서 쫑잉은 이 사람이 유의미한 정보를 포착하는 능력이 있다는 것을 알아챘다.

쫑잉은 아무 말 하지 않고 그가 계속 말하도록 했다.

"그러고 나서는요?"

"지도가 최신 버전이 아니었는지 길이 순조롭지 않았습니다. 다행히……."

성칭랑이 편의점을 언급했다.

"길가에 밤새 영업하는 작은 상점이 많더군요. 근무하는 청년이 흔쾌히 길을 알려주었습니다. 그들은 어떤 도구를 아주 능숙하게 다루더니 아주 빨리 조회해 주었습니다."

쫑잉이 주머니에서 휴대전화를 꺼내 탁자에 올려놓았다.

"이거요?"

"네."

"이건 이동전화예요. 휴대전화라고도 하죠. 당신이 건 전화 번호가 내 휴대전화 번호였어요."

쫑잉이 친절하게 설명해 주었다.

"제가 길을 물었을 때, 그 청년도 마침 휴대전화를 사용하고 있었습니다. 그는 휴대전화를 건네면서 직접 찾으라고 하더군요. 휴대전화에서 선생을 봤습니다."

"나를 봤다고요?"

"정확하게 말하면, 선생 제복에 있는 번호였지만요."

성칭랑이 말하는 것은 경찰 번호였다.

"기사 사진이요?"

"네. 찍힌 장소는 병원이었습니다. 선생이 어떤 사람과 복도 끝에서 대화하는 듯했습니다. 얼굴은 흐릿했어요."

쫑잉은 미간을 확 찌푸렸다.

"그 청년 말이 그게 실시간 뉴스라고 하더군요. 실시간이라고 하면 선생이 병원에 있겠구나 싶어서 그 길로 방향을 바꿔 병원으로 향했습니다. 하지만 안타깝게도 도착했을 때는 이미 날이 밝아 있었습니다."

쫑잉은 실시간 뉴스라는 말에 사로잡혀 물었다.

"그 기사 제목 기억해요?"

성칭랑이 눈을 감고 기억을 더듬었다.

"신시 대표이사, 7월 23일 터널 사고 및 신시 임원 마약 연루 사건의 담당 법의관과 부녀 관계? 였습니다."

쫑잉은 고개를 젖히고 짧게 숨을 들이마셨다. 제목만으로도 기사 아래에 달릴 수많은 부정적인 추측과 악성 댓글이 예상되었다. 성가신 일은 질색이건만, 늘 성가신 일들만 들러붙었다.

성칭랑은 쭝잉의 짧은 침묵을 존중했다. 그래서 현관 서랍장 위에 놓은 우유를 가지고 조용히 주방으로 들어갔다.

쭝잉이 고개를 돌려 성칭랑을 쳐다봤다.

"나 때문에 급히 필요한 서류를 가져오지 못했군요. 미안해요."

쭝잉은 잠시 멈췄다 다시 물었다.

"서류가 없으면 큰일 나는 거 아니에요?"

성칭랑이 수도꼭지를 틀자 집 안에 물소리가 울렸다.

"괜찮습니다."

성칭랑이 씻은 손을 수건에 닦으며 말했다.

"해결할 방법은 늘 있게 마련이니 마음 쓰지 마세요."

쭝잉은 입을 다물었다. 무의식적으로 담뱃갑을 꺼내 담배 한 개비를 꺼냈다. 담배에 불을 붙이자, 성칭랑이 동작을 뚝 멈추고 창문을 열었다. 쭝잉은 문득 성칭랑은 담배 피우는 것을 싫어할 수 있겠다는 생각이 들어 고개를 숙여 한 번 들이마신 뒤, 담배를 끄고 휴지통에 버렸다.

쭝잉은 앉아서 성칭랑이 찻물을 끓이고 종이봉투에서 바게트를 꺼내 프라이팬에 굽는 모습을 지켜봤다.

찻물이 끓자, 성칭랑은 우유를 넣고 몸을 돌려 쭝잉에게 물었다.

"쭝 선생, 달걀 드십니까?"

쭝잉은 무심결에 "응" 하고 대답했다가 퍼뜩 정신을 차리고 "아무거나 좋아요" 하고 말했다.

아침 햇살 속을 떠다니는 따끈하고 풍부한 음식 냄새에 쭝잉은 21세기의 699번지 아파트가 떠올랐다. 그때는 엄마와 외할머니 모두 곁에 있었다.

성칭랑이 불을 끄고서 우유를 데운 냄비를 들고 거실로 돌아와 식탁 위에 놓인 유리잔 두 개에 거름망을 걸고 김이 모락모락 나는 밀크티를 부었다.

"쭝 선생, 아침 식사하세요."

쭝잉이 몸을 일으키자, 성칭랑은 다시 주방으로 들어가 접시와 음식을 갖고 나왔다. 그리고 의자를 살짝 꺼내놓고 반 바퀴 돌아 식탁 맞은편에 앉았다.

먹을 땐 말을 하지 않는다. 모르는 사람 사이의 기본적인 식탁 예절로, 음식과 소스를 분배하고 나면 각자 조용히 음식을 먹을 뿐 말이 필요하지 않았다.

성칭랑은 먼저 식사를 마쳤지만, 쭝잉이 포크를 내려놓고 나서야 말을 시작했다.

"쭝 선생, 제가 나가봐야 하는데 아마 밤에야 돌아올 것 같습니다. 그동안 여기서 쉬고 계세요. 안내 데스크에 음식을 배달해 달라고 말해놓겠습니다."

성칭랑은 말을 하면서 일어나 의자를 넣었다.

"밤 10시가 되면 반드시 선생의 시대로 모셔다드리겠습니다."

잠깐 뜸을 들이더니 말을 이었다.

"이제 저는 씻으러 갈 테니 편하게 계십시오."

쭝잉은 이의를 달지 않았고, 성칭랑은 곧장 욕실로 갔다.

들어가기 전 성칭랑은 축음기에 레코드판을 올려놓았다. 집 안이 갑자기 떠들썩해지며 빠른 곡조의 피아노 소리가 욕실의 물소리를 덮었다.

쭝잉은 실내를 몇 걸음 걷다 현관으로 다가가 서랍장 위에 놓인 신문을 집어 들었다. 신선한 인쇄 잉크 냄새가 코로 파고 들었다. 이 시대에서 가장 핫한 최신 사건이 세로쓰기로 빽빽 하게 기술되어 있었다.

쭝잉은 신문 위에 찍힌 날짜, '민국 26년 7월 25일'을 쳐다 봤다.

손을 뻗어 축음기를 끄자 욕실의 물소리가 또렷하게 들렸 다. 그러나 오래가지는 않았다.

갑자기 문이 열리면서 깨끗한 셔츠로 갈아입은 성칭랑이 나 왔다. 머리칼은 젖은 채였다.

"쭝 선생, 제일 왼쪽 서랍에 깨끗한 수건이 있습니다. 사용 하지 않은 것이니 필요하면 쓰세요."

성칭랑은 수건으로 머리를 닦으며 덧붙였다.

"온수에 문제가 생겼는데, 뜨거운 물이 필요하시면……."

말이 채 끝나기 전에 초인종이 울렸다.

쭝잉은 현관 쪽을 쳐다보고 다시 성칭랑을 쳐다보고는 정원 쪽으로 난 발코니로 향했다.

"제가 피해 있을게요."

쭝잉은 아치형 발코니로 나가 커튼을 치고 발코니 문을 닫왔다.

성칭랑이 현관문을 열자 손님이 들어왔다. 그들이 무슨 말을 하는지 잘 들리지 않았지만 젊은 여자라는 것은 알 수 있었다.

축음기에서 다시 음악이 울렸다. 이번에는 유행가였다.

쭝잉은 담뱃갑에서 담배를 꺼내 불을 붙이고 여름의, 점점 강렬해지는 새벽빛 속에 서 있었다. 넓은 아파트 정원이 한눈에 들어왔고 눈을 드니 상하이의 끝까지 다 보일 것만 같았다. 한 번도 느껴본 적이 없는 고요함이었다.

축음기에서 "상하이가 좋아. 멋진 풍경에, 자동차를 타고, 양옥에 살지" 하는 노래가 울렸다. 시끌벅적한 노래를 듣다가 문득 신문에 찍힌 날짜가 생각났다.

민국 26년 7월 25일.

이 도시는 머지않아 황금시대의 종말을 맞을 것이다.

손님은 오래 머물지 않았다. 쭝잉이 담배 두 개비를 다 피우자마자 문 닫는 소리가 들렸다.

쭝잉은 아치형 발코니에 계속 서 있었다. 건물 아래 정원에 외국인 아이 두 명이 장난을 치고 있고, 영어를 쓰는 금발의 부인이 나와 아이들에게 어서 옷 갈아입고 교회에 갈 준비를 하라고 호통을 쳤다. 조계에 사는 사람들은 위기가 다가오기 전까지 평소처럼 규칙적으로 생활하고 있었다.

그때, 성칭랑이 발코니 문을 열면서 들어오라고 말했다.

"바깥에 오래 있으면 피부가 탑니다. 안으로 들어오세요."

이유는 그럴싸했지만, 사실 성칭랑은 급하게 나가야 해서 쫑잉에게 주의 사항을 빨리 알려주고 싶었다. 성칭랑은 감추는 것에 능숙한 사람이었다.

실내로 돌아온 쫑잉은 성칭랑의 말을 잠자코 들었다.

"온수관이 고장 나서 뜨거운 물로 목욕하고 싶으면 가스 불에 물을 끓여서 사용해야 합니다. 위층 손님방은 창이 북쪽으로 나 있어서 조금 시원하니 올라가서 쉬셔도 되고요. 오늘은 일요일이라 청소 회사 직원이 10시에 올 겁니다."

그러면서 소파에 있던 새 서류 가방에서 지폐를 꺼내 건네며 설명했다.

"청소 직원에게 보수를 직접 주시고 팁도 적당하게 주시면 됩니다."

그리고 덧붙였다.

"안내 데스크에 있는 예 선생은 호기심이 많아 식사를 배달하면서 누구냐고 물을 겁니다. 그러면 제 친구라고 대답하면 됩니다. 밥값도 바로 주면 되고요."

지폐를 받아 든 쫑잉은 그 자리에서 셌다.

1위안, 5위안, 10위안, 총 102위안이었다.

"102위안이네요."

쫑잉이 2위안을 성칭랑에게 돌려주었다.

"딱 맞추는 게 습관이라서요."

성칭랑은 돈을 받아 들고 전달 사항을 다 말했다고 생각했는지 가방을 들고 나갔다. 현관까지 간 성칭랑은 고개를 돌려 쭝잉의 제복을 보더니 다시 침실로 들어가 잘 접힌 검은색 비 단 장삼을 꺼내 왔다.

"씻고 이 옷으로 갈아입어도 됩니다. 이틀 전 맞춤옷집에서 보내와 세탁도 했고 아직 입지 않은 새 옷입니다."

성칭랑은 쭝잉 혼자 이곳에 놔두는 게 안심이 안 되는 모양 이었다. 그의 불안은 쭝잉의 안위가 걱정되어서라기보다 사적 인 공간을 침범당해서 보이는 불안이었다. '대범'한 척하며 긴 장을 감추는 것은 무의식적인 행동인 듯했다.

쭝잉은 장삼을 받아 들고 탁상시계를 힐끗 보며 말했다.

"성 선생님, 늦겠어요."

쭝잉의 말뜻을 알아들은 성칭랑은 말을 너무 많이 해서 쭝 잉이 오해한 게 아닐까 생각했다.

"밤 10시 전까지는 꼭 돌아오겠습니다."

성칭랑은 오늘 밤 그녀를 돌려보내 주겠다고 다시 한번 약 속하고 인사를 한 뒤에 밖으로 나가서 문을 잠갔다.

복도에서 발자국 소리가 사라지자 실내는 더 조용해졌다.

쭝잉은 소파로 다시 파고들었다. 휴대전화는 생기를 잃고 탁자에 놓여 있었다. 배터리가 없어 액정도 꺼졌다. 배터리가 있었다고 해도 소용이 없었다. 신호가 안 잡히니까.

밤새 한숨도 못 잔 쭝잉은 두 손으로 얼굴을 가렸다. 탁상시 계의 초침 소리를 들으며 잠깐 휴식을 취할 생각이었지만 잠이 오지 않았다.

지금쯤 저쪽은 어떤 상황일까? 쉐쉬안칭은 전화가 안 돼 분명 길길이 날뛰고 있을 것이다. 병원에서도 연락했을 것이고, 어쩌면 집에서도 찾았을지 모른다. 하지만 아무리 해도 찾을 수 없을 것이다.

못 찾아도 괜찮았다. 이렇게 긴 시간 동안 할 일 없이 있을 기회는 흔치 않으니까.

쭝잉은 일어나 욕실로 들어갔다. 안은 예상했던 것보다 훨씬 더 정돈이 잘되어 있었다. 습식과 건식이 나뉘어 있고 벽에 나무로 만든 선반이 걸려 있었다. 열어보니 목욕용품이 가지런하게 놓여 있고, 제일 왼쪽 서랍에 성칭랑의 말처럼 잘 접힌 새 수건이 있었다. 쭝잉은 하나를 꺼내 욕조 옆에 놓았다.

욕조 위쪽에 수도꼭지 두 개가 달려 있었다. 그중 'H' 자가 쓰여 있는 게 뜨거운 물인 듯했다. 성칭랑은 온수관이 고장 났다고 했지만, 쭝잉은 고집스럽게 온수 수도꼭지를 틀었다. 역시 물이 나오지 않았다. 날씨는 더웠고 물을 끓이는 데 시간을 쓰고 싶지 않아 옆에 있는 수도꼭지를 틀어 찬물로 샤워를 했다.

샤워를 마치자 뒤통수로 냉기와 통증이 은근하게 올라왔다. 몸의 물기를 대충 닦고 입었던 옷을 다시 입었다. 마지막으로 셔츠를 입으려다 냄새를 맡고 한쪽으로 치운 뒤, 나가서 성칭랑이 준 검은색 비단 장삼을 집어 들었다.

일상용 장삼이라 외출용보다 짧았지만 쭝잉이 입으니 발목까지 내려왔다. 매듭단추가 목에서 옆구리까지 이어져 허벅지 중간까지 직선으로 떨어지고 아래는 트여 있어 걷기 편했다. 여기에 세트로 된 긴 바지가 있을 텐데, 성칭랑은 깜박 잊었는지 주지 않았다.

쭝잉은 신문을 다시 가져다 소파에 앉아 앞에서부터 차례대로 읽었다.

헤드라인은 7월 24일 주 상하이 일본군의 미야자키 사다오라는 수병이 실종됐다는 기사였다. 첨부된 사진은 상하이 자베이閘北구 일본군 초소로, 일본군 몇이 총검을 들고 행인과 차량을 수색하는 장면이었다.

다음 장은 시시콜콜한 개인 광고와 가십이었고 북방 전선에 관한 기사도 있었다. 기사 어투가 터무니없이 낙관적이었다.

실내가 너무 조용하니 신문을 읽을수록 불편해 축음기를 틀려고 일어났다.

크고 무거운 몸체에 VICTOR라는 마크가 새겨져 있는 축음기는 수동이었다. 많은 수고를 들여야 겨우 움직여 음악을 들려주다가 그것도 얼마 안 가 멈춰버렸다. 효율과 수익을 추구하는 현대인의 기준에서는 노래 한 곡을 듣기 위해 이렇게 많은 수고를 하는 것은 영 수지가 맞지 않았다. 하지만 잠시의 떠들썩함도 떠들썩함이기는 하다고 쭝잉은 생각했다.

탁상시계가 '땡땡땡' 여덟 번 울리자 축음기에서 다시 음악이 흘러나왔다.

"쑤저우와 항저우를 천당에 비유하지만 이젠 쑤-항은 평범해. 상하이가 더 천당 같지……."

쭝잉은 여전히 묵직한 뒤통수를 주무르며 무엇인가에 홀린 것처럼 성칭랑의 서재로 들어갔다.

서재의 창은 남쪽으로 나 있고, 벽을 따라 놓인 커다란 책장에 달린 유리문은 티끌 하나 없이 깨끗했으며, 가장 남쪽에 놓인 책장에는 프랑스어로 된 책이 가지런히 놓여 있었다. 쭝잉은 『프-영 대조 사전』을 뽑아 빠르게 넘겨 보다가 놓고 다시 책장을 살폈다. 대부분 전문 서적이었다.

구석에는 증서들이 쌓여 있었다. 아무거나 하나 꺼내서 펼치니 영문으로 된 채용 증서였다. 채용 기관은 공공조계 공부국 이사회였고, 직위는 법률 관련 자문이었다. 날짜를 보니 최근에 임명된 것 같았다. 성칭랑이 자기가 민국 26년에서 왔다는 것을 증명하기 위해 보여준 회의 기록이 아마도 공부국 것이었나 보다.

채용 증서를 제자리에 놓고 두 번째 책장을 살피던 쭝잉의 눈에 액자 하나가 들어왔다.

흑백 가족사진이었다. 제일 앞쪽에 앉은 부모 중 어머니가 여자아이를 안고 있었고 뒤에 네 아이가 서 있었다. 아니다. 정확하게 말하면 세 아이가 서 있었고, 귀퉁이에 얼굴 반쪽이 끼어 있었다. 놀란 표정이 셔터를 누르는 순간 밀려들어 온 것 같았다.

보아하니, 그는 다른 아이들과 같이 서서 사진을 찍을 자격이 없는, 외부인 같았다.

사진에 찍힌 아이는 어렸지만, 쭝잉은 이 아이가 성칭랑이라는 것을 알 수 있었다. 어릴 때부터 생김새가 훤칠한 게 쭝잉의 기준으로는 이 아이가 사진 속 다섯 아이 중에 제일 잘생겨 보였다.

도대체 왜 이런 사진을 남겨둔 거지?

생각에 잠겨 있는데 갑자기 초인종이 울렸다. 8시밖에 안 됐는데 청소 회사 직원이 조금 일찍 온 것 같았다.

쭝잉은 액자를 제자리에 놓고 빠른 걸음으로 현관으로 향했다.

문을 다 열기도 전에 맑고 깨끗한 젊은 여자 목소리가 울렸다.

"오빠, 나 책 한 권만 빌려줘!"

말을 마친 상대가 쭝잉의 얼굴을 보더니 놀랐는지 한껏 올라갔던 입가가 순식간에 내려앉았다.

"여긴 우리 청랑 오빠 집인데, 그쪽은 누구세요?"

"친구입니다."

문을 닫고 싶어도 닫을 수가 없어서 쭝잉은 대답했다.

여자는 믿을 수 없다는 표정이었지만 그래도 신중하게 물었다.

"여자친구요?"

"그냥 지나가던 친구입니다."

쭝잉은 대답하고 문을 활짝 열며 들어오라고 표시했다.

지나가던 친구. 서로 가는 방향이 다르고 친분이 깊지 않은, 그냥 그런 관계처럼 들렸다.

"오빠, 집에 없어요?"

여자는 들어오면서 두리번거리며 물었다.

"조금 전까지도 있었는데."

"급한 일이 있어서 나갔어요."

쭝잉은 조금 피곤해져 소파에 앉으며 재빨리 상대를 살폈다. 무릎 아래까지 내려오는 반소매 원피스, 귀 옆까지 오는 단발이 깔끔해 보였지만 머리핀과 옷감 모두 고급품이고 차림새를 보아하니 학생인 듯했다. 사진 속 어머니의 품에 안겨 있던 여자아이 같았다. 성칭랑의 여동생. 한 시간 전 아파트로 찾아온 손님도 그녀였을 것이다.

쭝잉은 담배가 생각나 소파 팔걸이에 놓인 바지 주머니에서 담뱃갑을 꺼내 한 개비를 들고 일어났다.

"필요한 책 찾아가세요. 저는 잠시 밖에 나가 있을게요."

일어나니 쭝잉이 상대보다 머리 반 개 정도가 컸다.

"오빠도 없는데, 됐어요."

발코니에 나가서 담배를 피우려던 쭝잉은 상대의 말에 몸을 돌려 조금 건성으로 동의했다.

햇빛이 들어왔지만 쭝잉은 옆쪽의 그늘에 서 있었다.

헐렁한 남자용 검은색 비단 장삼이 목에서 발목까지 늘어지고 겨우 손목만 보이는 손에 새하얀 담배가 들려 있었다.

여자는 한참 동안 말이 없었다. 우선 쭝잉의 옷차림이 뭔가 애매하고 이상했다. 그래서인지 무심코 상황에 맞지 않는 말을 웅얼거렸다.

"오빠 집에서 담배를 다 피우네……."

쭝잉은 "네" 하고 짧게 말했다.

여자는 퍼뜩 정신이 들었는지 가방을 꼭 쥐며 말했다.

"전 이만 가볼게요."

황급한 걸음걸이가 마치 도망치는 것 같았다. 쭝잉은 이름 조차 물어보지 못했지만, 솔직히 그런 것에는 관심이 없기도 했다.

청소 회사 직원은 10시 정각에 방문했고, 식사 시간이 되자 1층 안내 데스크의 예 선생이 식사를 배달해 주었다. 그들 모두 성청랑과 잘 아는 사이인지 한결같이 쭝잉의 신분을 물었고, 쭝잉은 성청랑의 당부대로 "친구"라고 대답했다. 그러나 아무 도 믿는 것 같지는 않았다.

점심 식사 뒤, 쭝잉은 이제 올 사람이 없을 것이라고 확신하 고 쉬려고 위층으로 올라갔다.

699번지 아파트의 북향 방은 서늘했다. 쭝잉은 이 방에서 처 음 자는 것이었다. 칠십 년이 지난 뒤에도 위층에 있는 이 방에 서 자본 적이 없었다. 쭝잉은 잠자리를 가린다고 생각했지만, 그런 생각이 무색하게도 금세 잠에 빠져들었다.

꿈속에서 플라타너스의 무성한 가지가 좁은 창문으로 들어 와 서늘한 방에 생기를 더해주었다.

잠에서 깨니 10시가 다 되어 쭝잉은 재빨리 아래층으로 내 려가 제복으로 갈아입고 성청랑을 기다렸다.

갑자기 다급한 발소리가 들리더니 이어서 초조하게 문을 여는 소리가 들렸다. 하지만 그 순간 종소리가 울렸고, 사위가 조용해졌다.

쭝잉은 성칭랑을 기다리지 못했다.

밤 10시, 아파트 안 전등은 어두웠고, 바깥에는 자동차가 빠르게 지나갔으며, 바람이 조금 거세졌다.

태풍이 오려는 모양이라고, 쭝잉은 식탁 앞에 앉아 바람에 부딪혀 '쾅쾅' 소리를 내는 발코니 문을 보며 생각했다.

아주 시원했다. 쭝잉은 열린 문을 그대로 두고 다시 검은색 비단 장삼으로 갈아입고 위층에 올라가 잠을 자기로 했다. 그러나 이내 배가 고프다는 것을 깨닫고 어둠 속에 잠시 서 있다가 소파에 있던 얇은 담요를 어깨에 걸치고 2위안을 꺼내 밖으로 나가보기로 했다.

열쇠가 없어 신문을 두껍게 접어 현관문 사이에 끼워놓았다.

밤이어서인지 복도 등은 꺼졌고 계단에는 아무도 없었다.

쭝잉은 조용히 안내 데스크로 다가갔다. 예 선생은 여전히 높은 데스크 뒤에 앉아 대각선 맞은편 소파에 앉아 있는 어떤 부인의 말을 듣고 있었다.

마흔 살 정도 되어 보이는 여성은 어두운색 치파오를 입고 집게손가락에 담배를 들고 있었다. 그녀는 담배를 피우며 자베이의 가난한 친척이 조카를 이곳으로 피난시키려고 한다며 불평을 쏟아냈다.

쭝잉이 그녀를 힐끔 쳐다보자 그녀도 쭝잉을 쳐다보더니 하던 말을 계속했다.

"일본인이 자베이에 초소 하나 설치한 걸 가지고 뭘 그렇게 야단법석을 떨면서 전쟁까지 들먹이는지. 좀 기다려 보라고, 며칠도 안 돼서 아무 일도 없었던 것처럼 될 테니까. 결국엔 괜히 난리 친 꼴일걸!"

"그럼요, 그럼요."

예 선생은 웃는 얼굴로 맞장구를 치며 일어나 쭝잉을 응대했다.

"미스 쭝, 무슨 일 있습니까?"

"근처에 밤참 살 만한 곳이 있을까요?"

"이 시간에요? 훈툰*은 있을 겁니다."

"그럼 훈툰으로 하죠. 죄송하지만 좀 사다 줄 수 있나요?"

쭝잉이 2위안짜리 지폐를 건넸다.

훈툰을 사고도 남을 돈을 건네자, 예 선생이 바로 대답했다.

"네, 그럼요. 몇 인분 사다 드릴까요?"

"일 인분. 아니, 이 인분이요."

쭝잉은 이렇게 말하고 몸에 두른 얇은 담요를 잡았다. 소파에 앉아 쭝잉을 뚫어지게 쳐다보던 여성은 쭝잉이 돌아보자 담배를 눌러 끄고 고개를 숙여 석간신문을 보는 척했다.

"방금 성 선생님이 계단으로 올라가는 걸 본 것 같은데 돌아오셨죠? 성 선생님은 훈툰 안 드시는 것 같았는데."

---

* 밀가루로 만든 얇은 피에 돼지고기, 마른 새우, 채소 등을 섞은 소를 넣어 만두처럼 만들어 뼈나 닭고기 국물에 넣고 끓여 먹는 한족 전통 음식.

예 선생은 돈을 받아 들며 이 인분이라는 쭝잉의 말에 성칭랑도 같이 먹는 줄 알고 알려주려는 것 같았다.

"네, 저도 알아요."

쭝잉은 아무렇게나 대답했다.

"그럼 전 이만 올라가겠습니다. 부탁드립니다."

쭝잉이 계단에 도착하기도 전에 뒤쪽에서 대화하는 소리가 들렸다.

"몇 호야? 어쩌 처음 보는 얼굴이네. 성 선생이라면, 꼭대기 층?"

"네, 네."

예 선생이 데스크에서 돌아 나오며 대답했다.

소파에 앉은 여성이 또 말했다.

"성 선생도 여자친구를 집에 들이네. 정말 별일이야."

여성이 목소리를 한껏 낮추며 예 선생에게 물었다.

"여자친구는 언제 온 거야?"

계단 앞까지 걸어오니 그들의 대화가 더 이상 들리지 않았다.

쭝잉은 고개를 들어 길게 난 계단을 보며 예 선생이 말한 "방금 성 선생이 계단으로 올라가는 걸 본 것 같은데"라는 말을 떠올리고는, 그러게. 몇 초 차이로 못 돌아가게 됐네, 하고 생각했다.

쭝잉은 난감했지만, 성칭랑은 더 난감했다.

서둘러 아파트에 도착해 단숨에 꼭대기까지 올라와 열쇠를 꽂아 문을 열려는데 잘 돌아가지 않더니, 모든 게 변했다. 죽을 힘을 다해 꼭대기까지 간신히 기어온 달팽이가 인간의 손에 무정하게 아래로 던져져 지금까지의 노력이 순식간에 물거품이 된 듯한 느낌이었다. 그러나 이틀 연속 잠을 못 잔 성칭랑은 너무 피곤해 들어가자마자 서류 가방을 놓고 그대로 소파에 뻗었다.

성칭랑은 새벽 5시 정도까지 자다가 다급하게 울리는 전화벨 소리에 깼다. 몸을 일으켜 전화기 화면에 뜬 번호를 봤다. 눈에 익은 번호였다. 며칠 전에도 새벽 5시쯤 전화해 전화를 받자마자 사납게 욕을 쏟아내 기억에 남았다.

성칭랑은 전화를 받지 않았다. 전화벨도 멈추지 않았다. 전화벨이 세 번째 울리는 순간, 누군가 문을 두드렸다.

"한번 사라지더니 재미 붙였어? 빨리 문 열어. 안 열면 사람 불러서 문 딴다! 피하지 않는 게 좋을걸."

위협과 동시에 문을 두드리는 소리가 들렸지만, 성칭랑은 집에 아무도 없는 척하며 문을 열지 않았다.

문밖의 쉐쉬안칭은 위협도 소용이 없자 다시 말했다.

"쭝잉, 내 말 잘 들어. 그런 말도 안 되는 일은 전혀 신경 쓸 필요 없다고. 문 열어. 우리 얘기 좀 하자."

'달래기'도 소용이 없자, 쉐쉬안칭은 오 분 정도 기다렸다가 어디론가 전화를 걸었다.

이십 분 뒤에 누군가 와서 현관문 자물쇠를 뜯기 시작했다. 성칭랑이 집에 들어오면서 안전고리를 걸어놓아 문을 뜯기 조금 힘들겠지만, 뜯겠다고 마음먹은 이상 끝내는 열릴 것이었다.

그렇지 않아도 수면 부족으로 심장이 쿵쿵 뛰는데, 문 뜯는 소리까지 들리니 성칭랑은 불안하기 짝이 없었다. 저쪽 시대에서 아무 걱정 없이 한가하게 있는 쭝잉에 비해 이쪽 시대의 성칭랑은 정말 마음이 조마조마했다.

그때 문밖에서 "아직 멀었어요?", "거의 다 됐습니다.", "몇 분이나요?", "일 분이면 됩니다" 같은 대화가 들려왔다. 성칭랑은 손목시계를 봤다. 분침이 한 칸만 더 가면 6시인데, 초침이 어째 일부러 느릿느릿 가는 것처럼 반 바퀴 도는 데도 한참이 걸렸다.

이마에서 식은땀이 배어 나왔다. 초침이 힘겹게 세 칸 옮겨가 겨우겨우 12에 닿는 순간, 밖에서 "다 됐습니다" 하는 낭랑한 목소리가 들렸다.

고개를 들어보니 굳게 닫힌 자신의 아파트 현관문이 눈에 들어왔다. 돌아왔다. 성칭랑은 마침내 한숨을 내쉬고 시선을 돌렸다. 소파에서 잠든 쭝잉이 보였다.

쭝잉은 소파 바깥쪽을 향해 모로 누워 있었다. 얇은 담요를 덮은 그녀는 검은색 비단 장삼 아래로 발목을 내놓은 채였고, 한 손은 소파 밖으로, 다른 한 손은 가슴 앞에 놓여 있었다. 바닥에 읽던 책이 떨어져 있었다. 책을 읽다가 그냥 잠이 든 모양인지 전등이 켜진 채였다.

성칭랑이 몸을 굽혀 책을 집어 드는데 소파 밖으로 나온 쭝잉의 손이 무의식적으로 꼼지락대다가 손가락이 그의 팔뚝을 살짝 스쳤다. 눈을 드니 쭝잉의 손바닥에 붙은 방수 밴드가 보였고 오랫동안 바꿔주지 않았다는 생각이 들었다.

성칭랑은 바닥에 놓인 제복 바지와 소파 구석에 돌돌 뭉쳐져 있는 제복 셔츠를 보면서 나지막하게 한숨을 내쉬었다. 하지만 그냥 모른 척하고 조심스럽게 몸을 일으켜 문을 나섰다.

태풍은 오지 않았고 날씨는 여전히 맑아 새벽빛이 쭝잉의 품으로 무자비하게 쏟아졌다.

쭝잉은 깨자마자 시계를 봤다. 벌써 아침 8시가 넘었다. 쭝잉은 고개를 숙이고 곰곰이 생각했지만 아무리 생각해도 어제 언제 잠들었는지 기억나지 않았다. 3시 아니면 4시쯤이었을 것이다. 하지만 그런 건 중요하지 않았다. 중요한 것은 6시가 넘었음에도 성칭랑이 나타나지 않았다는 점이다.

쭝잉은 조금 당황스러웠다. 그래서 그냥 우유와 신문을 가지러 1층으로 내려갔다. 마침 주민에게 엘리베이터를 열어주고 있던 예 선생이 쭝잉을 발견하고 인사를 건넸다.

"미스 쭝, 안녕하세요. 출근 안 하십니까?"

"네."

쭝잉이 무심결에 대답했다.

"아주 좋네요. 성 선생처럼 아침 일찍 나가지 않아도 되니."

나갔다고?

쭝잉의 표정을 살피던 예 선생은 그녀가 깊은 잠에 빠져 성칭랑이 언제 나갔는지 모르는 모양이라고 생각했는지 한마디 더 보퉜다.

"6시 10분쯤 나가셨습니다."

6시 10분, 소파에서 자고 있었을 텐데 왜 안 깨웠지?

쭝잉이 신문과 우유병을 안고 서 있자, 예 선생이 엘리베이터에 타라고 권했다.

"걸어 올라갈게요" 하고 쭝잉이 대답하는데 뒤에서 누군가 걸어오면서 말했다.

"잠깐 기다리세요."

고개를 살짝 돌려 올려다보니 성칭랑의 얼굴이 보였다.

"엘리베이터를 타면 조금 덜 힘들어요."

성칭랑이 말했다.

쭝잉은 평생 처음으로 이런 구식 엘리베이터에 탔다.

엘리베이터는 천천히 올라갔다. 이렇게 협소한 공간에 있으면 사람들은 보통 침묵이 부담스러워 두세 마디 하는 경향이 있지만, 두 사람은 꼭대기 층에 도착하도록 아무 말도 하지 않았다. 성칭랑은 서류 가방 외에 봉투를 하나 더 들고 있었다.

집으로 돌아오자, 쭝잉은 신문과 우유병을 내려놓았고 성칭랑도 들고 있던 물건들을 내려놓았다.

"어제 약속 못 지켜서 정말 미안합니다."

쭝잉은 아무 말도 하지 않았다. 성칭랑을 탓할 마음은 없었지만 그렇다고 괜찮다고 말하지도 않았다.

"저 밀크티 싫어요."

성칭랑이 멈칫하더니 물었다.

"그러면 커피는 어떻습니까?"

쭝잉은 잠깐 생각하고는 대답했다.

"괜찮아요."

성칭랑은 주방으로 들어갔고, 쭝잉은 거실에 앉아서 성칭랑을 기다렸다.

오늘 자 신문을 다 본 쭝잉은 바닥에 있던 제복 바지와 소파 구석에 있는 셔츠를 들고 갈아입으러 위층으로 올라가려고 했다.

바로 그때, 성칭랑이 그녀를 불러 세웠다.

"쭝 선생."

쭝잉이 고개를 돌려 쳐다보자, 성칭랑은 손을 바쁘게 움직이면서 고개만 들고 말했다.

"봉투에 옷 있습니다. 입어보세요."

쭝잉은 걸음을 멈추었다.

"날씨가 더우니 옷도 자주 갈아입어야겠죠. 그리고 오늘은 같이 나갈까 합니다."

성칭랑은 가스 불을 끄고 몸을 돌려 설명했다.

"어제저녁 같은 일이 재발하지 않으려면 저와 함께 있는 게 나을 것 같아서요."

성칭랑의 말은 일리가 있었다. 쭝잉은 현관으로 걸어가 봉투를 들고 위층으로 올라갔다.

봉투를 열어서 보니 반팔 셔츠와 긴 바지가 있었다. 보통 천에 일반적인 스타일이 실용적이고 편안해 보였다. 작은 봉투도 있어 보니 가제와 외상에 뿌리는 가루약이 있었다.

성칭랑은 아침 식사를 들고 주방에서 나오다 옷을 갈아입고 내려오는 쭝잉을 봤다.

스탠딩 칼라의 연녹색 반팔이 쭝잉의 얼굴에 생기를 더해주었고 바지 길이도 딱 맞았지만, 성칭랑은 바지춤을 잡은 쭝잉의 손으로 시선이 갔다. 안 맞으면 교환할 수 있다고 말하려는 순간, 쭝잉이 탁자 서랍을 열더니 옷핀 두 개를 꺼내 허리춤에 꽂았다. 그 모습에 성칭랑은 더는 관여하지 않았다.

아침 식사를 하고서 성칭랑은 목욕을 했고, 쭝잉은 거실에 앉아 상처를 치료했다.

바깥의 매미 소리가 어제보다 훨씬 시끄러웠고 기온도 더 높아졌다. 욕실의 물소리가 멎고 성칭랑이 옷을 갈아입고 나왔다. 성칭랑은 택시 회사에 전화를 걸어 배차원에게 차량을 요청하고 나서 쭝잉에게 말했다.

"택시가 십 분 안으로 도착한다니 나갈 준비하시죠."

쭝잉은 개어놓은 제복을 봉투에 넣고 그의 속도에 맞추었다.

택시는 정말 빨리 도착했다. 기사가 내려 문을 열어주었다. 쭝잉이 먼저 타자 이어서 성칭랑이 탔다.

"리차호텔*이요."

성칭랑이 목적지를 말하자, 택시가 바로 아파트를 빠져나

---

* 禮查飯店. 1920년대 상하이에 있던 주요 외국 자본 호텔 중 하나로, 1959년 푸장호텔浦江飯店, Astor House Hotel로 이름이 바뀌었다.

갔다.

잠시 침묵이 흘렀다.

"어제 잘 주무셨습니까?"

성칭랑이 갑자기 침묵을 깨며 물었다.

"성 선생님은요?"

쭝잉이 반문했다.

성칭랑은 새벽에 있었던 조마조마했던 삼십 분을 떠올렸다.

"괜찮았습니다."

쭝잉은 성칭랑을 힐끗 쳐다봤다. 잠을 제대로 못 잤는지 얼굴이 창백했고, 코를 벌름거리는 빈도가 약간 빠른 게 심장이 지나치게 빨리 뛰고 있는 것 같았다. 수면 부족의 전형적인 증상이었다.

쭝잉은 잠시 눈을 감고 있다가 물었다.

"그쪽에서 누가 한밤중에 문이라도 두드렸어요?"

굳게 다물린 성칭랑의 입술이 살짝 들썩였다.

"한밤중이라고 할 수는 없지만, 어떤 사람이 당신을 찾아오긴 했습니다."

성칭랑이 잠시 뜸을 들이다 덧붙였다.

"그녀가 문을 뜯었어요."

쉐쉬안칭 정말, 한다면 하는군.

"안전고리를 잠갔더니 안에 사람이 있다고 확신해서 자물쇠를 뜯을 결심을 했나 봅니다."

"뜯겼어요?"

"네, 뜯겼습니다. 6시 정각에요."

그렇다면 쉐쉬안칭은 성칭랑을 못 봤겠지만, 그게 다행이라고 할 수는 없었다.

안전고리가 채워져 있고 문을 뜯어 열었는데 안에 사람 그림자도 없으니 더 이상해 보였을 것이다. 쉐쉬안칭은 사람이 없다고 그만둘 성격이 아니었다. 지금쯤 그쪽 아파트는 난리가 났을 것이다. 어쩌면 경찰에 신고했을 수도 있었다. 어제 새벽 6시부터 지금까지 쭝잉은 그쪽에서 사라진 지 스물일곱 시간이 됐으니 실종 신고가 가능했다.

성칭랑은 쭝잉의 표정에서 미세한 불안을 읽었는지 먼저 말을 걸었다.

"제 생각에 오늘 밤 아파트로 바로 가면 번거로워질 것 같습니다. 그것도 선생을 데리고 나온 이유 중 하나입니다."

쭝잉은 성칭랑의 생각에 동의해 짧게 호응하고 창밖을 내다봤다. 이 거리를 아주 많이 걸어 다녔지만, 눈앞의 풍경은 자신이 모르는, 과거에 속한 낯선 풍경이었다.

택시는 쑤저우허蘇州河를 따라 리차호텔로 향했다.

호텔 입구에 "의관이 단정하지 않으면 들어올 수 없습니다"라고 쓰여 있는 청동 팻말이 있었다. 벨보이가 문을 열어 그들을 안으로 안내했다.

성칭랑은 미리 방을 예약해 두었다. 그는 지갑에서 돈을 꺼내 쭝잉에게 주며 당부했다.

"제가 오늘 회의가 길어질 것 같습니다. 밤 9시까지 돌아오

지 않으면 티란차오提籃橋 동장銅匠 공소*에 와서 저를 찾으세
요."

성칭랑은 공부국 증서를 건네고 호텔 프런트 데스크에 종이
와 펜을 달라고 하더니 주소를 적어주었다.

"호텔에서 택시를 불러줄 겁니다. 가까워요."

"알겠어요."

쭝잉은 메모를 받아 들며 말했다.

성칭랑은 고개를 숙여 시계를 보고는 더 말하지 않고 떠
났다.

성칭랑에게는 바쁜 하루의 시작이었고, 쭝잉에게는 장소만
바뀌었을 뿐 한가한 하루의 연장이었다.

사회의 분업 속에서 빠져나왔으니 무료함은 어쩌면 당연한
건지도 몰랐다.

그렇다면 잠으로 시간을 때울 수밖에 없었다. 쭝잉은 낮잠
을 자고 일어나 호텔 아래층으로 내려가 네댓 명의 사람들을
따라 호텔에 있는 소극장으로 들어갔다.

입구에 포스터가 붙어 있었다. 포스터에는 커다란 시계가
있고, 왼쪽에는 머리를 풀어 헤친 험상궂게 생긴 가수가, 오른
쪽 아래에는 '야반가성夜半歌聲'이라는 네 자가 쓰여 있었다.

쭝잉은 1위안을 내고 들어가 영화가 끝날 때까지 봤다. 극장

* 과거 동업자나 동향의 조합 사무소.

에서 나오니 이미 저녁이었다.

흑백영화를 가득 채웠던 기이함과 폭력, 공포와는 달리 리차호텔 입구는 화려하고 아름다웠고, 차량이 끊이지 않고 드나들었다. 벨보이가 친절하게 택시를 불러주었고, 택시 기사는 쭝잉을 안전하게 티란차오 동장 공소로 데려다주었다.

도착하니 6시였다. 조금 이른 감이 있었다.

안내 데스크의 비서에게 증서를 보여주었더니, 비서는 쭝잉을 성 선생의 조수인 줄 알았는지 위층으로 안내하며 친절하게 설명해 주었다.

"아직 회의가 안 끝났으니 기다렸다가 들어가는 게 나을 거예요. 오늘은 정말 담배 연기가 가득하거든요."

"알겠어요. 고맙습니다."

쭝잉은 회의를 방해할 생각이 없어 복도에 놓인 의자에 앉아 기다렸다.

회의실 안쪽에서 가끔 고성이 오갔다.

"국유자산감독관리위원회 생각은 참 간단하네! 그렇게 큰 공장을, 기계까지 합치면 이삼천 톤을, 내륙으로 옮기자고? 어떻게? 상하이에서 후베이湖北성의 한커우漢口까지 선박 운임만 15에서 16만이 든다고!"

"좋습니다! 기계를 옮긴다고 해도, 직원은요? 전부 상하이에 놔두고 갑니까? 아니면 같이 내륙으로 갈까요? 게다가 직원들이 공장을 따라간다는 보장이 있어요? 해고하면, 그 많은 해고 비용은 어떻게 하고요? 어떻게 그 돈을 다 감당합니까?"

날카로운 말들이 오가고 논쟁이 벌어졌다가 다시 침묵이 이어졌다가, 결국 결론 없이 해산했다.

문이 열리고 사람들이 줄줄이 나왔다. 그러나 성칭랑만 나오지 않았다.

쭝잉은 일어나 회의실로 다가갔다. 문 앞에서 한 걸음 떨어진 곳까지 다가가자 안쪽의 대화 소리가 들렸다.

"상하이 공장 내륙 이전은 똑똑한 사람이라면 뜨거운 감자라는 걸 딱 알아챌 거야. 정부가 너 같은 외부인에게 월급 한 푼 줄 리 없는데, 왜 이렇게 힘들고 어려운 일에 애쓰는 거냐? 도대체 누구 좋으라고 이러는지 정말 모르겠다."

중년 남자가 말했다.

계속 침묵하던 성칭랑이 입을 열었다.

"큰형님."

중년 남성이 일어나면서 거만하게 성칭랑의 말을 끊었다.

"그만해. 날 설득하려 하지 마. 그건 그저 허세에 불과해. 과거 상하이사변* 때도 조계에 있는 우리 공장은 열흘 정도만 조업을 중단하고 끝났어. 그런데 이런 작은 손실 때문에 공장을 이전하라고? 난 절대 찬성 안 한다."

중년 남성은 회의실을 나오다 쭝잉과 마주쳤다.

쭝잉은 그를 외면하면서 곁눈질로 성칭랑이 따라 나오는 것을 봤다. 성칭랑도 그녀를 봤다.

---

* 1932년 1월에 상하이 공동조계 주변에서 일어났던 중화민국과 일본 제국의 군사적 충돌.

쭝잉은 왜 미리 왔는지 말하지 않았고, 성칭량도 설명을 바라지 않는 듯 회의실로 다시 들어가 서류 가방을 챙겨 나오면서 담백하게 말했다.

"갑시다."

성칭량은 감정을 드러내지 않고 아래로 내려가 택시에 탄 뒤에야 입을 열었다.

"호텔로 돌아가 저녁을 먹는 게 좋겠습니다."

아직 퇴실 전이니 그렇게 하는 게 좋았다.

택시가 강을 따라 달렸다. 석양이 황푸黃浦강에 떨어져 수면이 핏빛으로 물들었다. 잔잔하고 고요한 이곳에 곧 격랑이 몰아칠 것이었다.

쭝잉은 회의실에서 들리던 논쟁이 생각나 물었다.

"성 선생님, 내 책장 봤죠? 그러면 『근대통사』도 읽었겠네요?"

제3장

피할 수 없는 내일

읽었냐고?

성칭랑의 얼굴이 거의 어둠에 가려져 있고, 차 안으로 들어오는 석양빛이 한쪽 눈의 풍성한 속눈썹 위로 내려앉았다.

"그건 중요하지 않습니다. 읽었든 읽지 않았든, 모두 제가 피할 수 없는 내일이니까요."

성칭랑의 목소리는 늘 그렇듯 태연했지만, 지금의 담담한 속에는 어떻게 할 수 없다는 무기력이 숨겨져 있었다.

피할 수도, 도망갈 수도 없는 게 현실이고 성칭랑의 운명이었다. 이것은 오늘 밤 이 세계를 떠날 수 있는 쭝잉의 상황과는 전혀 다른 것이었다. 밤이 되면 다른 세계로 떠난다고 해도 날이 밝으면 어김없이 이곳으로 다시 돌아오기 때문이었다. 그에게는 그의 궤도가 있었다.

여름의 낮이 아무리 길어도 결국에는 어두운 밤이 오게 마런이듯이.

　리차호텔 레스토랑은 손님들로 거의 꽉 차 있었다. 창밖에
는 어둠에 잠긴 와이바이두차오外白渡橋가 있고, 서쪽에는 브
로드웨이 맨션이 조용히 서 있으며, 맞은편에는 각국 영사관
이 줄지어 있었다. 기억이 맞으면 십여 일 뒤 이곳은 더는 낙원
이 아니다. 일본인이 브로드웨이 맨션을 점령하고 서양인은 조
계로 피하며, 리차호텔도 투숙객 급감으로 경영난에 빠질 것
이다.

　곧 10시였다. 댄스홀에서 음악 소리가 잔잔하게 들려왔다.

　성칭랑은 고개를 숙여 시계를 보면서 쭝잉에게 말했다.

　"우리 갈 준비를 해야겠습니다."

　"어디서 기다릴까요?"

　"사람이 적은 곳이요."

　그래야 행인이 놀라지 않을 것이다.

　"여기가 딱 좋네요."

　쭝잉이 일어나 의자를 집어넣었다.

　"이 호텔, 내 시대에도 있어요. 푸장浦江호텔이란 이름으로
바뀌어서."

　쭝잉이 눈을 들며 말했다.

　"이쪽으로 오세요."

　쭝잉은 낮에 돌아다니다가 1층에서 아치형 복도를 발견했
다. 현대에는 역사 전시물을 전시하는 회랑으로 사용했고, 한
산해서 사람을 만날 확률이 매우 낮았다.

오 분 정도 남았을 때 그들은 상대적으로 폐쇄된 복도에 있었고, 노랫소리가 희미하게 들렸다.

쭝잉은 벽에 기대 있고, 성칭랑은 맞은편에 서 있었다. 두 사람은 무슨 말을 해야 할지 몰라 그냥 멀뚱히 서 있었다. 시간이 더디게 흘렀다.

희미하게 들리던 노래가 멈추자, 쭝잉이 성칭랑에게 손을 뻗었다.

그녀의 손은 가늘고 길고, 힘이 있었다.

그의 손은 넓고 두툼하고, 따뜻했다.

꽉 잡은 두 손이 마치 다른 세계의 문을 여는 열쇠 같았다.

10시 정각, 현대적인 복장을 한 호텔 직원이 그들 곁을 지나갔다. 벽에는 과거 풍경을 담은 흑백사진이 전시되어 있고, 밑에는 해설이 붙어 있었다.

돌아왔다.

벽에 기대 있던 쭝잉의 어깨에서 힘이 쭉 빠졌다. 쭝잉은 성칭랑의 손을 더 꽉 잡고 회랑에서 나와 호텔 프런트 데스크로 향했다.

"방 있습니까?", "네, 있습니다.", "하나 주세요.", "스위트룸만 남았는데 괜찮으세요?", "네."

옆에 서 있던 성칭랑의 시야에 쭝잉의 옆얼굴이 들어왔다. 말할 때를 제외하고 늘 꾹 다물고 있는 입과 또렷한 얼굴선이 시원스럽게 이어졌다.

"최대한 비흡연실로 부탁합니다."

쭝잉이 불쑥 데스크에 말했다.

"네, 알겠습니다."

데스크 직원이 대답했다.

성칭랑은 조용히 눈길을 거두었다.

"신분증 주세요."

쭝잉이 지갑에서 신분증을 꺼내 건넸다. 데스크 직원이 고개를 들어 성칭랑을 쳐다봤다.

"저 손님은요?"

"저 혼자 묵을 겁니다."

쭝잉이 대답했다.

데스크 직원은 정보를 빠르게 입력하고, "1,580위안입니다. 보증금은 800위안이고요. 현금으로 하시겠습니까, 아니면 카드로 하시겠습니까?" 하고 물었다.

쭝잉은 현금 몇 장과 신용카드를 꺼내 직원에게 건넸다. 비밀번호를 입력하자 포스 단말기에서 영수증을 토해냈고, 직원이 쭝잉에게 서명을 요구했다. 서명을 마치자 직원이 방 열쇠와 보증금 영수증을 주었다.

방 열쇠를 받아 든 쭝잉은 바로 들어가지 않고 밖으로 나갔다. 호텔 문을 나서자 러시아 영사관이 보였고, 와이바이두차오 전체에 조명이 들어와 있었으며, 동방명주 탑과 환구금융센터가 어둠 속에서 환하게 빛나고 있었다.

진정한 불야성이었다.

쭝잉은 걸음이 빨랐다. 성칭랑은 한 걸음 뒤에서 따라가면서 어디 가느냐고도 묻지 않았다.

마침내 쭝잉이 걸음을 멈추고 유리문을 열었다. 안에는 기계 몇 대가 있었다. 쭝잉이 ATM기 앞으로 다가가 카드를 넣자 비밀번호를 입력하라는 안내문이 떴다.

성칭랑은 쭝잉이 숫자 여섯 개를 입력하는 것을 봤다. 914914. 빌려 썼던 검은색 우산이 떠올랐다. 우산에 뫼비우스의 띠와 그 아래에 인쇄되어 있던 숫자도 914였다.

단순하고 고집스러운 사람이군, 하고 성칭랑은 생각했다.

ATM기가 2,500위안을 토해냈다. 쭝잉은 500위안을 남기고 나머지를 전부 성칭랑에게 주었다.

"만일에 대비해서요." 그리고 덧붙였다. "아껴서 쓰세요."

쭝잉은 지갑을 주머니에 넣고 유리문을 열었다.

늦은 시각, 북 와이탄外灘에는 인적이 드물었다. 천둥번개를 동반한 소나기가 한바탕 휩쓸고 지나가 습하면서도 시원했다. 두 사람은 푸장호텔로 돌아갔다.

호텔 방으로 들어간 쭝잉이 카드 형태로 된 열쇠를 전기함에 꽂자 방 안이 밝아졌지만, 형광등의 쨍한 밝음이 아닌 약간 어둑한 복고적인 밝음이었다.

"내일 아침에 퇴실하면서 카드 열쇠와 보증금 영수증을 프런트 데스크에 주면 돼요."

설명을 마친 쭝잉은 봉투를 들고 화장실로 들어가 재빨리 옷을 갈아입고 나와 봉투를 성칭랑에게 돌려주었다.

"오늘 밤은 아파트로 가지 말고 여기서 쉬세요."

아파트 쪽 상황은 모르겠지만 오늘은 확실히 가지 않는 게 나을 것 같았다. 쭝잉의 말은 타당했다. 성칭랑은 받아들였다.

"제가 불편하게 해드렸군요."

"그런 걸 따져봐야 뭐 하겠어요."

쭝잉은 입을 오므린 채 어떻게 작별 인사를 해야 하나 고민했다.

실내는 당황스러울 정도로 고요했고, 골동품 가구는 말을 하려다 만 것 같은 모호한 기운을 내뿜었다. 앞에 선 남자는 마치 이것들과 하나가 된 것 같았다.

째깍째깍 울리는 시계 소리가 재촉하는 것 같아 심장박동이 덩달아 빨라졌다.

"그러면…… 쭝 선생, 또 만납시다."

성칭랑이 갑자기 침묵을 깨고 손을 뻗으며 정중하게 인사했다.

쭝잉의 입가가 살짝 떨리더니 결국 손을 뻗어 성칭랑의 손을 잡았다.

"시국이 불안하니 몸조심하세요."

인사를 마친 쭝잉은 한시름 놓은 듯 성칭랑에게 문까지 배웅할 기회도 주지 않고 그대로 몸을 돌려 방을 나섰다.

성칭랑은 문을 열고 꼿꼿한 뒷모습이 컴컴한 복도를 따라 점점 멀어지다 커브를 돌아 사라지는 것을 지켜봤다.

방으로 돌아온 성칭랑은 봉투를 열었다. 안에는 잘 개어진 연녹색 셔츠와 검은색 긴 바지, 그리고 옷핀 두 개가 들어 있었다.

옷핀을 꺼내 불빛에 마주 대고 손가락으로 누르자 뾰족한 핀이 나왔고 다시 누르자 들어갔다. 힘이 담긴 평화, 그가 본 쭝잉 같았다.

성칭량은 일어나 발코니 문을 열고 쭝잉이 탄 택시가 쑤저우허 강변을 따라 달리다 상하이의 어둠 속으로 사라지는 것을 지켜봤다.

그 시간, 쉐쉬안칭은 699번지 아파트에서 쭝잉을 기다리고 있었다.

쉐쉬안칭은 일주일 전쯤부터 쭝잉이 이상해진 것을 감지했다. 고민도 많고 정신 상태도 매우 안 좋아 보였기 때문이었다. 특별한 우정을 나누는 친구였기에, 쉐쉬안칭은 쭝잉의 가족처럼 그녀를 마냥 내버려 둘 수 없었다.

기다리다 말려던 참에 쭝잉이 집으로 돌아왔다.

"왜 왔어?"

쭝잉의 말에 쉐쉬안칭은 벌떡 일어나려고 했으나 간신히 감정을 누르고 소파에 앉아 아무 말도 하지 않았다.

쭝잉은 거실에서 제일 밝은 등을 켜고 나서야 소파 옆에 놓인 감식 가방과 종이 상자를 봤다. 안에는 각종 증거물이 가득했다.

"어떻게 들어왔어?"

"따고 들어왔지."

쉐쉬안칭이 마침내 일어나 두 손을 바지 주머니에 꽂은 채
로 담담하게 대답하고 역시 같은 말투로 물었다.

"넌 어디 갔었어?"

부드러운 말투에서 배려가 묻어났다.

"충밍崇明에서 주말 보냈어."

"충밍에 갔었다고."

쉐쉬안칭이 쭝잉의 말을 따라 했다.

"오케이, 그럼 근무 대기 시간엔 왜 전화 꺼놨어?"

"고장 났어."

"왜 팀에는 보고 안 했어?"

쭝잉은 고개를 약간 들어 천장 등을 힐끗 보고 다시 고개를
숙이며 한숨을 푹 쉬었다.

"하기 싫었어. 피곤해서."

"알았어."

쉐쉬안칭은 잠시 그녀를 놓아주었다. 그리고 뜯어낸 현관문
자물쇠를 가리키며 말했다.

"저건 왜 안에서 잠긴 건데? 여기 귀신이라도 살아?"

쭝잉은 고개를 돌려 현관문을 쳐다봤다.

"그건 나랑 상관없는 일이라 나도 몰라."

"좋아."

쉐쉬안칭이 다시 말했다.

"괜찮아. 내가 조사해 보지 뭐."

쉐쉬안칭은 증거물 봉투를 집어 들었다. 안에는 지난번 쭝

잉이 증거물 봉투에 넣었던 머그컵이 들어 있었다.

"내가 구십 퍼센트 확신하는데, 이 사건은 지난번 여기 들어왔던 사람과 관계가 있어. 확인해 보면 알게 되겠지."

쉬쉬안칭은 현관문 자물쇠를 가리키며 말했다.

"저 안전고리에 찍힌 지문과 이 컵에 찍힌 지문이 같은지 대조해 볼 거야."

쭝잉이 깊게 한숨을 내쉬었다.

"내가 말하기 싫어하는 건 안 묻겠다고 했잖아."

"나를 친구로 생각하긴 해? 문제가 생겼으면서도 입 꾹 다물고 혼자 짊어지면서 영웅 행세라도 하겠다는 거야?"

쭝잉은 입을 더 굳게 다물었다가 한참 뒤에야 열었다.

"잘난 체하는 거 아니야."

혼자서 감내해야 하는 일도 있게 마련이다. 남이 해줄 수 있는 것은 걱정과 근심뿐, 그런 건 문제 해결에 아무 도움이 되지 않았다.

쭝잉의 태도에 쉬쉬안칭은 금방이라도 폭발할 것 같았다. 바로 그때 쉬쉬안칭의 휴대전화가 울렸다.

전화를 받자, 상대편이 다급하게 말했다.

"칭 형, 움직임이 있어요! 방금 푸장호텔에서 쭝 선생님 신분증으로 방을 하나 잡았어요. 바로 출동할까요?!"

쉬쉬안칭은 화를 더 참을 수가 없어 전화를 끊고 쭝잉을 쳐다봤다.

"넌 지금 여기에 있는데, 어떻게 푸장호텔에서 방을 빌렸을까?"

쭝잉은 어금니를 꽉 물었다.

"신분증 잃어버렸어."

"잃어버렸다고? 그럼 다른 사람이 네 신분증으로 방을 빌렸다는 거네?"

쉐쉬안칭이 기세등등하게 쭝잉을 압박했다. 증거물 봉투를 내려놓고 다가와 쭝잉의 팔을 꽉 붙잡았다.

"그럼 같이 푸장호텔로 가! 가서 누가 네 신분증을 도용했는지 보고, 잡아 오자고!"

"쉐쉬안칭!"

"쭝잉! 거짓말을 하려면 좀 제대로 하던가!"

쉐쉬안칭의 눈에 핏발이 가득했다.

"너한테 묻고 있잖아. 그런데."

쉐쉬안칭이 갑자기 말을 멈췄다. 그러나 쭝잉을 잡고 있던 손은 놓지 않는 게, 오늘 밤에는 기어코 끝장을 볼 모양이었다.

쉐쉬안칭은 온 힘을 다해 쭝잉을 엘리베이터에 밀어 넣고 1층을 눌렀다. 내려가면서 쭝잉은 아무 말 없이 눈을 감았다.

"쉐쉬안칭, 핵심을 잘못 짚었어. 네가 신경 쓰는 일과 이 일은 전혀 관계가 없다고."

쭝잉이 보기에 쉐쉬안칭의 관심은 쭝잉의 몸과 정신 상태인데, 영 엉뚱한 사람을 붙잡고 늘어지는 것 같았다. 쭝잉은 진흙탕 같은 자신의 현실에 성청랑을 끌어들이고 싶지 않았다.

엘리베이터에서 내려 쭝잉을 잡은 채로 아파트 문을 나서는 순간, 낯익은 차가 아파트 입구로 다가와 누군가 내렸다.

습하고 더운 여름밤, 플라타너스가 연신 '쏴쏴' 소리를 냈다. 쉐쉬안칭은 차에서 내리는 사람을 알아봤다. 쭝칭린, 쭝잉의 아버지였다.

쉐쉬안칭은 순간 짜증이 확 치밀었지만, 꽉 잡고 있던 쭝잉의 손을 놓고 입을 꾹 다문 채 옆으로 비켜나 곁눈질로 쭝잉의 표정을 살폈다.

쭝잉도 그를 알아보고 제복을 정리하고 쭝칭린을 불렀다.

"아버지."

쭝칭린은 쭝잉과 쉐쉬안칭을 훑어보더니 한동안 말이 없었다.

"올라가자."

쭝잉은 침묵했고, 쉐쉬안칭은 외면했다.

결국 쭝잉은 몸을 돌려 카드키를 꺼내 아파트 공용 현관문을 열었다.

쭝칭린이 먼저 들어가자, 쉐쉬안칭은 딱딱한 표정으로 담뱃갑을 꺼내며 불친절한 말투로 거절했다.

"난 됐어. 여기서 담배나 피우고 있을게."

쭝잉은 쉐쉬안칭의 결정을 존중했다. 문에서 손을 치우자 자동으로 닫혔다. 유리문 너머 어둠 속에서 쉐쉬안칭이 손에 쥔 담배가 빛났다.

쭝칭린은 아주 오랜만에 699번지 아파트를 찾았다. 거의 십 년 만인가, 아니 어쩌면 더 오래됐을 수도 있었다. 이렇게 갑작스러운 방문은 드문 일이었다.

엘리베이터에서 부녀는 아무 말도 하지 않았다. 문이 열리기 직전에야 쭝칭린이 입을 열었다.

"저들이 네가 실종됐다고 해서 와봐야겠다고 생각했다. 그래서, 어디 갔었던 거냐?"

쭝잉은 전혀 힘들이지 않고 거짓말을 한 번 더 했다. 쭝칭린은 쉐쉬안칭처럼 네댓 번 되묻지 않았다.

그는 쭝잉의 말이 이상하지 않았는지 그대로 믿는 듯했다.

뜯긴 현관 자물쇠를 보고서야 쭝칭린은 한마디 더 했다.

"이건 또 왜 이렇게 됐고? 정말 거칠군."

쭝잉은 대답하지 않고 그냥 들어가 아버지를 맞았다. 집에는 마땅히 대접할 만한 게 없을 뿐더러, 소파 옆에는 감식 가방과 증거물 상자가, 탁자 위에는 쉐쉬안칭이 버린 담배꽁초가 수북한 재떨이가 놓여 있고, 집 안 가득 담배 냄새가 진동해 답답한 느낌이 들었다.

쭝잉은 주방으로 들어가 전기포트에 물을 담고 코드를 꽂았다. 보글보글 물이 끓는 소리가 점점 커졌다.

쭝칭린은 집으로 들어와 선 채로 말했다.

"여긴 옛날 그대로구나."

쭝잉은 전기포트 앞을 지키며 아버지가 집 안을 돌아다니는 모습을 말없이 지켜봤다.

날씨는 덥고 물도 빨리 끓었다. 쭝잉은 깨끗한 컵을 꺼내 물을 붓고 찬장에서 홍차를 찾아 찻잎을 컵에 넣으려다 그만두었다.

됐다, 취향이 아닐 수도 있었다.

쭝잉은 뜨거운 물만 컵에 담아 거실로 들고 나갔다. 쭝칭린은 남쪽으로 난 방에 들어가 있었다. 그 방은 쭝잉의 서재로, 전에는 엄마 옌만의 방이었다.

쭝칭린은 한 책장 앞에서 걸음을 멈췄다. 천장의 낡은 전등이 유리 책장을 밝히고 있었다.

구석에 액자가 하나 놓여 있었다. 흑백사진 속에는 단정하게 옷을 차려입은 학생 수십 명이 앉거나 서 있었고, 제일 앞에는 선생님이 몇 분 앉아 있었다. 1982년 약학대학 졸업 기념사진이었다.

사진에는 쭝칭린도 있고, 쭝위의 외삼촌인 싱쉐이와 쭝잉의 어머니인 옌만도 있었다. 모두 젊었고 입가를 한껏 올리며 활짝 웃고 있었다. 사진은 유쾌했던 순간을 포착할 수는 있지만, 그것을 붙잡아 둘 수는 없었다.

지금은 옌만도 죽고 싱쉐이도 죽어 쭝칭린 혼자만 남았다. 쭝칭린은 무의식적으로 액자를 향해 손을 뻗었지만 유리창에 막혀 닿지 못했다.

"그 책장은 엄마 거예요. 외할머니가 잠가놓으셨고, 전 열쇠가 없어요."

쭝잉이 뒤에서 말했다.

쭝칭린은 손을 거두고 아무 말도 하지 않았다.

"쭝위는 좀 어때요?"

쭝칭린의 표정이 더 심각해졌다.

"안 좋다고 해서 가보려던 참이다."

쭝잉은 쭝위와 감정이 그다지 깊지 않았다. 나이 차이가 너무 많이 나서일 수도, 처음부터 적의를 가져서일 수도 있었다. 뭐라고 딱 꼬집어 말할 수가 없었다. 확실한 것은 딱 하나, 엄마가 세상을 떠난 뒤, 쭝잉은 빨리 커서 대학에 입학해 집을 떠나는 날만 손꼽아 기다렸다는 점이다. 지금은 바랐던 대로 그 집에서 쭝잉은 '낯선 사람'이 되어 적당하게 걱정하고 관심만 가지면 되었다.

그때 쭝칭린의 전화가 울렸다. 쭝위 어머니가 빨리 병원으로 오라고 재촉하는 모양이었다. 쭝칭린은 "알았어" 하고 짧게 대답하고 끊었다.

"너도 곧 서른이니 신중하게 행동해라. 다신 실종 같은 소리 들리게 하지 말고."

쭝칭린은 실질적인 충고나 소통은 하지 않았다. 늘 "그래, 안 돼"나 "좋다, 안 좋다"라는 말만 했다.

쭝잉은 아버지의 이런 태도에 익숙했다.

쭝잉이 아버지를 배웅하러 나왔을 때, 쉐쉬안칭은 담배를 두 개비째 피우던 참이었다.

아버지가 차에 오르는 것을 눈으로 배웅한 쭝잉은 그대로 올라가려 했다. 그러자 쉐쉬안칭이 바짝 따라와 인상을 쓰며 물었다.

"아직도 어머니가 네게 남긴 주식 걱정하셔? 아니면 왜 여기까지 행차하셨대?"

쭝잉은 고개를 돌려 쉐쉬안칭을 쳐다봤다. 쉐쉬안칭이 재빨리 덧붙였다.

"미안. 내가 선 넘었다."

쭝잉은 엘리베이터에서 나와 쉐쉬안칭은 쳐다보지도 않고 말했다.

"네가 부순 자물쇠는 네가 고쳐놔. 문 열어놓고 자고 싶지 않으니까."

자물쇠를 뜯은 것은 분명 자신의 잘못이었기 때문에 쉐쉬안칭은 자물쇠를 다시 달기 위해 여기저기 수소문했다. 하지만 시간이 너무 늦어 출장을 오려는 사람이 없어서 결국 직접 찾아보겠다며 집을 나섰다.

현관문을 나서던 쉐쉬안칭이 갑자기 다시 거실로 돌아와 보물이라도 뺏듯이 증거물 상자를 안고 쭝잉을 뚫어지게 쳐다보며 신중하고 방어적인 자세로 말했다.

"일단 이거 먼저 갖고 가야겠어. 너한테 손댈 기회를 주면 절대 안 되지."

쭝잉은 쉐쉬안칭을 십분 이해했다. 그녀를 막는 것은 소용없었기에 시원스럽게 말했다.

"가져가."

쉐쉬안칭이 나가자, 쭝잉은 집 안을 정리하고 창문을 열어

환기를 시켰다. 문득 어젯밤이 떠올랐다. 분명 같은 곳인데 전혀 다른 풍경이었다. 더 깨끗하고 가지런해 만족스럽게 잠에 빠져들었다.

쭝잉은 바람이 들어오는 창가에 서서 고층 빌딩의 불빛을 보며 자신에게 당부했다. 그 시대와 곧 다가올 전쟁은 자신과 전혀 상관이 없다고.

쉐쉬안칭은 2시쯤 어디서 샀는지 모를 새 자물쇠를 들고 돌아와 공구함을 찾아 자물쇠를 교체하기 시작했다.

두 사람은 일할 때 잡담을 하지 않는 부류였다. 쉐쉬안칭은 자물쇠 바꾸는 일에 집중했고, 쭝잉은 소파에서 그 모습을 지켜봤다. 두 사람은 아무 말도 하지 않았다.

자물쇠를 다 설치하자 새벽 3시였다. 쉐쉬안칭이 손을 툭툭 털고 일어나, "되게 까다롭네" 하고 투덜대면서 공구를 정리하고는 문을 탁 닫고 들어와 손을 씻었다.

'쏴아' 물소리가 퍼졌다.

"곧 날이 밝을 텐데, 샤워하고 내 차로 출근할래?"

"아니."

쉐쉬안칭의 제안을 쭝잉은 단칼에 거절했다.

"어서 좀 자."

쉐쉬안칭이 물을 잠그고 손을 닦은 뒤, 새 열쇠를 탁자에 던졌다.

"열쇠 바뀐 거 기억해라. 나 간다. 또 일부러 전화기 끄면 죽는다."

쭝잉은 소파에 누운 채로 아무 말도 하지 않았다. 죽은 척 누운 쭝잉의 모습에 쉐쉬안칭은 성큼성큼 현관을 나서며 화가 났다는 것을 표현하려는 듯 힘껏 문을 닫았지만, 문은 '찰칵' 소리와 함께 부드럽게 닫혔다.

쭝잉은 손을 들어 얼굴을 가렸다. 한참 동안 그러고 있다가 간신히 몸을 일으켜 휴대전화에 충전기를 꽂고 샤워하러 들어갔다.

오래간만에 뜨거운 물로 샤워하자 온몸의 피곤이 가시면서 심장박동이 빨라졌다.

옷을 갈아입고는 탁자에 놓인 열쇠를 집어 들고 잠깐 고민하다가 예비 열쇠를 하나 빼 현관 서랍에 넣었다가 다시 꺼내 "자물쇠 바꿈"이라고 쓴 메모지를 놓고 그 위에 열쇠를 올려놓았다.

쭝잉은 무심코 고개를 들었다가 근 한 세기를 밝혀준 현관등을 봤다.

순간 뭔가 떠올라 방으로 들어가 금고를 열고 성칭랑의 서류 가방을 꺼내 휴대전화를 들고 밖으로 나갔다.

집에서 나온 시간은 5시가 넘었고, 지하철은 아직 운행 전이었다. 쭝잉은 어두컴컴한 거리에 서 있던 택시를 잡아타고 곧장 푸장호텔로 향했다.

뜻밖에 가는 길이 막혔다.

"앞에 사고가 났나 봅니다."

기사가 말했다.

시간이 6시에 가까워지자, 쫑잉은 택시에서 내려서 뛰었다.

갓 잠에서 깬 거리가 여명 속에서 휙휙 지나갔다. 헐떡거리며 호텔에 도착하자, 프런트 데스크에 걸린 괘종시계가 이제막 6시가 지났다고 알려주었다. 한발 늦고 말았다.

쫑잉은 간신히 호흡을 가라앉히며 프런트 데스크에 성칭랑이 퇴실했는지 물었다.

직원이 "퇴실했습니다. 십 분 전에 어떤 선생님께서요" 하고 말했다. 메시지 남긴 것 없냐는 물음에 "잠시만요" 하더니 영업용 미소를 지으며 "없다"라고 대답했다.

예상했던 대답이었지만 실망감이 몰려왔고, 들고 있던 서류 가방이 더 무겁게 느껴졌다.

쫑잉은 호텔에서 나와 벨보이가 잡아준 택시를 타고 회사로 가는 수밖에 없었다.

가는 길에 쫑잉은 성칭랑의 수첩을 꺼내 최근 페이지를 펼쳤다.

"24일, 오전 8시, 국유자산감독관리위원회 회의. 오후 전문 팀과 내륙 이전 사업 협의. 저녁 학교 모의법정. 시간 내서 선생님 뵙기."

앞으로 넘기자, "23일, 저녁에 쫑 선생에게 설명(만날 수 있기를)."이라고 적혀 있었다.

그날 밤 그들은 처음으로 만났다.

쫑잉은 수첩을 덮었다. 차창 밖으로 눈을 돌리자 어느덧 해가 떠 강물에 햇빛이 쏟아지고 있었다. 모든 게 옛것이고 또 모든 게 새것이었다.

쭝잉은 휴대전화를 켜 7월 23일 터널 사건 관련 기사를 검색했다. 싱쉐이의 차에서 마약이 발견됐으나 부검 결과 마약 후 운전한 것은 아니라는 내부자의 발언을 담은 기사가 있었다.

기사 아래에 댓글이 폭발했다. "차가 고장 났나? 마약을 안 했다면 왜 제어가 안 됐지? 사건 담당 법의관이 쭝칭린의 큰딸 아닌가?" 등등…….

내부자는 "사건 담당 법의관은 다른 사람으로, 뉴스에서 지적한 쭝 모 법의관은 아니다"라고 답했다. 아래에 모자이크가 된 내부 서식이 첨부되어 있었다.

야유가 섞인 의문이 끊이지 않았다. 그러나 사실을 말해도 본질을 교묘히 흐리는 수법은 여전해 거짓이 판을 쳤다.

내부자는 더는 대답하지 않았다. 어쩌면 너무 화가 났을 수도, 어쩌면…… 그럴 필요가 없어서였을지도 몰랐다.

어쩌면 사람들은 진실은 관심이 없는지도 몰랐다. 그들이 의혹을 제기하는 이유는 그저 자기가 믿고 싶은 '사실'에 대한 근거를 찾기 위해서인지도 몰랐다.

다른 기사는, 사고 피해자 가족이 관련 부처와 신시제약을 '성토'하는 것 외에 아이 사진 한 장이 있었다. 아이는 어깨 골절을 당해 어깨를 석고붕대로 고정한 채 멍한 표정으로 휠체어에 앉아 있었다. 기사 제목은 '사고로 부모와 아직 출생 전인 형제를 잃은 아이'로 짧았지만 보는 이로 하여금 하던 일을 멈추게 하는 슬픔이 있었다.

사건 밖 사람들의 냉정한 소비였다.

쭝잉은 화면을 끄며 아주 천천히 숨을 내쉬었다. 휴대전화 연락처를 한참 동안 넘겨 부속병원에서 일하는 후배에게 전화를 걸었다.

쭝잉은 단도직입적으로 본론을 말했다.

"샤오다이, 나 뇌혈관 조영술 예약 좀 해줄래?"

후배는 놀란 듯 말이 없더니 물었다.

"무슨 일인데요? 그냥 와서 DSA*로 하시죠?"

"검사는 이미 다 했고, 진단서가 필요해서."

쭝잉이 차창 밖을 보며 말했다.

후배는 삼십 초 정도 말이 없었다.

"알았어요. 이틀 정도 걸리니 금, 토 어때요?"

회사 건물이 시야로 들어왔다. 쭝잉이 대답했다.

"좋아. 고마워."

7월의 마지막 날, 쭝잉은 휴가를 내고 날짜에 맞춰 입원했다. 조영술 전 일련의 검사를 마치자, 샤오다이가 병세를 살피고 물었다.

"금식하고 물도 안 마셨죠?"

쭝잉이 그렇다고 대답하자, 샤오다이가 다시 물었다.

---

* Digital subtraction angiography의 약자로, 디지털감산혈관조영(술). 혈관 조영법의 하나로, 컴퓨터 프로그램을 적용해 뼈와 장기를 없애고 혈관만 영상화한 것.

"이 분야는 성 선배 병원이 우리 병원보다 나은데, 왜 여기서 검사해요? 성 선배에게 알리고 싶지 않아서요?"

"선배가 알면 모두가 다 안다고 할 수 있지."

"내가 입이 무거워서 온 거군요."

샤오다이는 쓴웃음을 지으며 치료 동의서를 내밀었다.

"사인해요."

알레르기 검사가 끝나자, 쭝잉은 휴대전화를 끄고 진찰실로 들어갔다. 간호사가 소독하고 무균 포를 덮었다. 마스크를 쓴 샤오다이가 한쪽에 서서 물었다.

"선배, 그때 다른 과로 가도 됐을 텐데, 왜 병원 그만뒀어요? 경찰 쪽도 업무 강도가 만만치 않을 텐데."

리도카인 일 퍼센트를 주입하자 국부마취가 되었고, 천자침이 피부를 뚫고 동맥으로 들어갔다.

쭝잉은 조영 침대에 누워 정신을 잃었다.

왜 병원을 그만뒀냐고? 조영술이 끝날 때까지, 다음 날 퇴원할 때까지, 쭝잉도 답을 찾지 못했다.

답은 중요하지 않았다. 현재 직업에 대한 애정은 예전 신경외과에 가졌던 열정에 뒤지지 않았으니까. 이 점이 명확해진 것만으로도 충분했다.

진단서는 삼 일 뒤에 나왔다. 고층 추락사 현장에서 부검실 건물로 이동해 서류를 절반 정도 작성했을 때, 샤오다이에게서 전화가 왔다.

"선배, 빨리 좀 와야겠어요."

"나 아직 일 안 끝났어. 시간 나면 진단서 받으러 갈게."

쭝잉은 마치 자기 일이 아니라는 듯이, 그래서 크게 마음 쓰지 않아도 된다는 듯이 담담하게 말했다. 오히려 전화 저쪽에서 샤오다이가 한숨을 쉬며 말했다.

"선배, 왜 소극적인 거 같죠?"

"아니."

쭝잉이 말했다.

"첫 검사 결과 봤어. 상태가 어떻든 나도 다 생각이 있으니 급할 거 없어."

쭝잉은 작성하던 서류를 놓고 밖으로 나갔다. 초목이 무성한 묘지가 보였다.

"그냥 검사 결과 말해줘."

샤오다이는 감정이 북받치는 것 같았다.

"검사 소견은, 좀 복잡하고 리스크도 크지만 그래도 조기에 수술하는 게 낫겠다는 거예요. 만약 파열이라도 되면……."

그 결과는 쭝잉도 잘 알고 있을 것이라서 샤오다이는 더 말하지 않았다.

"응, 알겠어."

노랑나비 한 마리가 화단 위를 날아다니는 게 보였다.

"그럼 빨리 입원하세요. 솔루션 정해지면 곧 수술할 수 있어요. 우리 병원이 못 미더우면 성 선배가 있는 병원으로 옮기셔도 되고요."

쭝잉은 샤오다이의 제안을 다 듣고 결국에는 태연하게 딴소리를 했다.

"수술은 좀 나중에. 먼저 처리해야 할 일이 있어서."

"무슨 일인데요. 수술한 다음에 하면 안 돼요?"

샤오다이는 다급하게 말하고 나서 곧 후회했다. 자신은 의사이니 수술 리스크를 더 고려해야 했다. 특히 쭝잉의 사례는 복잡하고 까다로웠다. 수술이 성공하면 더할 나위 없겠지만 실패하면 모든 게 끝이었다. 만약 돌발 상황이 발생하면 목숨을 부지하는 것조차 어려울 텐데 '일 처리'는 말할 것도 없었다.

"준비되면 갈게."

샤오다이의 눈에 쭝잉은 늘 주관이 뚜렷한 사람이었다. 그런 사람이 이렇게 말하니 더 할 말이 없었다.

"그럼 일단 약으로 조절하시죠."

"번거롭게 해서 미안해."

"번거롭기는요. 일 보세요. 짬짬이 휴식 꼭 취하고 감정 조절 잘하시고요."

전화를 끊은 쭝잉은 서류를 마저 작성했고, 옆에 있던 샤오정은 방호복을 입었다.

샤오정이 방호복을 입으며 물었다.

"쭝 선생님, 이번 고층 빌딩 추락 사망자 말이에요. 선생님은 자살, 사고, 타살 중 뭐라고 생각하세요?"

"현장을 보면 자살 가능성이 조금 커."

"아, 젊은 사람이 왜 자살을 해요? 아이도 아직 어리던데, 엄마가 죽어버리면 아이는 어쩌고요? 너무 이기적이네요."

서류를 다 작성한 쭝잉은 눈을 들어 샤오정을 쳐다봤다.

샤오정은 평소 쉐쉬안칭이 당부한 '죽은 사람을 함부로 평가하지 말라'는 당부가 떠올라 당장 입을 다물고 쭝잉에게 방호복을 건넸다.

바깥에는 뜨거운 태양이 떠 있고, 매미 울음소리가 시끄럽게 울리고, 부검실에서는 가시지 않는 열기와 특유의 냄새가 났다.

쭝잉은 답답한 방호복을 입으며 샤오정에게 설명했다. 귀밑쪽에서 땀이 흘러내렸다.

복부 봉합이 끝나자, 쭝잉은 수술 도구를 내려놓고 두 겹으로 낀 장갑을 벗은 다음 죽은 자에게 허리를 굽혀 애도를 표했다.

샤오정도 쭝잉을 따라 애도를 표하며 곁눈질로 쭝잉을 힐끗 쳐다봤다. 오늘은 어쩐 더 정중해 보였지만 샤오정은 이유를 묻지 않았고, 그러니 쭝잉이 대답할 리 없었다.

부검실 직원에게 시신 인계 작업을 마친 두 사람은 밖으로 나가 담배를 피웠다.

쭝잉은 담배를 피우며 저 너머에 있는 묘지를 멍하니 바라봤다.

쭝잉을 힐끔 본 샤오정은 순간, 부검실에서 나오면 쭝잉은 늘 이렇게 묘지를 바라본다는 게 떠올랐다.

"쭝 선생님, 저쪽에 뭐 볼 거라도 있어요?"

"우리 엄마가 저쪽에 잠들어 있거든."

쭝잉은 대답을 회피하지 않고 고개를 숙여 담뱃재를 털면서 한숨을 내쉬듯 말했다.

"우리 엄마도 고층에서 떨어졌어."

쭝잉의 대답에 샤오정은 주제를 잘못 골랐다고 생각하며 다급하게 담배를 한 개비 더 건넸다.

쭝잉은 고개를 숙인 채 힐끗 보며 말했다.

"됐어. 나 이제 금연할 거야."

"네?"

샤오정은 예전에 쉐쉬안칭이 했던 말이 떠올랐다. 자기들처럼 현장에 다니는 사람은 냄새도 지독하고 스트레스도 많아 담배를 안 피우는 사람이 거의 없다고 했다.

"정말 안 피우게요?"

샤오정이 한 번 더 물었다.

"천천히. 그러다 보면 언젠가는 끊겠지."

햇빛이 눈을 찌르고 나뭇잎은 미동도 하지 않았다. 일기예보는 오늘도 더울 것이라고 했다. 시민의 투덜거림에도 아랑곳하지 않고, 일기예보는 "고온은 이틀 더 계속되고……", "내일이면 끝나고 앞으로 며칠 동안은 강한 비가 쏟아질 예정……"이라고 했다.

마침내 열흘 연속 고온 현상이 계속되던 상하이에 비가 몇 차례 쏟아졌고, 기온이 내려갔다.

7월 23일에 발생한 터널 사건에 대한 대중의 관심도 덩달아 떨어져, 피해자 가족만이 진상 파악과 더 많은 지지를 위해 여기저기 뛰어다녔다.

약품연구원은 싱쉐이의 마약 은닉은 개인 행위로, 신시 및 약품연구원과는 무관하며 신시의 항암 주사제는 예정대로 출시될 것이라는 내용의 성명을 발표했다.

이렇게 분명하게 선을 긋고 신약 출시를 강조했어도 신시의 주가는 계속 하락했다.

쭝잉은 신시 주식을 보유하고 있었지만, 주가 하락 소식에는 전혀 관심이 없었다. 부서 동료가 터널 사고 뒷이야기를 하면서 쭝잉에게 감정보고서를 주었고, 이것으로 사건은 마무리되었다.

"그 아이 외숙모가 일을 크게 벌일 모양이던데. 어쨌든 그들이 남은 아이를 키워야 하니까. 아이 양육은 값비싼 투자잖아."

"맞아. 아이 키우려면 돈이 정말 많이 들긴 해. 우리 집 옆에 있는 유치원 학비도 미친 듯이 올랐어."

"얼마나 올랐는데?"

동료들은 재빨리 화제를 옮겼다.

쭝잉도 하던 일을 멈추고 다른 일을 하기 시작했다. 병원에서 떼 온 진단서를 첨부해 병가를 신청한 것이다.

이제 기다리는 일만 남았다.

쭝잉은 병가 신청에 대해 처음부터 끝까지 쉐쉬안칭에게 일언반구도 하지 않았다.

교대할 때가 되자, 쉐쉬안칭은 쭝잉에게 기분 좋게 커다란 월병* 상자를 안기기까지 했다.

"고마워할 필요 없어. 내일 즉석에서 구운 육포 사다 주면 되니까."

"나 내일 출근 안 해."

쭝잉이 의자에 앉은 채로 상자를 열어 월병을 하나 꺼냈다.

"그럼 먹지 마."

쉐쉬안칭이 쭝잉을 흘겨보며 재빨리 월병 상자를 뺏었다.

쭝잉은 고기소가 든 월병을 꿀꺽 삼키고 컵에 담긴 물을 다 마신 다음, 자리를 정리하고 퇴근했다.

비가 오면 택시는 더 바쁘다. 한참 만에 잡은 택시에서 오래된 옛날 노래가 흘러나왔다.

"왜 소식이 없나요. 내가 이렇게 기다리는데. 밤은 또 깊고, 달은 또 이렇게나 밝은데. 칠현금을 켜며 속절없이 노래만 부르네요……."

쭝잉은 차창 밖을 쳐다봤다. 강으로 쏟아지는 비가 후련하면서도 아득했다.

순간, 십여 일 넘게 성칭랑이 나타나지 않았다는 게 떠올랐다.

오늘은 8월 11일, 화요일. 남풍이 서풍으로 바뀌었고, 기온은 26도 정도로 적당했다.

---

*   중국의 전통 과자로, 추석에 빼놓을 수 없는 둥근 밀가루 과자.

그쪽도 8월 11일, 수요일. 날씨가 어떨까? 지난번 일로 699번지 아파트가 불편해져서 안 나타나는 것일까? 아니면 다른 이유라도 있나?

쭝잉은 699번지 아파트에 도착할 때까지 생각에 잠겼다. 도착했을 때는 날이 이미 저물었다.

엘리베이터에서 평일 새벽에 늘 피아노를 치는 여자아이를 만났다. 여자아이가 방긋 웃자 두 뺨에 보조개가 들어갔다.

"언니, 언니도 피아노 칠 줄 알아요?"

아이가 낭랑한 목소리로 물었다.

아니, 쭝잉은 칠 줄 몰랐다. 집에 있는 피아노는 예전에 엄마가 쓰던 것이었다.

"지난달인가, 밤 10시 정도에 언니네 집에서 피아노 소리가 나는 걸 들었어요! 어떤 곡이었냐 하면……."

아이가 머리를 긁적이더니 눈을 반짝였다.

"쇼팽의 〈야상곡〉, 맞죠? 근데 녹음테이프랑은 조금 달랐어요. 언니 악보 잊은 거예요?"

"……."

엘리베이터 문이 열리자, 아이는 인사하고 먼저 나갔다. 쭝잉은 현관문을 열고 들어와 현관 등을 켰다.

아침에 출근하면서 깜빡 잊고 창문을 안 닫았더니 집에서 골동품이 비에 젖어 나는 친숙하고도 퀴퀴한 냄새가 났다.

쭝잉은 창문을 닫고 구석에 놓인 피아노를 쳐다봤다. 엄마가 돌아가신 뒤 아무도 만지지 않은 피아노였다. 조심스럽게 피아노 뚜껑을 열어 어색하게 건반을 누르자, 음 몇 개가 불통하게 울렸다.

아무도 연주하지 않는 악기는 아무리 보관을 잘해도 생명력이 떨어지게 마련이었다.

쭝잉은 뚜껑을 덮고 일어났다. 여기에 앉아 있던 엄마가 보이는 것 같기도, 악보에서 벗어난 〈야상곡〉을 치는 성칭랑이 보이는 것 같기도 했다. 시선을 거두자 정말 아무도 없었다. 천장의 등만 세상일에 무관심한 듯 빛나고 있었다.

쭝잉은 샤워를 하고 음식을 배달시키고, 앉아서 노트북을 켜고 지난번에 다 못 본 핀란드 라플란드 다큐멘터리를 이어서 봤다.

1회를 다 본 순간 탁상시계가 열 번 울렸다.

밤 10시였다.

쭝잉은 주위를 둘러보고 고개를 들어 위층으로 올라가는 계단을 봤다. 텅 빈 위층에서는 아무런 움직임이 없었다.

쭝잉은 미간을 찌푸리며 동영상을 끄고 검색창을 열어 검색어를 입력했다. '성칭랑'.

'검색' 키만 누르면 출신은 물론 경력, 죽음까지 쉽게 알 수 있을 것이었다.

긴장으로 목구멍이 조였다. 오른손을 엔터키 위에 놓고 한참을 망설이다 주먹을 쥐었다.

쭝잉은 숨을 깊이 들이마시면서 주먹을 펴고 약지로 삭제키를 세 번 눌렀다. 검색창이 텅 비었다.

그 사람의 인생이었다. 자신에게는 그의 인생을 사전에 알 자격이 없었다.

갑자기 담배 생각이 절실해 벌떡 일어났다. 그러나 담배가 하나도 없었다. 거실을 몇 걸음 걷다 현관으로 가 우산을 들고 밖으로 나갔다. 거리는 비가 조금 잦아들어 있었다. 쭝잉은 우산을 쓰고 근처 연극대학 학생이 애용하는 가게로 가 담배를 샀다. 그곳에는 희귀한 수입 담배가 많았다.

가게 주인이 여성용 담배를 추천했다. 검은색 포장에 '블랙데빌Black Devil'이라는 영어가 박혀 있었다.

"향이 좋아요. 크림 향."

금연 과도기에 적합할 것 같아 받아 들고 그 자리에서 한 개비 꺼내자, 주인이 불을 빌려주었다.

쭝잉은 담배를 피우며 걷다가 무의식적으로 고개를 들었다. 건너편 699번지 정문 앞 플라타너스 옆에 익숙한 그림자가 서 있는 게 보였다.

그의 발밑에는 낮에 떨어진 플라타너스 잎이 흩어져 있었고 머리 위로 툭툭 빗물이 흘러내리고 있었다. 가로등에 비친 얼굴은 지친 기색이 역력했고, 온몸은 폭 젖어 있었다. 한 손에 서류 가방을 들고 똑바로 서려고 노력하면서 간신히 쥐어짜는 목소리로 쭝잉을 불렀다.

"쭝 선생."

쭝잉은 재빨리 담배를 끄고 다가갔다. 그에게 다가간 순간,

그의 몸이 앞으로 쏟아지듯 훅 기울어져 쭝잉은 다급하게 두 손을 뻗었다.

플라타너스의 빽빽한 잎이 머리 위를 가려주고 있었지만, 후드득 떨어지는 빗방울을 다 막아주지는 못했다.

상대를 지탱하느라 어금니를 꽉 물자 쭝잉은 턱이 바르르 떨렸다.

"성 선생님?"

성칭랑은 전혀 반응이 없이 턱을 쭝잉의 어깨에 댄 채 두 눈을 꼭 감고 있었다.

쭝잉이 고개를 살짝 기울이자 성칭랑의 젖은 머리칼이 뺨을 스쳤다. 조금 차가웠다.

그때 바람이 쏴아 불면서 나뭇잎에 붙어 있던 빗방울이 후두둑 쏟아졌다.

쭝잉도 상태가 좋지 않았던 터라 더 버티지 못하고 그와 같이 넘어지려는 찰나 경비원이 나왔다.

"이런, 무슨 일이에요?"

"좀 도와주세요."

쭝잉이 간신히 말했다.

경비원이 재빨리 다가와 눈썹을 찌푸리며 중얼거렸다.

"왜 이렇게 젖었대요? 괜찮아요?"

쭝잉은 대답할 기운도 없어 손을 뻗어 문을 열고 건물로 들어갔다.

경비원은 쭝잉과 함께 성칭랑을 꼭대기 층까지 옮겨주고 쭝잉 대신 문을 열어주며, "무슨 일 있으면 경비실로 전화하세요"라는 말을 남기고 엘리베이터로 돌아갔다.

쭝잉은 혼자 성칭랑을 부축해 거실로 끌고 가 소파에 던지듯 내려놓았다. 그리고 숨을 내쉬고 관절을 움직인 다음, 옆에 앉아 그의 이마에 손을 올렸다.

뜨거웠다.

쭝잉은 성칭랑의 경동맥을 짚고 재빨리 눈꺼풀을 뒤집어 봤다.

고열에 과로까지. 열이 내리고 조금 쉬면 괜찮아질 테니 별문제는 아니었다. 그러나 이대로 젖은 채로 놔두면 상태가 더 안 좋아질 게 분명했다.

쭝잉은 북쪽으로 난 손님방으로 들어가 작은외삼촌이 예전에 입었던 실내복과 얇은 담요를 내왔다.

거실로 돌아온 쭝잉은 성칭랑의 젖은 옷을 벗기고 새 옷으로 갈아입혔다. 정신을 잃은 환자를 돌보는 일은 육체노동이면서 기술이 필요했다. 쭝잉은 몇 년 동안 환자를 돌보는 일에서 손을 놓았지만 전혀 서툴지 않았다. 소매 단추를 풀고 셔츠를 벗기고 허리띠를 풀어 옷을 갈아입히는 동작이 매끄럽게 이어졌다.

옷을 다 갈아입히고 담요를 돌돌 말듯이 덮어주고 주방에서 약상자와 물을 가져와 해열제를 먹였다.

쭝잉은 성칭랑 옆에 앉아 무의식적으로 주머니에서 담배를 찾았다. 손가락 끝에 담뱃갑이 걸렸지만 단념했다.

쭝잉은 탁자 위에 놓인 노트북을 가져다 다리 위에 놓고 논문을 읽었다. 한참 뒤 탁상시계가 느릿느릿 울리자 노트북을 덮고 리모컨으로 텔레비전을 켜서 음량을 조절했다.

축구 경기가 소리 없이 진행됐다. 선수들이 공을 뺏으러 경기장을 누볐다. 경기를 보는데 졸음이 몰려왔다.

쭝잉은 성칭랑에게 기대 잠이 들었다.

잠에서 깬 쭝잉은 몸이 부드러운 소파 속으로 쑥 빠져드는 느낌이 들었다.

주머니에서 휴대전화가 계속 진동해 눈을 떴다. 눈앞에 텔레비전이 아닌 조금 큰 탁자와 벽이 보였고, 한 손은 성칭랑의 이마에 놓인 채였다. 성칭랑의 체온이 조금 떨어진 것 같았다.

쭝잉은 휴대전화를 꺼내 알람을 껐다. 시간은 오전 6시로, 탁상시계의 종소리가 막 끝난 참이었다.

쭝잉은 다시 1937년으로 왔다. 그렇다면 오늘은 8월 12일일 것이다.

이 날짜를 떠올리자 기분이 묘했다.

성칭랑은 깊이 잠들어 있었다. 쭝잉은 뻣뻣한 목을 쭉 펴면서 조심스럽게 일어나 주방으로 향했다.

성냥을 꺼내 획 긋자 불꽃이 일었다. 아파트 아래 정원에서 떠들썩한 소리가 들렸다. 바깥의 재잘거리는 소리를 들으며 쭝잉은 가스에 불을 붙여 물을 끓였다.

물이 끓기를 기다리면서 찬장을 열어 살폈다. 쌀이 조금 있을 뿐이었다. 쌀 한 그릇을 퍼서 솥에 넣고 청동 주전자에 든 물이 끓기를 기다렸다.

뜨거운 물을 컵과 솥에 따르고 솥에 넣은 쌀이 보글보글 끓자 불을 껐다. 그리고 현관으로 가 서랍에서 지난번 넣어두었던 돈을 꺼내 주머니에 넣고 아래층으로 내려갔다.

너무 이른 탓인지 복도에는 아무도 없었다. 아래로 더 내려가자 떠들썩한 소리가 들렸다.

1층으로 내려가니 지난번 안내 데스크에서 담배를 피우던 중년 부인이 입구에 서서 짐꾼이 엘리베이터로 짐을 옮기는 것을 굳은 표정으로 보고 있었다. 쭝잉은 그 옆을 지나가다가, 그녀가 이를 악물고 불쾌한 표정으로 옆에 있는 예 선생에게 불만을 털어놓는 소리를 들었다.

"시골집으로 갈 것이지 왜 여기로 오겠다고 난리야! 조계가 아니면 어디 도망갈 데가 없대?"

예 선생은 마침 쭝잉을 발견하고 눈을 반짝이며 웃었다.

"미스 쭝, 오랜만입니다."

"네, 조금 바빴어요."

쭝잉은 대충 둘러대고 우유를 가지러 갔다. 예 선생이 바로 쫓아오며 말했다.

"이런, 오늘은 우유가 아직 안 왔어요."

나무 상자 안을 들여다보니 정말 텅 비어 있었고 신문도 없었다.

쭝잉이 이유를 묻기도 전에 예 선생이 설명해 주었다.

"바깥이 엉망이에요. 쑤저우허 북쪽에서 전부 이쪽으로 몰려와서 이른 아침부터 난리라니까요. 그래서 조금 늦어지는가 보네요. 그래도 오긴 올 겁니다."

"제가 상하이에 돌아온 지 얼마 안 돼서 그러는데, 왜 이렇게 된 거예요?"

쭝잉이 몸을 약간 돌리며 물었다.

"어제 황푸강에 있던 일본 선박 스무 척이 작은 도쿄 훙커우虹口 옆 부두에 들어와 위세를 부리며 사람들을 놀라게 했어요. 국민당 국민혁명군도 어제 상하이에 주둔했고요. 정말 전쟁이라도 나려나 봐요! 자베이는 지금 온통 난리고요. 사람들은 조계로 피난 오거나 아니면 시골로 도망갔어요. 오 년 전보다 훨씬 심각해요!"

쭝잉은 예 선생이 말한 게 1932년 1월 28일 발발한 상하이 사변을 가리키는 것임을 알았다. 그의 말은 틀리지 않았다. 피난민 규모가 예전보다 컸고, 곧 발생할 전쟁은 오 년 전보다 훨씬 참혹할 것이었다.

하지만 예 선생은 천진하게도 낙관적이었다.

"그래도 괜찮을 겁니다. 설마 프랑스 조계에서 함부로 전쟁을 일으키겠어요."

"그래도 준비를 더 해두시는 게 안전하죠."

예 선생이 고개를 절레절레 저었다.

"다른 준비를 할 여력이 어디 있어요? 시골에 있던 집은 이미 팔았고, 상하이를 떠나 다른 곳으로 가려고 해도 돈이 없으니 그냥 여기 있어야죠."

대화가 여기까지 흘러가자, 쭝잉은 더 말하기가 불편해 텅 빈 우유 상자를 돌아보고 밖으로 나갔다.

성칭랑 집에는 쌀 반 봉지 외에는 식량이라고 할 만한 게 없어서 즉석식품이라도 조금 사 와야 할 것 같았다.

밖으로 나가자 상점 대부분이 굳게 닫혀 있고, 크고 작은 짐을 이고 진 사람들이 두리번거리고 있었다. 그들의 눈에는 어디로 가야 할지 모르겠다는 막막함이 가득했다.

서양식 과자점을 어렵게 찾았지만 쇼윈도 커튼이 삼 분의 이 정도 내려와 있고, 빵이 가득 놓여 있어야 할 진열대는 거의 비어 있었으며, 문도 닫혀 있었다. 벨을 누르자 외국인 점원이 밖을 내다보더니 문을 열어주었다.

점원은 쭝잉이 들어오자 신중한 표정으로 문을 다시 잠그고 서툰 중국어로 물었다.

"뭐 사시려고요?"

가게 안은 버터와 향신료 냄새로 가득했지만, 공기도 빵도 다 차가웠다. 빵은 하루가 지났는지 이제 갓 내온 빵에서 풍기는 신선함이 부족했다.

쭝잉은 고개를 숙여 유리 진열장을 살폈다. 하지만 식욕을 돋우는 것은 없었다.

"오늘 만든 건 없나요?"

"미안합니다. 오늘은 오븐을 켜지 않았어요."

점원의 대답에 쭝잉은 고개를 들어 바게트가 있는 바구니를 쳐다보며 말했다.

"그러면 바게트 다 포장해 주세요."

점원은 종이봉투를 꺼내 남은 바게트를 전부 넣었다. 그리고 쭝잉이 돈을 낸 다음에야 봉투와 잔돈을 건네며 당부했다.

"조심해서 가세요."

쭝잉은 고개를 돌려 밖을 내다봤다. 확실히 이쪽을 호시탐탐 노리는 난민이 있었다.

문을 열자 마침 순찰하는 경찰이 지나가고 있어, 쭝잉은 경찰을 따라 699번지 아파트로 돌아왔다.

입구에서 불평을 늘어놓던 부인이 사라진 것을 보니 자베이의 친척들이 부인의 집에 무사히 들어간 모양이었다.

안내 데스크에서 분주하게 일하던 예 선생이 쭝잉을 보자 반갑게 말했다.

"미스 쭝, 방금 신문이 왔어요. 우유는 아직이고요!"

쭝잉이 다가가 신문을 받아 들자, 예 선생이 덧붙였다.

"방금 들었는데 우유 배달원이 오다가 강도를 당했대요. 정말인지는 모르겠지만요."

쭝잉은 대꾸하지 않고 바게트와 신문을 안고 위층으로 향했다.

쭝잉이 도착했을 때 성칭랑은 깨어나 있었다. 일어나 앉은 성칭랑은 우선 자기가 집에 있다는 것을 깨달았고, 이어서 열려 있는 문을 봤으며, 마지막으로 자기 몸에 낯선 담요가 둘둘 감겨 있고 옷도 자신의 것이 아니라는 것을 깨달았다.

고열에 시달려서인지 반응이 둔해져, 쭝잉이 안으로 들어오고 나서야 발소리를 알아챘다.

쭝잉은 신문을 식탁 위에 놓고 주방으로 들어가 바게트를 놓고 따라놓았던 물을 다 마신 다음, 성냥불을 켜 가스레인지에 불을 붙여 죽을 다시 끓였다.

물 흐르듯 여유로운 손길에는 엎어진 김에 쉬어 간다는 듯한 침착함이 있었다.

그 모습에 성칭랑은 조금 어리둥절해 정신을 차리고 어젯밤 일을 기억하려 애썼다. 비에 흠뻑 젖었고, 너무 피곤했으며, 갈 곳이 없어 결국 699번지 아파트로 향했다. 그 뒤의 일은 전혀 기억이 나지 않았다.

바로 그때, 쭝잉이 따뜻한 물을 성칭랑 앞에 놓았다.

"성 선생님, 어젯밤에 열이 높았어요."

쭝잉은 이렇게 말하며 맞은편 등나무 의자에 앉았다.

성칭랑이 그녀를 쳐다보며 두 손을 맞잡자 담요가 흘러내렸다.

성칭랑이 다급하게 담요를 집다가 아무것도 안 신은 자신의 두 발을 발견했다. 신발도 없고 양말도 없었다. 무슨 일인지 물어보려는데, 쭝잉이 친절하게 먼저 대답했다.

"미안해요. 당신 옷 내 집에 있어요. 오늘 밤에 가서 가져와요."

어젯밤 아파서 정신을 잃었다. 그러니 스스로 옷을 갈아입었을 리가 없었다. 성칭랑은 끙 하며 눈을 감았다. 머릿속에서 그 상황이 빠르게 지나갔고, '남의 손에 벌거벗겨지는' 난감함과 불편함이 치고 올라와 귀뿌리가 빨갛게 달아올랐다.

성칭랑은 목이 꽉 메는 것 같았지만 침착한 표정을 유지하면서 속으로 열심히 스스로를 설득했다. 의사 눈에는 성별이 없다. 쭝 선생은 의사이니 환자를 돌보는 일은 아주아주 평범한 일이다. 그러니 난감해할 필요가 없다고.

이렇게 열심히 자기합리화를 하자 빨갛게 달아올랐던 열기가 마침내 사라졌다. 그런데 쭝잉이 갑자기 벌떡 일어나더니 당연한 듯이 손을 뻗어 그의 이마를 짚으며 눈살을 살짝 찌푸렸다.

"아직도 열이 있네. 약을 안 가져왔으니 물을 더 마시고 잠도 좀 더 자요."

성칭랑은 순간 몸이 뻣뻣하게 굳어 뒤로 살짝 물러났다. 다행히 주방에서 죽이 끓는 소리가 들려 쭝잉이 가스 불을 잠그러 주방으로 갔다. 그제야 성칭랑에게 숨 쉴 기회가 생겼다.

그러나 성칭랑이 어깨의 긴장을 다 풀기도 전에 '따르릉, 따르릉' 전화벨이 울렸다.

쭝잉은 당연히 성칭랑의 전화를 대신 받을 생각이 없었다. 그대로 주방에 서서 성칭랑이 소파에서 일어나 약간 휘청거리다가 곧 등을 쭉 펴고 전화기까지 걸어가 수화기를 드는 모습을 지켜봤다.

전화를 건 상대편의 목소리가 희미하게 들렸다. 상대는 큰 목소리로 다급하게 말했다. 그러나 성칭랑은 "알았어. 내가 오늘 같게" 하고 대답할 뿐이었다.

전화를 끊자 실내에는 다시 적막이 감돌았다.

성칭랑은 전화기 옆에 잠시 서 있다가 곧장 침실로 들어 갔다.

성칭랑이 옷을 갈아입고 나오자, 쭝잉이 문 앞에 서 있었다.

"외출하려고요?"

"네. 급한 일이 있어서 나가봐야 합니다."

하지만 성칭랑은 안색이 창백하고 정신도 몽롱해 보이고, 몸도 벽 쪽으로 기우는 게 간신히 버티고 서 있는 것 같았다. 이런 상태로는 급한 일을 해결하기는커녕 집 밖으로 한 걸음 나가는 것도 불가능해 보였다.

쭝잉은 성칭랑에게 몸 갖고 장난하지 말라고 하고 싶었지 만, 입 밖으로 내뱉지는 못했다.

성칭랑이 간신히 쭝잉을 피해 밖으로 나가려는데, 갑자기 그녀가 다가와 팔을 잡았다.

팔을 잡힌 성칭랑이 휙 돌아봤다. 쭝잉은 손에 힘을 조금 빼 고 식탁 앞으로 성칭랑을 끌고 가 의자를 빼서 앉혔다.

성칭랑이 자리에 앉자, 쭝잉이 뒤에서 물었다.

"삼십 분 늦는다고 사람이 죽지는 않죠?"

"그렇습니다."

"그럼 아침 드세요."

쭝잉의 말투는 무섭지도, 급하지도 않았지만 거스를 수 없 는 권위가 있었다.

성칭랑이 탁자 위에 놓인 물컵을 들어 한 모금 마시자, 김이 모락모락 나는 흰죽이 앞에 놓였다. 묽지도 되지도 않은 딱 적당한 상태로, 잘 말려 잘게 찢은 고기도 올려져 있었다.

"오늘은 우유가 안 왔어요."

쭝잉은 백자 접시와 물컵을 들고 와 맞은편에 앉았다. 접시에는 자른 바게트가 놓여 있었다. 딱딱해 보이는 바게트는 썹기도 어려웠다. 쭝잉은 두꺼운 바게트를 찢어 입에 넣고 고개를 약간 기울여 신문을 봤다.

『노스 차이나 데일리 뉴스North-China Daily News, 字林西報』 위쪽에 일본 함대가 상하이에 들어왔다는 기사가 실려 있었다. 기사나 사진 모두 긴장감이 넘쳤지만, 신문 기사 외에는 전혀 어울리지 않는 형형색색의 광고와 조계의 잡다한 소식이 가득해 마치 다른 세계 같았다.

쭝잉은 먹는 것도 열심히 했다. 바게트를 썹는 옆얼굴 근육이 규칙적이고 시원스럽게 움직였다.

성칭랑은 넋이 나간 것처럼 쭝잉을 쳐다보다가 퍼뜩 정신을 차리고 죽을 먹었다.

쭝잉은 접시 위에 놓인 바게트를 빠르게 먹어 치우고 신문을 내려놓으며 성칭랑에게 물었다.

"택시 불러줄까요?"

성칭랑이 고개를 들어 쭝잉을 바라보자, 쭝잉이 삼 초쯤 쳐다보더니 대답이라도 들은 양 일어나 전화를 걸었다. 쭝잉은 탁자에 기댄 채로 택시 회사 배차원에게 차량을 예약했다. 배차원은 주소를 묻고, 지금 조계 곳곳이 차가 막혀 택시가 조금 늦게 도착할 수 있으니 양해해 달라고 말했다.

십 분이면 오던 황금 시기는 이미 끝이 난 듯했다.

전화를 끊은 쭝잉은 접시를 들고 주방으로 들어가면서 곁눈질로 현관에 있는 전신거울을 보고 옷을 너무 아무렇게 입었나 하고 생각했다. 흰색 반팔 티셔츠에 통이 넓은 회색 린넨 실내용 바지는 외출에 적합하지 않았다.

접시를 개수대에 넣고 아직 죽을 먹고 있는 성칭랑에게 물었다.

"성 선생님, 지난번 제가 입었던 옷 아직 있어요?"

쭝잉의 물음에 성칭랑은 먹던 죽 그릇을 내려놓고 비음이 많이 섞인 목소리로 되물었다.

"외출하게요?"

"밤 10시까지 돌아온다고 장담할 수 있어요?"

쭝잉이 개수대 수도꼭지를 틀어 손을 씻으며 반문했다.

성칭랑은 입을 다물었다. 바깥은 상황이 시시각각 변해서 시간 맞춰 돌아와 데려다준다고 확언할 수 없었다.

옷을 가지러 가려는데, 쭝잉이 주방에서 나오며 말했다.

"계속 드세요. 옷은 침실에 있죠?"

"문 쪽에 있는 오 단 서랍 제일 아래 서랍에 있습니다."

성칭랑이 다시 앉으며 말했다.

침실로 들어온 쭝잉은 제일 아래 서랍에서 종이 상자를 찾아 꺼냈다. 상자를 여니 셔츠와 바지가 잘 개어져 있었다. 세탁까지 한 것 같았다. 문을 닫고 재빨리 옷을 갈아입었다. 긴 바지를 입고 셔츠 단을 바지 속에 넣고 허리 단추를 잠갔다. 몸에 딱 맞았다.

겨우 열흘 만에 이렇게 살이 쪘을 리가 없으니 성칭랑이 허리를 줄여놓은 모양이었다.

쭝잉은 벗은 실내복을 잘 개어 상자에 넣고 나왔다. 집을 나설 때, 성칭랑은 새 서류 가방을 들고나왔다.

맞다. 어제 들었던 서류 가방은 그녀의 시대에 놓고 왔던 것이다. 제발 그 안에 급한 서류는 없기를.

택시는 지난번보다 확실히 늦게 왔지만, 기사는 여전히 친절했다. 그러나 표정이 다소 어둡고 억지로 웃는 것 같았다.

"어디로 모실까요?"

"성 공관이요."

성칭랑이 눈을 감으며 대답했다.

택시는 순조롭게 거리로 나가 프랑스 조계를 벗어나 공공조계 징안쓰靜安寺로를 지나 성盛씨 공관으로 향했다. 집을 나설 때만 해도 어슴푸레했던 새벽하늘에 해가 다 떠 날이 무더웠고, 조계로 피난 오는 사람들이 곳곳에서 눈에 띄었다. 창밖으로 날아오르는 호랑나비 한 마리는 이 도시에 닥칠 폭풍을 전혀 모르는 것 같았다.

차 안은 당황스러울 정도로 조용했다. 쭝잉은 담배 생각을 참으며 주머니에 손을 찔러 넣고 한마디도 하지 않았다.

그때 성칭랑이 눈을 뜨며 푹 가라앉은 목소리로 쭝잉의 의견을 물었다.

"쭝 선생, 대외용 신분이 필요할 것 같습니다. 그래야 선생도 나도 편할 테니까요. 내 조수라고 하는 게 어떻습니까?"

지난번 동장 공소에서 성청랑을 찾을 때 썼던 신분이었다. 쭝잉은 괜찮았지만, 성청랑이 성 공관에 간다는 것을 떠올렸다. 그렇다면……

"성 선생님, 집에 가는 거예요?"

"그걸 왜 묻습니까? 그게 중요합니까?"

"아마도요."

쭝잉이 대답했다.

"집에 가는 거면 당신 가족을 만날 텐데, 지난번에 당신 가족 중 한 명을 이미 만난 것 같아서요. 젊은 여학생이었는데 그녀에게 당신 친구라고 했거든요. 그런데 이번에는 조수라고 하면 불필요한 의심을 사고 번거로울 것 같아서요."

성청랑은 곧바로 알아들었다. 쭝잉이 말한 젊은 여학생은 막냇동생 성청후이를 가리키는 것이리라.

"긴장할 필요 없습니다, 쭝 선생."

택시가 성 공관 밖에 섰다. 바깥은 담과 철문이 둘러싸고, 내부에는 거대한 저택과 개인 정원이 있어 매우 사치스러워 보였다.

철문은 굳게 닫혀 있었다. 성청랑은 차에서 내려 벽에 있는 초인종을 눌렀다.

사용인의 목소리가 들렸다. 사용인은 성칭랑을 보더니 셋째 도련님이 아닌 "선생"이라고 불렀다.

사용인이 천천히 문을 열고 허리를 숙이며 말했다.

"큰 도련님 말씀이, 만약 선생께서 공장 이전 문제로 오신 거라면 더 말할 필요가 없고 돌아가셔서 다른 일 보시라고, 성 씨 가문의 재산에 더 마음 쓸 거 없다고 하셨습니다."

상대의 말은 축객령이 분명했다. 그러나 성칭랑은 포기할 생각이 없었다.

"큰 도련님께 다른 일로 왔다고 다시 전해주십시오."

사용인이 곤란한 표정으로 말했다.

"오늘 둘째 아가씨 가족도 계셔서……."

성칭랑은 입술을 지긋이 말아 물며 생각했다.

"마침 잘됐네요. 누님과 얘기할 것도 있으니."

사용인은 성칭랑을 안으로 들이면 싫은 소리를 들을까 걱정 스러웠지만 별수 없었다.

"그럼 제가 가서 여쭤보겠습니다."

한쪽에 서 있던 쭝잉은 난처해하는 사용인과 온 힘을 다해 꼿꼿하게 서 있는 성칭랑을 보면서 그가 푸대접을 받고 있다고 느꼈다. 그리고 그것은 왠지 익숙한 느낌이었다.

사용인이 몸을 돌리는 순간 맑은 목소리가 들렸다.

"오빠 왔네!"

성칭후이가 인력거에서 뛰어내리며 인력거꾼에게 인심 좋 게 1위안을 주었다. 그리고 문 앞으로 빠르게 다가와 앞에 있는 사용인에게 외쳤다.

"야오 아저씨, 문 안 열고 뭐 하세요?"

야오 아저씨라고 불린 사용인은 다시 돌아와 미간을 찌푸릴 뿐이었다. 그러자 성칭후이가 재촉했다.

"어서요, 아저씨. 나도 여기 이렇게 서 있으라고요?"

사용인은 한숨을 내쉬며 어쩔 수 없다는 듯이 철문을 열었다. 성칭후이는 이때다 싶은지 성칭랑을 잡아 데리고 들어가더니 고개를 돌려 바깥에 있던 쯍잉을 보며 말했다.

"아, 지난번 그, 지나가던 친구 아니에요?"

이 아가씨는 지금은 따져 물을 생각이 없는 모양이었다.

"빨리 들어오세요!"

쯍잉은 대문으로 들어가 성칭후이가 성칭랑을 잡고 저택으로 들어가는 것을 봤다.

성칭랑이 고개를 돌려 쯍잉을 보자, 쯍잉은 고개를 숙이고 빠르게 다가가 옆에 서서 손을 뻗어 그의 서류 가방을 가져왔다.

"큰오빠, 언니! 오늘 학교 휴교래요!"

성칭후이가 소리치며 안으로 들어갔다.

넓은 실내는 이상할 만큼 조용했고 성칭후이의 목소리만 메아리쳤다. 성칭후이는 얼굴을 찌푸렸다. 그때 2층 난간에서 일고여덟 살 정도 되어 보이는 아이의 머리통이 쑥 나왔다.

"이모 왔어요? 엄마 아빠랑 큰외삼촌은 2층 거실에서 말씀 중이에요!"

아이는 성칭랑을 보고도 멀뚱하니 보기만 할 뿐 한마디도 하지 않았다.

아이의 반응이야말로 가장 직접적이고 진실하다. 아이는 성칭랑을 알고 자기보다 연장자라는 것도 알았지만 호칭조차 부르지 않는 것이 정말 이상했다.

쭝잉은 이 상황이 신경 쓰였다. 그러다 성칭랑의 아파트에 있던 가족사진, 성칭랑의 얼굴이 반만 나온 가족사진이 떠올랐다.

성칭후이가 재빨리 2층으로 올라갔다. 성칭랑도 따라 올라갔고, 쭝잉은 맨 뒤에서 쫓아갔다. 발밑의 두꺼운 카펫 때문에 발소리가 거의 들리지 않았다. 이 건물 전체가 소리를 삼키는 괴물 같았다.

성칭후이가 2층 거실 문을 열자 담배 연기가 자욱했다. 첫째 성칭샹과 둘째 성칭펑의 남편은 담배를 피우고 있었고, 성칭펑은 일인용 소파에 앉아 있었다.

문을 열자 세 사람이 일제히 고개를 들어 쳐다봤다. 맨 앞에는 성칭후이가, 그 뒤에는 성칭랑이, 제일 뒤에는 쭝잉이 있었다.

성칭샹은 인상을 꽉 쓰며 담배를 눌러 끄고 성칭랑에게 단도직입적으로 말했다.

"뭐 하러 왔나?"

성칭펑은 아예 모른 척했고, 성칭펑의 남편은 담배만 계속 피웠다.

성칭후이는 무겁게 가라앉은 분위기를 무시하고 긴 소파에 앉으며 성칭랑에게 말했다.

"오빠, 할 말 있으면 앉아서 해요."

그러고는 쭝잉을 쳐다보며 앉으라고 권했다.

성칭랑의 안색이 점점 나빠졌다.

"제게 조금만 시간을 내주세요. 할 말만 하고 바로 갈게요."

성칭상은 성가시다는 듯 입을 꾹 다물고 몸을 뒤로 빼며 무겁게 숨을 내쉬었다.

"말해라."

성칭랑이 자리에 앉자, 쭝잉은 서류 가방을 건네며 옆에 앉았다. 실내에 가득 찬 담배 연기에 쭝잉은 담배 생각이 절실해졌지만 그럴 상황이 아니었다.

성칭랑이 서류 가방에서 표 몇 장을 꺼내며 특유의 차분한 말투로 말했다.

"오늘 위 시장이 공부국에서 일본 군부와 담판을 짓는다고 했지만, 양측 군대가 상하이로 계속 들어오고 있는 걸 보면 형식적인 것에 불과할 겁니다. 시국은 평화로운 쪽으로 흘러가지 않을 거예요."

성칭랑이 잠깐 멈췄다가 천천히 말을 이었다.

"상하이는 전쟁을 피할 수 없을 겁니다. 성씨 가문의 양수푸楊樹浦 기계공장은 일본 해군 육전사령대와 가까워 일단 전쟁이 발발하면 재난을 피할 수 없을 거예요. 자원위원회가 저에게 큰형님과 다시 협의해 보라고 한 이유는 전쟁으로 공장이 파괴되거나 적이 점령하길 바라지 않아서입니다. 만약 지금 철수하면 이전 및 재건 보조금을 받을 수도…….”

새벽부터 공장이 멈췄다는 소식에 가뜩이나 기분이 좋지 않았던 성칭상은 성칭랑의 말에 더 화가 나 중간에 말을 끊어버렸다.

“일본인 지역과 가까우면 뭐? 최악이라고 해봐야 전부 폭파밖에 더 되겠어! 성가家에 공장이 그거 하나뿐인 것도 아니고!”

“그러면 양수푸는 차치하더라도 조계에 있는 성가 공장도 괜찮으십니까?”

“국군이나 일본군이나 누가 감히 함부로 조계에 쳐들어오겠어?”

“맞습니다. 그렇겠죠. 하지만 공습은요?”

성칭랑은 흥분하지 않고 차분하게 설득했다.

“폭탄에는 눈이 없으니 조계인지 구분하지 못할 텐데요.”

성칭상이 갑자기 재떨이를 집어 던졌지만 성칭랑은 피했다. 재떨이가 바닥에 떨어지면서 담뱃재가 날렸다.

쭝잉은 미세하게 눈살을 찌푸렸다. 그때 성칭랑이 갑자기 고개를 기울이며 그녀의 귓가에 대고 말했다.

“먼저 나가 계세요.”

곁눈질로 성칭랑을 보니, 그는 마치 아무 일도 없었다는 듯 이미 자세를 고쳐 앉은 뒤였다.

실내에 짧게 정적이 흘렀다. 쭝잉은 그 틈을 타 밖으로 나왔다. 아까 봤던 아이가 2층 복도에서 놀다가 쭝잉을 보더니 역시 한마디도 하지 않았다.

아이의 곁을 지나 아래층으로 향하는데 벽에 걸려 있는 커다란 가족사진이 눈에 들어왔다.

가족사진에는 첫째 성청상과 둘째 성청펑, 군복을 입은 넷째 성청허, 그리고 막내 성청후이가 있었다.

성청랑만 없었다.

제4장

선택의 여지가 없는

쭝잉은 저택에서 나와 정원에서 기다렸다.

고개를 드니 깨끗한 2층 거실 유리창이 보였다. 두꺼운 커튼으로 전부 가려져 있어, 햇빛이 온 힘을 다해도 아주 얇은 한 줄기만이 비집고 들어갈 뿐이었다.

쭝잉은 눈길을 거뒀다. 마침내 담배를 피울 기회가 생겼다.

한여름 나무는 푸르렀고, 매미는 지치지도 않는지 계속 울어댔다. 공관에는 바깥세상과는 동떨어진 평화가 감돌았고, 공관은 자신이 원하는 상태로 존재하는 듯했다.

그러나 2층 거실에는 분노와 초조, 묵은 원한과 편견이 똘똘 뭉쳐 일촉즉발의 상황이었다.

성칭량은 상하이는 전쟁을 피할 수 없다고 분명하게 말했다. 그리고 이전위원회의 부탁을 받아 개인적인 관계를 이용해 성칭상에게 양수푸와 난스南市, 공공조계 안 성가 공장의 내륙 이전을 다시 설득하려고 했다.

성칭랑이 이전을 한두 번 권한 게 아니었다. 처음에는 들은 체도 하지 않았던 성칭샹은 정국이 점점 혼란해지자 골치가 아팠지만 쉽사리 이전 결정을 내리지 못했다.

공장 이전은 규모가 매우 크고 과정도 복잡해 일반인의 철수와는 전혀 다른 문제였다. 가족의 이사라면 짐 몇 개 챙겨 배에 올라 목적지에 도착해서 살 곳을 찾으면 그만이었다. 하지만 거대한 공장 이전은 기계를 철거하고 포장하고 운송하고, 내륙에 도착해서는 공장을 임대하고 기계를 다시 조립하는 일련의 과정이 다 포함되었다. 어느 것 하나 쉬운 일이 없었고, 이전에 필요한 수많은 인력과 막대한 자금 문제 또한 해결해야 했다.

전쟁 통에 이렇게 큰 공장 전체를 내륙으로 옮기는 일은 그 누구도 경험이 없었다. 생각만 해도 어려울 게 뻔했고 생사를 가늠하기도 어려웠다.

재떨이는 바닥에 엎어져 있고 성칭펑 남편의 담배도 꺼진 상태였다. 새로운 연기가 피어나지 않자, 실내는 일종의 정체 상태에 빠졌다.

성칭샹은 뚱뚱한 몸을 가죽 소파에 묻은 채 성칭랑의 '이전 보조 조례'에 관한 설명을 들었다. 눈꺼풀이 점점 아래로 처지는 게 피곤해 보였다.

어쩌면 이미 늦었을지도 모른다고 성칭샹은 생각했다. 수많은 미지수와 위험을 감수하고 공장을 내륙으로 옮기는 것보다

운에 맡기는 게 더 낫지 않을까? 어쩌면 전쟁이 짧게 끝날 수도 있고, 또 어쩌면 조상님이 보우하사 폭격을 피할 수 있을지도 몰랐다. 생각이 여기까지 이르니 마음이 거의 굳어졌다. 그러자 성칭랑의 설명이 아주 귀찮아졌다.

성칭샹이 미간을 확 찌푸리며 소리쳤다.

"이제 그만 나가!"

성칭랑은 일어나지도, 그렇다고 더 말을 하지도 않았다. 병색이 짙은 얼굴에 무기력한 좌절감이 묻어났다.

분위기가 심상치 않자, 성칭후이가 끼어들었다.

"오빠, 우리 커피 마시러 나가요."

성칭랑은 성칭후이의 말에 대답하지 않고 내내 들고 있던 표 몇 장을 탁자 위에 올려놓았다.

"라지푸타나호이고, 17일 홍콩행, 총 다섯 좌석입니다. 혹시 쓸모가 있을지 몰라서요."

성칭랑은 낮은 목소리로 천천히 말했다. 공격성이 전혀 없는, 백 퍼센트 호의에서 비롯된 것이었다.

계속 침묵하던 성칭핑이 차갑게 내뱉었다.

"영국인의 배표? 이게 무슨 뜻이야? 공부국에 있는 네 인맥 과시하는 거니?"

성칭랑은 서류 가방을 들고 일어나 무거운 머리와 후들거리는 다리로 문 앞까지 걸어가 거실에 있는 사람들을 등진 채 부드럽게 말했다.

"양수푸 공장은 적에게 직접적으로 노출돼 제일 위험합니다. 손실이 생기면 손실 발생 이전 날짜로 독일인에게 양도했다는 서류를 만들어 독일 영사관에 등록하면 됩니다. 그러면 일본 군부에 배상을 신청할 수 있어 손실을 줄일 수 있을 겁니다."

성칭랑은 그대로 거실을 나섰다. 두어 걸음 나오자 외조카와 마주쳤다. 아이는 고개를 들어 그를 보더니 손에 쥐고 있던 공을 바닥에 던졌다. 공이 성칭랑의 발바닥에 부딪혔다.

공을 집어 든 성칭랑은 공을 꽉 쥐더니, 아이에게 "물건 함부로 던지지 마라"라고만 하고 아이를 비켜 아래층으로 내려갔다.

태양이 작열하는 실외는 바람 한 점 불지 않았다.

쭝잉은 문밖에서 담배를 피우고 있었다. 성칭랑은 그녀 곁으로 다가갔다. 담배 냄새 속에서 불쑥 크림 향이 코를 파고들었다.

성칭랑이 다가온 것을 느낀 쭝잉은 재빨리 담배를 끄고 무의식적으로 혀로 마른 입술을 핥았다. 훈연한 것 같은 단맛이 났다.

"가요?"

"갑시다."

끈 담배를 손에 꽉 쥐는 쭝잉을 본 성칭랑은 무슨 말을 하려다 결국 고개를 숙이고 밖으로 나갔다.

야오 아저씨가 그들에게 문을 열어주었다. 두 사람은 다시

택시를 탔다. 택시 안은 강한 햇빛에 익은 것 같은 냄새가 났고
온도도 올라가 있었다.

"어디로 모실까요?"

"쓰촨四川로 33번지로 갑시다."

기사의 물음에 성칭랑이 대답했다.

성칭랑은 그대로 눈을 감았다. 쭝잉은 성칭랑이 보고를 하
려고 이전위원회로 가는 것인지 궁금했지만, 그냥 조용히 앉아
차창 밖을 내다봤다. 차가 앞으로 달려가자 거리 풍경이 뒤로
물러났다. 전쟁으로 가게는 문을 닫고 거리는 텅 비었지만, 그
래도 다행히 평온했다.

쑤저우허에 도착하자, 차가 갑자기 멈췄다. 기사가 뒤를 돌
아보며 말했다.

"선생님, 이 길로 못 가겠는데요."

성칭랑이 눈을 떴고 쭝잉도 밖을 살폈다. 좁은 다리 위는 운
반을 기다리는 기계 설비로 가득했고, 다리 건너편은 쑤저우허
북쪽에서 온 일꾼과 난민으로 가득 차 물샐틈없이 복잡했다.

돌아가는 수밖에 방법이 없었다.

기사는 그들을 싣고 길을 빙 돌아 정오가 되어서야 쓰촨로
33번지에 도착했다. 빌딩 6층이 이전위원회 임시 사무소였다.

5층까지 올라가니 위층에서 바쁘고 소란스러운 발소리가
들렸다.

쭝잉은 발걸음을 멈췄다.

"내가 올라가는 게 불편하면 아래에 있을게요. 마침 배도 고

픈데 뭐 좀 먹고 올게요."

"너무 멀리 가지 마세요."

성칭랑은 쭝잉을 말리지 않고 이렇게 당부하고는 위층으로 올라갔다.

쭝잉은 아래층으로 내려가 쓰촨로를 따라 북쪽으로 걸었다. 문을 연 식품점을 어렵게 찾아 비스킷과 사탕을 사서 식품점 안에서 비스킷 포장을 뜯어 절반을 먹었더니 목이 말랐다.

식품점을 나서자 햇볕이 더 세게 내리쬐고 있었다. 어디선가 '윙윙' 소리가 들리는 게 이명이 들리는 건가 착각할 정도였다.

33번지로 돌아온 쭝잉은 건물 아래서 잠시 기다리다가, 성칭랑이 내려오지 않자 그냥 위로 올라갔다.

6층에 도착하니 사무실 문이 전부 열려 있고, 복도에는 사람들이 바쁘게 오가고 있었다. 심의관은 수많은 자료를 들여다보고 있고, 회계사는 바쁘게 주판알을 튕기고 있었으며, 전화벨이 끊임없이 울리고 있었다.

어떤 사람이 컵을 들고 고개를 숙인 채 서류를 보며 빠르게 걸어오다 쭝잉과 거의 부딪칠 뻔했다. 쭝잉은 재빨리 피했지만 컵에 담긴 물이 흘러 바닥을 적셨다. 그러나 그 사람은 건성으로 미안하다고 말한 뒤, 고개도 들지 않고 그대로 사무실로 들어갔다.

너무 바쁘면 사람들은 자기 자신도 잊는 것 같다. 쭝잉만이 외부인처럼 복도 끝에 놓인 긴 의자에 덩그러니 앉아 사탕을 한 알 한 알 까먹었다.

성칭랑을 다시 본 것은 오후 5시였다.

성칭랑이 나오자, 쭝잉은 벌떡 일어나 사탕 껍질을 벗겨 아무 말 없이 건넸다.

"혈당이 떨어졌을 거예요."

성칭랑은 사탕을 받고 재빨리 몸을 돌리며 말했다.

"어두워지기 전에 가야 할 곳이 더 있어요. 갑시다."

쭝잉은 성칭랑과 건물에서 나와 택시를 타고 다음 지점으로 향했다.

그곳은 공공조계가 아닌 일본인 거주지 '작은 도쿄'였다. 기모노를 입은 일본 여성이 여행 가방을 들고 아이를 데리고 가는 모습이 상하이를 떠날 준비를 하는 것 같았다.

택시가 어느 주택 앞에서 멈췄다. 2층으로 된 작은 건물로, 관리가 잘 안 된 듯한 인상을 풍겼다.

나이든 사용인이 나와 문을 열어주며 말했다.

"돌아오셨습니까, 선생님."

"쉬 아저씨, 짐 다 싸셨어요?"

성칭랑의 물음에 쉬 아저씨라고 불리는 사용인이 고개를 저었다.

"어르신이 안 간다고 하십니다."

두 사람은 말하면서 실내로 들어갔다. 거실 남쪽에 놓인 평상형 침대에 장포를 입은 남자가 누워 아편을 피우고 있었다. 문이 꽉 닫혀 있어 실내에서 역한 냄새가 났다. 침대에 누워 있던 남자가 기침을 심하게 하자 혼탁한 어둠과 침묵이 깨졌다.

쉬 아저씨는 눈썹을 찡그리며 침대 위의 남자에게 말했다.

"도련님 오셨습니다."

침대 위의 남자는 못 들은 것처럼 한참 뒤에야 갑자기 쉰목소리로 버럭 소리를 질렀다.

"왜 왔어?! 나더러 조계로 가라고? 아니면 홍콩으로 가라고?!"

남자는 격렬하게 기침을 하더니 다시 소리쳤다.

"난 안 간다. 아무 데도 안 가! 썩 나가라고 해!"

성칭랑은 말없이 서서 한참 동안 한마디도 하지 않았다.

연기가 차오르는 가운데 창살 사이로 파고든 석양이 조각조각 흩어지는 모양이 마치 산산조각 난 성칭랑의 어린 시절 같았다…….

생모는 키울 명분도, 돈도 없었기 때문에 성칭랑은 태어나자마자 포대기에 싸여 성가로 들어갔고, 얼마 안 가 자녀가 없는 큰아버지 집으로 보내졌다. 큰아버지와 큰어머니는 모두 아편을 피워서 분가할 때 받은 재산을 거의 탕진한 상태였다.

아편을 많이 피우면 때렸고, 피우지 않아도 때렸다. 마작에서 지면 졌다고 또 때렸다.

성칭랑은 너무 어리고 연약해서 도망칠 힘조차 없었다.

성칭랑은 이마에서 식은땀이 나고 손바닥이 차가워지고 눈꺼풀이 아래로 떨어져 거의 감기다시피 했다. 성칭랑은 힘겹게 눈을 깜박거리더니 문을 나섰다. 쉬 아저씨도 따라 나왔다.

성칭랑은 두꺼운 편지 봉투를 쉬 아저씨에게 건넸다.

"배표와 돈, 통행증입니다."

쉬 아저씨는 봉투를 받아 들고 두 손으로 꽉 쥐며 다시 고개를 숙였다.

"어르신이 저 상태면 선생님이 애써 준비해 주신 게 다 무용지물이 될 수도 있어요. 제가 다시 말씀드려 보겠습니다."

사위에 어둠이 천천히 내려앉았다. 성칭랑은 아무 말도 하지 않았다. 택시를 탄 뒤에도 한참 동안 말이 없었다. 어디로 가느냐는 기사의 물음에도 대답하지 않았다.

"성 선생님, 더 들를 곳이 없으면 아파트로 돌아가도 될까요?"

쭝잉의 말에 성칭랑은 퍼뜩 정신을 차렸다.

"미안합니다. 아파트로 돌아갑시다."

그제야 차가 움직였다. 하늘과 거리가 서서히 같은 색으로 물들자 가로등에 불이 켜지고 행인도 줄어들었다.

699번지 아파트로 향하는 것은 배가 항구로 들어가는 것처럼, 아무리 멀어도 집으로 돌아가는 것이었다.

쭝잉은 차창에 기대 천천히 숨을 내쉬며 고개를 돌려 성칭랑의 옆얼굴을 봤다. 눈을 감고 입을 꾹 다문 모습이 상태가 영 안 좋은 것 같았다.

택시가 다시 쓰촨로를 지나자 이전위원회 임시 사무소가 보였다. 밤에도 불이 환하게 켜져 있었다.

쭝잉이 뭐에 홀린 듯이 말했다.

"무엇 때문에?"

"네?"

쭝잉의 말에 성칭랑이 눈을 뜨고 반문했다.

쭝잉이 고개를 돌려 그늘에 가려진 성칭랑을 보며 물었다.

"뭣 때문에 고생만 하고 좋은 소리도 못 듣는 일을 해요?"

성칭랑도 불이 환하게 켜진 건물을 봤다. 성칭랑은 한참 생각하더니 가라앉은 목소리로 천천히 대답했다.

"중국의 산업은 눈 속에 핀 새싹처럼 매우 취약합니다. 상하이에만 공장이 오천 개 있는데, 전쟁으로 다 파괴되거나 적의 수중에 넘어가면 산업 전체가 큰 타격을 입을 겁니다. 게다가…… 전쟁에서 산업의 지원이 없으면 승리할 방법이 있겠습니까?"

쭝잉은 아무 말도 하지 않았다. 주머니에 손을 넣으니 담뱃갑이 닿았다.

성칭랑이 불쑥 덧붙였다.

"쭝 선생…… 저까지 걱정하실 필요 없습니다."

쭝잉은 잠깐 망설이다가 담뱃갑에서 담배를 꺼내 성냥을 켜불을 붙였다. 몸통 전체가 검은 담배는 필터 쪽에 가는 금색 선이 있고 블랙 데빌, 검은 악마라고 인쇄되어 있었다.

어둠 속에서 담배가 타면서 달콤한 연기가 피어올랐다.

"그럼, 혹시 제가 도울 일이 있을까요?"

쭝잉이 미간을 좁히며 물었다.

성칭랑은 쭝잉이 이런 생각을 할 줄 몰랐던 모양이었다.

"쭝 선생, 여긴 선생과 무관한 시대입니다. 저는 선생이 위험해지는 걸 바라지 않습니다."

성칭랑이 한숨을 쉬듯 말했다.

"선생도 알다시피 오늘은 상하이가 평화로운 마지막 날입니다."

평화로운 마지막 날이라, 추상적이고 모호하게 들렸다.

전쟁을 직접 겪어보지 않은 사람은 내일 날이 밝은 뒤 상하이의 모습을 상상할 수 없었다.

쭝잉은 손가락으로 담배를 눌러 끄고 몸을 획 돌려 성칭랑의 이마로 손을 뻗었다.

성칭랑은 피할 새가 없어 그냥 가만히 있었다. 쭝잉이 손을 거두며 단호하게 말했다.

"성 선생님, 아직 열이 있어요."

"압니다."

성칭랑의 목소리가 더 낮아졌다. 그는 깊은 밤 어둠에 잠겨 꺼져가는 촛불처럼, 일 퍼센트까지 다 쓴 배터리처럼, 더 이상 못 버틸 것처럼 보였다.

성칭랑의 머리가 살짝 기울어지더니 쭝잉이 잡을 새도 없이 차가운 오른쪽 차창으로 떨어졌다. 이십 초 뒤, 쭝잉은 손을 뻗어 성칭랑의 머리를 조심스럽게 감싸 자신의 어깨로 가져왔다.

오른쪽 어깨가 살짝 무거워지고, 달콤한 담배 냄새가 밀폐된 공간을 떠돌았다. 쭝잉은 온종일 꺼놓았던 휴대전화를 꺼내 음악 플레이어를 켜고 음량을 제일 작게 조절한 다음〈루킹 위드, 셸리Looking with Cely〉를 틀었다. 낮게 울리는 하모니카 소리를 들으며 쭝잉은 눈을 감았다.

택시는 흔들거리며 폭풍이 쏟아지기 직전 컴컴한 상하이를 천천히 관통했다. 마치 멈추지 않고 계속 달릴 것처럼.

그러나 길은 끝이 있기 마련이라 마침내 699번지 아파트에 도착했다. 기사가 정차하고 내려 쭝잉에게 문을 열어주었다.

기사가 뭐라고 말하려는 찰나, 쭝잉이 검지를 입에 대고 "쉿" 하며 조용히 하라고 표시하고 살짝 고개를 돌려 나직하게 성칭랑을 불렀다.

"성 선생님?"

반응이 없었다. 쭝잉은 기사에게 도움을 청해 같이 성칭랑을 데리고 아파트로 올라가 북향으로 난 손님방에 눕혔다.

쭝잉은 기사에게 차비를 주고 문을 닫았다. 아침에 끓여놓은 죽을 데워 먹은 뒤, 옷을 갈아입고 위층으로 올라가 침대 옆에 앉아 밤 10시가 되기를 기다렸다.

밤의 적막 속에서 초침은 자신의 규칙대로 차분하게 이동했다. 이런 기다림은 어느새 신비하고 알 수 없는 것으로 변했다. 이 아파트가 서로 다른 두 시대의 두 사람을 미묘하고도 강하게 연결해 주었기 때문이다. 이 연결이 언제 끊어질지 아무도 모르지만 한 가지는 확신할 수 있었다.

자신은 절대 외부인이 될 수 없다는 것.

성칭랑이 이곳으로 오는 한, 자신이 이곳에 사는 한, 만남은 피할 수 없고 서로의 삶에 휩쓸리는 것은 시간문제일 뿐 조만간 일어날 일이었다.

10시가 다가오자, 쭝잉은 정신을 차리고 성칭랑의 손을 잡았다. 지난번 따뜻하고 건조했던 것과는 달리 지금은 조금 차갑고 축축하며 냉기마저 감돌았다. 이런 몸 상태로 전쟁을 맞는다는 것은 아주 고약한 일이었다. 쭝잉은 갑자기 떠오른 생각에 눈을 감고 잠시 따져보다가 종이 울리는 소리에 눈을 떴다. 익숙한 시대로 돌아왔다.

쭝잉은 일어나 불을 켜고 주위를 둘러봤다.

성칭랑이 문을 잠근 이후로 쭝잉은 2층에 있는 이 방에 들어와 본 적이 없었다. 지금 이 방은 자신이 알던 방이 아닌 듯했다. 손님용 침실이라기보다 옵션이 다 갖춰진 원룸 같았다. 일상용품, 옷, 사무용품 등 없는 물건이 없을 정도였고 모두 잘 정리되어 있었다. 어쩌면 그녀의 물건을 최대한 사용하지 않기 위해서인지도 몰랐다.

쭝잉은 더 둘러보지 않고 아래층으로 내려가 해열제를 찾아와 성칭랑에게 먹이고 조용히 문을 닫고 나갔다.

쭝잉은 한참 동안 집을 비웠다. 아파트에 돌아오니 밤 12시가 넘어 있었다. 거실에서 또 한참을 바쁘게 일하다 잠을 조금 잔 뒤 6시 전에 699번지 아파트에서 나왔다.

성칭랑은 종소리에 잠에서 깼다. 머리는 여전히 무거웠다. 눈을 떠 천장을 보니 자신의 손님용 방, 자신의 시대였다.

성칭랑은 손을 들려다 문득 뭔가 쥐어져 있는 것을 발견했다. 일어나 앉아서 보니 커다란 비닐봉지가 손에 묶여 있었다. 쭝잉이 해놓은 듯했다.

손에서 비닐봉지를 풀자 소독약 냄새가 옅게 풍겼다. 지퍼를 열어보니 약, 붕대, 소독약, 심지어 수술 키트까지 각종 의약품이 가득 담겨 있었다. 약품에는 전부 번호가 붙어 있고 맨 위에는 편지 봉투가 놓여 있었다. 성칭랑은 봉투에서 두툼하게 접힌 편지지를 꺼냈다. 각 약품을 언제, 어떻게 사용하는지에 관한 설명서였다.

깔끔한 글씨체에 설명이 빈틈없었다.

물건을 하나하나 정리하고 열심히 설명을 쓰는 쭝잉의 모습이 눈에 선했다. 그것은 냉정한 집중이었다.

쭝잉은 설명 아래 "급한 일 있으면 연락하세요"라고 쓰고 휴대전화 번호, 집 전화번호와 사무실 번호까지 남겨놓았다. 사무실 번호 옆에는 "조만간 휴가를 낼 것 같으니 이 전화는 되도록 피하세요. 다른 번호가 다 연락이 안 될 때는 어쩔 수 없고요"라고 부가 설명을 해놓았다. 마지막에는 "몸조심하세요. 2015. 8. 13. 쭝잉"이라고 쓰여 있고 다른 말은 없었다.

성칭랑은 감기약을 꺼내 침대에서 내려왔다.

주방으로 간 성칭랑은 물을 끓이려고 수도꼭지를 틀었다. 그러나 물은 안 나오고 아파트에 연결된 수도관에서 텅 빈 소리만 들렸다.

1937년 성칭랑의 이날은 단수로 시작되었다.

반면 쭝잉의 이날은 상사와 병가를 의논하는 것으로 시작되었다.

쭝잉은 말은 서툴러도 행동은 민첩한 사람으로, 평소 별말이 없다가 갑자기 병가를 신청하니 상사가 놀라는 것도 당연했다. 신청서에는 병가 이유가 명확하게 적혀 있었다. 수술해야 하고 회복 기간이 필요해 삼 개월 뒤에 돌아올 수 있다는 내용이었다.

병가 기준에 따르면 삼 개월은 많지도 적지도 않은 딱 적당한 기간이어서 반려할 이유가 없었다.

병가 신청은 빠르게 결론이 났고 절차도 단숨에 완료되었다. 상사는 쭝잉의 쾌유를 빌면서 더 할 말이 있냐고 물었다. 쭝잉은 잠시 생각한 뒤에 이 일은 잠시 비밀로 해달라고만 했다.

건강 상태 같은 개인적인 일을 여기저기 떠벌릴 필요는 없었다. 쭝잉은 '주목'받는 것이 싫었고 '가십'의 대상이 되는 것도 싫었으며, '동정'받는 것은 더더욱 싫었다. 그녀는 자신만의 스케줄과 생활 리듬이 있었다.

쉐쉬안칭도 모르는 상황이라 저녁에 쭝잉에게 술을 마시자고 했다. 대기 상태가 아닐 때는 늘 그랬기에 쭝잉은 알았다고 했다.

퇴근 후, 쭝잉은 쉐쉬안칭의 차에 탔다. 샤오정도 함께 갔다. 차가 주차장을 벗어나자, 샤오정이 갑자기 물었다.

"쭝 선생님, 휴가 신청하셨어요?"

"휴가?"

거의 온종일 외근을 해서 이 일을 전혀 몰랐던 쉐쉬안칭이 고개를 휙 돌리며 의심스러운 눈빛으로 쭝잉을 쳐다봤다.

조수석에 앉아 있던 쭝잉은 얼굴색 하나 안 변하고 반문했다.

"왜, 내가 휴가 낸 게 이상해?"

"다른 사람이면 안 이상하지, 너만 빼고."

쉐쉬안칭이 쭝잉을 힐끔 쳐다보더니 말을 이었다.

"너 입사하고 몇 년이 지나도록 휴가 낸 적 없잖아? 왜 갑자기 휴가를 냈는지 말해봐."

"피곤해서."

쭝잉이 솔직하게 말했다.

"기분 전환 좀 하려고."

"어디로 가시게요?"

뒷자리에 있던 샤오정이 물었다.

쭝잉은 순간 라플란드가 떠올랐다. 광활하게 펼쳐진 새하얀 설원에 순록이 뛰노는, 좋은 곳이었다.

"아직 예약은 안 했는데, 지금 물어보지 뭐."

쭝잉은 정말 예약이라도 할 것처럼 휴대전화를 꺼내 여행사 사이트를 검색해 상담 전화를 찾았다. 아주 의심스럽다는 쉐쉬안칭의 눈빛을 받으며 전화를 걸었다. 스피커폰을 켜자 소리가 크게 울렸다.

'뚜뚜뚜' 세 번 울린 뒤, 저쪽에서 듣기 좋은 남자 목소리가 들렸다.

"안녕하세요."

"안녕하세요. 말씀 좀 묻겠습니다."

"성이 어떻게 되세요?"

"쭝입니다."

"네, 쭝 선생님. 어떤 상품이 궁금하십니까?"

"라플란드에 가고 싶은데요."

저쪽에서 짧은 침묵이 이어졌다. 라플란드 관련 상품은 없는지 재빨리 대답했다.

"쭝 선생님, 저희가 맞춤형 서비스도 제공해 드리고 있는데요. 고급 여행 상담 부서로 연결해 드려도 될까요?"

"네, 좋아요."

"잠시만 기다리세요."

전화가 돌려지고 듣기 좋은 여성 목소리가 들렸다.

"안녕하세요. 저는 고급 여행 상품 상담사 샤오저우입니다. 라플란드 여행을 계획하신다고요?"

"네."

"지금 가시려고요?"

"네."

"여권은 있으시고요?"

"네."

"여권 유효기간은 언제입니까?"

쭝잉은 그제야 여권은 회사가 일괄적으로 관리한다는 데 생각이 미쳤다.

"그건 잘 모르겠네요. 아마 내년일 거예요."

"여권 안 갖고 계세요?"

상담사는 경험이 많은지 이어서 물었다.

"쭝 선생님, 혹시 국가 공무원이십니까?"

"네."

"어떤 분야입니까?"

"공안이요."

상담사는 쭝잉의 출국이 쉽지 않겠다고 생각했는지 몇 초 동안 말이 없었다.

"쭝 선생님, 라플란드의 어떤 점에 흥미가 있으신 겁니까?"

"눈, 오로라, 순록, 썰매요."

쭝잉이 단답형으로 말했다.

상담사는 미소를 유지하며 말했다.

"눈과 오로라를 보려면 최소 10월 하순은 돼야 합니다. 지금 라플란드는 여름이거든요. 제가 국내 관광지를 추천해 드려도 될까요?"

쭝잉은 상담사의 설명을 들으며 창밖으로 시선을 돌렸다.

"괜찮습니다. 감사합니다."

전화를 끊었다.

운전하던 쉐쉬안칭이 결국 웃음을 터뜨렸다.

"와, 상담사 대단하네. 성의라고는 눈곱만큼도 없는 문의에 친절하게 다른 상품까지 소개해 주다니, 아마 속으로 욕 엄청 했을걸?"

"난 정말 가고 싶었다고."

쭝잉이 작은 목소리로 말했다. 시선은 여전히 창밖에 머물러 있었다. 번화한 거리 풍경이 어제 봤던 것과는 분명 다른 세상이었다.

오늘은 8월 13일, 상하이전투 발발 첫날이었다.

쭝잉은 입을 굳게 다물고 천천히 숨을 내쉬었다. 밤은 점점 깊어지고 방금 쭝잉의 말에 신경 쓰는 사람은 아무도 없었다.

쉐쉬안칭은 그들을 중국식 주점으로 데리고 갔다. 술과 안주가 나오자, 쭝잉은 차를 더 시켰다.

쉐쉬안칭은 쭝잉이 도자기 컵에 차를 따르는 모습을 보고 눈썹을 위로 찡긋 세우며 물었다.

"왜, 술 안 마셔?"

"생리 기간이라 마시기 좀 그래."

쭝잉은 되는 대로 대답했다.

"주기가 왜 그렇게 불규칙해?"

쉐쉬안칭은 중얼거리며 스스로 잔을 채우고 한입에 털어 마셨다.

쉐쉬안칭은 주량이 보통이 아니었기에 쭝잉은 그냥 내버려 두었다. 주점에 마련된 작은 무대에서 쑤저우 평탄*이 공연되고 있었다.

---

* 評彈. '평화評話'와 '탄사彈詞'를 합친 말로, 강講도 하고 창唱도 하는 민간 예술의 한 종류.

"부서진 산하는 회복이 어렵고, 북쪽 하성**을 바라보니 평화롭지 않음이 한스럽네."

그때 쭝잉의 휴대전화가 울렸다.

쭝잉은 밖으로 나와 문 앞에서 전화를 받았다. 변호사 친구였다.

"방금 문자 봤어. 갑자기 무슨 일로 날 찾았어?"

"재산을 좀 정리하려고."

쭝잉이 문에 기대며 대답했다.

"재산 정리? 무슨 일 있어?"

변호사가 갑작스럽다는 듯이 물었다.

"별일 없고. 그냥 뭐든 사전에 준비해 두는 게 좋을 것 같아서."

변호사는 더 묻지 않고 스케줄을 살폈다.

"자세한 건 만나서 얘기하자. 다음 주 수요일 오전 어때?"

"좋아."

전화를 끊고 들어오니 쉐쉬안칭은 약간 취해 있었고, 옆에 있던 샤오정이 질문을 하고 있었다.

"쉐 선생님, 마약 봉투에서 지문이 나왔대요. 싱쉐이 것 말고도 최소 한 사람의 지문이 더 있었다는데 신시제약의 임원일까요?"

쉐쉬안칭은 샤오정을 힐끗 보더니 말했다.

** 河城. 지금의 카이펑 開封.

"함부로 묻지도, 추측하지도 말랬지."

쉐쉬안칭은 거나하게 취해서 손으로 턱을 받친 채로 쭝잉을 쳐다봤다.

"2차 가자."

오늘 쭝잉은 생각도 많고 잠도 오지 않아 그들과 함께 2차를 갔다.

샤오정이 노래를 부르고 싶다고 해서 세 사람은 노래방으로 갔다. 쭝잉은 어두컴컴한 구석에 앉아 그들의 노래를 들었다.

밤 12시부터 새벽 4시가 넘어서까지 신나게 마시고 떠들던 쉐쉬안칭과 샤오정은 각자 소파에 널브러졌고, 쭝잉은 홀로 떨어져 앉아 있었다. 옆방에서 노랫소리가 들렸다. 고래고래 소리치듯 내지르는 게 기분이 좋아서 부르는 것인지 나빠서 부르는 것인지 알 수가 없었다.

탁자에서 음료를 집어 마개를 열자 시원한 냉기가 손가락으로 쏟아졌다.

거품이 빠르게 올라왔다가 다시 빠르게 꺼졌다.

고개를 젖혀 다 마시는 순간, 휴대전화 진동이 느껴졌다.

새벽 4시 21분, 쭝잉은 휴대전화를 꺼냈다. 모르는 번호가 계속 깜박거렸고, 진동은 점점 다급해지는 것 같았다.

밖이 더 시끄러워 쭝잉은 그냥 안에서 전화를 받았다. 전화기 너머에서 익숙한 목소리가 들렸다.

"쭝 선생, 성청랑입니다."

쭝잉은 상대의 말을 들으려고 노력했다. 바깥의 소음이 점점 커졌고 신호도 좋지 않아 목소리가 끊겼다 이어졌다 했다.

쭝잉은 미간을 찌푸리며 문을 열고 재빨리 밖으로 나갔다. 날이 밝기 전, 거리는 적막했고 공기는 이상할 정도로 신선하고 촉촉했다. 마침내 성청랑의 목소리가 분명하게 들렸다.

"쭝 선생, 갑자기 전화해서 미안합니다만……."

목소리에 비음이 섞인 게 피곤하게 들렸다.

"선생의 도움이 필요합니다."

"말씀하세요."

"지금 제가 공공조계에서 먼 곳에 있는데 6시 전에는 조계로 돌아가야 합니다."

"이 전화 누구 거예요?"

쭝잉은 침착을 유지하며 물었다.

"빌린 전화면 전화 주인 좀 바꿔주세요."

여학생이 조심스럽게 "여보세요" 하고 말했다.

"지금 계신 곳 주소를 문자로 보내주시겠어요? 그리고 옆에 계신 분께 그 자리에 그대로 있으라고 전해주세요." 그리고 말을 이었다. "도와주셔서 감사합니다. 실례했습니다."

"아닙니다. 바로 문자 보내드릴게요."

상대방은 재빨리 말하고 전화를 끊었다.

십 초 뒤 쭝잉의 휴대전화로 문자 메시지가 들어왔다. 메시지를 확인한 쭝잉은 재빨리 노래방으로 돌아가 쉐쉬안칭을 깨웠다.

쉐쉬안칭이 느리게 눈을 떴다. 술에 취한 모습이었다.

"급한 일이 있어서 네 차 좀 쓸게. 너희는 택시 불러줄 테니 타고 가."

쉐쉬안칭은 반쯤 눈을 감고 손을 휘휘 저으며 가라는 표시를 했다.

쭝잉은 탁자 위에 있는 차 키를 들고 안내 데스크로 가 노래방 비용을 계산한 다음, 돈을 더 주며 쉐쉬안칭과 샤오정에게 택시를 불러달라고 부탁했다.

밖으로 나가자 새벽 4시 33분이었다. 하늘가는 짙은 남색으로 물들어 있었고, 도시는 아직 깨어나지 않았다. 시간이 촉박했다. 쭝잉은 속도를 냈다. 사십 분 정도 달린 뒤 내비게이션을 힐끗 봤다. 목적지에 도착했다는 표시가 떴다. 쭝잉은 고개를 들어 앞을 봤지만 아무도 없었다. 백미러로 뒤를 보다가 마침내 가로등 아래에 서 있는 익숙한 그림자를 발견했다.

쭝잉이 클랙슨을 울리면서 차창을 열었다.

"성 선생님, 여기요."

성칭랑은 그제야 쭝잉을 알아보고 서류 가방을 든 채로 비틀비틀 걸어와 차 문을 열고 조수석에 앉았다.

"안전벨트 매세요."

쭝잉은 옆에 있는 안전벨트를 잡아 빼주면서 성칭랑 스스로 벨트를 채우라고 하고는 즉시 차를 돌렸다.

"전 조계 경계를 잘 몰라요. 여기서 어느 입구가 제일 가깝죠?"

성칭랑은 서류 가방에서 지도를 꺼내 와이바이두차오를 가리키며 말했다.

"여기, 예전 이름으로 궁위안차오公園橋입니다."

쭝잉은 내비게이션을 조작하며 시간을 계산했다. 딱 맞을 것 같았다.

쭝잉은 침착하게 와이바이두차오를 향해 차를 몰았다. 성칭랑이 지도를 정리하며 말했다.

"쭝 선생, 고맙습니다."

쭝잉은 정신이 분산되는 게 싫어 대화를 잇지 않고 대답도 하지 않았다.

쭝잉은 오면서 성칭랑이 왜 이 시간에 이런 방식으로 도움을 요청했는지 생각했다. 자신이 지난번에 준 현금을 다 써서 택시를 못 잡고 교외에서 여기까지 걸어오다가 시간이 촉박해지자 어쩔 수 없이 전화한 것일 수도 있었다.

성칭랑이 아무리 정보 획득 능력이 출중하다 해도 이 거대한 현대 도시에서 돈 없고 인맥도 없으면 할 수 있는 게 거의 없을 것이다.

하지만 지금은 그런 것에 신경 쓸 때가 아니었다. 그들은 반드시 6시 전에 와이바이두차오를 통과해야 했다.

상하이의 랜드마크 건축물인 와이바이두차오는 쑤저우허와 황푸강이 만나는 근처에 위치해 쑤저우허 남북을 잇는 중요한 통로였기 때문에 전시에는 더 중요했을 것이다.

다리 한쪽은 곧 전쟁터가 될 터였고, 다른 한쪽은 잠시나마 안전한 조계였다.

전혀 다른 운명이었다.

오늘은 8월 14일, 중일전쟁 발발 이틀째였다. 요행을 바라며 피난을 떠나지 않았던 사람들도 전날 포화가 휩쓸고 지나가자 갑자기 각성이라도 한 것처럼 피난길에 나서기 시작했다.

조계 밖은 조계로 들어가 잠시의 안전이라도 얻으려는 사람들로 거의 아수라장이었다.

이 다리는, 곧 극도로 혼잡해질 것이다.

날은 무정하게 밝아오고, 시간은 지극히 착실하게 흘러 액정 위 숫자가 계속 바뀌었다.

쭝잉은 액정을 힐끔 쳐다봤다. 05:55:55에서 순식간에 다시 05:56:00으로 바뀌어 6시가 거의 다 됐다.

차 안에 긴장이 감돌았다. 내비게이션은 차분한 음성으로 도로 상황을 안내했고, 쭝잉은 입을 꾹 다문 채로 핸들을 잡았다. 밀폐된 공간에 무거운 숨소리만 들렸다.

거의 다 왔다. 바로 앞이었다.

일 분 십 초가 남았을 때 붉은 신호등이 그들을 가로막았다. 신호등 너머로 차들이 휙휙 지나갔다.

쭝잉은 기어를 주행에서 중립으로 바꾸며 핸드 브레이크를 당겼다. 와이바이두차오가 눈앞에 보이고 커브만 돌면 삼십 초도 안 걸릴 것 같았다.

신호등에 있는 시간 알림 표시가 천천히 움직였다. 아직 삼십 초가 남았다.

성칭랑의 눈길이 손목시계에서 쭝잉의 긴장한 얼굴로 향했다.

"쭝 선생, 여기서 내려주세요."

쭝잉은 입술을 더 꽉 다물었다가 결연하게 말했다.

"아직 이십 초 남았어요. 절 믿으세요."

"이십 초도 안 남았습니다. 늦었어요, 쭝 선생."

쭝잉은 최악의 상황을 생각하며 초조함을 누른 채 신호등을 노려봤다.

"늦으면 또 어때요? 기껏해야……."

말이 채 끝나기도 전에 안전벨트가 풀리는 소리가 들렸다. 고개를 돌리니 성칭랑이 문을 열고 내리려 하고 있었다.

쭝잉은 잽싸게 몸을 기울여 조수석 너머 성칭랑의 손을 붙잡았다.

"성 선생님, 위험해요!"

그 순간 차 한 대가 그들 앞을 씽 지나 다른 차도로 빠져나갔고, 뒤에서는 빨리 가라고 재촉하는 경적이 울려댔다.

쭝잉이 손을 놓으려는 순간 등에서 둔통이 느껴지더니, 땅이 푹 꺼지는 듯했다. 쭝잉은 맹렬한 기세로 밀치는 군중 속으로 뚝 떨어졌다.

너무 혼란스러워 갑자기 툭 튀어나온 그들에게 신경 쓰는 사람은 아무도 없었다.

손 하나가 쭝잉을 향해 뻗어 나왔지만 사람들에게 떠밀려 닿지 않았다. 쭝잉은 그 손을 알아보고 있는 힘을 다해 잡았다.

"쭝 선생!"

여기저기 부딪히고 밟히고 나서야 공간이 조금 생겨 일어설 수 있었다. 다시 만나다니, 정말 운이 좋았다. 쭝잉은 그제야 감각기관이 서서히 회복되는 것을 느꼈다.

울부짖는 소리, 가족을 부르는 고함 등 각종 소리가 귀로 파고들어 고막이 터질 것 같았다. 땀 냄새와 피비린내가 코끝을 맴돌며 신선한 공기가 들어오는 것을 막는 것 같았다……. 쭝잉은 오장육부가 눌리고 발이 없는 것처럼 자동으로 앞으로 밀려가는 제 모습이 마치 부평초 같다는 생각이 들었다.

그때, 성청랑이 쭝잉의 손을 꽉 붙잡더니 사람들 사이를 헤치고 다가와 쭝잉의 어깨를 감싸 안았다. 이 자세가 손을 잡는 것보다 더 견고해 군중의 흐름 속에서도 떨어지지 않았다.

쭝잉은 무의식적으로 성청랑의 다른 손을 붙잡았다.

그제야 쭝잉은 숨을 쉬고 앞을 볼 겨를이 생겼다. 빽빽하게 들어찬 사람 머리만 보일 뿐 누가 누구인지 전혀 구분되지 않았다. 피난 행렬 속에서 사람들은 인해人海에 휩쓸려 앞으로 나아가기만 할 뿐 후퇴할 가능성은 전혀 없었다.

그들의 목적지는 모두 같았다. 공공조계.

밟고 밟히는 사고가 계속 발생했다. 앞에서, 뒤에서, 그리고 발아래서……. 매 걸음 굳건한 땅을 디디는 게 아니었다. 때론 뭉클한 것이, 때론 육체나 뼈가 밟히고 때론 발이 배기기도 했다. 공간을 차지하려는 쟁탈전에 무구한 사상자가 발생했고,

부족한 공기 중에는 절망과 냉정함이 서려 있었다.

고개를 돌려 보니 빽빽한 검은 머리가 넘실대는 것이 다리 북쪽의 모든 도로가 점령된 것 같았다.

그러나 앞에는 겨우 십여 미터 넓이의 교량 하나뿐이었다. 모두의 소망은 딱 하나, 살아서 저 다리를 건너 저쪽 편으로 가는 것이었다.

이런 집단 광기와도 같은 삶의 의지는 입구를 지키던 일본군 초소를 무너뜨렸고, 그렇게 무수히 많은 사람이 공공조계로 쏟아져 들어갔다.

쭝잉은 다리에서 내려온 시간을 기억했다. 7시 2분이었다.

사람들은 마치 새 삶을 얻은 것처럼 난징南京로를 향해 달리거나 남서쪽 프랑스 조계에 있는 난민 구제소로 향했다.

2015년 이날 아침과는 달리, 이곳의 하늘은 온통 뿌옇고 때아닌 태풍이 온 도시를 휩쓸어 정말 최악의 하루가 될 예정이었고, 쑤저우허는 악취로 가득했다.

기진맥진한 쭝잉은 앉아서 한숨 돌리고 싶었지만, 이상할 정도로 혼란에 빠진 사람들을 보니 정신을 놓을 수가 없었다.

성칭랑은 쭝잉의 어깨에서 손을 내려 그녀의 손을 꼭 붙잡고 여러 말 없이 숨을 고른 다음 차분한 목소리로 말했다.

"쭝 선생, 꼭 잡고 잘 따라와요."

성칭랑은 매우 빨리 걸었고 잡은 손에도 힘이 잔뜩 들어가 있었다. 쭝잉은 힘이 들어간 성칭랑의 손에서 긴장과 불안을 느낄 수 있었다.

쭝잉은 "네" 하고 대답하고 고개를 숙인 채 난징로에 있는 화마오호텔*까지 따라갔다.

성칭랑이 체크인하는 동안 쭝잉은 기둥 옆에 서서 기다렸다.

호텔 로비에는 외국인들이 잔뜩 몰려와 있었다. 그들은 다른 사람들보다 한발 앞서 쑤저우허 북단의 리차호텔을 떠나 이곳에 들어와 복장이 흐트러짐 없이 단정했다. 그들은 현 상황에 대한 걱정을 쏟아냈지만, 웃으며 대화를 나누는 모습이 이 위험은 자신들과 크게 관계가 없다고 생각하는 것 같았다.

피난민 행렬 속에서 부대끼며 달린 탓에 쭝잉은 전신이 땀에 젖어 있었다. 갑자기 다리에 힘이 쭉 풀려 소파를 찾아 앉았다.

옆 소파에 앉아 있던 손님이 상태가 엉망인 쭝잉을 북쪽에서 건너온 피난민으로 생각했는지 무시하는 눈빛으로 훑어봤다. 그러면서 커피를 내온 직원에게 말했다.

"화마오호텔은 아무나 다 받나봐? 저 신발 하며 옷 좀 봐, 쯧쯧."

쭝잉은 고개를 돌려 말한 사람을 쳐다보고 자신의 발로 시선을 옮겼다.

회색 운동화는 피범벅이 되어 있었고 양말과 바지 밑단도 혈흔으로 지저분했다. 그러나 이 핏자국 중 쭝잉의 것은 단 한

---

* 華懋飯店. 지금의 허핑 和平호텔. ─작가 주

방울도 없었다.

젖은 옷이 점점 차가워졌고 뱃속에 억눌려 있던 불쾌감이 불쑥 올라왔다. 8월임에도 냉기가 척추를 타고 천천히 올라왔다.

황푸강에는 일본군 지휘함인 이즈모호가 당당하게 정박해 있고 태풍 속에서도 전투기 여러 대가 이륙했다. 간간이 들리는 굉음에 호텔 안에 있던 사람들은 잠시 동작을 멈추고 소리가 나는 쪽을 응시했다.

공습이 시작됐다.

긴장된 분위기 속에서 몇 분이 흘렀다. 사람들은 포성의 강약에 따라 거리를 가늠하며 위험 정도를 판단하고 괜히 놀랐다고 생각했는지 더 신경 쓰지 않았다.

호텔 로비는 곧 질서를 되찾았다. 리차호텔에서 건너온 외국인 손님들이 속속 체크인을 마쳤다. 소파에서 쭝잉을 조롱하던 여성도 마침내 안심했는지 아름다운 잔을 들어 커피를 마셨다.

바깥은 포성이 가득했지만, 호텔 안은 평온했다.

향긋한 향이 공기 중을 떠돌았다. 커피를 나르던 직원이 쭝잉에게 다가와 완곡하게 비켜달라고 했다.

내내 고개를 숙이고 있던 쭝잉이 고개를 들며 말했다.

"일행 기다리는데요."

옆에서 커피를 마시던 여성이 잔을 내려놓고 입가를 실룩거리며 들으란 듯이 말했다.

"십 분이나 기다렸는데 어째 일행이 안 보이네."

쭝잉은 두 손을 꽉 맞잡고 팔꿈치로 무릎을 누르며 다시 한 번 말했다.

"일행 기다리고 있어요."

"어떤 분을 기다리십니까?"

직원이 물었다.

쭝잉은 말하고 싶지 않아 등을 구부리고 고개를 떨군 채 대답하지 않았다. 쭝잉의 시야로 신발 두 쌍이 들어왔다. 한 쌍은 피로 물든 운동화였고 다른 한 쌍은 반질반질 윤이 나는 가죽 구두였다. 대조적인 신발 두 쌍은 같은 세상의 것이 아닌 것 같았다.

쭝잉이 대답이 없자, 직원은 더 예의를 차리지 않고 무뚝뚝한 표정으로 쭝잉을 쫓아내려고 했다. 바로 그때 성칭랑이 저벅저벅 다가와 허리를 숙이며 작은 소리로 말했다.

"미안합니다. 오래 기다렸죠."

그리고 쭝잉에게 손을 내밀었다.

성칭랑은 더 말하지 않았고 직원의 불손한 태도도 질책하지 않았다. 쭝잉이 아무 반응도 하지 않자 그냥 그녀를 부축해 일으켰다.

어제 교외에서 벌어진 전투를 경험한 성칭랑은 전쟁의 비정함과 냉혹함을 이미 받아들였는지 이런 상황에 냉정하게 대처했다.

잡은 쭝잉의 손이 차가웠지만, 엘리베이터에 타서는 그래도 손을 놓고 조심스럽게 물었다.

"쭝 선생, 괜찮으십니까?"

쭝잉은 아무 말도 하지 않았지만 핏기 없는 얼굴이 대신 대답해 주었다.

엘리베이터 문이 열리고 성칭랑이 쭝잉을 데리고 나서다 부부와 그들의 딸인 듯한 꼬마 소녀와 마주쳤다. 하얀 원피스를 입은 꼬마 소녀는 얼굴이 희고 보드라운 것이 매우 귀여웠다. 소녀는 마주친 사람의 몰골은 전혀 개의치 않고 쭝잉에게 미소를 지어 보였다.

긴 복도를 지나 성칭랑이 열쇠를 꺼내 객실 문을 열고 문 앞에서 설명했다.

"오늘 쑤저우허 북쪽에서 건너온 손님이 많아 호텔이 만실이라 방이 이거 하나뿐이었습니다. 일단 여기서 잠시 쉬세요."

성칭랑은 말하면서 쭝잉의 신발을 힐끗 보고 서랍을 열어 슬리퍼를 꺼내주었다.

쭝잉은 말없이 슬리퍼로 갈아 신고 곧장 욕실로 들어갔다.

문을 닫고 불을 켜니 어둑한 불빛이 실내를 밝혔다. 힘껏 수도꼭지를 틀자 쏴아 하고 물이 쏟아졌다. 쭝잉은 손으로 물을 받아 고개를 숙여 얼굴을 씻었다. 이렇게 몇 번 반복하자 창백했던 얼굴에 마침내 혈색이 조금 돌았다.

쭝잉은 바지를 벗어 바짓단을 흐르는 물 아래에 놓고 힘껏 비볐다. 깨끗한 하얀 자기 세면대를 따라 핏물이 흘러내렸다. 문지르면 핏빛이 진해졌다가 옅어지면 다시 문지르고, 그러면 다시 진해지는 게 아무리 빨아도 깨끗해질 것 같지 않았다.

다음은 양말, 마지막으로 신발이었다. 쭝잉은 오랫동안 씻었고, 그러는 동안 바깥에서는 포성이 계속되었다. 다 씻고 나오자 황푸강의 포성이 마침내 멎었다.

갈아입을 옷이 없어 그냥 목욕 가운을 입고 나왔다.

쭝잉의 움직임을 들은 성칭랑은 서류 가방에 서류를 넣고 몸을 돌렸다. 쭝잉의 모습에 흠칫 놀라는 듯하더니 그대로 욕실로 들어갔다.

방에는 큰 침대 하나뿐이었고, 반쯤 열려 있던 발코니 창문이 태풍에 쾅쾅 부딪히고 있었다.

쭝잉은 창문을 꽉 닫고서 커튼을 치고 벽 쪽 소파에 누웠다.

창과 문은 꽉 닫혀 있고, 포성은 멈췄다. 눈을 감자 욕실의 물소리만 들렸다.

욕실의 물소리가 그쳤을 때 쭝잉은 소파에서 잠이 들었다. 소파는 좁고 작아 한껏 구부린 자세로 잠이 든 쭝잉은 자면서도 불편했다.

성칭랑은 소파 앞으로 다가가 쭝잉에게 담요를 덮어주려다가 이런 자세로 자면 불편할 텐데 하는 걱정이 들었다. 성칭랑은 몸을 굽혔다가 폈다가 다시 굽혔다가 펴기를 반복하며 망설이다가 손가락이 목욕 가운에 닿으면 화들짝 뗐다.

바로 그때 쭝잉이 갑자기 미간을 확 찌푸렸다. 그 모습에 성칭랑은 결심한 듯이 허리를 굽히고 조심스럽게 손을 뻗어 쭝잉을 끌어안았다.

쭝잉의 이마가 성칭랑의 목에 닿자 순간 숨을 멈추며 이를 악물었다.

한 걸음 떼는 순간 쭝잉이 눈을 떴다. 쭝잉의 시야에 성칭랑의 목과 목울대와 턱이 들어왔다.

"성 선생님."

쭝잉이 잔뜩 가라앉은 목소리로 말했다.

순간 성칭랑의 어깨에 힘이 더 들어갔다. 성칭랑은 눈을 내리깔며 쭝잉을 쳐다봤다. 서로의 호흡이 느껴질 정도로 아주 가까운 거리였다. 쭝잉을 내려놓기도, 계속 안고 있기도 애매한 상황이었다.

삼사 초 정도 망설인 끝에 성칭랑은 숨을 멈추고 쭝잉의 시선을 피하며 방금 하려던 일을 했다. 쭝잉을 침대에 내려놓는 즉시 손을 떼고 옆으로 비켜서며 설명했다.

"소파는 너무 작아 불편하니 침대에서 주무시는 게 나을 것 같습니다."

설명을 마치고 소파 쪽으로 몸을 돌렸다. 그 모습에 쭝잉이 불쑥 말했다.

"제가 누워도 불편한데, 성 선생님은 괜찮으시겠어요?"

그리고 다시 물었다.

"약 가져왔어요?"

"가져왔습니다."

"그럼 약 드시고……."

쭝잉은 침대 오른쪽을 보면서 아무렇지 않게 덧붙였다.

"침대에서 주무세요."

쭝잉은 침대에 누워 부드럽고 얇은 이불을 덮었다. 그대로 눈을 감고 빨리 잠들고 싶었다. 그러나 마음과는 달리 방 안의 모든 소리가 매우 또렷하게 들렸다. 물 따르는 소리, 약 포장지 뜯는 소리, 심지어 삼키는 소리에 컵을 내려놓는 소리까지 전부 생생하게 들렸다.

그러고 나서 한참 동안 움직임이 없었다. 성칭랑은 탁자 앞에서 한참 생각하다가 담요를 들고 와 침대에 누웠다.

객실 밖 복도에서 드문드문 대화 소리가 들렸다. 쭝잉은 눈을 뜨고 성칭랑의 등에 대고 물었다.

"무슨 일이길래 이렇게 일찍 공공조계로 와야 했어요?"

"성가의 양수푸 공장을 독일인에게 양도한다는 계약서를 써야 하거든요. 큰형님이 이곳에서 독일인과 만나기로 약속했고 저도 가야 해서요."

성칭랑이 낮은 목소리로 대답했다.

"약속이 몇 시예요?"

"원래는 오전 7시 30분이었는데, 안내 데스크에서 전화로 확인하니 큰형님이 시간을 오후 4시 30분으로 변경했다고 하더라고요."

오전에서 오후로 바뀌었는데 왜 집으로 돌아가지 않고 여기에서 기다리는 거지?

쭝잉은 잠깐 이런 의문이 들었지만 금세 이해했다. 수만 명의 사람이 조계로 몰려들어 바깥은 혼란했고 교통도 불편했다.

여기서 프랑스 조계에 있는 집에 갔다가 오후에 다시 오기에는 변수가 너무 많고 안전하지도 않았다.

어쨌든 두 사람 모두 너무 피곤했다.

쭝잉은 담배를 피우던 성가의 큰형님과 성 공관의 밀폐된 거실을 떠올렸다가 다시 홍커우의 아편 연기가 자욱한 주택을 떠올렸다.

"성 선생님, 담배 피우는 거 싫어해요?"

성칭랑은 잠시 말이 없다가 여상한 목소리로 천천히 말했다.

"어릴 때 집 안에 온통 연기가 자욱했어요."

"어느 집이요?"

"큰아버지 집이요."

쭝잉은 성칭랑은 성씨 가문에 속하면서도 속하지 않았을 것이라는 생각이 들었다. 상대의 말과 행동에서 의중을 파악하는 것은 남에게 얹혀사는 사람이 가진 본능이자 단련된 예민하고 섬세한 마음이었다.

"큰아버지 댁에서 자랐어요?"

"네."

"나중에는요?"

"다행히 학교에서 장학금을 받아 프랑스로 건너가 파리에서 몇 년 지냈습니다."

"그때가 몇 살이었어요?"

"열여덟 살이요."

좋아하지 않는 환경 속에서 살면 멀리 떠나는 것을 갈망하게 된다. 쭝잉도 잘 아는 감정이었다. 쭝잉은 더 묻지 않았다.

그러자 이번에는 성청량이 물었다.

"쭝 선생, 지난번 신문에 났던 일로 번거롭지 않았습니까?"

쭝잉과 신시와의 관계가 폭로된 기사를 두고 하는 말이었다.

쭝잉은 대답하지 않고 두 다리를 구부리며 한숨을 쉬듯 말했다.

"주무세요."

한 사람은 거의 밤새 길을 걸었고, 다른 한 사람은 밤새 울부짖는 듯한 노래를 듣다가 새벽에 느닷없이 고통스러운 경험을 해서 두 사람 모두 육체적으로나 정신적으로나 기진맥진이었다. 드문드문 이어지던 대화는 어느덧 숨소리로 바뀌었고, 바깥의 하늘은 여전히 어두침침한 회색이었다.

일어나니 벌써 오후 4시였다. 황푸강에서 다시 폭발 소리가 들려왔다. 두 사람은 포성을 들으며 일어나 앉았다. 자느라 점심을 건너뛰었다.

성청량은 시계를 보고 룸서비스를 주문한 다음 욕실로 들어가 옷매무시를 다듬었다. 식사하고 바로 약속 장소로 내려갈 모양이었다.

쭝잉은 의자에 널어놓은 바지 밑단을 만져봤다. 여전히 축축했지만 못 입을 정도는 아니었다.

쭝잉은 찬물을 따르고 소파에 앉아 천천히 마셨다. 그러다 초조한 듯이 벌떡 일어나 탁자에 있던 담뱃갑을 들고 만지작대다 결국 성냥을 들었다. 발코니로 나가 한 대 피울 생각이었다.

성칭랑은 진작에 쭝잉의 마음을 알아챘다는 듯이 발코니 문을 열고 밖으로 나갔다.

"마음껏 피우세요."

성칭랑의 태도에 쭝잉은 담배 생각을 꾹 눌렀다. 그 대신 물을 한 컵 더 마시기로 하고 발을 떼려는 순간, 성칭랑이 갑자기 발코니에서 뛰어 들어와 그녀를 덮치며 바닥으로 엎드렸다.

귀청이 떨어질 정도의 폭발음이 울리고 건물 전체가 진동했다. 십여 초 뒤 다시 포성이 울렸다. 이번에는 귓가에서 터지는 것처럼 아주 가까웠다.

벽이 우수수 무너지고 천장 등도 흔들거렸다. 일 분 정도 지나자 포성이 멈췄다. 쭝잉은 아무 말도 못 했고, 성칭랑은 쭝잉을 꼭 끌어안은 채로 귀에 대고 속삭였다.

"쭝 선생, 괜찮습니다. 괜찮아요."

피어오르는 연기에 쭝잉이 심하게 기침을 했다. 성칭랑은 쭝잉을 놓고 물을 찾아주려고 했지만 방 안이 엉망이었다.

거대한 건물에 짧은 침묵이 지나가자 곧이어 놀라 우왕좌왕하는 소리와 울부짖는 소리가 들렸다. 생존자들은 쩔쩔매며 아래층으로 내려가 도대체 이게 무슨 일인지, 어디로 가야 이 위험에서 벗어날 수 있는지 알아보려고 했다.

계단 곳곳에 찢어진 옷과 신발이 어지럽게 널려 있었다. 아래로 내려갈수록 상황이 더 처참했다. 팔과 다리가 잘린 사람들이 하얀 재가 두껍게 쌓인 바닥에 어지럽게 누워 있었고, 공기 중에는 피비린내와 코를 찌르는 화약 냄새가 떠돌았다. 1층에 도착했을 때, 쭝잉은 아이의 시신이 폭발 기류에 날아가 벽에 딱 붙어 있는 것을 발견했다. 새하얗던 원피스는 피범벅이 되었고 얼굴은…… 알아볼 수 없을 정도였다.

아침에 엘리베이터 앞에서 만난 꼬마 소녀였다. 그녀는 오늘 처음으로 쭝잉에게 웃어준 사람이었다.

성칭랑이 더 어지러운 로비 쪽으로 향하는데 폐허 속에서 손이 쑥 나와 그의 발을 잡았다.

"셋째야, 나 좀, 나 좀 구해줘, 어서."

성칭랑은 소리가 나는 방향으로 고개를 돌리다 폐허 속에서 피투성이가 된 얼굴을 발견했다. 회백색 시멘트 가루를 뒤집어쓰고 무거운 물체에 눌려 꼼짝 못 한 채 작고 떨리는 목소리로 겨우 말해 잘 알아들을 수가 없었다.

성칭랑은 성칭상을 알아보고 재빨리 다가가 성칭상을 누르고 있던 무거운 물체를 다급하게 치웠다. 그러자 피가 쏟아져 나왔다. 짓눌린 다리는 피와 살이 엉겨 엉망이 되었고, 하얀 뼈가 노출된 것이 부서진 것 같았다.

"형님?"

"셋째야, 살려줘……."

이 한마디만 중얼거리는 성칭상의 목소리가 점점 작아졌다.

성칭랑은 이런 상황에서는 자기가 할 수 있는 일이 없어 쭝잉을 찾는 수밖에 없었다.

"쭝 선생."

성칭랑이 난감하다는 듯이 쭝잉을 불렀다.

여전히 계단 입구에 서 있던 쭝잉은 성청랑이 부르는 소리를 듣지 못했다. 쭝잉도 여러 현장을 다니면서 수많은 시신을 봤지만 지금 눈앞에 펼쳐진 상황과는 달랐다. 계단에서 뛰어 내려오던 사람과 부딪히고 나서야 쭝잉은 정신을 차렸고 성청랑의 목소리를 들었다.

쭝잉은 입을 굳게 다물고 바닥에 널린 시신을 피해 성청랑 곁으로 갔다. 바닥에 거의 기절한 성청샹이 누워 있었다.

"비키세요."

쭝잉의 말에 성청랑은 한쪽으로 비켜났다.

"깨끗한 수건 좀 찾아와요."

성청랑은 즉시 수건을 찾으러 위층으로 올라갔다.

성청샹의 부상은 심각했다. 쭝잉은 무릎을 꿇고 앉아 성청샹의 상태를 살피고 고개를 들어 로비를 빙 둘러봤다. 이 시대는 의료 여건이 좋지 않았다. 상하이 같은 대도시라도 이런 큰 사고에 순조롭게 대응하기는 쉽지 않을 것이고, 따라서 제때 구조될 가능성은 거의 없었다.

성청랑이 금세 수건을 찾아와 쭝잉에게 건네고 쭝잉이 성청샹의 상처를 압박하는 모습을 지켜봤다. 지혈은 필수였다.

로비가 점점 혼란스러워졌다. 들어오는 사람, 나가는 사람, 나가서 토하는 사람 등이 뒤엉켰고 폭격으로 인한 탄내도 짙어졌다.

쭝잉은 상처 위에 놓은 수건을 두 손으로 압박하며 고개를 돌려 성청랑에게 말했다.

"성 선생님, 큰형님 다리 절단해야 해요. 당장 수술해야 하니 어서 차량 수배해 병원으로 가요."

이때 호텔 매니저가 프런트 데스크에서 기어 나와 떨리는 손으로 전화를 걸었고, 몇 번의 통화 끝에 마침내 전화가 연결되었다.

"구급차 좀 보내주세요! 구급차! 화마오호텔입니다! 구급차! 여기 구급차가 필요해요!"

매니저는 수화기를 귀에 붙이고 몸을 덜덜 떨면서 횡설수설하듯 소리쳤다. 상대가 이미 전화를 끊은 뒤에도 마찬가지였다.

성칭랑은 매니저 앞으로 다가가 매니저가 들고 있던 수화기를 가져다 재빨리 전화번호를 눌렀다.

성칭랑은 공공조계 병원에 있는 의사 친구에게 전화를 걸었으나 간호사가 전화를 받았다.

"죄송합니다, 성 선생님. 대세계극장에서도 폭발이 발생했다고 방금 구조 요청을 받았어요. 그곳 상황이 더 위급해 구급차가 먼저 그쪽으로 출동했고, 칼 선생님은 지금 수술실에서 준비하고 계세요."

대세계극장도 폭파당했다.

그곳은 최근 구제소가 설치돼 수많은 난민이 식량과 물자를 배급받는 곳이었다. 전쟁 지역에서 가까스로 조계로 피난 온 피난민들은 더 비참한 운명, 학살에 가까운 폭격이 기다리고 있을 줄은 상상도 못 했을 것이다.

성청랑은 몇 초 동안 말이 없다가 전화를 끊고 다른 전화번호, 공부국으로 전화를 걸었다.

영국인 비서가 전화를 받았다. 성청랑의 부탁을 들은 비서는 긍정적인 대답을 내놓았다.

"성 변호사님, 제가 차량을 배치해 볼 테니 조금만 더 기다려주세요."

기다림은 유난히 길게 느껴졌다. 성청랑은 손목시계에서 눈을 떼지 못했다. 시곗바늘이 한 칸씩 옮겨갈 때마다 긴장된 신경을 건드리는 것 같았다.

차량은 느릿느릿 다가왔다. 호텔 밖에서 구조를 기다리던 부상자들이 공부국 차량을 보고 달려들어 간청했지만, 좌석이 제한적이라 기사는 정중하게 거절하고 차 문을 잘 잠근 다음 호텔로 들어와 성청상을 차 안으로 옮기는 것을 도왔다.

쭝잉은 그들과 함께 차에 올랐다. 그제야 비로소 호텔 밖 상황을 살필 수 있었다.

폭탄 두 개가 호텔 문 앞에 떨어져 도로에도 구덩이가 파였다. 지나던 행인들은 사고를 피하지 못했고, 사망한 상태는 건물 안쪽보다 훨씬 비참했다.

길에서 불타고 있는 링컨 차량 운전석에는 불에 탄 시신이 있었다. 그것은 성씨 가문의 차량이었고, 성씨 가문의 운전기사였다.

쭝잉은 시선을 옮기다 방금 호텔 입구에서 본 괘종시계가 떠올랐다. 시계는 폭발 충격으로 멈춰 폭발이 일어난 순간인

4시 27분에 멈춰 있었다.

쫑잉은 입을 더 꾹 다물었다. 차는 피로 얼룩진 도로를 달렸다. 차창 밖은 도와줄 사람이 없는 부상자들로 넘쳤지만, 차 안은 그것과는 다른 세상이었다.

생명은 평등하지만 공평하다고는 할 수 없었다.

그러나 병원에 도착했다고 해서 위험에서 벗어났다는 뜻은 아니었다. 순식간에 늘어난 부상자가 병원 전체를 점령하다시피 했고, 의료 인력은 너무 바빠 구조가 필요한 사람을 다 돌봐줄 수가 없었다.

약품, 병상, 인력, 어느 것 하나 충분한 것이 없었다. 아는 사람을 찾았다고 해도 "성 선생님, 의사 선생님들이 다 긴급 수술에 들어가 정말 어쩔 수가 없습니다"라는 말만 들어야 했다.

"얼마나 기다려야 합니까?"

성칭랑의 물음에 상대는 고개를 저었다.

성칭랑은 다시 쫑잉을 쳐다봤다. 쫑잉은 여전히 입을 꾹 다문 채로 계속 뭔가를 생각하는 듯이 한마디뿐이었다.

"즉시 수술해야 해요."

다시 교착상태에 빠졌다.

쫑잉이 한참을 망설이다가 미간을 훅 좁히며 물었다.

"수술에 참여해 본 레지던트 있어요?"

"한 명 있습니다. 하지만 집도해 본 적은 없어요."

상대의 말에 쫑잉은 아랫입술을 꽉 깨물었다가 풀고 고개를 들었다.

"그분에게 부탁할게요."

"그런데 선생님은, 실례지만 누구신지······."

사람 상대에 영 재주가 없는 쭝잉은 성칭랑 쪽으로 몸을 약간 기울이며 그에게 떠넘겼다.

"당신이 설득해 봐요."

"쭝 선생이 집도할 겁니까?"

성칭랑이 목소리를 낮추며 물었다.

"아니요. 하지만 제가 전 과정을 옆에서 지켜보고 보조할 거예요."

쭝잉은 말수가 적어도 사람을 설득하는 묘한 힘이 있었고, 눈빛에는 바닥이 보이지 않는 냉정함이 숨어 있었다. 성칭랑은 쭝잉을 몇 초 동안 똑바로 바라본 뒤 결단을 내렸다. 직원에게 수술을 진행해 달라고 설득했다. 하지만 상대는 생각하지도 못한 대답을 했다.

"사용 가능한 수술실이 몇 개 없습니다. 사무실을 개조한 곳뿐이에요."

성칭랑은 난감한 표정으로 쭝잉을 쳐다봤다.

"괜찮겠어요?"

쭝잉은 이를 악물더니 주머니에 넣었던 두 손을 꺼냈다.

"어쩔 수 없죠."

수술 여건은 매우 열악했고 설비도 없는 것보다는 조금 나은 수준이었다. 쭝잉은 수술복으로 갈아입고 마스크를 쓰고 임시 수술실로 들어갔다. 마취는 이미 시작되었다.

조수 역할만 해본 레지던트는 갑작스러운 집도에 잔뜩 긴장해 고개를 들어 처음 본 쭝잉에게 말했다.

"이제⋯⋯."

쭝잉은 얼굴 대부분을 마스크로 가리고 차분한 눈만 노출하고 있었다.

"어떻게 하는지 내가 알려줄게요. 필요하면⋯⋯."

쭝잉이 잠깐 뜸을 들이며 말했다.

"내가 도와줄게요."

권위와 안정감이 있는 말투에 레지던트는 들고 있던 기계를 꽉 잡고 수술을 시작하는 수밖에 없었다.

두 다리 절단은 작은 수술이 아니었다. 힘과 인내심, 그리고 기술이 필요했다. 이렇게 열악한 조건에서는 더더욱 큰 시험이었다. 날씨는 무더웠고, 실내는 피비린내로 가득했으며, 등하나만 비추고 있었다. 쭝잉의 이마와 귀밑에서 땀이 스며 나왔다.

쭝잉은 레지던트에게 잘린 혈관과 신경을 분리하도록 한 다음 결찰과 봉합을 하도록 지시했다. 처음부터 끝까지 쭝잉은 한 번도 메스를 잡지 않고 두 손을 허공에 올린 채로 있었다. 간혹 오른손이 신경성 떨림으로 흔들렸고, 이마에는 긴장해 혈관이 톡 튀어나와 있었다.

수술이 끝났을 때는 이미 날이 저문 뒤였다. 레지던트는 수술이 순조롭게 진행됐다고 생각했는지 마스크도 벗기 전에 쭝잉에게 고맙다고 인사했다.

"지도해 주셔서 감사합니다. 선생님 존함이?"

"그건 중요하지 않아요."

쭝잉의 눈에는 피곤이 가득했다.

"환자 상태 잘 관찰하세요. 고생했습니다."

말을 마친 쭝잉은 손을 씻고 마스크를 벗은 다음 수술실에서 나왔다. 고개를 드니 복도에 서 있던 성씨 가족, 성칭펑과 성칭후이가 보였다. 그들은 소식을 듣고 방금 도착한 상태였다.

쭝잉을 본 성칭후이는 놀란 기색이 역력했다. 눈앞의 사람은 '지나가던 친구'에서 '칭랑 오빠의 조수'로 변하더니, 지금은 또 '의사'가 되어 있었다. 몇 번의 신분 변화에 도대체 그녀가 누구인지 짐작할 수가 없었다.

그러나 성칭후이는 속으로만 놀랄 뿐 얼굴에 티를 내지 않고 고개를 돌려 뒤에 있던 성칭랑에게 말했다.

"오빠, 수술 끝났나 봐요."

성칭랑이 고개를 들자, 쭝잉의 시선이 성칭랑에게 향했다.

쭝잉은 곧장 성칭랑에게 다가갔다.

"수술은 잘 끝났어요. 하지만 아직 위험한 상태라 시간을 두고 지켜봐야 해요."

쭝잉은 두 손을 가운 주머니에 찔러 넣고 목소리를 죽이며 말했다.

"성 선생님, 날이 저물었어요. 우리 프랑스 조계로 돌아가야 하는 거 아니에요?"

쭝잉의 뜻은 명확했다. 밤 10시가 다 되어가니 프랑스 조계에 있는 아파트로 돌아가는 게 맞았다.

그때 성칭핑이 간호사와 실랑이를 벌였다.

"병원에 빈 병상이 없습니다."

간호사의 말에 성칭핑이 반박했다.

"어떻게 병상이 없을 수가 있어요? 일 인실도 괜찮아요."

간호사의 "없습니다"라는 말에 성칭핑이 버럭 화를 냈다.

"이렇게 북새통인 병원에 우리도 더는 있고 싶지 않아요. 그럼 의사를 성 공관으로 보내줘요. 그럼 되겠네!"

"파견할 의사가 없습니다."

간호사의 태도도 매우 강경했다.

"당신, 여기서 기다리고 있어요!"

성칭핑은 화가 머리끝까지 나서 이렇게 말하고는 하이힐을 또각거리며 병원 원장실로 향했다.

하지만 당당하게 떠났던 성칭핑은 금세 돌아왔다. 거절당한 게 분명했다.

성칭핑은 그제야 쭝잉에게 관심을 보였다.

"당신이 방금 수술했던 의사 아니에요? 오늘 병원은 이 모양이고 기다려봐야 힘만 들고 병실이 날 것 같지도 않으니 공관으로 가는 게 낫겠어요. 수고비는 열 배로 쳐줄 테니, 어때요?"

쭝잉은 고개를 돌려 담담한 표정으로 성칭핑을 쳐다봤다. 대답할 생각은 없었다.

오히려 성칭랑이 즉시 반대하고 나섰다.

"이분은 특수한 신분이라 안 됩니다."

성칭펑은 쭝잉이 지난번 성칭랑이 공관으로 데리고 온 '조수'라는 것을 알아보지 못하는지 무시하는 어투로 말했다.

"무슨 특수한 신분? 그래봤자 의사지. 내 말대로 해. 내가 큰오빠 집으로 돌아간다고 말할 테니까."

성칭펑이 성칭랑을 쳐다보며 명령하듯 말했다.

"너도 같이 가. 너랑 할 얘기가 남았으니까!"

성칭랑의 표정 변화를 알아챈 쭝잉은 성칭펑과 성칭후이를 슬쩍 본 다음, 성칭랑의 손을 잡으며 작은 소리로 말했다.

"성 선생님, 선생님이 결정하세요. 당신이 가는 곳이면 나도 갈 테니까."

성칭랑만이 쭝잉을 그녀의 시대로 데리고 갈 수 있으니 다른 선택의 여지는 없었다.

성칭랑은 공관으로 가는 것을 선택했다. 사실, 그에게도 선택의 여지는 없었다.

제5장

갑작스러운 포옹

일행은 차량 두 대에 나눠 타고 병원에서 나와 징안쓰로에 있는 성 공관으로 향했다. 쭝잉과 성칭랑, 성칭후이가 탄 차량은 분위기가 무거웠다. 평소 말이 많던 성칭후이도 집안에 이런 사고가 생기자 말을 아꼈다.

"성 선생님⋯⋯."

쭝잉이 고개를 약간 기울이며 딱 붙어야 겨우 들릴 정도로 작은 목소리로 말했다. 성칭랑은 고개를 돌려 그녀와 시선을 맞추었다.

"저 배고파요."

쭝잉이 진지하게 말했다.

"압니다."

성칭랑도 마찬가지로 작은 소리로 대답했다.

"정말 미안합니다. 조금만⋯⋯ 더 기다려주시겠습니까?"

이때 성칭후이가 불쑥 사탕을 하나 내밀었다.

성칭랑이 사탕을 받아 바스락거리는 껍질을 벗기자 은색 껍질 위에 커피색 토피스 사탕이 모습을 드러냈다. 성칭랑이 쭝잉 얼굴 앞으로 사탕을 든 손을 내밀자, 쭝잉이 잽싸게 집어 입에 넣고 어둠이 내려앉은 차창 쪽으로 고개를 돌리며 무뚝뚝하게 "고마워요" 하고 말했다.

가는 길은 평온했지만 도착하자 일대 폭풍이 일었다. 바깥에서 부는 태풍처럼 말이 통하지 않았다. 사람들이 성칭샹을 침실로 옮기자, 성칭핑이 성칭랑을 옆방으로 불러내 방에는 성칭후이와 쭝잉만 남았다.

성칭후이는 성칭핑을 보러 나가 방 앞에서 잠시 기다렸다가 그냥 아래층으로 내려갔다.

방에 남은 쭝잉은 옆방에서 노기가 등등해서 질책하는 소리를 들었다.

"네가 그날 그렇게 말하지 않았으면 오빠가 독일인에게 양도한다고 했겠니? 그러면 화마오호텔에서 만나기로 하지도 않았겠지! 멀쩡하던 사람이 갑자기 불구가 됐다고! 또 이런 재앙이 생기면 조상님 앞에서 네 다리를 잘라버릴 테다!"

원망하고 탓할 때만 가족으로 쳐주고 심지어 조상까지 들먹인다. 어디서인가 본 것 같은 장면이었다.

옆방의 성칭핑은 화가 누그러지지 않는지 한 이야기를 계속 반복했다. 성칭샹의 부상 책임을 모두 성칭랑에게 전가하는 게 분명했다.

하지만 쭝잉은 분명히 기억했다. 화마오호텔로 장소를 잡은 것도 성칭샹이고 약속 시간을 오전에서 오후 4시 30분으로 바꾼 것도 성칭샹이었다. 시간을 바꾸지만 않았어도 성칭랑이 새벽부터 다급하게 조계로 돌아오지 않아도 됐고, 성칭샹도 공습을 피할 수 있었을 것이다. 게다가 쭝잉도 끌려오지 않고 폭발에서 구사일생으로 살아남아 외상 후 스트레스장애를 입을 일은 더더욱 없었을 것이다.

쭝잉은 의자에 조용히 앉아 있었다. 갑자기 방문이 열리더니 성칭후이가 나무로 된 쟁반을 들고 들어왔다. 쟁반에는 김이 모락모락 나는 쌀밥과 국, 그리고 네 개의 반찬이 올려져 있었다.

"전부 따뜻해요."

성칭후이가 쟁반을 내려놓으며 설명했다.

"오빠가 차에서 내리면서 주방에 음식을 준비해 달라고 하랬거든요."

"고마워요."

쭝잉은 젓가락을 들며 말했다.

성칭후이는 침대에 누운 큰오빠를 힐끗 보면서 말했다.

"선생님이 큰오빠 목숨을 구해주셨으니 우리가 감사해야죠."

성칭후이는 쭝잉에게 궁금한 게 많았지만, 지금은 그럴 때가 아닌 것 같아 쭝잉이 먹는 것을 그냥 지켜봤다.

쭝잉은 식사 속도가 빨랐지만 허겁지겁 먹는 것처럼 보이지는 않았다. 동작과 리듬이 적절하다고 성칭후이는 생각했다.

십 분 뒤, 쟁반에 놓인 밥그릇, 국그릇, 반찬 접시가 모두 비었다.

쭝잉이 두 손으로 쟁반 양쪽을 잡자, 성칭후이가 정신을 차리고 다급하게 말했다.

"탁자 위에 그냥 두세요. 사용인이 와서 치울 거예요."

그 말에 쭝잉은 쟁반을 그대로 놓고 조용히 의자에 앉아 한 손을 바지 주머니에 넣었다.

끝나지 않는 옆방의 질책 소리를 들으며 쭝잉이 담배를 피울까 말까 고민하는 사이, 맞은편에 앉은 성칭후이는 쭝잉을 가늠하느라 바빴다.

쭝잉이 일어나 나가려고 하자, 성칭후이가 마침내 참지 못하고 입을 열었다.

"쭝 선생님…… 외국에서 오셨어요?"

쭝잉은 어제 퇴근하면서 갈아입은 일상복을 입고 있었다. 반팔 티셔츠에 긴 바지, 운동화, 몸에 걸친 것들은 옷감이나 신발 스타일 모두 이곳의 유행과는 달라 성칭후이는 수입품이라고 생각했다. 게다가 성칭후이가 보기에 쭝잉은 태도도 일반적이지는 않아 외국에서 왔다고 믿고 싶었다.

쭝잉은 탐문에 가까운 질문에 가타부타 대답하지 않았다.

"그러니까 선생님은…… 의사?"

성칭후이가 또 물었다.

의사냐고? 과거에는, 아마 지금도, 하지만 엄격하게 따지면 또 아니었다.

"그게 중요해요?"

쭝잉이 눈을 들어 반문했다.

쭝잉의 반문에 말문이 막힌 성칭후이는 이런 질문이 무슨 의미가 있을까 싶었지만, 정말이지 상대방의 정체와 의도를 알 수가 없었다. 이 사람이 왜 칭랑 오빠의 아파트에 있으며, 또 왜 오빠의 조수인 척했을까? 성칭후이는 정말 이해할 수가 없었다.

두 사람은 오랫동안 말없이 앉아 있었다. 쭝잉은 상대가 더 묻지 않자 담배를 피우러 나갈 생각이었다.

성칭후이는 고개를 돌려 쭝잉이 밖으로 나가는 것을 봤다. 그러나 곧 쭝잉이 문틀을 잡더니 스르륵 주저앉았다.

낮의 폭격 때문일 수도, 수술하면서 정신을 고도로 집중해서일 수도 있었다. 두통 발작은 갑작스러웠지만 충분히 예견된 일이었다.

성칭후이가 후다닥 다가와 괜찮냐고 물었지만, 쭝잉은 발작으로 전신의 근육이 긴장된 상태라 대답할 여력이 없었다.

마침 사용인이 올라오자, 성칭후이가 그녀를 불러 쭝잉을 자기 방으로 옮겼다.

옆방에서는 성칭펑이 성칭샹의 사고에서 공장 이전 문제로 넘어가 따지고 있었다.

"지금은 강도 다 봉쇄돼서 이전하려면 쑤저우허에서 돌아가는 수밖에 없어. 발가락으로 생각해도 그게 얼마나 위험한지 알겠지."

성칭펑이 말하는 동안 성칭랑은 계속 고개를 숙여 손목시계를 보며 시간을 확인했다.

시간은 조금씩 밤 10시를 향해 가고 있었다. 계속 화를 누르고 있던 성칭랑은 더 이상 가만히 앉아 있을 수만은 없었다. 성칭랑이 갑자기 벌떡 일어나 한마디 툭 던졌다.

"급한 일이 있어서 그만 가보겠습니다."

그리고 문을 열고 옆방으로 갔다. 그러나 방 안 어디에도 쭝잉의 모습은 보이지 않았다.

성칭랑은 매우 당황스러워서 거실로 성큼성큼 걸어가 살폈다. 역시 아무도 없었다. 손바닥에 순식간에 땀이 고였다. 황망해 주위를 둘러보며 소리쳤다.

"쭝 선생?"

그때 거실의 탁상시계가 '땡땡땡' 울리기 시작했다.

침실에서 쭝잉을 돌보던 성칭후이는 이상해서 문을 열고 계단으로 나와 사용인에게 물었다.

"방금 칭랑 오빠가 쭝 선생님 부르지 않았어요?"

"그런 것 같은데요."

사용인이 긴가민가한 표정으로 대답했다.

성칭후이는 주변을 둘러봤지만 성칭랑의 모습은 보이지 않았다.

"귀신이 곡할 노릇이네. 오빠는 어디 갔지?"

10시 30분. 쉐쉬안칭은 699번지 아파트에서 쭝잉을 기다렸다.

쉐쉬안칭은 새벽 댓바람부터 교통경찰대에서 연락을 받았다. 그녀의 차가 도로 한복판에 세워져 있는데 상황이 심상치 않다는 것이었다. 안에 아무도 없다고 했다.

목격자는 "저 차가 저기서 빨간불에 걸려 정지했어요. 빨간불이 끝났는데도 꼼짝 안 하길래 가봤더니 안에 아무도 없지 않겠어요! 참나, 귀신이 곡할 노릇이지! 문도 열리지 않았고 아무도 내리지 않았다고요!"하고 말했다.

벌금과 감점이 만만치 않을 것이기에 쉐쉬안칭은 쭝잉과 이야기를 해야 했다.

최근 쭝잉의 행동이 너무 이상해서 쉐쉬안칭은 더더욱 걱정이 됐다. 그래서 지난번 자물쇠를 바꾸면서 예비 열쇠를 하나 챙겨두었다. 비도덕적인 일이지만 신경 쓰지 않기로 했다.

10시 31분. 발소리가 들리더니 열쇠를 꽂는 소리가 들렸다.

쉐쉬안칭은 조용히 문 앞으로 다가갔다. 문밖에 있는 사람이 열쇠 구멍에 열쇠를 꽂았지만, 열쇠가 안 맞는지 문이 열리지 않았다.

열쇠 소리가 멈추자, 쉐쉬안칭이 문손잡이를 잡고 문을 확 열었다.

문이 열리는 순간, 한 사람은 태연한 척했고, 한 사람은 눈을 들어 상대를 자세히 살폈다.

"누구 찾아오셨습니까?"

쉐쉬안칭이 눈썹을 치켜세우며 물었다.

성칭랑은 상대의 목소리를 듣고 예전에 자물쇠를 부수고 들어온 여성이라는 것을 알아채고는 재빨리 핑곗거리를 찾았다.

"죄송합니다. 제가 층을 잘못 온 것 같습니다."

성칭랑이 뒤를 돌아 가려고 하자, 쉐쉬안칭이 그의 손에 있는 열쇠를 힐끗 봤다.

"그럴 리가요. 그 열쇠 여기 거 맞는데요."

쉐쉬안칭이 정곡을 찔렀다.

"집을 잘못 찾은 게 아니라 열쇠가 바뀐 걸 몰랐던 거 아니에요?"

그녀의 말에 성칭랑은 더 이상 피할 수가 없어 그냥 정면 돌파하기로 했다. 성칭랑은 열쇠를 챙기고 쉐쉬안칭을 쳐다봤다.

"그렇다면 말씀 좀 묻겠습니다. 쭝 선생 지금 집에 있습니까?"

성칭랑이 이렇게 단도직입적으로 물을 줄은 예상 못 했지만 쉐쉬안칭은 사실대로 대답했다.

"없습니다."

"제 기억에 여기는 쭝 선생님 집인데, 그녀에게 초대받으신 겁니까?"

완곡하게 물었지만 사실 너도 '제멋대로 난입'한 것 아니냐고 지적하는 말이었다.

"그게 선생과 무슨 상관이죠? 선생은 쭝잉과 무슨 사이길래 열쇠를 갖고 있어요?"

졸지에 궁지에 몰린 쉐쉬안칭은 기분이 좋지 않아 냉담한 눈초리로 반문했다.

"친굽니다."

성칭랑이 대답했다.

"친구요?"

쉐쉬안칭은 현관 등 불빛에 의지해 성칭랑을 위아래로 훑어 봤다. 그는 머리끝에서 발끝까지 구식이었다. 서류 가방조차 복고 스타일이었다.

"어떤 친구인데요?"

"비교적 특별한 친구입니다."

성의 없지만 따져볼 필요가 있는 대답이었다.

쉐쉬안칭은 이 사람이 최근 쭝잉의 이상한 태도와 직접적인 관련이 있을 것이라는 직감이 들어 몸을 틀어 비켜주며 들어오라고 권했다.

"뭐 둘 다 친구니 들어왔다 가세요. 조금 있으면 쭝잉이 돌아올지도 모르고요. 안 그래요?"

"네."

성칭랑은 이 시대에서 이 아파트 말고는 갈 곳이 없었기 때문에 쉐쉬안칭의 제안을 받아들였다.

성칭랑이 쉐쉬안칭 곁을 지나갈 때, 쉐쉬안칭은 그에게서 비일상적인 화약 냄새와 피비린내, 소독약 냄새가 나는 것을 포착했다.

이상한 낌새를 감지한 쉐쉬안칭은 고개를 숙여 성칭랑의 바짓단을 힐끗 봤다. 흐릿하게 핏자국이 있었다. 쉐쉬안칭은 말 없이 문을 닫고 주방으로 들어가 투명한 유리컵을 깨끗이 씻은 다음 쟁반에 받치고 컵에 물을 따랐다.

쉐쉬안칭은 물이 가득 든 컵이 놓인 쟁반을 탁자에 내려놓았다.

"물 좀 드세요."

성칭랑이 고맙다고 말했다.

쉐쉬안칭은 담배에 불을 붙이며 눈을 들어 탁자 맞은편에 앉은 성칭랑을 살폈다.

"성이?"

"성씨입니다."

성칭랑이 살짝 입술을 깨물며 대답했다.

"이름은요?"

"그건 중요하지 않습니다."

"그럼 성 선생님이라고 부르면 되죠?"

쉐쉬안칭이 담배를 피우며 직설적으로 물었다.

"늦은 밤에 무슨 일로 쭝잉을 찾으시죠?"

"그건 사생활이라서요. 대답하지 않아도 됩니까?"

"그럼 아침에 쭝잉과 같이 있었어요?"

"지금 저를 심문하시는 겁니까?"

쉐쉬안칭은 확실히 심문하는 기세였지만 강제력은 전혀 없어서 상대는 대답을 거절할 수 있었다.

쉐쉬안칭은 성칭랑이 컵을 드는 것을 보고 긴장했던 등에서 힘을 쭉 빼며 푹신한 소파에 몸을 묻었다. 질문하는 태도도 약간 부드러워졌다.

"성 선생님, 저도 쭝잉의 친구예요. 이렇게 우연히 만난 것도 인연인데 인사 정도는 괜찮겠죠? 전화번호 주시겠어요?"

쉐쉬안칭이 휴대전화를 꺼냈다.

"미안합니다. 저는 휴대전화가 없습니다."

성칭랑이 컵을 내려놓으며 말했다.

전화가 없을 수가 있나? 쉐쉬안칭이 담뱃불을 비벼 끄며 말했다.

"지금 농담하세요?"

"프랑스에서 귀국한 지 얼마 안 돼서 국내 전화가 없습니다."

성칭랑은 차분하게 앉아 그럴듯하게 대답했다.

"그럼 프랑스 번호는요?"

"방도 퇴거를 해서요. 집주인 전화번호를 알려드리긴 조금 그렇군요."

"프랑스 휴대전화 번호는요?"

"해지했습니다."

말을 마친 성칭랑은 서류 가방에서 수첩과 펜을 꺼내 빈 페이지를 쉐쉬안칭에게 내밀었다.

"선생의 전화번호를 주시는 게 나을 것 같습니다만?"

주객이 전도되었다. 쉐쉬안칭은 잠시 눈을 떨궜다가 펜을 들어 빈 페이지에 자신의 휴대전화 번호를 적었다.

다 적은 뒤 펜을 놓고 쟁반을 들고 곧장 주방으로 갔다.

주방은 불을 켜지 않아 컴컴했다. 쉬쉬안칭은 서랍에서 지퍼백을 꺼내 성칭랑을 등진 채로 무표정한 얼굴로 쟁반 위에 놓인 빈 유리컵을 지퍼백에 넣어 밀봉했다. 그리고 종이봉투를 찾아서 유리컵을 넣고 몸을 돌렸다.

"성 선생님, 중잉이 많이 늦을 것 같은데 더 기다리기 그렇네요. 우리 이만 가죠."

성칭랑은 앉아서 꼼짝도 하지 않았다.

"저는 조금 더 기다리겠습니다."

"그건 안 되죠."

쉬쉬안칭은 성칭랑이 남겠다는 의지가 강한 것을 느꼈다. 하지만 그의 뜻대로 해주고 싶지 않았다.

"선생이 들어올 수 있었던 건 내가 문을 열어줬기 때문이에요. 내가 가는데 선생이 남아 있는 건 조금 이상하지 않아요? 내가 이 집 문을 열어줬으니 가고 나서도 집 안이 내가 오기 전과 같아야 하지 않겠어요? 그렇죠?"

성칭랑은 쉬쉬안칭의 고집을 이미 경험했다. 그녀가 마음을 먹었으니 어떻게 해서든 자신을 쫓아낼 것이다.

성칭랑은 쉬쉬안칭과 실랑이를 하고 싶지도, 중잉에게 불필요한 번거로움을 안겨주기도 싫어 몸을 일으켜 쉬쉬안칭의 제안을 받아들이기로 했다.

쉬쉬안칭은 목적을 달성했다. 종이봉투를 들고 문밖으로 나와 성칭랑이 보는 앞에서 보란 듯이 문을 이중으로 잠그고 새 열쇠를 가방에 넣었다.

성칭랑은 쉐쉬안칭의 뒤에 서서 아무 말도 하지 않았다.

두 사람은 엘리베이터를 타고 내려왔다. 쉐쉬안칭은 차를 가지러 갔고, 성칭랑은 699번지 아파트 공용 현관 입구에 있는 오동나무 아래에 서 있었다.

성칭랑은 빈털터리였고 온종일 아무것도 먹지 못한 상태였다. 이 시대에서 그는 갈 곳이 없었다.

쉐쉬안칭은 차에 앉아 휴대전화를 꺼내 방금 몰래 찍은 사진을 열었다. 그리고 고개를 들어 창밖을 보니 나무 아래에 있는 성칭랑이 보였다. 그 자리에 오랫동안 서 있는 그의 모습이 어딘가 막막해 보였다.

쉐쉬안칭은 시선을 거두고 조수석에 놓인 종이봉투를 힐끗 쳐다보고 시동을 걸었다.

성칭랑에 비해 성 공관에 남은 쭝잉은 상황이 괜찮았다.

자고 일어나니 새벽 4시였고, 성칭후이가 옆에서 손에 책을 쥔 채로 잠들어 있었다.

쭝잉이 일어나 앉자 상대도 퍼뜩 깼다. 성칭후이는 눈을 비비며 일어나 갈라진 목소리로 말했다.

"쭝 선생님, 깨셨어요."

자기가 이렇게 잠이 들 줄은 몰랐는지 성칭후이가 변명을 했다.

"앉아서 책을 읽다 피곤해서 잠들었나 봐요……."

쭝잉은 아직 두통이 있었지만 움직이지 못할 정도는 아니었

다. 쭝잉은 성칭후이의 이야기를 다 듣고 침대에서 내려오면서
물었다.

"성 선생님은요?"

"오빠요? 언제 갔는지 모르겠어요."

성칭후이가 화장대 앞에 앉아 머리를 빗으며 말했다.

"안 그래도 어제 언니가 그것 때문에 복도에서 한참 욕을 했
다니까요."

보아하니 자신은 또 이 시대에 남겨졌나 보다. 쭝잉은 고개
를 숙이고 관자놀이를 문지르며 물었다.

"언니가 성 선생님에게 불만이 있어 보이던데요?"

성칭후이가 입을 비죽대며 목소리를 죽이고 말했다.

"당연하죠. 예전에 언니와 오빠 사이에 일이 좀 있었거든요."

쭝잉이 "그래요?" 하고 대답하자, 성칭후이가 이어서 말했
다.

"언니와 형부가 약혼하기 전, 형부네 공장이 재판에 걸렸어
요. 그런데 하필 고소 노동자 쪽 변호사가 오빠였지 뭐예요. 형
부는 패소했고, 언니는 형부한테 미운털이 박혔죠. 그래서 언
니는 오빠를 싫어하게 됐고, 관계는 더 악화됐어요. 언니는 오
빠가 머리가 굵어지니 복수하는 거라고 생각했어요."

성칭후이는 성칭핑 가족을 싫어하는 것 같았다.

"하지만 형부네 집에서 잘못했는걸요. 내가 오빠였어도 법
에 따라 노동자를 돕지 가족을 돕지는 않았을 거예요."

"그래요?"

쭝잉은 성칭랑이라면 무조건 가족을 도울 것이라고 생각했다.

쭝잉의 말투가 이상하다고 생각했는지 성칭후이가 물었다.

"쭝 선생님, 선생님은 오빠가 착하고 만만해 보여요?"

쭝잉은 바로 대답하지 않고 잠시 뒤 말투를 바꾸어 말했다.

"배려심이 많고 양보를 잘하죠."

"선생님도 그렇게 생각하세요?"

성칭후이는 머리를 다 빗고는 말했다.

"엄마한테 들었는데, 칭랑 오빠 이름 지을 때 아빠가 깊이 생각하지도 않고 양보한다는 뜻의 '랑讓' 자를 붙였대요. 마치 날 때부터 양보해야 한다는 듯이 말이에요. 그래서 그런지 오빠는 늘 다른 사람을 먼저 생각해요. 자기 이익은 따지지 않고 다 참으니 언뜻 만만해 보여도 마지노선은 있어요."

성칭후이는 한 자 한 자 강조하며 결론을 내렸다.

"마지노선 안에서는 참아주지만 마지노선을 넘으면 그냥 끝이에요."

생글생글 웃는 성칭후이의 표정에서 그녀가 성칭랑을 좋아한다는 게 느껴졌다.

"오빠가 좋은 사람이라고 생각해요?"

"당연하죠. 오빠는 이 집에서 제일 합리적이고 똑똑한 사람인걸요. 게다가 집에 전혀 기대지도 않았고요. 오빠는 저한테 본보기가 되는 사람이에요."

성칭후이가 벌떡 일어나더니 화제를 돌렸다.

"쭝 선생님은 조금 더 주무세요. 아니면 뭐 좀 드실래요?"

"잠은 됐어요."

"그러면 제가 주방에서 먹을 것 좀 찾아올게요."

성칭후이가 문밖으로 나가자 초조한 얼굴의 사용인이 달려 왔다.

"무슨 일이에요?"

"큰 도련님이 열이 많이 나요! 방금 체온을 쟀는데 엄청 높 았어요! 쭝 선생님 보고 빨리 오셔서 봐달라고요."

성칭후이가 고개를 돌려 채 말을 하기도 전에 쭝잉이 다가 왔다.

"가시죠."

두 사람은 방으로 들어가 성칭펑의 원망을 무시한 채 성칭 샹의 체온을 다시 재고 상처를 살폈다. 감염이 심각했다.

수술 여건도 열악했고 수술 뒤 회복 환경도 좋지 않았지만, 쓸 만한 약이 너무 없다는 게 가장 큰 문제였다.

"약 먹었잖아? 그런데 왜 이렇게 된 거지? 수술이 잘못된 거 아니야?!"

성칭펑의 계속된 추궁에 옆에서 듣던 성칭후이는 매우 난감 했다. 성칭후이는 곁눈질로 쭝잉의 표정을 살폈지만, 쭝잉은 아무 반응도 하지 않고 그저 입을 꾹 다문 채 생각에 잠겨 있 었다.

갑자기 쭝잉이 입을 열었다.

"약을 바꿔야겠어요."

"그럼 빨리 바꿔요!"

성칭펑이 목청을 높였다.

"여기에 없어요."

쭝잉은 성칭펑을 보면서 침착하게 대답했다.

"성 선생님 아파트에 있을 거예요."

"그럼 얼른 가서 가져와요!"

성칭펑은 거의 이성을 잃은 상태라 쭝잉의 말에 담긴 어려움까지는 생각하지 못하고 명령했다.

"샤오천에게 얼른 가서 약 가져오라고 해!"

"샤오천은 어제 큰오빠와 화마오호텔에 갔다가 폭격당했잖아요."

"그럼 다른 기사한테 시켜!"

성칭펑이 다급한 표정으로 말했다.

성칭후이는 쭝잉의 손을 살며시 잡으며 같이 내려가자고 했다.

방에서 나오자, 성칭후이는 사용인에게 차를 준비시키라고 말하고 쭝잉에게 물었다.

"약이 왜 칭랑 오빠 집에 있어요?"

"내가 가져온 약이 조금 있는데 효과가 좋아요."

쭝잉이 성칭랑에게 준 응급 키트가 든 구급상자가 있었다.

성칭후이는 의심하지 않았다. 쭝잉은 세수하고 싶다며 1층 화장실로 들어갔다.

쭝잉은 차가운 물에 세수하고 고개를 들었다. 거울에 비친 얼굴이 조금 낯설게 느껴졌다.

묵묵히 얼굴을 닦고 문을 열자, 성칭후이가 밖에서 기다리고 있었다.

"됐어요. 가죠."

쭝잉이 말했다.

쭝잉과 운전기사만 차에 타고, 성칭후이는 집에 남았다.

따뜻한 새벽빛이 차 안으로 스며들었다. 태풍이 아직 끝나지 않아 날씨는 여전히 나빴고, 거리 곳곳에서 난민이 노숙하고 있는 게 경찰력이 부족한 것 같았다.

다행히 이른 시간이라 도로는 막히지 않아 프랑스 조계에 있는 성칭랑의 집에 도착하니 6시 전이었다.

안내 데스크의 예 선생이 쭝잉을 보며 말했다.

"미스 쭝, 오늘은 우유가 왔어요!"

쭝잉은 우유를 끓여 먹을 시간이 없어 단도직입적으로 물었다.

"예 선생님, 여기에 아파트 예비 열쇠 있죠?"

"있죠."

예 선생이 미간을 좁히며 되물었다.

"성 선생, 집에 안 계십니까?"

"네. 없어요. 급하게 쓸 물건이 아파트에 있어요. 지금 꼭 가져가야 해요."

쭝잉이 간절하게 말했다.

"예 선생님, 사람 목숨이 달려 있어요. 꼭 좀 부탁드립니다."

예 선생은 잠시 망설이다가 예비 열쇠를 꺼내 쭝잉과 같이 위로 올라갔다.

문이 열리자, 쭝잉은 안으로 들어갔다. 예 선생은 문 앞에 서서 안에서 바스락거리는 소리를 들었다.

쭝잉은 침실에서 구급상자를 찾아 필요한 약을 종이봉투에 담았다. 문을 나서기 전에 현관 서랍을 열어 안에 남은 2위안을 전부 꺼내 주머니에 넣었다.

예 선생은 쭝잉이 봉투에 담은 물건을 힐끗 봤다.

"약입니까? 미스 쭝 의사였어요?"

"그런 셈이죠."

쭝잉은 자세하게 설명할 시간이 없어 문을 닫고 고맙다고 말한 다음 빠른 걸음으로 계단을 내려왔다.

쭝잉이 차에 올랐을 때는 하늘이 검푸른색에서 잿빛으로 변하고 바람도 세지고 도로의 행인도 늘어나 있었다.

차가 점점 느려지더니 아예 멈춰버렸다. 운전기사는 초보인지 앞쪽의 피난민 행렬을 보더니 자신감 없이 말했다.

"못 지나갈 것 같은데요……."

"다른 길은 없어요?"

"그러면 많이 돌아가야 해요."

기사가 미간을 좁히며 대답했다.

"빠르면 한 시간 정도 뒤에 도착할 겁니다."

이곳 길은 잘 모르니 기사에게 결정권을 넘길 수밖에 없었다.

기사는 차를 돌렸다. 사람이 몰린 곳을 피해 다른 길로 공공 조계에 들어갈 생각이었다.

기사는 동쪽을 향해 달렸다. 쭝잉은 지나치는 거리 풍경을 유심히 봤다. 익숙한 곳이 하나도 없었다. 한참 지나자 피난민 행렬이 또 나타났다.

"여기가 어디죠?"

"여기가, 여기가……."

기사가 더듬거렸다. 긴장으로 땀을 뻘뻘 흘리며 대답하지 못했다.

쭝잉은 기사가 길을 잃었다는 것을 알아채고 숨을 깊이 들이마시며 물었다.

"여기는 중국인 관리 구역인 화계* 아니에요?"

기사는 대답하지 못했다.

"어서 돌아갈 방법을 생각해 보세요. 원래 길은 기억하죠?"

"해보겠습니다."

기사가 땀을 닦으며 말했다.

바깥은 바람이 더 세져 거리에 걸려 있는 외국 국기가 펄럭이며 맹렬한 소리를 냈다. 화계 주민은 이런 방식으로 자신들이 보호받고 있다고 위로하려는 모양이었다.

삼십 분 정도 달리자 조계 입구가 보였다. 그때 차량의 시동이 갑자기 꺼졌다.

---

* 華界. 비 조계지. – 작가 주

기사가 고개를 돌리며 조심스럽게 말했다.

"기름이 떨어졌습니다."

쭝잉은 차에서 내렸다. 거센 바람에 밀려갈 것 같았다. 쭝잉의 눈에 철문 밖에서 절망하며 몰려 있는 사람들이 들어왔다.

조계 입구가 닫혀 있었다.

새벽 6시쯤, 성칭랑은 징안쓰로에 있는 성 공관으로 돌아왔다.

철문에 있는 초인종을 누르자, 야오 아저씨가 나와 문을 열어주면서 고개를 갸우뚱거리며 물었다.

"어제 언제 가셨습니까?"

그는 공관 대문을 지키는 터라 사람들의 출입에 신경을 썼다. 어젯밤 성칭랑이 나가는 것을 못 봤는데, 설마 담이라도 넘었단 말인가?

"큰형님은 어떠십니까?"

성칭랑은 대답 대신 반문했다.

"큰 도련님은 밤새 열이 심하게 나셨고 지금도 계속 그렇습니다."

"쭝 선생은요?"

"의사 선생님은 새벽부터 샤오장과 나가셨습니다. 약 가지러 선생 아파트에 간다고요."

나갔다고? 성칭랑은 저도 모르게 긴장이 되었다.

"언제 나갔습니까?"

216

"두 시간 정도 됐습니다. 프랑스 조계까지는 멀지 않은데 길이 막히기라도 하는지."

야오 아저씨가 미간을 좁히며 대답했다.

성칭랑의 턱 근육이 불끈거렸다. 성칭랑은 미간을 좁힌 채 잠시 생각하더니 몸을 돌렸다.

"정말 무슨 일이 생긴 건 아니겠지?"

문 옆에 혼자 남은 야오 아저씨가 중얼거렸다.

날씨가 좋지 않았다. 공기가 유난히 습했다. 성칭랑은 가까스로 택시를 잡아탔다. 프랑스 조계에 있는 아파트에 도착했을 때는 이미 7시였다.

성칭랑을 본 안내 데스크의 예 선생이 까치발을 들어 데스크 뒤에서 몸을 쑥 내밀었다.

"성 선생님 돌아오셨습니까? 방금 미스 쭝도 왔다 가셨습니다! 전화 받으셨나 봐요?"

"왔었다고요?"

성칭랑이 그 말에 발걸음을 멈췄다.

"네. 저한테 예비 열쇠 있냐고 묻더라고요. 급하신 거 같아서 같이 올라가 열어드렸어요."

예 선생은 사실대로 말했다.

"십 분 정도 있었습니다. 의약품을 챙기시는 것 같더라고요. 고급 약품 같던데……. 미스 쭝이 의사였나요?"

"몇 시에 나갔습니까?"

성칭랑은 그의 물음을 무시하며 물었다.

"한참 됐죠. 정확한 시간은 기억이 잘 안 납니다."

예 선생이 말을 마치기가 무섭게 성칭랑은 빠른 걸음으로 아파트로 올라갔다.

"이런, 성 선생님, 여기 우유요. 안 가져가십니까?"

성칭랑은 재빨리 자신의 아파트로 들어가 침실로 직행해 구급상자를 열어봤다.

쭝잉은 의료용 기계와 약품 몇 개만 가져가고 대부분은 원래대로 봉해져 있었다. 성칭랑은 구급상자를 놓고 말없이 있다가 구급상자를 닫고 그대로 들고 집을 나서려고 했다. 그 순간 전화벨이 울렸다.

전화 너머에서 다급한 목소리가 들렸다.

"성칭랑, 난징에서 발급한 환어음이 현금화가 안 돼!"

"천천히 말씀하세요. 은행에서 뭐라고 합니까?"

성칭랑은 눈살이 확 찌푸려졌지만 특유의 차분한 말투로 물었다.

"어제 상하이의 은행들이 현금화를 잠정 중단해 인출이 제한된 상태야! 옌 위원이 가서 인출하려고 했는데, 은행이 그 돈은 어음 교환 지급 준비금으로 귀속돼서 당일 지급용으로 사용할 수 없다고 했대! 공장들 기계 이전을 위한 전용 자금인데 말이야. 인출이 안 되면 공장들에 신용을 잃는 건 물론이고 계획 전체에 차질이 생긴다고!"

성칭랑은 쭝잉이 걱정됐지만 갑작스러운 전화에 일단 걱정을 누르는 수밖에 없었다.

"옌 위원은 뭐라고 하십니까?"

"지금 은행과 교섭 중인데 은행의 태도가 너무 강경해서 잘 안 될 것 같아! 다른 방법을 찾아봐야겠어."

저쪽에서 말했다.

성칭랑은 한 손으로 수화기를 잡고 다른 한 손으로는 구급상자를 들었다. 혈당이 뚝 떨어졌는지 이마에 식은땀이 배었다.

"재정부 회계사會計司 팡 사장司長이 지금 상하이에 있습니다. 다른 일이 없다면 웨이다호텔에 묵고 있을 겁니다."

성칭랑은 손을 들어 손목시계를 봤다.

"지금은 시간이 일러 아직 호텔에서 나가지 않았을 겁니다. 선생이 먼저 그를 찾아가 보세요. 저도 바로 가겠습니다."

상대는 잠시 생각하더니 말했다.

"그럼 팡 사장을 만나보는 수밖에 없겠군. 자네도 어서 오게."

성칭랑은 알겠다고 말하면서 세심하게 당부했다.

"시간 절약하게 회사 도장 챙겨 가세요."

전화를 끊은 성칭랑은 고개를 돌려 실내를 훑어봤다. 사람 흔적이 전혀 없는 게 수십 일 전 쭝잉을 데리고 왔던 날 아침과는 전혀 달랐다.

전쟁으로 이곳의 안온함도 끝이 났다.

성칭랑은 현관 서랍을 열어 안에서 사탕 두 개를 꺼내 주머니에 넣고 재빨리 아래로 내려가 웨이다호텔로 향했다.

어제 두 차례 폭격을 겪은 공공조계는 물자가 더욱 부족해졌고 진입을 더 엄격하게 통제하기 시작해 증명서가 있는 사람만 들어갈 수 있었다.

이런 변화를 알아챈 성칭랑은 더더욱 쭝잉이 걱정되었다.

성칭랑은 입을 굳게 다물고 쭝잉에게 닥칠 수 있는 모든 위험을 생각해 봤다. 생각할수록 불안해 마음의 줄이 더 팽팽하게 당겨지는 것 같았다.

자동차가 간신히 웨이다호텔에 도착했다. 차에서 내리자마자 프런트 데스크로 다가가 전화를 빌려 공공조계 공부국에 전화를 걸어 비서에게 물었다.

"조계 입구 봉쇄는 언제 풀립니까?"

"성 변호사님, 적십자에서 지금 조계 당국과 협상하고 있는데 언제 결과가 날지 몰라요. 아마 난민이 대량 유입돼 조계의 수용 능력을 한참 초과해서 조계 주민이 불편하고 위험해진 것 같습니다. 당국의 난민 진입 통제도 그 이유 때문인 것 같고요."

비서가 대답했다.

성칭랑은 수화기를 꽉 쥔 채로 잠시 뭔가를 생각했다가 말을 꺼내려는데 뒤에서 누가 불렀다.

"성칭랑, 도착했구먼!"

국유자산감독관리위원회의 위 위원이었다.

트렁크를 끌고 온 위 위원은 셔츠가 땀으로 흠뻑 젖은 채 숨을 씩씩 내쉬며 불만을 토로했다.

"국민정부는 강제 이전시키면서 은행더러 돈을 주지 말라고 하면 어쩌자는 거야. 어떻게 이렇게 훼방을 놓지! 팡 사장이 몇 호에 있는지 어서 알아보자고!"

"7층입니다."

성칭랑은 이미 알아둔 방 번호를 말하면서 곧장 엘리베이터로 향했다.

엘리베이터를 타고 올라가면서도 위 위원은 내부의 불합리한 일을 쉬지 않고 말했다. 성칭랑은 엘리베이터 난간을 보며 아무 말도 하지 않았다. 푸르스름한 눈 밑은 성칭랑이 지금 얼마나 피곤한지를 나타냈고, 꽉 다문 턱 근육은 얼마나 긴장하고 있는지를 보여주었다. 성칭랑은 주먹을 꽉 쥐었다. 속에서 조금씩 화가 끓어올랐다.

엘리베이터 문이 열리고 성칭랑이 빠르게 빠져나오자, 위 위원이 뒤를 바짝 쫓았다. 뚱뚱한 몸 때문에 힘든 모양이었다.

두 사람은 마침내 재정부 회계사 사장을 만날 수 있었다. 팡 사장은 잠에서 막 깼는지 잠옷 차림으로 두 사람을 맞았다.

"무슨 일인가?"

"이전 경비에 관한 일입니다! 전용 자금으로 56만 위안을 준대서 은행에 갔더니 한 푼도 내줄 수 없다더군요! 팡 사장님도 이전위원회 사람 아닙니까. 이 일을 반드시 해결해 주세요!"

위 위원은 화를 숨기지 못하고 다급하게 말했다.

팡 사장은 위 위원을 잘 몰라 성칭랑에게 고개를 돌렸다.

"옌 위원이 오늘 아침 은행에 가서 현금으로 인출하려고 했는데 은행이 거절했답니다. 지금은 특수한 기간이라 은행도 어려움이 많겠지만, 그 돈은 행정원 회의에서 결정된 전용 자금이고, 수십 개 대형 공장의 생사가 달린 문제입니다. 팡 사장님은 이 일을 어떻게 해결하는 게 좋겠습니까?"

성칭랑은 일보 전진을 위해 일보 후퇴하며 차분하게 설명했다. 팡 사장은 잠시 생각한 뒤에 대답했다.

"사실대로 말하면, 이 일은 나도 해결할 수 없네. 쉬 차장을 찾아가 보게나."

그리고 반보 앞으로 다가와 목소리를 낮춰 성칭랑에게 말했다.

"쉬 차장은 정오에 여기에 와서 낮잠을 자. 서류 잘 준비해서 정오에 와서 쉬 차장이 깨면 바로 결재를 받게나. 그때 내가 옆에서 도와주지."

상황이 이렇다 보니 남은 것은 기다림뿐이었다.

성칭랑은 눈치껏 위 위원을 데리고 방에서 나와 아래층으로 내려가면서 잘 설명했다.

1층에 도착하자, 성칭랑은 재빨리 프런트 데스크로 가 성 공관으로 전화를 걸었다.

성칭후이가 전화를 받았다.

"쫑 선생 돌아왔어?"

성칭랑이 단도직입적으로 물었다.

"아니."

성칭후이의 말투에서 걱정과 초조가 묻어났다.

"진작 돌아오고도 남을 시간인데……."

"기사도 안 돌아왔고?"

"응. 샤오천이 죽어서 새 기사가 갔는데, 아마…… 돌아서 오나봐."

성칭랑의 표정이 확 구겨졌다. 성칭랑이 공관에서 나온 지도 벌써 몇 시간이 지났다. 만약 길에서 기름이 떨어졌거나 어디서 길을 잃었다면……. 그 어느 것도 전쟁으로 혼란한 도시에서는 모두 큰일이었다.

성칭랑은 냉정을 유지하려 애썼다.

"무슨 차 타고 나갔어? 차 번호 좀 알려줘."

"아마 1412일 거야."

성칭후이는 점점 더 걱정스러웠다.

"방금 조계 입구가 봉쇄됐다는 말을 들었어. 쭝 선생님은 해외에서 온 지 얼마 안 돼서 상하이를 잘 모를 텐데, 만약……."

성칭후이의 말이 채 끝나기도 전에 누군가 수화기를 확 채갔다. 성칭핑이었다.

"큰오빠가 열이 40도가 넘었는데 그 의사라는 사람은 약 가지러 간다더니 함흥차사야! 어제 수술이 뭔가 잘못돼서 책임 회피하려고 내뺀 거 아니야?"

"성칭핑, 그만 좀 하죠?!"

성칭랑은 이를 악물며 누나의 이름을 불렀다. 전신이 뻣뻣하게 긴장되고 저도 모르게 오른손으로 주먹을 꽉 쥐었다.

"그날 거리와 병원이 어떤 상태였는지 모두 봤잖아요. 쭝 선생 덕분에 큰형님 목숨을 건질 수 있었어요. 쭝 선생은 제가 데

리고 온 사람입니다. 저는 쭝 선생의 전문지식과 품격을 믿고
요. 저를 욕하는 건 참겠지만, 누님은 쭝 선생의 직업윤리를 의
심할 입장이 아니고, 쭝 선생 혼자 약을 가지러 가게 할 자격은
더더욱 없습니다."

말하는 동안 성칭랑은 온몸이 부들부들 떨리는 것을 참을
수가 없었다. 말을 다 하고 나서도 꽉 깨문 어금니와 긴장한 온
몸의 근육이 풀어지지 않았다.

성칭핑은 기어코 성칭랑의 마지노선을 건드렸다. 성칭랑은
성칭핑에게 분노했고 자신에게 분노했다.

호텔 프런트 데스크에 있던 직원이 놀라 성칭랑을 쳐다봤
다. 수화기 너머의 성칭핑도 성칭랑의 질책에 아무 말도 하지
못했다. 성칭핑이 가까스로 정신을 차리고 반박하자, 성칭랑이
그대로 전화를 끊어버렸다.

성칭랑은 몸을 돌려 밖으로 나갔다. 옆에 있던 위 위원도 따
라나섰다.

"어디 가는 건가? 여기서 쉬 차장을 기다리기로 한 거 아니
었나?"

성칭랑은 감정을 조절한 다음, 위 위원에게 말했다.

"저는 먼저 가볼 곳이 있습니다. 쉬 차장이 깨기 전에 올 테
니 죄송하지만 여기서 기다려주세요."

화가 조금 가라앉자, 성칭랑은 다시 프런트 데스크로 가 공
부국에 전화를 걸었다. 조계 경찰서를 연결한 뒤, 쭝잉을 실종
신고했다.

"자동차번호는 1412, 포드 차량입니다."

이때 1412 차량은 조계 입구 밖에서 삼사십 미터 떨어진 곳에 텅 빈 채로 서 있었다.

철문 밖 난민이 늘어나자 쫑잉과 기사는 흩어지게 되었다.

조계 입구 철문은 경찰 몇 명이 지키고 있었다. 그들은 점점 늘어나는 사람 머리를 절망스럽게 바라보고 있었다. 저 기세라면 거대한 철문도 곧 무너질 것 같았다. 피난민들이 흥분하고 있었다. 태풍도 삶을 향한 인간의 광적인 욕망을 꺾지 못했다. 쫑잉은 숨이 막힐 것 같았다.

바로 그때, 작은 손이 다가와 쫑잉의 바짓가랑이를 꽉 잡았다.

조계 경찰서에서 전화가 왔을 때, 성청랑은 위 위원과 웨이다호텔 7층에서 내려오고 있었다.

어두운 엘리베이터 안에서 성청랑은 결재받은 서류를 위 위원에게 건넸다.

"남은 일은 부탁드립니다."

서류를 받아 든 위 위원은 위에 쓰인 '재가' 두 글자를 보고 "쳇"하며 불만을 터트렸다.

"서류 훑어보는 데 십 초, 서명하는 데 또 십 초, 고작 이십 초를 위해 장장 일곱 시간을 기다리다니! 게다가 낮잠을 자고 일어나서야 결재를 해주다니! 전쟁 중에도 어떻게 이렇게 한가하신지!"

엘리베이터 문이 열리자, 위 위원은 씩씩거리며 서류를 가방에 넣고는 성큼성큼 나섰다. 성칭랑도 같이 밖으로 나가려는데 호텔 프런트 데스크에서 성칭랑을 불렀다.

"성 선생님, 방금 조계 경찰서에서 전화가 왔었습니다. 1412 포드 차량을 찾았다고요."

성칭랑은 즉시 프런트 데스크로 가 경찰서로 전화를 걸어 차량이 발견된 장소와 상황을 물었다.

상대는 차량이 발견된 위치를 알려주며 덧붙였다.

"차량은 난민들 손에 파손됐고요, 연료도, 안에 사람도 없었습니다."

밖은 어둠이 내려앉고 있었고, 가랑비가 소리 없이 날렸다. 성칭랑은 전화를 끊고 위 위원과 헤어진 다음, 매우 걱정스러운 표정으로 웨이다호텔을 벗어나 화계로 향했다.

공공조계 출구를 지나자, 철문 밖 난민들은 이미 흩어지고 네다섯 무리만 모여 있었다. 대책을 상의하거나 아예 돌아갈 곳이 없는 듯했다. 황혼이 내려앉은 가운데 경찰들이 총을 차고 문을 지키고 있었다. 한눈을 팔았다가 행여 난민이 철문을 기어서 넘어올까 걱정하는 눈치였다. 매우 피곤한 모습이었지만 긴장과 경계는 늦추지 않았다.

성칭랑은 철문에서 백 미터쯤 떨어진 곳에서 형태를 알아볼 수 없을 정도로 망가진 포드 자동차를 발견했다. 부자를 싫어하는 마음에서였거나 아니면 그저 조계로 들어갈 수 없는 불만을 표시한 것인지는 모르겠지만, 피난민들이 자동차를 엉망으로 만들어놓았다. 유리는 다 깨지고 바닥에 혈흔도 남아 있었다.

성칭랑은 가슴이 욱신거렸다. 그때 경찰이 뛰어왔다.

"성 선생님, 차를 발견했을 때 이미 이런 상태였습니다."

경찰은 바닥의 혈흔을 힐끗 보더니 눈치껏 입을 다물었다.

안에 있던 사람이 피난민들에게 습격을 당해 차를 버린 것인지, 차를 버려서 이 모양이 된 것인지는 모르겠지만, 어쨌든 둘 다 좋은 상황은 아니었다. 만약 전자라면 쭝잉이 다쳤을 것이고, 후자라면 이 망망한 화계에서, 수십만 명이 피난 온 상황에서 그녀가 갈 수 있는 곳이 없었다.

비가 점점 거세졌다. 여름 태풍은 놀랍게도 으슬으슬 차가웠다.

성칭랑은 경찰에게 낮의 상황을 들으면서 빠르게 경찰서로 향했다. 상황이 이 지경이니 할 수 있는 일이라고는 공부국의 인맥을 총동원해 쭝잉을 찾는 것뿐이었다.

성칭랑은 전화에 대고 쭝잉의 인상착의를 설명했다. 흰색 반팔 티셔츠에 검은색 긴 바지, 회색 운동화 옆에 알파벳이 쓰여 있고, 아마 의약품 봉투를 들고 있을 것이라는 특징을 한참 동안 설명했다. 상대의 어정쩡한 대답에 성칭랑은 쭝잉의 사진 한 장 가져오지 않은 것을 후회했다.

상대는 "성 변호사, 자네가 말한 특징에 부합하는 사람이 조계로 들어오려고 하면, 우리가 잘 모셔두고 자네에게 연락할 테니 너무 걱정하지 말게" 하고 성칭랑을 위로했다.

성칭랑은 고맙다고 말했다. 그제야 약을 성 공관에 보내야 한다는 게 생각났다.

짙푸른 하늘이 마침내 까맣게 변했다. 고약한 날씨는 달빛조차 허락하지 않았다.

한편, 버려진 한 주택에서 쭝잉이 바닥에 꿇어앉아 산모의 아기를 받고 있었다. 머리는 온통 땀범벅에 유일한 조명인 촛불도 거의 꺼져가고 있었다.

실내에는 가끔 고통스러운 낮은 신음이 울리고 여덟아홉 살 정도 되는 아이가 옆에 꿇어앉아 묵묵히 기다리고 있었다. 사람들 속에서 쭝잉을 붙잡은 그 사내아이였다.

그때 아이는 온 힘을 다해 쭝잉에게 애원했다.

"엄마를 살려주세요……. 우리 엄마 좀 살려주세요……."

쭝잉은 먼저 뭔가가 자신을 꽉 붙잡았다는 것을 느꼈고, 그다음 아이의 목소리를 들었으며, 마지막에 아이의 얼굴, 사람들 틈에 꽉 눌려 고통스럽게 일그러진 어린 얼굴, 눈물범벅이 된 얼굴을 봤다.

아이 옆에 있는 부인은 양수가 이미 터져 바지가 흠뻑 젖었고 힘이 하나도 없었으며, 곧 출산할 것 같았다.

아이는 계속 애원했다. 목소리는 다 쉬고 눈에는 히스테릭한 고집과 절망이 가득했다. 엄마가 위험하다는 것을 알아차린 아이는 엄마를 잃고 싶지 않았던 것이다.

어떤 결정은 본능적으로 하게 된다. 거의 찰나에 쭝잉은 힘겹게 몸을 틀어 그들을 잡고 보호하듯 끌어안으며 사람들 틈을

역행해서 빠져나왔다. 앞길은 희망이 없었고 후퇴도 마찬가지로 쉽지 않았다. 다행히 철문이 굳게 닫혀 있어 사람들이 필사적으로 앞으로 밀고 나가지 않아 느리긴 했지만 그나마 안전하게 빠져나올 수 있었다.

마침내 사람들 틈에서 빠져나오자, 등은 다 젖고 두 다리는 후들거렸다.

거리의 상점은 전부 닫혀 있었고, 병원은 더 말할 것도 없었다. 산모는 더 걸어갈 힘도 남지 않아 버려진 집을 찾아 그곳에서 출산하기로 했다.

실내는 피난을 갔는지 텅 비어 있었고 절대 깨끗하다고 할 수는 없었지만 별 방법이 없었다.

자궁이 다 열린 상태였어도 분만 과정은 길고 고통스러웠다. 아이가 나왔을 때는 이미 어둠이 내려앉은 뒤였다. 태어난 아이의 울음소리는 우렁차다고 할 수 없었다. 아이처럼 맥이 없기는 태반이 나오기를 기다리는 산모도 마찬가지였다. 초도 아주 조금밖에 남지 않았다.

옆에 있던 아이가 자기 윗옷을 벗어 쭝잉에게 건네며 조심스럽게 말했다.

"이거 동생 입히세요."

쭝잉은 옷으로 신생아를 잘 싸서 아이에게 건넸다. 순간 실내가 고요해졌지만, 기쁨은 없었다.

거센 바람에 부서진 창문이 덜컹덜컹 흔들렸고, 전쟁 지역에서 전해지는 포성이 작게 들렸다.

삼십 분이 지나도 태반이 아직 다 나오지 않았다. 라텍스 장갑을 끼고 허공에 쳐든 쭝잉의 두 손은 온통 피로 물들어 있었다. 손을 쓸 방법이 없었다…….

어두침침한 불빛 속에서 산모는 피만 철철 흘리고 있었다.

동생을 안고 있던 아이가 고개를 들어 쭝잉을 쳐다봤지만, 쭝잉은 입을 굳게 다물고 아무 말도 하지 않았다.

이곳은 조계의 병원보다 더 형편없었다. 쭝잉이 가진 약은 소용이 없었고 거즈도, 주사기도, 소독액도 없는 데다, 심지어 깨끗한 물도…… 없었다.

속수무책이었다.

아이 엄마의 얼굴이 점점 창백해지고 이마에서 귀밑까지 식은땀이 줄줄 흘렀다. 혈압이 계속 떨어지고 맥박도 느려졌다. 산모는 아이의 이름을 불렀지만 그마저 힘이 없어 잘 들리지 않았다.

아이는 눈물이 그렁그렁해서 고개를 돌렸다. 쭝잉은 고개를 들어 아이와 시선을 맞추었다. 거대한 무력감이 덮쳐왔다.

울컥울컥 쏟아져 나오는 피가 바닥에 꿇어앉은 쭝잉의 무릎을 적시고 얇은 바지를 물들였다. 체온이 남은 액체가 쭝잉의 피부를 축축하게 덮었다.

아이 엄마는 무엇인가를 잡으려는 듯 힘껏 손을 들어 올렸다.

쭝잉은 마지막 노력이라도 해보려고 봉투를 한참 뒤졌지만 별 소용이 없었다. 소용없다는 무력감에 등근육이 뻣뻣하게 굳었다. 갑자기 뒤에서 누군가 쫑잉의 다리를 잡았다.

고개를 돌려보니 아이 엄마가 가쁜 숨을 내쉬며 쫑잉의 바짓단을 힘껏 잡고 있었다. 아무리 빨아도 깨끗해지지 않는 바짓단을.

공기 중에 아무것도 할 수 없다는 슬픔과 점점 심해지는 피비린내가 진동했다. 아이 엄마의 얼굴은 눈물과 땀을 구분할 수 없을 지경이었다. 그녀는 사력을 다해 쫑잉을 쳐다봤다. 미약한 고통만이 남은 표정으로 무슨 말을 중얼거리며 사내아이가 안고 있는 아이를 바라보는 눈빛에 아쉬움과 미안함이 가득했다.

쫑잉은 입술을 꽉 깨물었다. 바짓단을 잡은 손에 힘이 빠지면서 아래로 털썩 떨어졌다. 그때 신생아가 갑자기 울음을 터뜨렸다.

촛불도 꺼졌다.

어둠 속에서 쫑잉은 피로 물든 라텍스 장갑을 벗고 몸을 숙여 떠내려갈 듯 우는 신생아를 안아 들었다.

밤 10시, 비바람이 멈췄다. 성칭랑은 쫑잉의 아파트 소파에 앉아 탁자 위에 놓인 쫑잉의 사진을 보고 있었다. 슬픔과 걱정이 소용돌이쳤다.

갑자기 전화벨이 울렸다. 성칭랑은 순간 멍했다가 일어나 전화를 받았다.

"쫑잉, 왜 휴대전화 안 받아? 그래서 집으로 전화했어."

상대가 전화를 받자마자 말했다.

성칭랑이 아무 반응을 하지 않자, 상대가 이어서 말했다.

"우리 수요일에 만나기로 했잖아? 그런데 그날 내가 갑자기 일이 생겨서 못 만날 것 같아. 정말 미안한데 날짜를 변경하면 안 될까? 토요일 어때?"

상대는 전화 받은 사람이 반응이 없자 그제야 이상하다는 것을 깨닫고 "여보세요" 하더니 "쭝잉입니까?" 하고 물었다.

성칭랑은 정신을 차렸다.

"죄송합니다. 저는 쭝잉이 아니지만 말씀을 전해드릴 수는 있습니다. 실례지만 누구십니까?"

상대는 약간 멈칫하더니 말했다.

"제 성은 장이고 쭝잉의 재산을 관리하는 변호사 친구입니다. 약속 날짜를 수요일에서 토요일 오후로 바꾸고 싶으니 답신 달라고 전해주시면 됩니다."

성칭랑은 눈썹을 찡그리며 신중한 말투로 반문했다.

"재산을 관리하신다고요?"

"네, 그렇습니다."

장 변호사는 쭝잉의 개인정보를 지켜야 한다는 자각이 없는지 술술 대답했다.

"유언장을 작성하려는 듯합니다."

성칭랑은 더 물어보고 싶었지만, 상대가 먼저 전화를 끊었다.

'뚜뚜뚜' 소리가 울리고 아파트에 다시 무서운 정적이 내려앉았다. 사진을 들여다보는 성칭랑은 걱정이 더해져 입을 꾹 다물었다.

심각한 상황에서는 일 분 일 초가 견디기 어려운 법이었다.

바깥이 조금씩 밝아지자, 쭝잉은 배고픔에 지친 신생아를 안고 폐가를 나섰다. 쭝잉 뒤에는 너무 울어서 두 눈이 퉁퉁 붓고 빨개진 아이가 따라왔다.

거리는 한산했고, 어제 낮의 풍경은 사라진 지 오래였다. 조계 입구에는 아무렇게나 쓰러져 자는 피난민들이 진을 치고 있었고, 야간조 경찰들이 가스등을 들고 문 안을 왔다 갔다 하고 있었다. 그들은 엉망인 모습으로 두 아이를 데리고 있는 쭝잉을 잠시 쳐다보더니 더 이상 주의를 기울이지 않았다.

쭝잉은 몸을 돌렸다. 이 시간의 화계는 스산하다는 말이 딱 맞았다. 문을 연 상점도 없고 주머니에 있는 2위안은 아무런 힘도 발휘하지 못했다.

품 안의 아이는 울다 지쳤는지 깊이 잠이 들었다. 그러나 조용한 것도 잠시뿐, 제때 밥을 주지 않으면 선혈이 낭자한 이 세상에 애써 태어난 보람도 없이 생존할 기회를 잃을 것이다.

바로 그때 녹색 지프가 거리 한쪽에서 나는 듯이 튀어나와 조계 입구 백 미터 지점에서 뚝 멈췄다. 지프에서 사병 두 명이 뛰어내리고 곧이어 조수석에서 젊은 군관이 내렸다. 순찰 중인 모양이었다.

쭝잉은 몇 미터 밖에서 걸음을 멈추고 그쪽을 쳐다봤다. 군관은 순찰을 마쳤는지 빠른 걸음으로 지프로 향했다. 어슴푸레한 새벽빛 속에서 그는 군모를 벗고 미간을 좁힌 채 담배에 불을 붙였다.

쭝잉은 그를 알아봤다. 성 공관 거실에 걸린 가족사진에서 군복을 입고 있던 청년이었다.

쭝잉이 다가가려고 했을 때, 그는 담배를 아직 다 태우지 않은 상태였다.

그가 눈을 들어 쭝잉을 가늠했다. 푸르스름한 새벽빛 속에서 담배 연기가 고요히 피어오르다 바람에 흩어졌다.

"실례지만 성 장관*이신가요?"

쭝잉이 물었다.

성칭허는 갑작스럽고 어색한 물음에 눈을 약간 치뜨며 남은 담배를 물었다.

"나를 압니까?"

"나는 성칭샹 선생의 의사예요. 성 공관에서 당신 사진을 봤어요."

쭝잉은 성칭랑과 성씨 가족 간의 불쾌한 일을 떠올리며 일이 틀어질까 봐 자신과 성칭랑과의 관계는 말하지 않았다.

쭝잉은 성칭허의 손에 남은 담배를 힐끗 쳐다봤다. 아직 절반이 남았으니 상황을 설명할 시간이 있었다.

성칭허는 쭝잉을 관찰했다. 복장은 간결하고 단정했지만 지저분했고, 하얀 티셔츠에는 피가 묻어 있었으며, 신발은 피범

---

* 長官. 옛날에 관리나 관원을 두루 가리키던 호칭.

벽이었다. 가늘고 길고 강한 손으로 갓 태어난 신생아를 안고, 뒤에는 작은 사내아이가 쭈뼛대며 숨어 있었다.

전쟁 통에서 쉽게 볼 수 있는 몰골이었지만 어딘가 모르게 이질감이 느껴지는 것이 마치 이 세계에 속한 사람이 아닌 것 같았다.

"그래서요?"

성칭허는 담뱃재를 털며 흥미롭다는 듯이 물었다.

"나한테 원하는 게 뭐죠?"

"성칭샹 선생이 다리 절단 수술을 받았어요. 수술 뒤 감염이 심각해서 약을 갖고 돌아가다가 조계 밖에서 발이 묶였습니다. 빨리 공관으로 약을 가져가야 해요."

쭝잉은 단도직입적으로 말하며 고개를 돌려 조계 철문을 쳐다봤다.

"그런데 조계 입구가 닫혀서요."

"큰형한테 약 전해주는 게 나랑 무슨 상관이라고?"

성칭허는 한쪽 입가를 삐쭉 들어 올렸다. 전혀 관심 없다는 표정이었다.

"더구나 조계 출입은 군 소관도 아니고."

성칭허는 성씨 가문에 전혀 관심이 없었다. 이 점은 쭝잉이 예상하지 못한 일이었다. 상대방이 이렇게까지 거절하자 쭝잉도 더는 구걸하듯 도움을 청하고 싶지 않았다. 손을 뻗어 뒤에 있던 아이의 손을 잡고 앞으로 걸어갔다.

약 백 미터 정도 걸었을 때 엔진 소리가 들렸다. 그냥 지나가

나 보다 생각한 순간, 지프가 급정거해 쭝잉 옆에 섰다.

성칭허는 쭝잉을 쳐다보지도 않은 채 조수석에 앉아 명령하
듯 말했다.

"타요."

쭝잉은 삼 초쯤 망설이다가, 성칭허가 "안 타려면 말고"라고
말하려는 순간 차 문을 잡고 아이를 데리고 재빨리 뒷좌석에
올랐다.

성칭허가 고개를 돌려 힐끗 보면서 말했다.

"약은 그렇다 치고, 이 아이들은 대체 어떻게 된 겁니까?"

"그 질문에는 대답 안 해도 되나요?"

성칭허는 고개를 숙여 다시 담배를 꺼내 불을 붙이고 손
을 차창 밖으로 뻗으며 잠시 고민하는 듯하더니 툭 던지듯 말
했다.

"마음대로."

차는 도로 몇 개를 지나 다시 거리를 빙 돌더니 주둔지 밖에
서 멈췄다.

성칭허는 그들을 바로 조계로 데려다줄 생각이 없는지 쭝잉
일행을 밖에 둔 채 아무 말 없이 주둔지로 들어갔다.

날이 점점 밝아왔다. 바람은 어제보다 약했고 비도 내리지
않았다. 태풍이 곧 멈추려는 것 같았다.

삼십 분 정도가 지나서야 비非 군용 지프가 안에서 나오더니
쭝잉의 몇 센티미터 옆에서 급브레이크를 밟으며 섰다.

옷을 갈아입은 성칭허가 운전석에 앉아 쭝잉을 내려다봤다.

운전 실력을 뽐내는 듯한 표정이었다.

쭝잉은 말없이 아이들을 데리고 차에 올라 자리를 잘 잡고 앉은 뒤 짧게 말했다.

"고맙습니다."

성칭허는 감사의 말에 아무 반응도 하지 않고 다른 조계 입구로 차를 몰았다. 그쪽에는 사람이 몰리지 않을 것이라고 여기는 듯했다.

성칭허의 예상은 맞았다. 군 주둔지가 가까울수록 피난민은 멀리 도망가 떼로 몰려들어 소란을 피우지 않았다.

차량이 작은 문 앞에서 정차했다. 성칭허는 셔츠 주머니에서 증명서를 꺼내 문 안으로 내밀었다. 조계 경찰은 증명서를 꼼꼼하게 살피고 조수석에 앉은 쭝잉에게로 시선을 옮겼다.

경찰은 쭝잉을 몇 번이나 살피더니 옆으로 다가와 쭝잉의 신발을 자세히 살폈다. 쭝잉이 뭔가 잘못되었음을 직감한 순간, 상대가 문을 사이에 두고 물었다.

"혹시 쭝 선생님이세요?"

"왜 그러시죠?"

쭝잉이 눈썹을 찌푸리며 반문했다.

쭝잉의 경계에 경찰이 바로 설명했다.

"그게요, 어제 성 변호사님이 조계 경찰서를 통해 선생을 찾았습니다. 특별히 부탁한다고요."

경찰은 잠시 뜸을 들이다 덧붙였다.

"신발이 특이하네요, 쭝 선생님."

성칭랑이 이 여자를 찾았다고?

쭝잉은 입을 꾹 다물고 경찰이 문을 여는 것을 봤다. 옆에 앉은 성칭허는 증명서를 받아 들고 고개를 돌려 쭝잉을 쳐다보며 흥미롭다는 듯이 말했다.

"형이 당신을 많이 걱정하는 거 같은데, 형 여자친구예요?"

"그게 중요해요?"

쭝잉의 얼굴에는 감정이 전혀 나타나지 않았고 목소리도 동요 없이 차분했다.

"형이 신경 쓰는 사람이면 당연히 중요하죠."

성칭허는 입가를 휘며 싱긋 웃더니 다시 시동을 걸었다.

사람과 차가 도착하기 전, 경찰서의 담당자가 성칭랑의 아파트와 사무실로 전화를 걸었다. 벨이 수십 번 울려도 아무도 전화를 받지 않자 성 공관으로 걸었다.

2층에서 전화를 받은 성칭후이는 바로 아래로 뛰어 내려갔다. 풀이 죽어 있던 얼굴에 흥분이 감돌았다.

"오빠, 쭝 선생님 찾았대요. 곧 돌아올 거예요!"

조금 전 성 공관으로 돌아온 성칭랑은 물과 기름처럼 섞일 수 없는 성칭펑과 거실에서 대치하듯 서 있었다. 성칭샹의 병세와 쭝잉의 안위로 다시 논쟁이 붙으려고 했지만, 성칭후이의 한마디에 쭝잉은 '환자를 버리고 도망친' 혐의를 벗었고, 성칭펑의 의심은 갈 곳을 잃어 입을 다물 수밖에 없었다. 성칭랑은 쭝잉이 안전하게 돌아온다는 소식에 마음을 짓누르던 돌이 삐

거덕거리며 아래로 조금 내려가는 것 같았다.

성청후이의 말에 거실에 맴돌던 불씨는 사그라들었지만, 성청랑은 마음이 별로 가벼워지지 않았다.

성청랑은 문가로 다가가 정원 너머의 차가운 공관 대문으로 시선을 던졌다. 얼굴에 불안이 가득했다. 공포와 자책, 후회를 하나하나 내던지자 더 절실하게 쭝잉이 보고 싶었다. 쭝잉이 무사하다는 것을 자기 눈으로 직접 보고 확인하고 싶었다.

이십 분 정도 눈이 빠지게 기다린 뒤에 마침내 차 한 대가 공관 대문 앞에 서더니 클랙슨을 울리며 문을 열라고 재촉했다.

야오 아저씨가 반응하기도 전에 성청랑이 달려나가 대문을 열었다.

성청허는 성청랑을 보고는 차에서 내려 빙 돌아가 조수석 차 문을 열며 쭝잉에게 손을 내밀었다.

"쭝 선생, 도착했어요. 내리시죠."

쭝잉은 자연스럽게 성청허의 손을 외면하고 고개를 돌려 뒷좌석에 앉은 아이에게 내리라고 말하고 안고 있던 아기를 더 세게 끌어안고 차에서 내렸다.

쭝잉 외에 나머지 세 명의 출현은 모두 예상 밖이었다. 성청허는 더더욱.

제멋대로 사관학교에 입학한 성청허는 졸업한 뒤에도 집으로 돌아오지 않아 이 집안에서는 명실상부한 '배신자'였다.

쭝잉이 차에서 내리자, 성청허는 '탕' 하고 차 문을 세게 닫고는 성청랑 앞으로 성큼성큼 다가갔다. 성청허는 키가 '셋째

형'인 성청랑과 비슷했다. 성청허는 입가에 호선을 그리며 낮은 목소리로 말했다.

"형, 형 사람이 막다른 골목에서 나를 찾아왔네. 아주 우연히도 말이야."

낮은 목소리로 말했지만 어떤 단어에 일부러 힘을 주면서 곁눈질로 성청랑의 반응을 살폈다. 그러나 성청랑은 감정을 누르고 아무렇지 않다는 듯이 말했다.

"고맙다."

바로 그때 건물에서 나온 성청후이가 대문을 향해 소리쳤다.

"거기서 뭐 해요? 어서 들어오지 않고."

성청랑이 쭝잉에게 말 한마디 못 붙이고 이 아이들은 도대체 어떻게 된 일인지 물어볼 새도 없이, 쭝잉은 빠른 걸음으로 들어가 품에 있던 신생아를 성청후이에게 건넸다.

갑자기 집에 온 넷째 칭허 오빠에게 뭐라고 말하기도 전에 성청후이는 품에 안겨진 신생아를 보고 깜짝 놀라 물었다.

"어머, 갓 태어난 아기잖아요? 어쩜 딱해라. 뭐 좀 먹여야 하는 거 아니에요?"

쭝잉은 너무 피곤해서 여러 말 하지 않고 부탁한다는 눈빛을 보내며 고개를 끄덕였다.

성청후이는 쭝잉 뒤에 있는 사내아이를 알아채고는 언니가 나오기 전에 아이를 불렀다.

"나 따라와, 어서."

그리고 바깥쪽으로 난 복도를 돌아 사용인들의 공간으로 아이를 데리고 갔다.

성칭후이와 아이들이 사라지자, 남은 세 명은 거실로 들어 갔다.

성칭허를 발견한 성칭펑은 순간 놀랐다가 금세 불쾌한 듯 쏘아붙였다.

"네가 무슨 낯짝으로 돌아와?!"

성칭허는 누나의 말에는 아랑곳하지 않고 소파에 앉아 가볍 게 웃으며 대답했다.

"뭐가 어때서. 출가외인도 들어와 감 놔라 배 놔라 하는데, 나는 오지도 못해? 큰형이 이 지경이 됐는데 나도 성의를 보여 야지. 예를 들어…….""

성칭허의 시선이 쭝잉에게 향했다.

"이 의사분을 모셔온다거나."

성칭펑은 화가 나 어쩔 줄 모르겠다는 표정인 반면, 성칭허 는 만면에 웃음을 띤 채로 쭝잉에게 말했다.

"쭝 선생, 큰형 빨리 약 바꿔줘야 한다고 하지 않았어요? 그 럼 어서 올라가 봐야죠."

쭝잉은 온몸이 피로 얼룩져 있어서 이 꼴로 환자가 있는 방 에 들어가는 것은 위험했다.

쭝잉은 사람들에게 설명할 기운이 없어 옆에 있던 성칭랑에 게 말했다.

"성 선생님, 아파트에서 약 갖고 왔죠? 그걸로 바꿔드렸어 요?"

"한 번 바꿨습니다."

"지금 상태는 어때요?"

"좋지도 나쁘지도 않습니다."

"제 옷에 병균이 많이 묻었을 거예요. 먼저 씻어야겠어요. 그리고 깨끗한 옷도 필요해요."

쭝잉이 목소리를 더 낮춰 말하고 눈을 들어 성칭랑을 쳐다보자, 성칭랑이 시선을 맞추며 말했다.

"알겠습니다. 저 따라오세요."

어디 가냐는 성칭펑의 추궁에도 성칭랑은 들은 척도 하지 않고 쭝잉을 데리고 위층으로 올라갔다.

쭝잉을 욕실로 안내한 성칭랑은 뜨거운 물이 나오는지 확인하고 옷을 갖다 놓은 다음에야 비켜주었다.

쭝잉이 문을 닫고 안에서 물소리가 나자, 성칭랑은 갈아입으라고 준 옷이 그녀에게 안 맞을까 걱정이 되었다.

급할 때는 무슨 일을 하든 마음먹은 대로 되지 않았다.

쭝잉은 재빨리 씻으며 지난 일을 잊으려 애썼지만 뜻대로 되지 않았다. 정신없이 씻고 옷을 갈아입고 나오자, 아래층에서 성칭후이가 피아노 치는 소리가 들렸다. 비현실적인 느낌이 와락 몰려왔다.

문밖에 서 있던 성칭랑도 같은 느낌이었다. 성칭랑은 이 모든 것이 꿈일까 두려워 본능적으로 손을 내밀어 확인하고 싶었지만, 이 느닷없는 감정을 겨우 누르며 주먹을 꽉 쥐었다.

내내 긴장된 표정으로 주먹을 꽉 쥔 채 굳어 있는 성칭랑에 마음이 쓰인 쭝잉은 그가 아직도 걱정하고 있다고 생각해 몇 초 동안 눈을 바라봤다. 그리고 반보 앞으로 다가가 오른팔로 성칭랑을 감싸 안았다.

쭝잉은 눈을 감고 마치 자신에게 말하듯 중얼거렸다.

"괜찮아요, 성 선생님."

제6장

뫼비우스의 띠

갑작스러운 포옹에 미처 반응할 새도 없었다. 쭝잉은 오른손으로 가볍게 안은 것에 불과했지만 성청랑의 등은 순간 매우 부자연스럽게 긴장했다.

성청랑의 변화를 눈치채지 못한 쭝잉은 간단하게 말한 뒤 손을 풀고 사무적인 태도로 돌아갔다.

"환자 상태 좀 보러 갈게요. 구급상자 어디 있어요?"

"저와 같이 가시죠."

성청랑은 정신을 차리고 차분한 말투로 대답했다.

그때 아래층에서 피아노 소리가 뚝 끊기고, 성청핑이 성청후이를 핀잔하는 소리가 들렸다.

"넌 할 일이 그렇게 없니? 이런 상황에서 무슨 피아노야?"

성청후이는 소파에 앉아 있는 성청허를 보며 말했다.

"오빠가 쳐보라고 했어요. 얼마나 늘었는지 보겠다고."

"쟤가 네 선생이라도 돼? 피아노를 쳐라, 마라 하게?"

성칭펑이 성칭후이를 노려보며 말하고는 쭝잉과 성칭랑이 함께 성칭샹 방으로 들어가는 것을 보더니 '탁탁탁' 소리 내며 뛰어 올라왔다.

성칭펑이 문을 열고 방에 들어가니, 쭝잉이 성칭샹의 수술 부위를 살피고 있었다.

성칭펑이 입을 떼려는 순간, 마스크로 얼굴의 반을 가린 쭝잉이 휙 돌아서며 라텍스 장갑을 낀 두 손을 허공에 올린 채 날카로운 눈빛으로 덤덤하게 말했다.

"환자가 있는 곳은 최대한 무균 환경을 만들어야 하니 잠시 나가주세요."

전문가다운 쭝잉의 말에 성칭펑은 말문이 막혔지만, 옆에 있던 성칭랑을 힐끔 보더니 쏘아붙였다.

"쟤는 괜찮고, 나는 왜 안 돼? 둘이 무슨 작당이라도 하는 거 아니야?"

쭝잉은 성칭랑에게 조수 역할을 하게 할 생각이었지만 성칭펑의 말에 그 생각이 싹 사라져 마스크를 쓰고 있는 성칭랑을 향해 말했다.

"성 선생님, 선생님도 나가세요."

쭝잉과 눈을 마주친 성칭랑은 쭝잉의 말을 알아듣고 조용히 마스크를 벗고 먼저 밖으로 나갔다. 그러자 성칭펑도 더 할 말이 없어 따라 나가는 수밖에 없었다.

성칭샹은 회복이 더뎠다. 거의 혼수상태였고 상처 부위의 감염도 심각했다. 쭝잉은 인내심을 갖고 상처를 처치했다. 아래층에서 싸우는 소리가 작게 들렸다.

처치를 끝낸 쭝잉은 라텍스 장갑을 벗고 밖으로 나가 복도에 서서 가만히 아래층을 내려다봤다.

소파에 앉은 성칭허가 말했다.

"그러니까 큰형은 독일인과 계약을 맺으러 갔다가 공습을 당한 거라고?"

성칭허가 픽 웃으며 알 수 없는 눈길로 성칭랑을 힐끗 쳐다봤다.

"괜한 짓을 했네. 죽으면 아무 의미도 없는 걸 위해 목숨을 걸다니."

"너는 말을 좀 가려서 할 수 없니?"

성칭펑이 나무랐다.

"가려서 하라고?"

성칭허는 거리낌 없이 담배에 불을 붙이고 다리를 쭉 뻗으며 말했다.

"내 말 잘 들어요. 지금은 훙커우에만 집중됐지만 얼마 안 가 양수푸까지 확장될 거야. 그러면 성씨네 기계공장은 조만간 파괴되겠지. 일본인이 폭파할지 아니면 우리 사람이 그럴지 누가 알겠어? 일본인이 폭파한다고 해도 전쟁으로 혼란한 시국에 자기가 폭탄을 던졌다고 시인하겠어? 나중에 일본 군부에 손해배상을 청구하겠다고? 꿈같은 소리지."

성칭허는 가업에 전혀 관심이 없는 것 같았고 손실을 줄이려는 성가 사람들의 노력도 찬성하지 않는 것 같았다. 그저 자기가 피운 담배 연기 속에서 비웃듯 앉아 있었다.

성칭펑은 화가 잔뜩 난 상태였지만, 성칭허는 아랑곳하지 않고 계속 말했다.

"출가외인이라 여기 있어봐야 콩고물 하나 안 떨어질 텐데, 왜 이러고 있어? 여기 있는 것보다 그 무능한 남편이랑 아이 데리고 홍콩으로 도망가는 게 나을걸? 어쨌든 누님 시댁이 있는 곳도 곧 전쟁 지역이 될 텐데, 목숨이라도 보전하는 게 낫지 않겠어. 안 그래요, 누님?"

"성칭허!"

성칭펑이 거의 튀어 오를 듯이 소리쳤다. 그때 성칭후이가 다과를 들고 거실로 들어와 분위기를 누그러뜨리려고 했다.

"그래도 아침을 먼저 먹는 게 낫겠죠?"

성칭후이는 탁자 위에 쟁반을 내려놓고 고개를 들어 마스크를 써 눈만 보이는 쭝잉을 불렀다.

"쭝 선생님, 내려와 차 드세요."

성칭후이의 말에 모든 이의 시선이 위층으로 향했다.

성칭후이는 쭝잉에게 다른 할 말이 있는 듯 살짝 눈짓을 했다. 성칭허가 고개를 들어 쭝잉을 슬쩍 보고는 의미심장하게 씩 웃었다.

"약 갈아줬어요? 상태는 어때요? 체온은 내려갔어요?"

성칭펑이 화를 누르며 물었다.

성칭랑은 계단 쪽으로 몸을 돌리며 쭝잉을 바라봤다. 평소와 다름없는 눈빛이었다.

쭝잉이 아래층으로 내려와 성칭샹의 상태를 간략하게 설명하자 성칭펑의 표정이 점점 나빠졌다.

성칭후이가 재빨리 쭝잉을 자리에 앉혔다. 쭝잉은 마스크를 벗고 조용히 찻잔을 들어 차를 마시며 성칭후이가 귓가에서 소곤거리는 말을 들었다.

"아기에게 우유 먹여도 돼요?"

우유는 최적의 선택은 아니었지만 지금은 어쩔 수 없었다. 쭝잉이 고개를 끄덕이자, 성칭후이가 바로 일어서 거실에서 나갔다.

담배를 다 피운 성칭허는 간식이 담긴 접시를 들어 한 입에 한 개씩 집어넣었다. 재빨리 다 먹고 차도 꿀꺽꿀꺽 마시더니 쭝잉에게 불쑥 다가왔다.

"국난이 눈앞에 닥쳤는데, 여기서 한 사람만 돌보며 원망을 듣는 것보단 전쟁터에 있는 병원에서 더 많은 생명을 구하는 게 어때요?"

성칭허는 쭝잉을 데려가려고 마음 먹었고 자신도 있었다. 곤경에 빠진 사람을 도와주는 것을 보면 자신에 대한 도덕 기준이 높은 게 분명했다.

쭝잉은 찻잔을 든 채로 고개를 들어 성칭허를 물끄러미 쳐다봤다.

성칭허의 제안은 개인의 이익과 직업적인 사명과 관계된 일이고, 더 나아가 생명의 귀천을 논하는 것이었다. 쭝잉이 이 시대에 속한 사람이 아니라는 것을 차치하고도 이 시대에 태어났어도 선뜻 대답하기 어려운 제안이었다.

분위기가 애매해지자, 성칭랑이 대신 대답했다.

"쭝 선생은 곧 상하이를 떠날 거야."

"그래?"

성칭허는 눈썹을 찡긋하더니 다시 말했다.

"명철보신, 좋지."

성칭허는 옷깃의 단추를 채우고 고개도 돌리지 않고 성 공관의 거실을 나섰다.

잠시 뒤, 공관 문밖에서 자동차 시동 거는 소리가 들렸고, 곧 매미 우는 소리만 남았다.

쭝잉이 갑자기 고개를 돌려 뒤에 걸린 가족사진을 봤다. 성칭랑이 쭝잉 옆으로 다가와 몸을 숙이며 물었다.

"많이 피곤해 보이는데 일단 좀 쉬는 게 어때요?"

쭝잉은 성칭랑과 눈을 맞췄다. 성칭랑도 마찬가지로 피곤한 얼굴이었다.

"네."

"아파트로 돌아갈까요, 아니면 여기에 있을까요?"

성칭랑이 쭝잉의 의견을 물었다.

"여기에 있을게요."

쭝잉은 또 이동하고 싶지 않았다.

성칭랑은 쭝잉을 2층으로 데려다주었다. 문을 닫기 전 쭝잉이 말했다.

"성 선생님, 선생님도 쉬세요."

"저는 아직 처리해야 할 일이 있습니다."

갑작스러운 관심에 성칭랑은 고개를 약간 돌리며 말했다.

"그럼 이만 가보겠습니다. 저녁에 데리러 오겠습니다."

쭝잉이 아무 말도 하지 않자, 성칭랑이 강조했다.

"꼭 오겠습니다."

쭝잉은 침대에 눕자마자 잠이 들었다. 밤낮이 바뀐 생활에 익숙해져 이 시간에 자는 것이 어렵지 않았다.

하지만 낮에 자니 꿈이 많았다. 음침한 생일 파티부터 실패한 수술까지. 잠에서 깨자 머리는 땀으로 흥건했고 심장은 너무 빠르게 뛰었다. 고통스러워 미간을 잔뜩 찌푸리며 가슴을 부여잡고 고개를 숙인 채 열심히 숨을 쉬었다. 심장박동이 잦아들자, 날이 어두워진 것이 눈에 들어왔다. 침대에서 내려와 북쪽으로 난 창문을 여니 바람도 멈춰 있었다. 태풍이 지나가고 무더운 여름이 시작될 모양이었다.

2층 복도에서 갑자기 아기 울음소리가 나더니 성칭펑의 목소리가 들렸다.

"이런 근본 없는 애들을 왜 집에 들였어?! 그 중 의사인지 뭔지가 아침에 데리고 왔지? 다들 한통속이 돼서 나를 속인 거야?"

"근본이 없다니!"

성칭후이가 한 손으로는 신생아를 꼭 끌어안고 다른 한 손으로는 자기 뒤에 있는 아이를 보호하면서 화가 잔뜩 난 얼굴로 대들었다.

"그건 계급 차별이야!"

"성칭후이! 겁도 없이 모르는 사람을 집에 들여? 쟤가 분명 네 보석함을 털어 갈 거다! 못 믿겠으면 한번 시험해 보든지!"

성칭펑이 뻔하다는 듯이 소리쳤다.

"어서 내보내!"

성칭펑의 고함에 사내아이가 바들바들 떨며 성칭후이의 뒤로 파고들면서 눈물을 참으며 빌었다.

"저는 나갈, 나갈 테니, 제발 제 동생은 구해주세요……."

성칭후이는 가슴이 아팠다. 그녀는 품에 안은 아기를 보고 고개를 꼿꼿이 쳐들며 성칭펑에게 대들었다.

"이 아이 건강이 안 좋아요. 내보내면 죽을지도 모른다고요!"

그래도 성칭펑은 협상의 여지가 없다는 듯 차갑게 말했다.

"얘가 손에 물 한 방울 묻혀본 적 없이 오냐오냐 자라더니 세상 무서운 줄 모르네. 순진한 게 밥 먹여주는 줄 아니?"

성칭펑의 말이 끝나기가 무섭게 아래층에서 사용인이 소리쳤다.

"둘째 아가씨, 남편분 오셨습니다!"

"조계에 고아원은 괜히 있어? 삼 일 안에 내보내."

성칭펑은 성칭후이를 노려보면서 명령하고 아래층으로 내려갔다. 아이를 데리고 복도에 서 있던 성칭후이는 너무 화가 난 나머지 쭝잉이 문을 여는 것도 눈치채지 못했다.

"정말 미안해요."

쭝잉은 성칭후이의 화가 가라앉을 때까지 기다렸다가 말했다.

쭝잉의 사과에 성칭후이는 재빨리 화제를 돌렸다.

"쭝 선생님, 아기 좀 봐주세요. 지금 위험한 상태는 아니죠?"

쭝잉이 다가가 아기를 자세히 살폈다. 성칭후이는 쭝잉의 표정 변화를 민감하게 살폈지만 시종일관 똑같았다.

"조금 허약한 거예요."

"그럼 어떻게 하죠?"

성칭후이가 미간을 좁히며 물었다.

쭝잉은 아무 말도 하지 않고 눈을 들었다. 마침 성칭랑이 위층으로 올라오고 있었다.

바깥은 아직 어둠이 짙게 내려앉지 않은 저녁이었다. 이번에는 제때 왔다.

"일단 애들 데리고 가서 쉬어요. 있다가 내가 갈게요."

쭝잉은 성칭후이에게 이렇게 말한 다음, 성칭랑을 데리고 방으로 들어갔다.

성칭후이가 큰아이와 작은아이를 데리고 가자, 쭝잉은 방으로 들어가 소파에 앉고 성칭랑에게 맞은편에 앉으라고 했다.

성칭랑은 쭝잉을 아파트로 데리고 갈 계획이었다.

"저 여기 하루 더 있을게요."

그런데 쭝잉이 뜻밖의 말을 꺼냈다.

"절대 밖에 안 나가고 여기서 기다릴게요."

성칭샹은 상태가 불안정해 오늘 밤이 고비였고, 신생아를 성칭후이 같은 초보자에게 맡기는 것도 적절치 않았다. 구구절절 설명하지 않아도 성칭랑은 쭝잉의 뜻을 알아들었다.

성칭랑은 거절할 이유가 없었지만 한참 생각했다.

"그럼, 내일 데리러 오겠습니다."

쭝잉이 고개를 끄덕였다.

"그리고, 부탁할 일이 있어요."

"말씀하세요."

"종이와 펜 좀 줄래요?"

쭝잉이 손을 뻗으며 말했다.

성칭랑은 서류 가방에서 노트와 만년필을 꺼내 뚜껑을 빼서 쭝잉에게 건넸다.

쭝잉은 탁자에 고개를 숙이고 빠르게 목록을 적었다. 신생아용 분유, 분유병, 약품 두 개 등……. 마지막으로 갈아입을 옷까지.

"아파트 근처에 있는 병원에 밤 12시까지 하는 상점이 있고 옆에 24시간 하는 약국이 있어요. 앞쪽에 있는 물건은 거기서 살 수 있을 거예요."

쭝잉은 지갑을 꺼내 현금을 주려고 했지만 얼마 없어 신용카드를 꺼냈다.

"결제할 때 이걸로 하세요. 이게 뭔 줄 알아요?"

"네, 압니다."

푸장호텔에서 쭝잉이 카드를 긁는 것을 봐서 알고 있었다.

"그럼 비밀번호도 알겠네요."

쭝잉이 카드를 건네며 말했다.

"왜 그 숫자로 했습니까?"

"그건 나중에 기회가 있으면 말해요."

쭝잉은 기억의 스위치를 재빨리 차단하며 고개를 들었다.

"내가 없는 동안 그쪽에서 성가신 일 없었어요?"

"아파트에서 쉐 선생을 만났습니다."

쭝잉은 눈을 가늘게 떴다. 별로 놀랍지도 않은 일이었다.

"쉬안칭이 내 열쇠를 갖고 있어요?"

"네."

"쉬안칭이 준 거 먹었어요?"

"물 한 잔 마셨습니다."

쭝잉이 눈살을 확 찌푸렸다.

"쉬안칭이 물컵 가져가지 않던가요?"

"네?"

성칭랑은 순간 쉐쉬안칭이 나갈 때 들고 있던 종이봉투가
떠올랐다.

"그게 무슨 문제라도 있습니까?"

성칭랑이 지문 수집이나 DNA 검사를 알 리가 없으니 경계
하지 않은 게 당연했다. 쭝잉은 한참 동안 아무 말도 하지 않
았다.

"아니요, 그건 중요하지 않아요."

말을 끝낸 쭝잉이 일어나 성칭샹의 상태를 보러 나가려는데
성칭랑이 가로막았다.

"한 가지 더 있습니다."

"말씀하세요."

쭝잉이 다시 소파에 앉았다.

"미스터 장이라는 변호사에게서 전화가 왔습니다. 수요일에 만나기로 했는데 토요일로 약속 날짜를 변경하자고요. 답신 기다리겠다고 했습니다."

쭝잉의 눈빛이 차갑게 변하면서 소파 팔걸이에 놓았던 손을 휙 거두었다.

"또 무슨 말을 했어요?"

쭝잉이 잠시 뜸을 들이다 물었다.

성칭랑은 망설이다 사실대로 말하기로 했다.

"그가, 당신이 유언장을 작성할 것 같다고 했습니다."

성칭랑이 본 쭝잉은 단순하고 의문투성이 존재였다. 쭝잉은 행동력이 탁월했고 직설적이었으며, 계산적이지 않고 단순함에 가까운 집착을 보였지만, 자신은 그녀의 삶을 전혀 몰랐다. 가까이에서 쭝잉의 개인적인 물건을 많이 봤어도 말이다.

성칭랑은 쭝잉의 전공도 알고 익스트림스포츠를 좋아한다는 부분 같은 것도 조금 알았지만 사진 속 소녀가 왜, 어느 시점 이후로 웃지 않는지, 왜 그 나이에 유언장을 작성하는지는 알 수 없었다.

성칭랑의 눈빛에 너무 많은 질문이 담겨 있었는지, 쭝잉은 한참 동안 그를 물끄러미 바라보다가 그가 차마 말하지 못한 질문, 왜 유언장을 작성하는지에 대해 대답했다.

"유비무환이죠."

차분한 말투에 흔들리지 않는 확고함이 있었다. 이로써 쭝잉은 무분별하고 즉흥적인 사람이 아니라 자신만의 생각과 주관이 있고 주도면밀한 사람이라는 것을 알 수 있었다.

쭝잉은 휴대전화를 열었다. 액정에 배터리 잔량이 오 퍼센트라고 표시되었다. 신호는 없고 시간은 8월 16일 19시였다.

"아직 세 시간 남았으니 어서 아파트로 돌아가세요. 그편이 훨씬 안전하니까."

쭝잉은 휴대전화를 끄고 더 당부했다.

"아파트 열쇠 바꿨어요. 현관 서랍에 예비 열쇠를 넣어놨으니 그거 사용하세요."

쭝잉은 성칭랑이 안긴 '번거로움'을 매우 담담하게 받아들였고 너무나 비정상적인 이 생활에 적응했다.

성칭랑은 쭝잉이 찌그러진 담뱃갑에서 마지막 블랙 데빌을 꺼내는 것을 봤다. 담배를 감싼 검은색 바탕에 금색 무늬가 있는 포장이 눌려 구겨져 있었다. 쭝잉은 두 손으로 담배 끝을 잡고 천천히 굴리기만 할 뿐 불을 붙이지는 않았다.

성칭랑이 불쑥 성냥갑을 건네고 신용카드와 노트, 만년필을 서류 가방에 넣더니 인사했다.

성칭랑이 문 입구에 도착할 때까지 기다린 쭝잉은 성냥갑을 들고 무의식적으로 말했다.

"오늘 밤엔 푹 주무세요."

성칭랑은 여러 날 잠을 못 자 지나치게 빨리 뛰던 심장이 순간 툭 멎는 것 같았다. 누군가 자신의 피로를 신경 쓰고 선의의 말을 해주는 것은 처음이었다.

성칭랑은 어떻게 반응해야 할지 몰라 그냥 고개를 숙이고 총총히 문을 나와 699번지 아파트로 돌아갔다.

밤 10시, 성칭랑은 현관 서랍에서 쫑잉이 남긴 예비 열쇠를 들고 문을 나섰다.

바람에 한낮의 열기가 남아 있었지만 쾌적했고, 밤은 아름다웠다. 도로를 밝히는 밝은 가로등은 평화의 시대에 풍족한 전력 상황을 보여주었다. 플라타너스가 바람에 가볍게 흔들리는 모습이 한가롭고 평화로웠다. 도로에는 사람과 차가 각자의 길을 지나고 길 양쪽 상점도 약탈을 걱정하지 않았다……. 모두 전시에서는 볼 수 없는 풍경이었다.

성칭랑이 오른쪽으로 돌아 병원으로 들어가자, 구급차 한 대가 사이렌을 울리며 옆으로 휙 지나갔다. 그 소리에 성칭랑은 걸음을 멈추었고, 그 순간 다른 택시 한 대가 병원 건물 입구에 멈췄다.

성칭랑은 쫑잉과의 첫 만남을 떠올렸다. 역시 택시 안이었다. 성칭랑이 처음으로 이 병원에 온 것도 그때의 우연한 만남 때문이었다.

그날 쫑잉을 내려주고 병원을 나섰지만 바로 내려 병원으로 돌아왔다. 그러나 쫑잉을 다시 만나지는 못했다. 아파트로 돌아가려는데 갑자기 다시 비가 내려 '9.14'와 뫼비우스의 띠가 새겨진 쭝잉의 우산을 쓰고 병원을 떠났다.

성칭랑은 쭝잉이 위에서 자신을 내려다보고 있다는 것을 몰랐다.

성칭랑은 정신을 차리고 빠른 걸음으로 약국으로 향했다. 약국 안은 차가운 형광등이 비추고 에어컨이 강력한 바람을 뿜어냈으며, 은은한 약초 냄새가 났다. 흰 가운을 입은 나이 지긋한 약사가 카운터에 기대 잡지를 읽다가 발소리에 돋보기를 아래로 내리며 성칭랑에게 물었다.

"무슨 약 드릴까요?"

성칭랑은 약을 잘못 살까 봐 걱정스러워 쭝잉이 써준 목록을 그냥 보여주었다.

약사는 돋보기를 고쳐 쓰고 눈을 가늘게 뜨며 쭉 살피더니 카운터에서 약 두 개를 꺼냈다.

"집에 신생아가 있어요?"

성칭랑이 고개를 끄덕이며 신용카드를 건넸다.

"금액이 얼마 안 되는데 카드로 계산하려고요? 잔돈 없어요?"

약사가 인상을 쓰며 물었다.

성칭랑의 지갑에는 프랑스 돈뿐이었다.

"죄송합니다. 없습니다."

약사는 어쩔 수 없었는지 옆에 있던 젊은이를 불렀고 그제야 결제를 할 수 있었다.

성칭랑은 서류 가방에 약을 넣고 빠른 걸음으로 나가 밤 12

시까지 연다는 상점으로 향했다.

상점 입구에 그럴싸해 보이는 과일 바구니가 놓여 있었다. 손님은 별로 없고 다양한 상품이 매대에 잘 정리되어 있었다. 대부분 입원에 필요한 물건으로 가장 왼쪽에 신생아 용품이 모여 있었다. 품목은 다양했지만 선택의 여지가 적어 오히려 망설이는 시간을 줄여주었다.

성칭랑은 불빛 아래서 분유 성분 설명을 자세히 봤지만 무슨 말인지 몰라 그냥 구입하기로 했다.

목록에 있는 물건을 다 산 뒤 쇼핑 바구니를 들고 결제하러 갔다. 마침 뜨거운 커피를 사러 온 성추스가 성칭랑 뒤에 줄을 섰다.

계산원은 카드를 포스POS기에 넣고 성칭랑에게 비밀번호를 입력하라고 한 다음, 영수증을 뽑아 사인하라고 건네며 카드를 계산대 위에 놓았다.

바로 그때 뒤에 서 있던 성추스가 실눈을 뜨면서 살짝 다가와 계산대 위에 놓인 카드를 봤다. 카드에 쭝잉의 이름이 'ZONG YING' 영문으로 쓰여 있었다. 성추스의 시선이 자연스럽게 영수증에 쓴 서명으로 향했다. 역시 '쭝잉' 두 글자가 쓰여 있었다.

흔한 이름도 아니고 눈에 익은 카드였다. 성추스는 성칭랑을 슬쩍 보며 가늠해 봤다. 성추스의 시선을 눈치채지 못한 성칭랑은 물건을 하나하나 비닐봉지에 담았다. 거의 다 신생아 용품이었다. 성추스는 의심스러워 미간을 좁혔다.

바로 그때 성칭랑이 갑자기 고개를 돌려 성추스를 쳐다봤다.

성칭랑의 눈길에 성추스는 그대로 얼었다가 계산원이 부르고 나서야 퍼뜩 정신을 차렸다. 다급하게 돈을 내고 잔돈도 받지 않고 문을 나섰지만 성추스를 맞은 것은 아득한 밤의 어둠뿐, 성칭랑의 모습은 이미 사라진 뒤였다.

아파트로 돌아온 성칭랑은 목록과 물건을 꼼꼼히 대조했다. 갈아입을 옷만 남았다. 쭝잉이 갈아입을 옷이.

성칭랑은 난감했다. 옷이 어디에 있는지, 어떤 옷이 필요한지 전혀 몰랐기 때문이다. 정확하게 묻지 않은 자신을 탓했다.

성칭랑은 손을 씻고 쭝잉의 침실 입구에서 몇 초간 망설이다가 큰맘을 먹고 손잡이를 돌려 방문을 열었다. 전기 스위치를 누르니 '탁' 소리와 함께 불이 켜졌다.

어슴푸레한 전등이 켜지자 열여섯 개로 나뉜 낡은 격자창이 눈에 들어왔다. 나무 침대가 동쪽 벽에 붙어 있고 서쪽 벽에 큰 서랍장 두 개가 놓여 있었다. 가구는 많지 않았지만 실용적이었다.

성칭랑은 5층 서랍장에서 셔츠 하나와 긴 바지 하나를 꺼냈다. 오래 눌려 있었는지 옷이 잔뜩 구겨진 상태라 다림질을 해야 했다.

다림질을 하러 2층으로 올라가던 성칭랑은 문득 든 생각에 침실로 다시 돌아갔다. 서랍장을 다 열어봐야 하나 싶어서 고민스러웠다. 속옷을 갈아입어야겠지? 그럴 것이다.

성칭랑은 결심을 하고 서랍장을 열어 깨끗한 양말 한 켤레를 꺼냈다. 그리고 옆에 있는 서랍장 맨 위 칸을 열었다. 속옷은 없었다. 두 번째 칸도, 세 번째, 네 번째 칸에도 없었다…….

마지막 칸에는 서류 가방 크기에 하드커버로 된 책자 하나만 덜렁 있었다. 검은 표지는 깨끗했고 오른쪽에 고무줄이 연결되어 묶여 있었다. 먼지 하나 없는 게 절제미가 있고 비밀을 품은 블랙박스 같았다.

성칭랑은 한참을 보다가 책자를 꺼내 끈을 풀고 조심스럽게 첫 장을 넘겼다.

중앙에 테두리가 있는 흑백사진이 한 장 붙어 있었다. 사진관에서 사진에 무늬가 있는 테두리를 둘러주었나 보다. 사진의 주인공은 젊은 미인으로 열일곱에서 열여덟 살 정도 되어 보였다. 가늘고 긴 목에 단발머리를 하고, 총기가 흐르고 예리한 눈빛을 가진 여성이었다.

쭝잉과 매우 닮았다.

뒤로 넘기니 단체 사진이 몇 장 있었고, 그중에는 쭝잉의 책장에서 본 대학 졸업 단체 사진도 있었다.

이 미인은 1982년에 약학대학을 졸업했고 미국으로 국비 유학을 다녀왔다. 그리고 귀국하고 얼마 뒤 결혼을 해서 아이를 낳았다. 뒤에는 사진은 드물었고 신문 기사나 잡지 인터뷰, 학술 관련 글 스크랩이 가득했다. 생활이 일로 꽉 찬 것 같았다.

한 장 한 장 뒤로 넘기니 신시제약 창립 기사가 나왔다. 빛바랜 신문에 흐릿한 흑백사진이었지만 창립자의 모습은 구분할 수 있었다. 창립자에는 이 미인뿐 아니라 지난번 기사에서 봤던 사람도 있었다.

바로 쫑잉의 아버지였다.

바로 뒤에는 인터뷰가 실려 있었다. 그녀는 인터뷰 끝부분에 약품 자체 연구개발에 관한 꿈과 결심을 말했다.

다시 뒤로 넘기니 연구 논문이 몇 편 있었다. 논문을 읽는데 거실의 탁상시계가 울렸다.

밤은 깊어지고 책자도 마지막까지 겨우 두 장만 남은 상태였다.

신시제약이 자체 연구개발한 신약이 곧 출시된다는 기사가 붙어 있고 마지막 장도 역시 신문으로, 제목은 '신시 약품 연구개발부 주임 옌만 건물서 추락 사망, 생전 우울증 앓아'였다.

다 보고 이제 마지막 하드커버만 남았다. 뒤표지는 종착점으로 이 미인의 인생의 끝이었다.

기사를 다 읽은 성청랑은 날짜가 뚜렷하게 기억에 남았다. 9월 14일.

이날은 쫑잉의 어머니인 옌만이 건물에서 떨어져 사망한 날로, 신시가 곧 이사할 새 건물에서 일어난 일이었다.

뒤표지를 덮다가 뒤표지 정중앙에서 금박으로 된 뫼비우스의 띠를 발견했다.

쫑잉이 있는 이곳에서 이 부호를 본 적이 한두 번이 아니었다. 이 띠는 한쪽 면뿐이지만 어느 점에서 출발하든 결국 원점으로 돌아왔다. 출발점이자 종착점으로 윤회와 비슷했다.

병원에서 당직 중이던 성추스는 회진을 돌고 진료실로 돌아왔다. 그때 가운 주머니에 있던 휴대전화가 진동했다.

전화를 받자 저쪽에서 여동생의 짜증 난 목소리가 들렸다.

"두 장밖에 못 찾았어. 스캔해서 보냈으니까 이메일 열어봐."

동생이 하품하면서 불평을 쏟아냈다.

"오빠, 시차 좀 생각하면 안 될까? 여긴 새벽 4시라고! 어제 논문 쓰느라 새벽 2시에 겨우 잠들었는데 옛날 사진 찾겠다고 깨우는 건 뭐야. 인정머리라곤 전혀 없다니까. 난 이제 잘 거야, 안녕……."

성추스가 뭐라고 하기도 전에 전화가 끊겼다.

성추스는 전화 너머에서 들려오는 '뚜뚜뚜' 소리를 무시하고 재빨리 휴대전화로 이메일을 열었다. 하단에 "지금 메일을 검사 중입니다……"라는 문구만 보일 뿐 메일함이 열리지 않았다.

병원의 와이파이 신호가 안 좋아서인 것 같았다. 다급한 성추스는 계단을 달려 아래층으로 내려갔다.

로비에서 나와 어두운 가로등 아래 서자 마침내 "다운로드 완료. 안 읽은 메일 1통"이라는 메시지가 떴다.

성추스는 다급하게 메일을 열었다. 옛날 흑백사진 두 장이 첨부되어 있었다.

어두운 불빛 속에서 그중 한 장을 확대했다. 뒷줄 정중앙에서 익숙한 얼굴을 찾았다. 거의 똑같았다.

세상에 비슷한 얼굴은 많지만 표정과 자태까지 똑같은 경우는 매우 드물었다.

성추스는 상점에서 잠깐 봤던 기억을 떠올리며 휴대전화 화면을 한참 쳐다보다가 전화 화면으로 이동해 쭝잉에게 전화를 걸었다.

"지금은 전화기가 꺼져 있어⋯⋯"라는 기계적인 안내만 반복되었다.

그제 중위의 상태를 알려주려고 전화했을 때도 이랬다. 며칠째 쭝잉의 전화는 꺼진 상태였고 아파트로 전화해도 아무도 받지 않았다. 불안감이 몰려와 퇴근하고 쭝잉의 아파트로 가보기로 했다. 그러나 그 전에 699번지 아파트로 다시 전화를 해봤다.

갑자기 전화벨이 울렸다. 성칭랑은 책자를 들고 뒤표지에 새겨진 뫼비우스의 띠를 손으로 만지고 있었다.

성칭랑은 고개를 돌려 밖을 쳐다봤다. 어둠 속에서 전화벨이 계속 울려 결국 책자를 놓고 거실로 나가 전화를 받았다.

"쭝잉?"

저쪽에서 탐색하는 듯한 목소리가 들리더니 한숨을 푹 내쉬었다.

"이제야 전화를 받네. 난 또⋯⋯."

걱정의 말이 채 끝나기 전에 상대가 불쑥 물었다.

"쭝잉 맞아?"

"여보세요, 누구 찾으십니까?"

성칭랑이 물었다.

"쭝잉과 어떻게 되는 분입니까? 왜 쭝잉의 아파트에 있는 겁니까?"

전화기 너머에 있지만 성칭랑은 상대의 태도가 돌연 날카로워졌다는 것을 느낄 수 있었다. 상대의 반응을 보니 쭝잉과 사적으로 좋은 관계일 것이라는 생각이 들었다.

"선생님, 전화 잘못 거신 것 같습니다. 여긴 그런 분 없습니다."

성칭랑은 쭝잉에게 번거로운 일을 보태기 싫어 거짓말을 했다.

전화 저쪽의 성추스가 잠시 멍한 사이, 성칭랑이 전화를 끊었다.

병원 건물 밖은 인적이 드물었고 구급차만 계속 드나들었다. 699번지 아파트는 고요함을 되찾았고, 성칭랑은 탁상시계의 초침이 한 칸 한 칸 이동하는 것을 지켜봤다. 시간이 늦었다.

성칭랑은 문득 이곳에 오기 전 쭝잉이 "선생도 푹 주무세요"라고 당부한 것이 생각나 재빨리 감정을 추스르고 침실로 돌아가 책자를 잘 정리해 제자리에 놓았다.

바로 그때 밖에서 바람이 불더니 낡은 격자창이 흔들리고 공기가 조금 습해졌다. 비가 오려는 모양이었다.

반면, 1937년의 밤은 태풍이 물러가고 구름은 옅었으며, 달이 반쯤 차오른 모습이 모든 게 원만할 것 같았다. 그러나 반쯤 차올랐다지만 어쨌든 조금 부족했다.

허약한 신생아를 보살피던 쭝잉은 잠이 오지 않아 혼자 공관 본채에서 나왔다.

하얀 달빛이 정원을 비추고, 나뭇잎이 달빛에 빛났으며, 멀리서 개 짖는 소리가 들렸다. 도시의 소음은 전혀 들리지 않았고 전시라는 긴장도 없었다.

공관에 있는 사람들은 모두 평온하게 잠이 들었다. 상하이가 여전히 낙원인 것처럼 아무것도 걱정할 필요가 없었다.

그러나 쭝잉은 알았다. 이런 상태가 얼마 못 갈 것임을.

쭝잉은 몸을 돌려 이 최신식 건물을 올려다봤다. 반세기 뒤의 이 건물의 면모와 귀속이 어렴풋이 떠올랐다. 눈꼬리에 알 수 없는 걱정과 막막함이 번졌다. 지금 이 건물에서 편안하게 자는 사람들은 앞으로 어떤 길을 가게 되고 또 어떤 운명을 맞을까?

이 가족은 결국 뿔뿔이 흩어질까, 아니면 하나로 똘똘 뭉쳐서 반세기를 함께 헤쳐나갈까?

몇 시간 뒤, 첫 번째 비보가 아직 깊은 잠에 빠져 있는 공관으로 날아들었다.

날이 채 밝기도 전에 큰아버지 댁의 쉬 아저씨가 낭패스러운 얼굴로 부고를 들고 찾아왔다. 성칭핑은 위층에서 내려올 생각이 전혀 없었고, 결국 성칭후이만이 다급하게 옷을 입고 나와 슬픔에 잠긴 쉬 아저씨의 하소연을 들어주었다.

성칭후이는 귀가 윙윙거리는 듯했다. 상대의 말을 완벽하게 알아듣지 못하고 그저 훙커우에 사는 큰아버지가 공습으로 돌아가셨고, 집사인 쉬 아저씨는 일을 보러 나가 재난을 피했지만 돌아갈 곳이 사라져 버렸다는 말만 겨우 알아들을 수 있었다. 큰아버지와 집이 전부 타서 잿더미가 되었다.

"몇 시간이었는데, 겨우 몇 시간 차이였는데……."

쉬 아저씨는 우느라 쉬어버린 목소리로 말했다.

"이럴 줄 알았으면 어떻게 해서든 나리를 부두로 모시고 갔을 텐데, 배에 탔으면 이런 일은 없었을 텐데……. 나리께 죄송하고 선생의 당부를 지키지 못해 더 죄송합니다!"

결국에는 성칭핑도 내려와 인상을 잔뜩 쓴 채로 쉬 아저씨의 말을 들었다. 마음이 더 심란해졌다.

큰아버지는 평생 빈둥거리며 가족에게 빌붙어 살았다. 그래서 성칭핑은 어릴 때부터 큰아버지를 좋아하지 않았고 자연스럽게 관계도 소원해졌다. 그러니 큰아버지가 죽었다고 해도 전혀 슬프지 않았다.

성칭핑은 성칭후이를 잡아당기며 쉬 아저씨에게 말했다.

"셋째 여기 없으니 울려면 개 아파트에나 가서 울어요."

그리고 성칭후이를 노려보며 소리쳤다.

"넌 왜 나온 거야. 들어가!"

성칭후이는 그 자리에서 몇 초간 멍하니 있다가 언니가 밀어내자 안으로 들어갔다. 곧이어 '쾅' 하고 문이 닫히는 소리가 들려 위층으로 올라가는 수밖에 없었다.

쭝잉은 위층 복도에 서서 지켜보다, 성칭후이가 올라오는 것을 보고 조용히 방으로 돌아갔다.

아이는 아무것도 모른 채 새근새근 잠을 잤다. 큰아이는 일찍 일어나 주방으로 가서 일을 도왔다.

쭝잉은 소파에 앉아 성칭후이가 들어와 화장대 앞에 앉아 무의식적으로 빗을 들고 한동안 꼼짝하지 않는 것을 지켜봤다.

쭝잉이 아무 말도 하지 않자, 성칭후이는 그냥 그대로 앉아 있었다. 잠시 뒤, 성칭후이가 서랍에서 배표를 꺼냈다. 일전에 성칭랑이 주고 간 배표였다.

성칭후이는 그제야 오늘이 바로 배표에 적힌 17일이라는 것을 알아차렸다.

성칭후이가 손에 쥐고 있는 것은 상하이를 떠날 수 있는 기회였다. 그러나 이 기회는 곧 사라질 터였다.

지금 이 집에서 피난 갈 생각이 있는 사람은 아무도 없었다.

한참 동안 두 사람 모두 움직이지 않았다. 쭝잉은 앞에 놓인 컵을 들어 찬물을 다 마시고 툭 물었다.

"배 시간까지 얼마나 남았어요?"

성칭후이는 그제야 정신을 차리고 배표에 적힌 시간을 보더니 아무 말도 하지 않았다.

쭝잉은 컵을 내려놓았다.

"아직 시간이 남았으면 갈래요?"

성칭후이는 상하이를 떠날 생각을 해본 적이 한 번도 없었다. 그러나 큰오빠의 부상과 큰아버지의 죽음을 맞고 보니 시시각각 변하는 전시 상황을 실감할 수 있었다. 큰아버지는 오늘 배를 타고 안전하게 떠날 수 있었다. 그러나 그 대신 차가운

부고가 날아왔다. 이런 상황을 그 누가 상상이나 했을까?

쭝잉이 던진 질문을 성청후이는 미간을 찌푸린 채 오랫동안 생각했지만, 답이 나오지 않았다. 그래서 고개를 돌려 소파에 앉아 있는 쭝잉을 쳐다봤다.

성청후이의 눈빛에는 걱정이 묻어났지만 요행을 바라는 순진함도 있었다.

"전쟁이 오래가진 않겠죠……. 곧 끝날 거예요, 그렇죠?"

하지만 말에 확신이 없었다.

쭝잉이 입을 달싹거리자 속눈썹이 파르르 떨렸다. 뭔가 말을 하려다 참았다.

성청후이는 지친 기색이 역력했다. 거실에서 시계가 '땡땡땡' 울리자, 성청후이는 마지막으로 배표에 적힌 시간을 보더니 그대로 서랍에 넣어버렸다.

효력 상실. 이제 쓸모없는 폐지가 되었다.

아마도 성청랑은 예상했을 것이다. 공관으로 돌아온 성청랑은 아무 말 없이 쭝잉에게 다가와 대화를 잠시 나누고, 쭝잉이 부탁한 물건을 전해주고는 다른 일을 처리하러 나갔다. 공무와 큰아버지 집의 사후 처리를 하기 위해서였다.

떠나기 전, 성청랑은 저녁에 데리러 오겠다고 했다. 그러나 거절당했다.

쭝잉의 이유는 충분했다. 환자 두 명의 상태가 불안정해 이틀 더 관찰이 필요했다.

쭝잉은 이곳에 미련은 없었지만 적어도 일을 시작했으면 끝을 봐야 했다. 이것은 원칙에 관한 일이었다.

두 사람은 마지노선을 정했다. 무슨 일이 있어도 8월 19일에는 반드시 쭝잉의 시대로 돌아가기로.

더 머무는 이틀 동안 쭝잉은 밖에 나가지 않아도 변화를 실감했다. 먼저 음식이었다. 식자재가 줄어 주방 사람들은 더 이상 다양한 음식을 만들지 못했다. 두 번째는 물과 전기였다. 뜨거운 물은 거의 나오지 않았고 정전이 자주 되었다. 마지막으로는 성 공관 사람들로, 성칭핑의 남편과 아이가 화계에서 공관으로 이사를 들어왔다.

좋은 일도 있었다. 성칭상은 상태가 점점 좋아졌고, 병색이 짙었던 신생아도 마침내 정상적으로 분유를 먹게 되었다.

쭝잉과 성칭후이가 한시름 놓자, 성칭핑은 잊지 않고 성칭후이에게 준 '삼 일 기한'을 운운했다. 집에 식구가 늘자, 성칭핑은 성칭후이가 남의 아이들을 싸고도는 꼴을 더 못 봐주었다. 한 집안의 임시 가장이 된 성칭핑은 19일 정오까지 두 아이를 고아원에 보내라고 명령했다.

성칭후이는 못 보낸다고 버텼지만, 성칭핑은 성칭후이까지 밖으로 밀어내면서 빗자루를 들고 경고했다.

"성칭후이, 너 이 업둥이들 내보내지 않으면 들어올 생각도 하지 마!"

성칭후이는 어쩔 수 없이 차에 올랐고 쭝잉도 성칭후이를 따라나섰다.

차량은 공관을 벗어나 조계 고아원으로 향했다.

가는 내내 성칭후이는 갈등했다. 아이들을 고아원에 보내지 않으면 자신도 쫓겨날 게 분명했다. 하지만 막상 아이들을 보내자니 마음이 놓이지 않았다.

성칭후이의 고민하는 모습에 중잉은 입을 열었다.

"생각을 말해봐요."

성칭후이는 자신을 설득하려는 기색이 역력했다.

"고아원에 보낼 수도 있어요. 내가 자주 들여다보면 되니까요……."

성칭후이는 긴장했는지 손톱을 씹었다.

"예전에 학교에서 고아원에 봉사를 하러 간 적이 있어요. 그때 조계 고아원은 꽤 괜찮았어요."

좋은 점을 이야기하다 보니 어느덧 고아원에 도착했다. 그러나 차량은 대문도 들어가지 못했다.

고아원 안팎을 피난민이 점령하다시피 해 과거의 질서는 사라진 지 오래였다. 성칭후이는 창밖을 보면서 아무 말도 하지 않았다. 그녀의 자기 설득은 현실 앞에서는 힘을 잃었다.

심지어 어떤 난민은 차가 서는 걸 보고 즉시 달려와 창문을 두드렸다. 성칭후이는 사람들의 기세에 행여 유리가 깨질까 봐 아이를 품에 꼭 끌어안고 무의식적으로 몸을 뒤로 뺐다.

상황이 좋지 않자, 기사는 시동을 걸며 뒤에 앉은 두 사람에게 말했다.

"여기 더 있으면 안 되겠어요!"

차량이 혼란 속에서 빠져나왔어도 성칭후이는 긴장을 풀지 못하고 품속의 아이를 더 꼭 끌어안았다. 차가 멈춰도 성칭후이가 손을 풀지 않자, 아이가 큰 소리로 울었다.

"성칭후이!"

성칭후이가 넋이 나간 사이, 쭝잉이 그녀의 품에서 떠나갈 듯이 우는 아이를 받아 안으려고 했다.

"내가 안을게요."

성칭후이는 너무 긴장했는지 순간적으로 팔이 펴지지 않았다. 가까스로 정신을 차린 성칭후이는 창밖을 봤다. 넓은 황푸강이 시야에 들어왔다. 곧 떠날 영국인의 구축함이 강에 정박해 있었다.

요 며칠 쑤저우허에는 시체들이 떠다녔고 고개를 들면 도시 북쪽에서 검은 연기가 피어오르는 것이 보였다.

피난민은 꾸역꾸역 조계로 몰려들었고, 강도 사건이 자주 발생했으며, 식량 운반 차량은 늘 가로막혔고, 정상 영업하는 상점은 점점 줄었다. 조계 주민은 외출을 삼갔고, 경찰도 여력이 닿지 않는 듯했다. 전쟁의 불길이 문 앞으로 다가오자 조계에서도 피난이 시작되었다. 팔십 퍼센트가 넘는 영국인 여성과 아이가 구축함에 올라 우쑹吳淞으로 가서 여객선으로 갈아타 위험한 상하이를 벗어날 것이었다.

떠나는 구축함은 마치 멀어지는 노아의 방주 같았다.

차 안은 아이 울음소리가 잦아들었지만, 성칭후이의 시선은 여전히 창밖에 머물러 있었다.

성칭후이의 얼굴에 있던 놀라움과 공포가 포기와 슬픔으로 바뀌었다. 지친 표정을 보니 기분이 더 저조해진 모양이었다.

"아까 제가 무슨 말을 한 걸까요……. 학교에서 고아원을 방문했던 건 벌써 몇 달 전 일인데. 지금은 학교도 폭격을 당하는 마당에 고아원 상황이 얼마나 좋을 거라고……."

성칭후이는 조금 전 자신이 했던 말을 전부 부정하며 중얼거렸다. 고아원에 보내는 길이 막혔는데 다른 길이 있을까?

난처해진 사람은 성칭후이뿐만이 아니었다. 쭝잉도 마찬가지였다. 쭝잉이 아이들을 성 공관으로 데리고 왔기 때문이다. 만약 그때 쭝잉이 도움의 손길을 내밀지 않았더라면, 성칭후이가 지금 이렇게 고뇌에 빠지지는 않았을 것이다.

쭝잉은 무의식적으로 입술을 깨물며 해결 방법을 생각했다. 아이들을 2015년으로 데리고 갈 수도 없었고, 지금은 상하이 사람들도 상하이에서 도망갈 궁리를 하거나 피난을 가지 못하면 생활비를 최대한 줄이는 방법을 고민할 것이었다. 이런 상황에서 두 아이를 입양할 가정을 찾는다는 것은 무척 어려운 일이었다.

어렵겠지만 일단 할 수 있는 방법은 다 해봐야겠다고 쭝잉은 생각했다.

"성칭후이!"

일단 성칭후이에게 안긴 짐을 가져와야겠다고 결심했다.

말을 꺼내려는데, 성칭후이가 갑자기 주먹을 꽉 쥐고 입가를 추켜올리며 용기백배해 말했다.

"언니가 동의하든 안 하든 상관없어요! 엄마가 남겨준 혼수도 있고 나중에 일을 할 수도 있으니 아이 키울 능력은 충분해요."

말을 끝낸 성칭후이는 마치 상대방의 지지가 필요한 것처럼 쫑잉을 쳐다봤다.

"저는 영어를 가르칠 수 있어요. 피아노도 가르칠 수 있을지 몰라요. 아니면 외국인 회사에서 일할 수도 있고요. 어쨌든 집에 손 벌리지 않아도 굶어 죽진 않을 거예요. 쫑 선생님, 어때요? 제 말이 맞죠?"

쫑잉은 고개를 돌려 성칭후이를 봤다. 그녀의 두 눈이 청년 특유의 고집으로 반짝거려 어떻게 말려야 할지 알 수 없었다.

성칭후이는 마음을 단단히 굳혔는지 쫑잉의 품에서 아이를 받아 들었다.

"오늘이 19일이니까, 이 아기는 아주阿九라고 하면 어때요?"

성칭후이는 아이의 아명까지 지어주고 방금 경험한 불쾌한 일을 모두 잊으려는 듯 한껏 웃으며 제안했다.

"우리 점심도 안 먹었는데 일단 뭐 좀 먹으러 가요!"

성칭후이가 기사에게 주소를 알려주자, 기사는 난징로로 차를 돌렸다. 십 분 뒤, 차가 어느 큰 건물 앞에서 멈췄다.

성칭후이는 두 아이를 데리고 차에서 내려 씩씩하게 말했다.

"쫑 선생님, 여기 스테이크가 정말 맛있어요."

그러나 곧 성칭후이의 웃는 얼굴이 딱딱하게 굳었다. 그녀가 사랑하던 서양식 레스토랑은 문이 굳게 닫혀 있었고, 영업

임시 중단이라는 푯말이 걸려 있었기 때문이다.

모든 게 지금이 옛날만 못하다고 말하고 있었다. 옆에 있는 사진관만 유일하게 정상 영업을 하는지 문이 반쯤 열려 있었다.

성칭후이는 레스토랑을 몇 초간 노려보더니 시선을 사진관으로 돌렸다.

"쭝 선생님, 우리 사진이나 찍을까요?"

쭝잉은 성칭후이의 제안을 거절하지 않고 고개를 숙인 채 성칭후이와 함께 사진관으로 들어갔다.

문을 밀고 들어가자 종소리가 울리고 양복을 잘 차려입은 사장이 나왔다.

"사진 찍으시려고요?"

"네."

성칭후이는 대답을 하고 뒤에 있던 아이에게 말했다.

"아라이, 앞으로 오렴."

그런 다음 사장에게 말했다.

"우리 같이 사진 찍으려고요."

사장은 아라이의 옷을 보더니 아라이에게 옷을 갈아입고 찍지 않겠냐고 물었다.

아라이가 우물쭈물하자, 성칭후이가 응원의 눈빛을 보냈다.

"아라이, 사진 찍을 때는 조금 격식을 차리는 게 좋아. 그러니 사장님이랑 가서 옷을 갈아입는 게 어때?"

아라이는 그제야 사장을 따라갔다.

잠시 뒤, 커튼 뒤에서 꼬마 신사가 나타났다. 최신식 하얀 셔츠에 격자무늬가 있는 회갈색 나비넥타이까지 매자 훨씬 단정하고 생기가 있어 보였다.

성칭후이는 만족스러운지 아주를 안고 스크린 앞으로 가서 팔걸이가 있는 둥근 의자에 앉더니 아라이를 불렀다. 아라이는 그녀 옆에 허리를 꼿꼿이 펴고 섰다.

쭝잉은 카메라 밖에 서서 그 모습을 조용히 지켜봤다.

그때 성칭후이가 쭝잉을 불렀다.

"쭝 선생님, 선생님도 같이 찍어요!"

쭝잉은 퍼뜩 정신을 차리고 성칭후이의 제안을 완곡하게 거절했다.

"전 사진 찍는 게 영 어색해서요. 아이들과 같이 찍어요."

성칭후이는 아쉬웠지만, 곧 사진관 사장님의 지시에 따라 자세와 표정을 고쳤다.

사진관 내부는 평온했다. 공기에 향수 냄새가 은은하게 감돌고 오후의 햇살이 문틈으로 파고들었다. 사진을 찍는 순간 쭝잉은 밖으로 나왔다.

쭝잉은 외부인이기에 이곳에 흔적을 너무 많이 남겨선 안 됐다. 이제 아파트로 돌아갈 시간이었다.

성칭후이는 쭝잉과 돌아가는 길에 갓 구운 스콘을 샀다. 699번지 아파트에 도착하자, 성칭후이가 절반을 쭝잉에게 건넸다.

"쭝 선생님, 정말 여기서 오빠를 기다릴 거예요?"

"네, 오빠와 그렇게 하기로 했어요."

쭝잉은 봉투를 받아 들고 잠이 든 아이를 쳐다본 다음, 무슨 말을 하려다 그냥 차에서 내려 아파트로 돌아왔다.

해 질 녘 집으로 들어가자 오랜만에 느끼는 익숙한 냄새가 코를 파고들었다.

어린 시절의 어느 여름방학, 낮잠을 길게 자고 일어난 저녁이면 아파트에서 이렇게 실내가 햇빛에 구워진 것 같은 한가한 냄새가 났다. 그러면 엄마가 말했다.

"여름방학 내내 왜 그렇게 잠만 자니? 낮잠 너무 많이 자면 바보 된다."

그러면 쭝잉은 당당하게 대꾸했다.

"숙제 다 했단 말이에요."

그런 다음 수박을 안고 발코니로 가서 수박을 먹으며 해가 지는 풍경을 보면 왠지 모르게 마음이 충만해지고 안온한 느낌이 들었다.

쭝잉은 회상을 멈추고 발코니로 걸어가 석양이 내려앉는 도시를 눈에 담았다.

이곳은 수십 년 뒤의 상하이처럼 고층 빌딩이 없어 6층에서도 저 멀리까지 굽어볼 수 있었다. 시선이 닿는 거의 모든 곳이 눈 아래에 있었다. 전쟁 통이라 전력이 제한된 도시에는 과거의 떠들썩함은 없었다. 눈앞의 저 수많은 지붕 아래에 있는 사람들은 갑작스러운 적막감과 알 수 없는 미래를 마주해야 했다.

아파트 정원에서는 이제 아이들의 웃음소리가 들리지 않았다. 올라오는데 예 선생이 말했었다.

"여기는 외국인이 많이 살아서 늘 떠들썩했는데, 지금은 다들 귀국해 버려 갑자기 조용해졌어요. 영 적응이 안 되네요. 보세요, 석간이 이렇게 쌓였다니까요⋯⋯."

예 선생은 며칠 동안 찾아가지 않아 쌓인 신문을 들어 보였다.

"배달을 해줘도 보는 사람이 없으니!"

쭝잉은 발코니에 서서 해가 지는 모습을 봤다. 어린 시절에 느꼈던 안정감과 만족감은 없었다. 그 대신 조금은 무력하고, 조금은 망연했다. 무엇을 할 수 있고, 무엇을 해야 하는지 알 수가 없었다. 쭝잉에게 이 시대는 변경해서는 안 되는 먼지 쌓인 역사였다. 아주 작은 것이라도 함부로 손을 대면 돌이킬 수 없는 결과를 낳을 수 있었다.

쭝잉은 조용히 기다렸다. 어둠이 사위를 뒤덮을 때까지, 아파트 전체가 침묵에 빠질 때까지.

성칭량이 돌아왔다. 집 안은 온통 어두웠다. 불을 켰지만 식탁 앞에도, 소파에도 아무도 없었다. 서둘러 위층으로 올라갔으나 그곳에서도 쭝잉은 보이지 않았다.

성칭량은 당혹스러웠다. 쭝잉이 제때 도착하지 못한 것은 아닌지 걱정스러웠고, 혹시 길에서 무슨 일을 당한 것은 아닐까 더더욱 걱정스러웠다. 아래층으로 뛰어 내려오자 밤바람에 발코니 문틈에 걸어두었던 커튼이 들썩이며 달빛이 바닥을 덮었다.

성칭랑은 깜짝 놀라 발코니 쪽으로 다가갔다. 쫑잉이 발코니에서 의자에 머리를 기댄 채 잠들어 있었다. 달빛이 그녀의 옆얼굴을 비추어 또렷한 얼굴선에 부드러움을 더해주었다.

성칭랑은 들고 있던 서류 가방을 내려놓는 것도 잊고 등나무 의자 앞에 서서 잠자코 쫑잉을 바라봤다. 한참 뒤에야 마음이 탁 놓이면서 뒤늦은 한숨이 터져 나왔다. 참 다행이었다.

성칭랑은 쫑잉을 방해하고 싶지 않았다. 그러나 여기서 자도록 놔두면 일단 척추에 좋지 않고 감기 걸리기도 십상이며, 게다가 시간도 늦었다.

쫑잉을 깨우려고 몸을 숙였다. "쫑 선생"이라고 부르기도 전에 쫑잉이 악몽에서 깬 것처럼 눈을 확 떴다. 눈동자에 두려움이 가득했다…….

쫑잉이 숨을 헐떡이며 무의식적으로 손을 뻗자, 누군가 손을 꼭 잡아주며 "괜찮아요, 괜찮아"라고 낮고 부드러운 목소리로 위로해 주었다.

쫑잉은 그제야 지척에 있는 얼굴을 알아봤다. 잔뜩 긴장한 어깨에서 힘이 쭉 빠지고 호흡이 점차 안정되었다.

"몇 시예요?"

쫑잉이 약간 갈라진 목소리로 물었다.

"10시 거의 다 됐습니다."

성칭랑이 달빛에 손목시계를 보며 대답했다. 성칭랑은 쫑잉의 손을 잡고 본능적으로 그녀의 체온을 느끼며 현실감을 얻고 싶었지만, 이성은 예의 바르게 손을 놓아야 한다고 말했다.

성칭량이 천천히 손을 풀고 놓으려는 순간, 쫑잉이 그의 손을 꽉 잡았다.

성칭량은 순간 놀랐지만 쫑잉이 갓 깨어난 목소리로 물었다.

"10시까지 얼마나 남았어요?"

"이 분이요."

성칭량이 대답했다.

"안으로 들어갈래요?"

"아니요……."

쫑잉은 불규칙하게 뛰는 심장박동을 가라앉히려고 노력했다. 그리고 성칭량을 잡고 일어나 눈을 맞추며 말했다.

"바람을 더 쐬고 싶어요."

"그러면…… 제가 옆에 있겠습니다."

밤 10시의 선을 넘어 1937년에서 2015년으로 오자, 발코니 밖은 번쩍거리는 불빛으로 온통 환했고, 높은 빌딩들이 우뚝 솟아 있어 이곳 6층 건물에서 하늘을 보려면 고개를 젖히는 수밖에 없었다. 밤하늘에는 별이 하나도 없었고 빌딩의 비행기 지시등만 홀로 반짝거렸다.

불과 며칠인데 오래 떨어져 있었던 것만 같았다.

공기에 화약 냄새는 전혀 없고 건물 밑에서 야식 냄새만 올라왔다.

쫑잉은 배가 고팠다. 그래서인지 갑자기 성칭량의 손을 휙 놓고 발코니 문을 밀고 실내로 들어가 주인으로 변신해 성칭량

접대에 나섰다.

"일단 앉으세요."

곧장 주방으로 들어가 찬장을 열고 먹을 만한 것을 찾았다. 라면 몇 개와 냉장고에 있던 진공 포장된 장조림을 꺼냈다. 한 끼로는 충분했다.

가스 불을 켜고 환풍기를 튼 뒤 냄비에 물을 따르고 기다리자 냄비 바닥에서 기포가 뽀글뽀글 올라오기 시작했다.

물이 끓자, 쭝잉은 반으로 쪼갠 라면과 수프를 넣고, 장조림 포장을 뜯어 내용물을 꺼내 도마 위에 놓고 얇게 썰어 냄비에 정갈하게 올린 다음 불을 껐다. 찬장에서 그릇 두 개를 꺼내 들고 다른 한 손으로 냄비를 들어 식탁에 올려놓았다.

"재료가 부족해서 이게 최선이네요. 성 선생님, 젓가락 좀……."

쭝잉이 말하며 소파 쪽으로 고개를 돌렸을 때, 성칭랑은 이미 주방으로 들어가 젓가락을 꺼내고 있었다. 말을 안 해도 척척 통하는 것 같았다.

두 사람은 마침내 평화롭게 앉아 김이 모락모락 나는 저녁을 먹을 수 있게 되었다.

허기진 배가 차자, 쭝잉은 젓가락을 놓고 주머니에서 휴대 전화를 꺼냈다. 성칭랑도 그릇과 젓가락을 놓고 식탁을 정리했다.

쭝잉은 휴대전화를 쥔 채로 성칭랑이 그릇을 들고 주방으로 들어가는 것을 보면서도 그냥 두라고 하지 않고 그대로 고개를 숙여 휴대전화 전원을 켰다.

신호가 잡히자마자 문자 메시지와 각종 알림 푸시가 밀려들어 휴대전화가 거의 다운될 지경이었다. 몇 초 동안 마비됐다가 겨우 작동하자, 쭝잉은 부재중 전화 알림을 열었다. 부재중 전화가 수백 통이었다.

나를 걱정하는 사람이 있고, 내가 필요한 사람이라는 것을 인정받는 증거였다.

마침내 '띠링띠링' 알림 소리가 멈추자 주방의 물소리가 그 소리를 대신했다.

쭝잉이 휴대전화를 대충 다 살폈을 때, 성칭랑도 마침 설거지를 마치고 건조대에 식기를 놓고 있었다.

쭝잉은 휴대전화를 한쪽에 놓고 한참 생각한 다음 낮에 있었던 일을 말했다. 성칭펑이 성칭후이에게 아이들을 고아원으로 보내라고 했지만, 고아원은 아이들을 수용할 여력이 없었다고 사실대로 말했다.

"성칭후이가 아이들을 입양할 모양인데 그건 다 내 책임이에요."

쭝잉이 말했다.

"내가 그 아이들을 성 공관으로 데리고 갔잖아요. 당신 집안과 성칭후이를 번거롭게 만들었어요."

쭝잉은 성칭랑과 대책을 의논하고 싶었다. 성칭랑이 손을 닦고 어두운 주방에서 나왔다.

"너무 걱정하지 마세요. 그 아이들이 성가에 온 것도 다 인연이니까요. 해결 방법이 있을 겁니다."

성청랑은 늘 이랬다. 아무리 곤란하고 어려운 일이라도 일단 상대를 안심시켜 주었다.

쭝잉은 고개를 들어 성청랑을 봤다. 뭐라고 말해야 할지 순간 알 수 없었다.

"늦었네요. 샤워하고 쉴래요? 저는 처리해야 할 일이 있어서요."

성청랑은 쭝잉의 휴대전화가 다시 울리는 것을 보고 눈치껏 위층으로 올라가 갈아입을 옷을 챙겨 욕실로 들어갔다.

첫 번째 전화는 성추스였다. 성추스는 다급하게 말을 쏟아내더니 마지막으로 물었다.

"너 어디야?"

"집. 이제 자려고."

쭝잉이 식탁에 기대며 대답했다.

성추스가 잠깐 조용하더니 말했다.

"그럼 일단 문부터 열어. 나 너희 집 앞이야."

쭝잉의 몸이 순간 팽팽하게 긴장했다. 거절할 이유가 생각나지 않아 욕실을 힐끗 쳐다본 다음, 결국 현관으로 걸어가 문을 열었다.

쭝잉이 문을 연 순간 욕실에서 물소리가 뚝 끊겼다.

성추스는 이상한 점을 느끼지 못했는지 들어오면서 물었다.

"요 며칠 어디 갔었어?"

"휴가 내고 기분 전환하러 멀리 좀 다녀왔어. 휴대전화는 신호가 잘 안 잡히길래 그냥 꺼뒀고."

쭝잉이 현관에 서서 대답했다. 그래야 상대가 더 들어오지 않을 것 같았다. 일단 들어와 앉으면 시간이 오래 걸릴 게 뻔했기 때문이다.

성추스는 그대로 현관에 서 있는 수밖에 없었다.

"휴가? 너 정직당했다는 기사 떴던데, 진짜야?"

정직? 쭝잉이 미간을 살짝 구기자, 성추스가 휴대전화에서 기사를 찾아 건넸다.

"못 봤어?"

휴대전화를 받아들자 기사 제목이 눈에 들어왔다. '사건 관련 법의관 정직, 의료 사고 때문?' 하얀 바탕에 검은 글씨는 분명 쭝잉을 말하는 것이었다.

쭝잉이 입술을 꽉 깨물자 성추스가 위로했다.

"언론은 근거 없는 일에 열광하니까 이런 일로 불쾌해하지 마. 다 지나갈 거야."

쭝잉은 액정을 물끄러미 쳐다봤다. 기사를 다 보고도 아무 말도 하지 않았다.

성추스는 서두를 잘못 꺼냈다는 것을 깨닫고 즉시 화제를 전환했다.

"최근에 신용카드 분실했어? 끝자리가 8923이야. 그런 카드 있어, 없어?"

상당히 갑작스러운 질문에 쭝잉은 경계심이 먼저 들었다.

"어디서 봤는데?"

"병원에서 어떤 사람이 그 카드로 결제하는 걸 봤어."

쫑잉이 카드를 잃어버린 게 확실하다고 생각했는지 추궁하듯 말했다.

"분실 신고는 했고?"

쫑잉은 곁눈질로 욕실을 쳐다봤다. 그 카드는 자신이 성칭랑에게 준 것이니 분실 신고는 당연히 하지 않았다.

그때 성추스가 쫑잉에게 단서를 제공했다.

"젊은 남자였어. 대충 나랑 비슷한 키에 점잖고……."

성추스는 휴대전화를 돌려받고 며칠 전 동생에게 받은 이메일을 열었다.

"내가 아는 사람과 아주 비슷하게 생겼어."

그리고 휴대전화를 다시 쫑잉에게 건넸다.

"위에 있는 사진에서 정중앙에 서 있는 사람이야."

쫑잉은 한눈에 그 사람을 알아봤다. 그는, 성칭랑은 늘 그렇듯 빈틈없이 단정한 옷차림으로 반듯하게 서 있었다. 그 옆에는 큰형인 성칭샹, 막내인 성칭후이, 심지어 넷째인 성칭허도 있었다. 모두 눈에 익은 얼굴이었다.

쫑잉이 손가락으로 화면을 쓸어 올리며 "네가 왜 이 사진을 갖고 있어?" 하고 물으려다 아래에 있던 사진에 시선이 꽂혔다.

학생인 듯한 여성이 신생아를 안고 앉아 있고, 옆에는 셔츠에 나비넥타이를 맨 사내아이가 서 있었다. 웃는 얼굴이 아름다웠다.

쭝잉이 깜짝 놀라 물었다.

"이 사람은 누구야?"

성추스는 쭝잉이 첫 번째 사진 속 사람이 누구냐고 묻는 줄 알았지만, 고개를 들이대고 나서야 쭝잉이 묻는 게 두 번째 사진이라는 것을 알았다.

흑백사진이 액정 가득 담겨 있었다. 따뜻하고 기분 좋은 사진이었다. 성추스에게 이 사진은 30년대에 찍은 가족사진에 불과했지만, 쭝잉에게는 반나절 전에 직접 본 장면이었다.

4.7인치 액정 속에서 성칭후이와 아라이는 웃고 있었고, 성칭후이의 품에 안긴 아기는 조용히 자고 있었다. 이 모든 게 불과 얼마 전에 일어난 일인 것 같은데, 세월의 거센 흐름은 이것을 한 세기에 가까운 과거로 쓸어가 버렸다.

성추스는 쭝잉이 경악한 것을 느끼지 못했는지 사진을 쓱 보더니 시원스럽게 말했다.

"미스 성 말이야? 이분은 우리 할아버지의 양어머니셔."

쭝잉의 손이 아래로 툭 떨어졌다.

혹시나 했던 일이 성추스에 의해 확실하게 밝혀졌다.

순간 쭝잉은 어찌할 바를 몰라 욕실 쪽을 쳐다봤다. 성추스에게 휴대전화를 돌려주고 현관 서랍에서 담배를 꺼내 불을 붙였다. 그리고 거실로 들어가 텔레비전을 켜고 음량을 최대치로 키웠다.

텔레비전에서는 며칠 전 폭발사고 후속 보도를 하고 있었다. 떠들썩한 군중 인터뷰 소리가 울리는 가운데, 쭝잉은 고개를 숙여 담배를 한 모금 빨고 성추스에게 물었다.

"그 사진에 대해 말해줄 수 있어?"

성추스는 그제야 쭝잉의 호기심이 이상했다. 평소 쭝잉은 다른 사람 일에 별 관심이 없었고, 이렇게 먼저 묻는 경우는 굉장히 드물었기 때문이다.

그러나 성추스는 휴대전화 화면을 보면서 사실대로 말해주었다.

"이 사진은 분명 전쟁 때 찍었을 거야. 할아버지 말씀이, 미스 성이 할아버지 형제를 입양했대. 외출했다가 인연이 닿아 이 사진을 찍었나 봐. 구체적인 날짜는 할아버지도 모르셨어."

인연이 닿았다. 어떤 인연이, 어떻게 닿았단 말인가? 자신이 끼어든 것이 영향을 끼친 것은 아닐까?

쭝잉은 고개를 숙인 채 담배를 계속 피웠다. 희미한 담배 연기가 불안을 덮어주었다.

"누가 네 할아버지셔?"

"미스 성이 안고 있는 아기가 바로 내 할아버지셔."

성추스가 이어서 말했다.

"미스 성 옆에 서 있는 사람은 할아버지의 형이고. 두 분은 피난을 가다가 미스 성에게 맡겨졌대. 그 참혹한 시대에 미스 성이 없었으면 생존하기 힘들었을 거고, 그랬으면 지금의 우리도 없었을 거라고 하셨어."

"미스 성은 어떤 사람이었어?"

쭝잉은 조용히 피어오르는 연기 속에서 고개를 들었다.

성추스의 말에서 작은 정보를 포착했다. 증조할머니라고 부르지 않고 "미스 성"이라고 부르는 것이 조금 이상했다.

"좋은 일을 할 줄 아는 부잣집 아가씨였나 봐."

성추스는 이렇게 묘사했다.

"당시 할아버지는 너무 어려서 그녀에 대한 기억이 별로 없다고 하셨어. 성씨라는 것과 부유한 집안이라는 것만 기억하셨지."

"당시?"

쭝잉이 미간을 찌푸리며 물었다.

"우리 할아버지는 미스 성과 몇 년밖에 같이 못 사셨대."

성추스가 한숨을 내쉬었다.

"격동의 시대여서 이런저런 풍파도 많고 헤어지는 일도 다반사였겠지. 미스 성하고도 헤어지고 형이랑도 끝내 헤어졌고. 이렇게 오랜 세월이 흐르도록 할아버지는 두 사람의 소식을 다시는 듣지 못하셨대."

사람들은 각자의 길로 갔고, 성칭후이의 운명은 공백으로 남았다.

문득 선량하고 순진한 얼굴이 떠올라 눈을 꼭 감았다. 잠시 뒤, 탁자 위에 놓인 빈 알루미늄 캔을 집어 반 이상 피운 담배를 넣고 무의식적으로 캔을 빙글빙글 돌리자 담뱃불이 꺼졌다.

실내에는 담배 냄새가 고이고 텔레비전 뉴스는 계속되었다. 큰 소리가 모든 것을 덮는 것 같았다.

"십여 년 뒤 할아버지는 집을 떠나게 됐지만, 미스 성과 찍은 사진은 늘 갖고 다니셨대. 이건 아마 우리 집에서 제일 진귀한 옛 사진일걸."

성추스의 말이 어렴풋하게 들렸다.

탁상시계 바늘이 끊임없이 움직였다. 쭝잉은 텔레비전 화면을 멍하니 보면서 자신의 개입으로 엉킨 것 같은 인과관계를 생각했다.

쭝잉의 손으로 이 세상에 나오게 한 아주라는 아기와 본능적으로 그녀의 옷을 잡았던 아라이, 이것은 쭝잉이 아라이를 성가에 데리고 간 인因이었고, 그로 인해 성칭후이가 입양을 한 것이 과果였다. 성칭후이가 그들을 입양한 것이 인이었고, 그로 인해 그들이 그녀의 성을 따른 것이 과였다. 그리고 그것이 오늘날의 성추스를 있게 했다.

하지만 쭝잉이 간여하지 않았어도 성추스는 그냥 쭝잉이 예전부터 알았던 성추스였을 것이다.

아주와 성칭후이의 만남과 헤어짐이 다 정해져 있었던 것처럼, 쭝잉이 간여를 했든 안 했든 그들의 인생은 변함이 없었을 것이다.

옛이야기를 마친 성추스는 쭝잉과 같이 아무 목적 없이 저녁 뉴스를 봤다.

뉴스가 끝났다는 음악이 울리자, 쭝잉은 퍼뜩 정신을 차리고 성추스를 쳐다봤다.

"요 며칠 왜 날 찾은 거야?"

"쭝위가 깼어."

성추스가 말했다.

"그런데 상태가 그다지 좋지 않아."

"내가 도와줄 일이라도 있어?"

"아무 말도 안 하다가 어제오늘 갑자기 너를 만나고 싶다고 했어. 어쩌면 네가 쭝위와 대화를 해볼 수도 있을 것 같아서."

"나를 만나고 싶다고?"

"응."

쭝잉은 조금 의외였다. 두 사람은 여느 남매처럼 친하지 않았고 평소 자주 보지도 않았다. 게다가 쭝위는 내성적인 성격이라 쭝잉을 만나도 거의 말을 하지 않았다. 그런데 갑자기 만나고 싶다고?

"내일 시간 내서 가볼게."

쭝잉은 탁상시계를 보고 성추스에게 말했다.

"벌써 11시네. 선배도 가서 쉬어."

성추스도 너무 오래 있었다고 생각했는지 바로 일어났다.

현관으로 나선 성추스는 흐릿한 현관 등 아래 더비 슈즈가 놓여 있는 것을 발견했다. 사이즈가 대충 265~270인 것으로 보아 쭝잉의 것은 아닌 게 분명했다.

이 시간에, 이곳에 제3의 인물이 있다는 말인가?

묻고 싶은 욕구를 꾹 참으며 성추스는 시선을 옮기고 문을 나섰다. 쭝잉의 "잘 쉬어"라는 말을 들으며 곧장 엘리베이터 쪽으로 갔다.

쭝잉이 문을 닫고 텔레비전을 끄자 욕실에서 다시 물소리가 들렸다.

조금 전 성칭랑은 현관문이 열리는 소리에 수전을 잠갔다. 누군가 실내로 들어와 쭝잉과 이야기를 나누더니, 쭝잉이 갑자기 텔레비전을 켜고 음량을 높이는 바람에 무슨 이야기를 나누는지 들리지 않았다. 생각해 보니 일부러 숨기는 것 같았다. 쭝잉은 뒤에 나눈 대화를 자신이 안 듣기를 바라는 것 같았다. 어쩌면 그 대화는 자신 주변 사람의 운명에 관한 것인지도 몰랐다.

중요한 부분은 듣지 못했지만 추측해 볼 수는 있었다.

쭝잉이 두 아이를 거론하면서 양심의 가책과 걱정을 드러냈기 때문이다. 아마도 자신의 돌발적인 행동이 다른 사람의 인생 궤도에 영향을 미치지 않았을까 걱정하는 것 같았다.

성칭랑은 목욕을 마치고 옷을 갈아입은 다음, 욕실에서 나왔다. 쭝잉은 소파에 앉아 담배를 피우고 있었다.

쭝잉은 성칭랑이 나오자 담배를 껐다. 순간 무슨 말을 해야 할지 몰라 그냥 아무 말도 하지 않고 씻으러 가기로 했다.

여름밤이 깊었다. 쭝잉은 욕실에 들어가 수전을 틀었다. '쏴아' 뜨거운 물이 쏟아졌다. 오래간만에 느껴보는 수압이었다. 전쟁 중인 조계에서는 느낄 수 없는 것이었다.

얼마 뒤, 피아노 소리가 들렸다. 처음에는 옆집 꼬마가 또 피아노 연습을 하는가 싶었는데 물을 잠그고 들어보니 아니었다.

성칭랑이 연주하는 소리였다.

그제야 쫑잉은 집에 정말 다른 사람이 있다는 것이 실감 났다.

머리카락을 말리고 나가자, 피아노 소리는 멈춰 있었고 실내의 불도 거의 꺼져 있었다. 성칭랑은 위층으로 올라가던 참이었다.

쫑잉이 고개를 들어 성칭랑을 보자 성칭랑도 계단 모퉁이에서 마찬가지로 쫑잉을 봤다. 어두운 불빛 속에서 두 사람의 숨소리와 탁상시계 바늘 소리만 들렸고 서로의 표정도 알아보기 어려웠다.

쫑잉이 말 없이 자신의 침실로 들어가려는데, 위층에 있던 성칭랑이 돌연 그녀를 불러 세웠다.

"그거 알아요? 어쩌면 선생이 개입하지 않았어도 그 아이들은 다른 방식으로 성가에 왔을 겁니다. 성칭후이의 성격이라면 아이들을 입양하려고 했을 거고요. 성칭후이도 아직 애라 두 사람을 돌볼 능력이 없고 혼자서 누님에게 맞설 수도 없겠지만, 그래도 너무 걱정하지 마세요. 제가 있으니까요."

내가 있으니, 걱정하지 말아요.

그의 위로는 적절했다. 쫑잉은 그 자리에 잠시 서 있다가 성칭랑의 등에 대고 말했다.

"얼른 주무세요, 성 선생님."

"안녕히 주무세요, 쫑 선생."

쫑잉은 마지막 불을 끄고 침실로 들어갔다. 아파트가 어둠에 잠겼다.

아파트가 다시 밝아진 것은 아침 햇살 때문이었다.

새벽 5시쯤, 태양이 얼굴을 내밀자 도시의 소음이 일제히 몰려들었다. 아래층에서 문을 여닫는 소리, 도착역을 알리는 버스 소리, 옆집 꼬마가 피아노를 치는 소리가 들렸다. 쭝잉은 일어나 차가운 물로 세수했다.

씻고 나오니 5시 45분이었다. 담배 생각에 현관 서랍을 뒤적였으나 아무 소득도 없었다.

눈을 들어 벽에 걸린 뜯어내는 일력을 봤다. 일력은 며칠 전 날짜에 머물러 있었다. 날짜를 계산해 보니, 오늘은 8월 20일이라 지난 날짜를 모두 뜯어내고 새로운 하루를 시작했다.

일력에 '칠석절'이라는 세 글자가 쓰여 있었다.

그때 성청랑이 아래층으로 내려오는 소리가 들려, 쭝잉은 뜯은 일력 종이를 쓰레기통에 넣고 성청랑에게 아침 인사를 했다.

"좋은 아침이에요."

"좋은 아침입니다, 쭝 선생."

쭝잉이 다가가 예전에 주었던 신용카드를 다시 건넸다.

"갖고 계세요. 만일에 대비해서."

쭝잉은 지갑에서 파란색 카드도 꺼내 건넸다.

"이건 교통 카드예요. 택시 탈 때도 쓸 수 있어요. 잔액이 부족하면 충전하라고 알려줄 거예요."

쭝잉은 아무렇지 않게 건넸지만, 성청랑은 선뜻 받아 들지 못했다.

성칭랑이 머뭇대자, 쭝잉은 두말하지 않고 성칭랑의 서류 가방에 쑥 집어넣었다.

"적어도 돈으로 해결할 수 있는 번거로움은 해결할 수 있겠죠. 넣어두세요."

그러고 나서 고개를 들어 성칭랑을 쳐다보며 말했다.

"그래서, 갈 준비는 다 된 거예요?"

"네."

새벽 6시까지는 삼 분이 남았다는 것을 두 사람 다 알았지만 아무 말도 하지 못했다.

이것은 두 사람이 처음으로 차분한 상태에서 헤어지는 것이었다. 쭝잉은 성칭랑과 함께 그의 시대로 가지 않았고, 돌아가서 그가 무슨 일을 할지도 몰랐다. 외로운 배 한 척이 홀로 망망대해로 나가는 것을 바라보면서 그저 손을 흔들며 배웅하는 수밖에 없었다.

제7장

데자뷔

6시, 쭝잉은 다시 한번 성칭랑이 훅 사라지는 것을 지켜봤다. 마치 순식간에 증발해 버리는 꿈 같았다.

손을 뻗었으나 아무것도 잡히지 않았고 귓가에 '땡땡땡' 시계 종소리만 들릴 뿐이었다.

문을 열자 날씨가 참 좋았다. 이것이 쭝잉이 마주해야 할 세계였다.

쭝잉은 아침을 파는 식당에 들어가 창가에 자리를 잡고 앉아 평온하게 아침을 먹었다. 햇빛이 사치스럽게 식탁을 비추고 창밖에는 차량이 끊임없이 오가는 것이, 마치 이것이야말로 인간 세상의 참모습이라고 하는 것 같았다.

출근 시간까지 기다렸다가 장 변호사를 만날 생각이었지만, 문득 장 변호사가 날짜를 바꾼 게 생각나 그냥 병원으로 가기로 했다.

쭝잉은 엘리베이터에서 이제 막 병원에 도착한 성추스를 만났다. 성추스는 엘리베이터가 올라가는 숫자를 쳐다보며 쭝잉에게 말했다.

"난 지금 회진 돌아야 하니까 쭝위에게 먼저 갔다가 끝나면 내 진료실로 와. 쭝위 상태 구체적으로 말해줄게."

쭝잉은 고개를 끄덕이며 성추스가 내리는 것을 보고 거울처럼 반짝거리는 엘리베이터 문을 보며 옷을 여몄다. 위층에서 쭝위 외에 또 누구를 만날지 모를 일이었다. 쭝위의 어머니나 큰고모를 만날 수도 있으니까.

어떤 관계는, 너무 어려웠다.

엘리베이터 문이 열리자 VIP 병동 특유의 고요함이 쭝잉을 맞았다. 간호 스테이션에서 쭝위의 병실을 물어보자, 간호사가 쭝잉의 신분과 방문 목적을 물었다.

고개를 숙인 채 방문자 명부를 작성하고 있는데, 량 간호사가 쭝잉을 알아봤다.

"쭝 선생님, 동생 보러 오셨어요? 제가 안내할게요."

쭝잉은 량 간호사를 따라갔다. 스테이션에 남은 두 간호사가 당황해 서로 얼굴만 쳐다봤다.

그중 한 명이 작은 소리로 말했다.

"예전에 신경외과에 있었던 쭝 선생님 아니야? 량 간호사님한테 들었는데 예전에 무척 유명했대. 대학에 일찍 입학했는지 아니면 월반했는지 모르겠지만 졸업할 때도 나이가 어렸고, 쉬 주임님의 애제자이기도 했대."

"그럼 지금은 어느 병원에 있는데?"

다른 간호사가 몰랐는지 호기심 어린 표정으로 물었다.

"지금은 의사 안 해! 법의관이 됐다던데."

"쉬 주임님의 애제자가 법의관이 됐다고?!"

"애제자면 뭐 해. 그런 사건이 있었는데 어느 병원에서 오라고 할까. 그러니 죽은 사람 해부나 할 밖에."

두 사람이 한창 이야기를 나누는데 연한 남색 제복에 회색 견장을 달고 손에 상자를 든 사람이 다가왔다. 무심한 표정에서 거만함이 묻어났다. 쉐쉬안칭이었다.

쉐쉬안칭은 신분증과 관련 서류를 보여주며 말했다.

"2013호 병실, 상태 살피러 왔습니다."

"죄송하지만 방문자 명부 작성해 주세요."

간호사가 명부를 내밀었다.

명부를 받아 든 쉐쉬안칭은 방문자 명부에서 '쭝잉'이라는 이름과 방문 병실이 '2015'라고 쓰여 있는 것을 발견했다.

쉐쉬안칭은 곧장 2015호로 달려가 쭝잉을 잡고 싶었지만, 꾹 참고 펜을 들어 명부를 작성하면서 무표정한 얼굴로 두 간호사의 대화를 엿들었다.

"말해봐, 무슨 일인데?"

"그때 나는 여기 없어서 다른 사람한테 들었는데, 아마 맞을 거야."

간호사가 이어서 말했다.

"갓 전문의가 됐을 때 넘어져서 손을 심하게 다쳤대. 회복

불가라는 말이 나올 정도였는데 다행히 회복해서 다시 수술을 집도하게 됐지. 그런데 그 수술이 실패했고, 환자 가족들이 난 리가 났었나 봐. 수술이란 게 다 위험이 따르지만 환자 가족 마음이 어디 그래? 다 의사 탓이지. 손도 회복 안 된 의사가 수술을 집도했다고 난리가 났었대."

"그랬구나. 근데 어쩌다 다쳤대?"

"그걸 누가 알아. 신경외과 의사는 손이 생명인데, 자기가 부주의해서 그런 걸 누굴 탓하겠어."

쉐쉬안칭은 입을 굳게 다물고 방문자 명부를 건네며 두 사람의 사원 번호를 힐끗 보고 불쑥 말했다.

"126, 213."

두 간호사가 어리둥절한 표정을 지었지만, 쉐쉬안칭은 두말하지 않고 몸을 돌려 병실로 향했다.

복도는 이상할 정도로 조용했다. 2015호 병실도 마찬가지였다. 가습기는 쉬지 않고 하얀 수증기를 뿜어냈고, 쭝위는 침대에 누워 한마디도 하지 않았다.

쭝위의 어머니는 아침 일찍 일이 있어 나갔고, 간병인은 쭝잉이 오자 알아서 나가주어 병실에는 남매만 남았다.

"성 선생님 말씀이 나 보고 싶다고 했다던데, 무슨 할 말 있니?"

쭝위는 힘겹게 숨을 쉬었다. 느릿느릿 숨을 쉬며 쭝잉을 쳐다보는 눈에 반짝임이라고는 전혀 없고 슬픔만 묻어났다.

쭝잉은 보온병에서 따뜻한 물을 따르며 쭝위에게 물었다.

"물 마실래?"

쭝위가 힘겹게 고개를 저었다.

이 아이는 십 대가 되도록 늘 조용하고 착했으며, 성적도 좋고 규범을 벗어나는 일이 없었다. 부모에게 무엇을 요구하는 일도 드물었다.

쭝위가 어렸을 때 쭝잉과 친해지려고 무던히도 애썼다는 것을 쭝잉도 잘 알았다. 하지만 그때 쭝잉은 그 집에서 벗어나고 싶은 생각뿐이라 마음의 문을 닫고 쭝위가 다가오는 것을 거부했다.

가습기가 쏟아낸 안개가 자욱한 가운데 쭝잉이 물었다.

"그날 밤, 왜 새벽에 나간 거니?"

그날 밤, 쭝위는 외삼촌 집에서 자고 온다고 했다고 들었는데 갑자기 집에 가고 싶었던 것일까? 하지만 쭝위는 그렇게 제 멋대로인 아이가 아니었다.

쭝위는 한참 동안 쭝잉을 바라보다가 겨우 한마디 했다.

"잘…… 기억이 안 나요."

"그럼, 싱 아저씨의 차가 왜 사고가 났는지는 기억나니?"

쭝위는 잠시 망설이는 것 같더니 결국 고개를 저었다. 이번에는 말을 하지도 않았다. 외상성뇌손상에, 심리적으로도 장애가 생겼을지 모르고 일시적인 기억상실증이 생겼을 가능성도 있었다.

더 물어봐야 소용없을 것 같아 묻지 않았다. 쭝잉은 침대 옆 모니터를 보고 쭝위가 힘겨운 상태라는 것을 알고 다시 쭝위를 쳐다보며 부드럽게 말했다.

"뭔가 기억이 나거나 나한테 할 말이 있으면 언제든지 전화해. 알겠지?"

대답이 없자, 쭝잉이 다시 말했다.

"그럼 이만 갈게."

쭝잉은 쭝위 어머니와 마주치기 싫어 오기 전에 먼저 가려고 했다.

쭝잉이 나가려는데, 쭝위가 갑자기 불러 세웠다.

"누나……."

소년이 힘겹게 부르더니 생각하지도 못한 말을 했다.

"미안해요."

이미 몸을 돌린 상태였던 쭝잉이 깜짝 놀라 고개를 돌렸다. 묻는 듯한 표정으로 쳐다보자, 쭝위는 고개를 돌려버렸다.

왜 미안하다는 거지? 쭝잉은 갑작스러운 사과를 이해할 수 없었다. 두 사람은 서로 미안할 게 없었다. 도대체 뭐가 '미안하다'는 것일까?

그때 쭝잉의 휴대전화가 진동해 퍼뜩 정신을 차렸다.

전화를 받자 상대가 말했다.

"대체 언제까지 거기 있을 거야?"

쭝잉은 무의식적으로 눈을 들며 전화를 끊고 문으로 향했다. 병실 문을 열자, 쉐쉬안칭이 문틀에 기댄 채로 한 손으로 전화기를 들고 한 다리를 들어 나가는 길을 막고 있었다.

쭝잉은 눈을 내려 쉐쉬안칭의 발을 보고 다시 고개를 들어 그녀를 쳐다봤다. 쉐쉬안칭이 쭝잉을 보면서 느긋하게 말했다.

"어쨌든 찾았네."

"네가 왜 여기에 있어?"

"내가 여기 있으면 왜 안 되는데?"

쭝잉의 질문에 쉐쉬안칭이 강하게 받아쳤다.

쭝잉은 쉐쉬안칭이 들고 있는 상자를 보고 일 때문에 왔다가 방문자 명부에서 자기 이름을 보고 알았겠지 하고 추측했다. 평소 쉐쉬안칭의 업무 스타일처럼 토끼굴 앞에서 진을 치고 토끼가 나오길 기다리듯이, 병실 문 앞에서 쭝잉이 나오길 기다렸다고 해도 전혀 이상하지 않았다.

쉐쉬안칭이 자신을 찾는 이유는 세 가지일 것이다. 하나, 왜 휴가를 냈는가. 둘, 차를 왜 도로 한복판에 세워뒀는가. 셋, 성칭랑의 신분 확인.

어떤 것이든 대답하기가 쉽지 않아 쉐쉬안칭이 물을 때까지 아무 말도 하지 않았다.

하지만 예상을 깨고 쉐쉬안칭이 턱으로 문 안을 가리키며 물었다.

"상태는 좀 어때?"

"일단 좀 나가면 안 될까?"

쭝잉이 몸을 약간 기울이며 물었다.

쉐쉬안칭은 조금 비켜주더니 쭝잉이 문을 닫자 재빨리 다시 다리를 들어 쭝잉을 가로막았다.

"오케이, 말해봐."

쭝잉은 어이가 없었지만 쉬쉬안칭의 유치한 행동을 참아주기로 했다.

"위험한 시기는 지났고 안정이 필요해. 기억상실증인 것 같고."

"그래서, 아무것도 못 물어봤어?"

쉬쉬안칭은 그럴 줄 알았다는 듯이 말했다.

"어제 팀에서 왔었어. 한참 물어도 아무것도 모른다고 했대. 정말 기억상실증인지는 모르겠지만 쭝위에게 묻는 건 무리인 거 같고. 어쨌든 마약 출처는 단서가 좀 나왔으니까."

비밀 보장과 학연, 지연으로 묶인 사람들은 떨어뜨려 놓아야 한다는 상피주의 원칙 때문에 쉬쉬안칭은 구체적으로 말하지 않았지만, 마지막 말에 쭝잉은 며칠 전 일을 떠올렸다.

휴가 전날, 쭝잉은 퇴근하고 쉬쉬안칭, 샤오정과 밥을 먹었다. 식사 중 샤오정이 마약 봉투에서 다른 사람의 지문이 나왔다고 했고, '신시제약 고위층'이 아닐까 추측했었다.

싱쉐이는 누구에게 마약을 받았을까? 정말 신시의 고위층일까? 그렇다면 누구일까?

쭝잉은 신시의 지분을 갖고 있어도 신시 내부 일에는 관심이 없어 누가 실세인지, 누가 권력을 잡았는지, 또 어떤 파벌이 싸우고 있는지 잘 몰랐다.

쭝잉이 관계자들의 얼굴을 떠올리려 노력할 때, 병실 안에 있던 쭝위가 갑자기 움직였다. 쭝위는 병실 밖에서 나는 쭝잉과 쉐쉬안칭의 대화를 엿듣다가 쉐쉬안칭의 마지막 말에 속눈썹을 파르르 떨더니 눈을 뜨고는 멍하니 천장을 쳐다봤다.

그때 밖에서 익숙한 발소리가 들렸다. 쭝위는 알았다. 엄마가 돌아왔다.

쭝위 어머니가 돌아오자 두 사람의 대화가 뚝 끊겼다.

쉐쉬안칭은 쭝위 어머니를 힐끗 쳐다보더니 막고 있던 다리를 내리고 한쪽으로 피해버려 쭝잉 혼자 상대할 수밖에 없었다.

"쭝잉 왔구나. 들어가 좀 앉지⋯⋯. 쭝위가 너랑 얘기하고 싶다고 여러 번 말했어."

쭝위 어머니가 온화한 말투로 말했다. 그녀는 일하거나 말할 때 서두르는 법이 없었다. 연일 밤을 새우며 간호하느라 정신적으로 많이 힘이 들 텐데도 애써 웃음을 지어 보였다.

"방금 봤어요. 조금 피곤한 거 같으니 쉬게 두세요."

쭝위 어머니는 고개를 끄덕이며 병실로 들어가다가 다시 몸을 돌려 쭝잉에게 말했다.

"시간 있으면 자주 와."

"네."

쭝잉은 쭝위 어머니의 눈을 보며 대답했다.

쭝위 어머니가 문을 닫는 순간, 쉐쉬안칭의 휴대전화가 울렸다.

2013호 병실로 빨리 가보라고 재촉하는 전화였다. 쉐쉬안칭은 전화를 끊고도 다급한 기색 없이 쭝잉을 가리키며 말했다.

"병원 앞에서 딱 기다려. 차량 사건, 우리 아직 할 말이 남았 잖아."

쉐쉬안칭은 이 말과 함께 몸을 돌리다가 다시 한마디 덧붙 였다.

"그리고 너희 집에 드나드는 그 골동품, 그것도 분명히 하자 고."

쉐쉬안칭이 말하는 골동품이란 성칭랑이 분명했다. 그것은 걱정되지 않았다. 이 세계에서 성칭랑은 존재하지 않는 사람이 니까. 쉐쉬안칭의 이런 행동은 헛수고일 뿐이었다.

쉐쉬안칭이 2013호실로 들어가는 것을 보고 쭝잉은 돌아섰 다. 간호 스테이션이 가까워지자 간호사들의 말소리가 들렸다.

두 간호사는 아직도 쭝잉에 대해 말하고 있었다. '사건 관련 법의관 정직, 과거 의료사고 발생'이라는 기사를 보고 화제가 다시 쭝잉에게로 옮겨진 듯했다.

"2015호 환자는 동생 아니야? 신시의 도련님인데 기억 안 나?"

"7월 23일 발생한 그 교통사고로 입원했지? 친척 한 명은 죽 은 것 같던데?"

"맞아, 외삼촌. 신시 약품연구원 원장이라던데, 한동안 이 일 로 말이 많았잖아. 신시가 신약 출시를 앞두고 있었으니까. 아 마 입막음한다고 홍보부가 엄청나게 일했을 거야. 그러니 생각 나는 일이 있는데……."

"무슨 일?"

"수십 년 전에 일어난 신시에 관한 뉴스."

"수십 년 전 일을 네가 어떻게 알아?"

"량 간호사가 말해줬어. 신시가 약품연구원을 설립하기 전에는 연구실이 하나뿐이었대. 당시 책임자가 옌만이라고, 쭝 선생님 엄마야. 그해 신시도 신약 출시를 앞두고 있었는데 갑자기 옌만이 죽었어. 우울증이 심각해서 자살했다더라고."

"옌만과 신경외과 의사인 쉬 주임이 관계가 아주 좋았대. 그래서 그녀 딸한테 신경을 써준 거고. 그런데 신경 써준 보람도 없이 그 '애제자'에게 사고가 나서 수술을 못하게 됐잖아. 그래서 법의관이 됐는데 이번에는 이런 일에 연루되다니."

쭝잉은 그들의 대화를 다 듣고도 바로 다가가지 않았다.

쭝잉은 벽에 기댄 채 있었다. 바지 주머니에 넣은 오른손이 갑자기 경련하듯 떨려 퍼뜩 정신을 차렸다. 손을 꺼내 주먹을 꼭 쥐자 떨림이 멈추었다.

쭝잉은 VIP 병동에서 나와 성추스의 진료실로 향했다.

병원의 아침은 근무 교대와 회진으로 시작된다. 잠이 덜 깬 인턴들이 삼삼오오 짝을 지어 선생님을 따라 각 병실을 도는 모습은 과거 쭝잉도 매우 익숙했던 생활이었다.

성추스가 뒤에서 쭝잉을 불러 세우더니 성큼성큼 다가와 한 발 앞서 진료실 문을 열어주었다.

"고마워."

"쭝위랑 대화는 잘했어?"

"기운이 없는지 별말 없었어."

성추스는 쭝잉에게 앉으라고 권하고 물을 따라주었다. 그리고 자신은 맞은편에 앉았다.

성추스는 생각과 말을 정리했다.

"쭝위 심장이 더 안 좋아졌어. 원래도 안 좋았는데 차 사고로 더 나빠진 거지. 낙관적인 상황은 아니야…… 심장이식 말고는 다른 방법이 없거든."

쭝잉은 컵을 들어 물을 마시다가 너무 뜨거워서 입을 데어 조용히 종이컵을 탁자에 내려놓았다.

"특이 혈액형이라 매칭 요건도 까다롭고 참고할 만한 사례도 아주 적어."

"가족은 다 알아?"

"어제 말했으니 다 알 거야."

성추스가 고개를 끄덕이며 대답했다.

바깥은 날씨가 아주 좋았지만, 이 소식은 먹구름처럼 실내 온도를 낮추는 에어컨 바람과 어우러져 천장에서 언제라도 비가 쏟아질 것 같았다.

기적의 존재를 믿고 싶지만, 현실은 암담했다. 짧은 시간 안에 적합한 심장 공여자를 찾는 것은 하늘의 별 따기처럼 어려운 일이었다.

쭝잉은 담배 생각이 절실했다. 수중에 담배가 없어 불안을 완화할 요량으로 탁자 위에 놓인 잡지에 손을 뻗었다.『란셋 뉴롤로지The Lancet Neurology』, 병원을 떠난 뒤에는 다시 본 적이 없는 의학 저널이었다.

"대략적인 상황은 이래. 아이가 안됐지. 시간 있을 때 자주 보러 와."

성추스의 말에는 '가망이 별로 없다'라는 전제가 깔려 있었다. 쫑잉은 그 말뜻을 알았지만 대답하지 않았다. 그때 간호사가 노크하고 문을 열며 말했다.

"선생님, 403호 회진이요. 바로요."

성추스는 바빴고, 쫑잉은 그를 더 방해하고 싶지 않았다.

진료실에서 나온 쫑잉이 목적 없이 걷다가 정신을 차렸을 땐 수술실 밖에 서 있었다. 수술 중이라는 붉은 등이 켜져 있고, 문밖에서 가족들이 걱정스럽게 기다리고 있었다. 문 안쪽은 이제 쫑잉은 들어갈 자격이 없는 구역이었다.

멍하니 있는데 주머니에서 휴대전화가 진동했다.

정신을 차리고 휴대전화를 꺼내 보니 액정에 오랜만에 보는 외할머니의 웃는 얼굴과 함께 왼쪽 상단에 상대가 영상통화를 원한다는 표시가 떴다.

통화 버튼을 누르자 신호가 불안정한지 영상이 흔들리고 목소리도 끊겼다.

외할머니가 뭐라고 말하자 작은외삼촌이 얼굴을 들이밀며 말했다.

"쫑잉, 잠시만 기다려. 내가 다시 전화할게."

다시 전화가 왔다. 마침내 목소리가 또렷하게 들렸다. 고개를 들자 유리창을 통과해 들어온 햇빛이 쫑잉의 얼굴로 쏟아졌다.

"쭝잉, 어머니가 며칠 뒤에 귀국하셔. 항저우杭州 고향에 있는 친척과 연락해 보고 싶은데 전화번호를 찾을 수가 없어. 어머니 말씀이 소가죽으로 된 노트에 적어놨다는데, 그게 아파트에 있는 네 엄마 책장에 있대. 시간 있으면 한번 찾아봐 줄래?"

외할머니의 귀국 소식은 갑작스러웠다. 쭝잉은 정신을 차리고 대답했다.

"그 책장은 외할머니가 잠그셨고 저는 열쇠가 없어요."

"열쇠는 탁상시계 뒤에 두셨다니까 가서 찾아봐."

쭝잉은 오랫동안 그 책장을 열어보지 않았고, 오래된 탁상시계도 몇 년간 위치를 옮긴 적이 없었다.

전화를 끊을 때까지도 쉐쉬안칭이 내려오지 않자, 쭝잉은 그냥 아파트로 돌아가기로 했다.

햇빛에 반짝거리는 아파트 공용 현관 복도에는 아무도 없었다. 높은 안내 데스크도 없고, 데스크에서 고개를 쑥 내밀고 "우유 왔어요. 갖고 올라가실래요? 엘리베이터 열어드릴까요?" 하고 묻는 예 선생은 더더욱 없었다. 그 대신 자동으로 문이 열리는 차갑고 기계적인 엘리베이터가 있었다.

엘리베이터에 오르자 꼭대기 층으로 빠르게 올라갔다.

집으로 들어간 쭝잉은 곧장 탁상시계 쪽으로 다가갔다. 조심스럽게 뒤쪽을 여니 과연 옛날 열쇠가 있었다. 광택은 잃었지만 몇 년 만에 얻은 외할머니의 허락이었다.

반쯤 열린 발코니 문으로 뜨거운 미풍이 들어와 커튼이 날

리면서 바닥으로 떨어지는 햇빛도 이리저리 흔들렸다.

책장을 여니 먼지 냄새가 은은하게 풍겼다. 책장에는 다이어리가 순서대로 꽂혀 있었다. 거의 다 엄마가 남긴 것이었다.

쭝잉은 한 권씩 넘기며 찾다가 소가죽 다이어리를 하나 빼들었다. 표지에 수작업으로 연도를 압착해 새긴 것이 외할머니가 말한 전화번호부가 아니라 다이어리 같았다. 쭝잉은 제자리에 넣으려다 문득, 멈췄다. 연도가 굉장히 낯이 익었다.

쭝잉의 낯빛이 점점 어두워졌다. 두 손으로 수첩을 펼치자 엄마 옌만의 글씨가 나타났다.

엄마는 일 처리가 깔끔하고 꼼꼼한 스타일로 다이어리에 쓴 글씨도 단정했다. 한 장 한 장 넘겼다. 8월, 9월…….

9월 12일, 9월 13일, 9월 14일.

9월 14일에는 두 가지 일정이 있었다.

1. 데이터 확인

2. 쭝잉 생일

하지만 그날 엄마는 집으로 돌아오지 않았다.

쭝잉은 두 손으로 다이어리를 꽉 쥐며 그 참담했던 생일과 외로웠던 밤을 떠올렸다.

감정을 꾹 누르고 다이어리를 덮으려다 다음 장에 책갈피가 눌려 있는 것을 발견하고 책장을 넘겼다.

9월 15일, 엄마는 세 가지 계획이 있었다. 전부 업무와 관련된 일이었다.

9월 14일에 자살을 결심한 사람이 다음 날 업무를 계획해 두었다고?

쭝잉은 수첩에서 시선을 떼고 고개를 들었다. 책장에 가득한 유품이 눈에 들어왔다.

엄마가 갑자기 세상을 떠나자, 그녀의 사무실에서 항우울증 처방약을 대량 발견한 사람들은 그즈음 유난히 침울했던 그녀의 태도와 결부시키며 약을 먹어 비이성적인 선택을 했다고 결론을 내렸다.

사고가 난 곳은 신시의 새 사옥 건물이었다. 완공 전이라 건물 중앙을 중심으로 난 나선형 복도에 난간이 설치되지 않은 상태였고, 사무실에서 일하는 사람도 없어서 목격자가 없었다.

그 기간에 엄마는 결혼 생활도 위태해 삶이 각종 부정적인 에너지로 휩싸인 것 같았다. 사고 현장 조사 결과도 타살의 흔적이 없어 뉴스는 자살일 가능성에 무게를 두었다.

쭝잉은 다이어리를 덮어 제자리에 놓았다.

벌써 수십 년 전의 일이라, 설령 단서가 있다고 해도 긴 세월에 거의 남지 않아 이제 와 진상을 찾기에는 어려움이 많았다. 그러나 쭝잉은 자살은 절대 아니라고 확신했다.

엄마는 모든 일을 늘 열심히 했다. 학문에 대한 책임, 일에 대한 책임, 아이에 대한 책임감이 강한 엄마가 아무 말 없이 세상을 떠날 리가 없었다.

당시 엄마에게 쏟아진 '목숨을 가볍게 여긴다, 책임감이 없다'라는 질책과 의미 없는 아쉬움, 위선적인 동정들, 죽은 뒤 유산을 둘러싼 분쟁 등이 어린 쭝잉에게 낙인처럼 강하게 박했다.

당시 쭝잉은 실망과 혐오감에 치를 떨었지만 떠날 수 없었다. 외할머니는 충격으로 쓰러져 좀처럼 일어나지 못해 외국에 살던 작은외삼촌이 돌아와 모셔 갔다. 쭝잉 혼자 덩그러니 남아 무표정한 얼굴로 하루 또 하루를 묵묵히 견뎠다. 어린 시절의 웃는 얼굴조차 기억이 나지 않을 정도였다.

책장 유리문에 쭝잉의 얼굴, 덤덤하고 생기 없는 얼굴이 비쳤다.

입가를 올리며 웃어보려고 했지만 익숙하지 않은 탓에 경직되기만 해서 결국 포기했다.

쭝잉은 일렁이는 감정의 파도를 간신히 누르고 엄마의 유품이 가득한 책장에서 외할머니의 얇은 전화번호부를 찾았다.

춘안淳安 고성에서 태어난 외할머니의 형제자매는 생존을 위해 일찌감치 각자의 길을 찾아 떠났고 오랫동안 만나지 못했다. 어렵게 연락이 닿았을 때는 옌만이 세상을 떠나서 계속 연락하지 못했다. 당시의 전화번호는 오래전에 변경됐거나 주인이 바뀌었을 것이다. 사실 전화번호부를 찾았다고 해서 친척을 다 찾을 수 있는 것은 아니었다.

그러나 사람이 나이가 들고 외국에서 살다 보면 고향과 친척이 보고 싶다는 생각이 집착처럼 들기 때문에 시도는 해봐야 했다.

쭝잉은 책장을 거의 다 뒤진 끝에 마지막 노트 더미에서 전화번호부를 찾았다. 얇은 종이가 부스러질 것 같고 글씨가 얼룩처럼 번져 있었지만 못 알아볼 정도는 아니었다.

책장을 닫자 수많은 감정이 책장 문이 닫히는 것과 동시에 안에 봉인되는 것 같았다.

외할머니의 귀국은 쭝잉에게 아주 좋은 변명거리가 되어주었다.

쉐쉬안칭은 저녁이 되어서야 쭝잉을 찾아왔다. 휴가 이유를 묻길래 그냥 입에서 나오는 대로 대답했다.

"외할머니가 귀국하신다고 해서 모시고 친척들을 좀 찾아보려고."

더할 나위 없이 충분한 대답이라 지적할 게 없었다.

그러나 쉐쉬안칭은 쭝잉의 말을 도무지 믿을 수가 없었다.

"친척 찾는 거, 물론 중요하지. 하지만 휴가 기간이 너무 길어. 사고나 병가 아니면 상부에서 그렇게 길게 휴가를 줄 리가 없잖아? 이렇게 널 몰아붙이면 안 된다는 거 나도 알아. 하지만 난 너한테 무슨 일이 있는지 알고 싶어. 그래, 혼자서 감당해야 하는 일도 있지. 그래도 말하면 감정적으로 조금 덜 힘들잖아, 안 그래?"

쭝잉은 내내 말이 없었다. 쉐쉬안칭이 백 퍼센트 호의에서 이런다는 것을 알았지만 지금은 패를 보여줄 때가 아니었다.

"쉬안칭, 시간을 좀 줘. 곧 말할게."

쉐쉬안칭은 진지하게 생각한 끝에 동의했다.

"무슨 일이든 혼자 끙끙대지 말고 꼭 말해줘."

"응."

쭝잉도 진지하게 대답했다.

8월의 상하이는 잇단 고온 현상으로 공기 중에 떠다니는 먼지조차 델 듯이 뜨거웠다. 8월 말경 두 차례 연속 쏟아진 폭우에 그나마 가뭄이 해갈되었고, 공기도 깨끗하고 촉촉해졌다.

그사이 쭝잉은 장 변호사를 만나 재산 처분 의향을 밝혔다. 그러나 상담 시간이 제한적이라 더 깊은 이야기는 나누지 못해 다음 약속을 잡았다.

원래 계획대로였다면 재산 문제를 더 빨리 처리하고 입원해 수술을 받았겠지만, 외할머니의 귀국으로 계획에 차질이 생겼다. 그러나 쭝잉은 그냥 다 뒤로 미루기로 했다.

9월 1일, 외할머니가 상하이로 돌아오는 날이라 쭝잉은 공항으로 마중을 나갔다.

외삼촌은 일이 너무 바빠 상하이에 길게 머물지 못하고 외할머니를 모셔다만 드리고 돌아갔다. 그래서 할머니를 맞이하고 동행하는 일도 쭝잉에게 떨어졌다.

외할머니는 재미있는 분으로, 외할아버지와 옌만이 잇달아 세상을 떠난 몇 년을 제외하고는 항상 활기차고 낙천적이었다.

쭝잉의 차로 아파트로 향하는 길에서 할머니는 창밖을 보며 감탄을 금치 못했다.

"다 변했네. 아니면 내가 너무 늙어서 예전 상하이의 모습을 기억 못 하는 건가?"

쭝잉는 곁눈질로 창밖을 힐끗 봤다. 1937년에서 2015년으로 돌아온 순간에도 같은 느낌이었다.

"상하이가 변한 거예요, 할머니."

외할머니의 눈에 나이 든 사람 특유의 슬픔이 서렸다.

"하나도 못 알아볼 만큼 변했네."

분위기가 이상해진 것을 느낀 외할머니는 바로 화제를 돌렸다.

"오늘 휴가 냈니? 내가 일에 방해가 된 것 같구나."

"몇 년 동안 안 쓴 휴가 몰아서 다 냈어요. 걱정하지 마세요. 잘 모시겠습니다."

"안 그래도 돼. 나 인터넷에서 버스표 예약하는 방법도 안다. 혼자 항저우에 가는 것도 문제없어. 너희들은 날 아무것도 못하는 늙은이 취급하지만, 난 정말 괜찮아."

외할머니는 옛날 말투로 느긋하게 말했다. 할머니의 말투에서 쫑잉은 문득 성칭랑이 떠올랐다.

성칭랑을 못 본 지도 꽤 됐다. 여러 날, 그는 699번지 아파트에 나타나지 않았다. 그에게 주었던 신용카드도 8월 21일 이후 사용 문자가 한 번도 오지 않았다.

성칭랑은 인간 세상에서 증발된 것처럼, 사라졌다.

사고가 나서 못 오는 걸까? 아니면 시공의 구멍이 복구되어 두 시대를 오가지 않아도 되게 됐나?

칠석날의 이별 이후, 두 사람은 오작교에서 만나고 헤어지는 견우와 직녀처럼 각자 은하의 양쪽으로 돌아가 다시 만날 수 없게 되었다. 다른 점이라면 견우와 직녀는 다음에 만난다는 기약이라도 있지만, 그들은 만날 날을 기약할 수 없었다.

한 사람은 현대에서 위험한 수술을 앞두고 있었고, 다른 한 사람은 30년대 전쟁으로 불안한 상하이에서 온갖 위험에 노출되어 있었다. 인연은 정말…… 끊고 싶다고 끊어지는 것이 아니었다.

여기까지 생각이 미치자 쭝잉의 눈에 알 수 없는 슬픔이 스치고 지나갔다.

쭝잉은 자기가 성칭량을 걱정하고 있다는 것을 인정했다. 그리고 성가로 데려간 두 아이도 걱정이 되었다. 그리고 성칭 후이……. 쭝잉은 그들이 전쟁의 불길에서 무사히 벗어나고, 수십 년 동안 이어질 불안의 시대를 평안하게 보내기를 진심으로 기도했다.

생각이 꼬리에 꼬리를 물다 보니 오른손이 가볍게 떨렸다.

오른쪽 뒷좌석에 앉아 있던 외할머니는 쭝잉의 얼굴에 스치는 불안을 읽었다.

외할머니는 그제야 쭝잉을 자세히 살폈다. 요 몇 년간 영상 통화나 전화 통화로 손녀의 상황을 대충 알 수 있었지만, 직접 만나 보니 더 걱정스러워졌다.

외모나 일하는 스타일이 어쩨 점점 옌만을 닮아갔다.

외할머니는 걱정스러운 표정으로 핸들을 잡은 손을 쳐다보며 조심스럽게 물었다.

"아잉*, 뭐 안 좋은 일이라도 있니?"

---

* 阿~. 아명兒名이나 성姓 앞에 써서 친밀함을 나타낸다.

갑작스러운 질문이었지만 쭝잉은 바로 대답했다.

"없어요."

"직장이나 생활에서 신경 쓰이는 일이라도 있어?"

쭝잉은 진지하게 생각했다.

"조금요? 하지만 제가 해결할 수 있어요."

대답도 과거 옌만과 거의 똑같았다. 하지만 옌만은 이렇게 말해놓고 얼마 뒤 세상을 떠났다. 그래서 걱정이 더 커졌다. 옌만의 갑작스러운 죽음은 너무나 큰 충격이었기 때문에 누군가 또 옌만의 전철을 밟는 것을 바라지 않았다. 특히 쭝잉은 더더욱.

두 사람이 699번지 아파트에 도착했을 때는 날이 이미 저문 상태였다. 오랜만에 옛집에 돌아온 외할머니는 여러 감정이 교차했다.

이 아파트는 외할머니의 신혼집이었다. 할머니는 이곳에서 자식을 낳았고, 공부하러 떠나는 아이들을 배웅했으며, 아이들이 새로운 가정을 꾸려 하나둘 떠나는 것을 지켜본 뒤 자신도 떠나 수년 동안 돌아오지 않았다. 집은 그대로인데 자신만 변했다.

외할머니는 책장 앞으로 다가가 한참 동안 서 있다가 발코니로 나갔다. 황혼에 물든 새로운 모습의 상하이는 그녀의 해묵은 슬픈 이야기를 전혀 모르는 것 같았다. 과거의 일들은 사실 그녀에게도 절제해야 하는 슬픔과 후회로 남았다.

쭝잉은 외할머니 옆에 서서 요 며칠 저장浙江에 있는 친척들과 연락해 본 일을 설명했다.

쭝잉은 전화번호부에 있는 순서대로 옛 번호로 전화를 걸었다. 앞의 몇 개는 아예 연결이 안 돼서 나중에 다시 천천히 찾아보는 수밖에 없었다. 이모할머니 집은 전화를 받았지만, 딸을 따라 난징으로 이사 갔다고 했다. 그래서 난징 딸네 집으로 전화를 걸었더니 이모할머니도 언니를 늘 생각했다며 가능하다면 빨리 만나고 싶다고 했다.

모두와 연락이 닿지는 않았지만 한 명이라도 바로 만날 수 있으니 외할머니에게는 큰 기쁨이었다.

쭝잉이 난징의 이모할머니 쪽과 연락해 두 자매는 전화기를 사이로 목소리로나마 서로의 안부를 물을 수 있었다. 두 사람은 눈물을 참으며 9월 3일 저녁에 만나기로 약속했다.

상하이에서 점심을 먹고 출발해 고속도로를 달려 난징에 도착하자, 마침 해가 져 도로가 조금 막혔다. 아주 일상적인 주중 퇴근 시간의 교통체증이었다. 이것이 2015년의 난징이었다.

그렇다면 칠십 년 전에는? 내비게이션이 삼 킬로미터만 더 가면 목적지에 도착한다고 말해주었다. 쭝잉은 저 멀리 평온한 고층 빌딩을 보며 꼬리에 꼬리를 물고 떠오르는 생각을 접었다.

만나기로 한 장소는 이모할머니 집으로 난징시의 일반 아파트였다.

이모할머니의 딸과 사위는 식탁 다리가 부러질 정도로 음식을 차려놓고 난징 사투리를 써가며 매우 열정적으로 두 사람을 맞았다. 외할머니와 이모할머니 자매만이 춘안 사투리로 서로의 안부를 물었다. 각자 자신의 일가를 일군 두 사람의 흐린 눈에 기쁨을 담은 촉촉한 눈물이 차올랐다.

오랜 이별 끝에 다시 만났으니 두 사람의 기쁨은 이루 말할 수가 없을 것이었다.

8시가 가까워지자, 푸커우浦口에 사는 외손자 가족과 장닝江寧에 사는 외손녀 가족도 도착해 좁은 아파트가 설을 쇠는 것처럼 북적거렸다. 텔레비전에서는 현지 뉴스가 나왔고 아이들은 소파에서 뒹굴었으며, 누군가는 주방에서 일을 돕고 누군가는 거실에 음식상을 차리고 있었다……. 쭝잉은 한쪽에 멍하니 서 있었다.

쭝잉의 집은 이렇게 식구가 많지도, 이렇게 모이는 법도 없어서 꽤 낯선 풍경이었다.

6촌 동생이 어색하게 서 있는 쭝잉을 보고 딸을 쿡쿡 찌르며 쭝잉에게 앉으라고 권하라고 했다.

"상하이 이모, 어서 앉으세요. 곧 식사할 거예요!"

쭝잉이 그제야 정신을 차리고 작은 소파로 다가가자, 두 노인이 앉으라고 권했다.

외할머니는 당연히 관심의 초점이 되었다. 쭝잉을 궁금해하는 사람도 있었지만, 딱 봐도 내성적으로 보였는지 몇 마디 묻더니 그만두었다.

화기애애했던 식사가 끝나자 거의 10시가 다 되었다.

평일 이 시간이면 노인들은 벌써 잘 준비를 했겠지만, 오늘은 특별한 날이라 잠이 달아났는지 두 노인은 꼭 붙어 앉아 수박과 차가운 음료를 놓고 함께 텔레비전을 봤다.

구석에 앉아 있던 쭝잉은 선풍기 바람에 머리가 조금 아팠다. 쭝잉이 미간을 살짝 찌푸리는 것을 본 6촌 동생이 물었다.

"공기가 너무 답답하죠? 발코니에서 바람 좀 쐴래요?"

쭝잉이 말없이 고개를 끄덕이자, 6촌 동생이 그녀를 남쪽으로 난 발코니로 안내했다.

"에어컨을 계속 켜놓은 데다 음식 만들 때 생긴 연기가 빠지지 않아서 불편했을 거예요."

6촌 동생이 창문을 열며 말했다.

쭝잉은 아무 말도 하지 않고 주머니에서 담뱃갑을 꺼내며 물었다.

"담배 피워도 돼요?"

"네."

6촌 동생이 고개를 끄덕거렸다.

"괜찮아요. 언니 집처럼 생각하세요."

쭝잉은 창가에 서서 담배에 불을 붙였다. 엷은 연기 너머 수많은 집에서 흘러나온 불빛이 별처럼 반짝거렸다.

정말 좋다, 라고 쭝잉은 생각했다.

쭝잉은 무의식적으로 휴대전화를 꺼내 시간을 봤다. 22시 06분, 10시가 지났는데 아무 소식도 없었다.

옆에 있던 동생은 쭝잉이 초조한 듯이 시간을 보자 급히 상하이로 돌아가야 하나 보다 하고 생각했다.

"오늘은 난징에서 자고 가세요."

"네."

쭝잉은 애매하게 대답하고 휴대전화 잠금을 풀고 검색창을 열어 잠깐 망설였다가 상하이전투 기록을 검색했다.

8월 21일, 적군 증원군 도착, 양측 격전, 교착상태에 빠짐.

8월 22일, 후이산汇山 부두에서 아군 동서 양방향으로 진격. 동쪽은 양수푸로, 서쪽은 헝빈허橫浜河 방향으로 진격.

8월 23일, 일본 폭격기 선시공사 폭격, 팔백여 명 사상.

8월 28일, 아군 뤄뎬羅店에서 열흘 이상 적군과 격전, 과반수 사망, 뤄뎬진 함락.

9월 1일, 일본군 제12, 18, 21, 22, 36 등 여단 상하이 도착…… 퉁지대학 일본군에 폭파.

몇 줄로 기록된 중대 사건은 전쟁의 흐름은 보여주지만 그 안에 있는 평범한 사람들의 운명은 다 보여주지 않았다.

쭝잉이 못 참고 예전에 검색을 포기했던 세 글자를 검색하려고 할 때, '띵' 하는 소리와 함께 카드 사용 내역을 알리는 문자가 들어왔다.

재빨리 문자를 열어보니 구매지가 난징의 바이샹약국으로 나왔다.

쭝잉은 눈살을 확 찌푸렸다. 머릿속에서 하얀 바탕에 녹색 글자로 된 간판이 튀어나와 6촌 동생에게 불쑥 물었다.

"단지 밖에 바이샹약국이라고 있어요? 체인점인가요, 아니면 개인 가게인가요?"

저녁 내내 말이 없어 아무것에도 관심이 없는 줄 알았던 쭝잉의 갑작스러운 질문에 동생은 순간 멍했다.

"아, 바이샹약국이요…….."

동생은 기억을 더듬더니 대답했다.

"아, 맞다. 서문 입구에 하나 있어요. 체인점은 아니고 개인 약국일 거예요."

동생의 대답에 쭝잉은 피우던 담배를 끄고 "잠깐 나갔다 올게요"라는 말만 남기고 후다닥 밖으로 나갔다.

방범 문이 닫히자 거실에 있던 사람들은 모두 어리둥절했다.

"방금…… 누가 나간 거야?"

이모할머니가 정신을 차리며 물었다.

소파에 파묻혀 아이스크림을 먹고 있던 여자아이가 대답했다.

"상하이 이모요!"

외할머니도 어리둥절한 표정으로 문을 바라보자, 6촌 동생이 발코니에서 들어오며 말했다.

"약국 가는 거 같아요. 아마 약 사러……?"

방금 쭝잉의 행동은 너무 이상해서 6촌 동생은 자신의 말이 맞나 싶었지만, 어쨌든 어른들이 걱정하지 않는 게 더 중요했기 때문에 그냥 적당히 둘러댔다.

옛날 아파트라 층수가 낮아 엘리베이터가 없었다. 복도에는 소리를 인식해 켜지는 등이 설치되어 쭝잉이 달리는 소리에 맞춰 한 층, 한 층 불이 들어왔다.

방향감각이 좋은 쭝잉은 단숨에 서문을 찾아 나와 왼쪽으로 돌아 약국으로 뛰어 들어갔다. 냉기가 훅 들이닥쳐 소름이 돋았다.

쭝잉은 가쁜 숨을 내쉬며 약국 안을 살폈다. 약장과 계산대 앞, 그 어디에도 성칭랑은 없었다.

"방금 어떤 사람이 약 사고 56.5위안 계산하지 않았어요?"

쭝잉이 숨을 고르며 물었다.

"어떻게 아셨어요?"

직원이 어리둥절해 물었다.

"그 사람 나간 지 얼마나 됐어요?"

"삼사 분 정도?"

직원이 여전히 어리둥절하며 대답하자마자 쭝잉은 그대로 밖으로 뛰어나갔다. 약국 유리문이 자동으로 천천히 닫혔다.

길에는 자가용이 빽빽하게 세워져 있었고 가로등이 드문드문 들어와 있었다. 쭝잉은 자기 숨소리가 들릴 정도로 빨리 달렸다. 뜨거운 날씨 때문에 이마에서 땀이 스며 나왔다.

갈림길에 도착하자 순간 어디로 가야 할지 망설이는데 휴대전화에서 갑자기 '띵' 하는 소리가 울렸다. 재빨리 잠금을 풀자 새로운 문자가 왔다. 편의점, 7.8위안을 사용했다.

쭝잉은 차를 몰고 오면서 그 편의점을 지나왔던 게 어렴풋이 기억나 즉시 오른쪽으로 돌아 전력 질주했다.

빌딩을 지나는데 갑자기 누군가가 조심스럽게 그녀를 불러 세웠다.

"쭝 선생?"

그 소리에 쭝잉은 달리기를 멈추고 헉헉거리며 허리를 숙이고 두 손으로 무릎을 짚은 채 계단에 앉아 있는 상대를 쳐다보며 말했다.

"성…… 선생님."

성칭랑이 벌떡 일어나자 쭝잉도 몸을 일으켜 인상을 쓰며 숨을 골랐다.

"왜 난징에 있습니까? 그리고 어떻게 제가 여기에 있는 걸 알았습니까?"

성칭랑이 놀라움을 누르며 최대한 침착한 말투로 물었다.

"말하자면 기니 일단 그건 나중에 말할게요."

쭝잉은 숨이 조금 안정되자 성칭랑의 모습을 살폈다.

어두운 가로등 불빛 아래서 본 성칭랑은 한눈에 봐도 몹시 수척했다. 얼굴에는 찢어진 흉터가, 옷깃에는 혈흔이, 손에는 약국 비닐봉지를 들고 있었다. 비닐봉지 속에는 약과 붕대 외에 물과 빵이 들어 있었다.

쭝잉은 성칭랑이 왜 부상을 입었는지, 요 며칠 무슨 일이 있었는지 자세하게 물어볼 시간이 없었다.

"펜 있어요?"

성칭랑은 서류 가방을 갖고 오지 않아 셔츠 주머니를 더듬어 만년필을 꺼내 쭝잉에게 건넸다. 성칭랑은 쭝잉이 뭘 하려는지 어리둥절했지만, 쭝잉은 아랑곳하지 않고 성칭랑의 손을 잡아 손바닥을 펴더니 재빨리 호텔 이름을 적었다.

"택시 타고 이 호텔로 가서 기다려요."

쭝잉은 만년필 뚜껑을 닫고 지갑에서 지폐 두 장을 꺼내 성칭랑의 손에 쥐어주었다.

"난 할머니를 모시러 가야 해서 조금 늦게 도착할 거예요. 그래도 기다려요."

쭝잉의 일련의 행동에 성칭랑은 정신을 차릴 수가 없었다. 정신을 차렸을 때는 쭝잉이 시원시원한 뒷모습만 남긴 채 백미터 밖까지 걸어가고 있었다.

이모할머니 집으로 돌아오자, 6촌 동생이 다가와 물었다.

"방금 약국 갔었죠?"

"네, 두통이 조금 있어서 두통약 사러 갔어요. 이미 먹었고요."

쭝잉이 어물쩍 대답했다.

"지금은 괜찮니? 운전하기 힘들면 대리기사 부를까?"

외할머니의 물음에 쭝잉이 고개를 저었다.

"괜찮아요. 지금은 많이 나아졌어요."

친척들은 조금 피곤한 기색이었지만 막상 헤어지려니 섭섭한 것 같았다. 그러나 자고 가라고 하기에는 공간이 부족해 난처한 모습이었다.

외할머니도 눈치채고 이모할머니에게 말했다.

"날이 늦었으니 쉬어야지. 내일까지 난징에 있을 테니 우린 또 만날 수 있어."

이모할머니가 고개를 끄덕이자 친척들도 마음이 놓이는 듯했다.

친척들이 모두 밖으로 나와 쭝잉과 외할머니를 배웅하며 차에 오르는 것을 보고서야 안심하고 들어갔다.

쭝잉는 오른쪽으로 난 갈림길을 따라 차를 몰았다. 지나면서 성칭랑과 만났던 빌딩을 쳐다봤다. 빌딩 앞 계단이 텅 빈 게 성칭랑은 이미 떠난 것 같았다.

차는 예약한 호텔을 향해 막힘없이 달렸다. 도착하자 11시 정각이었다. 호텔 밖은 인적이 드물었고 프런트 데스크도 지친 것 같았다.

호텔로 들어간 쭝잉이 주위를 두리번거리자, 외할머니가 물었다.

"아잉, 뭐 찾니?"

"아니에요."

쭝잉은 대답하면서도 실내를 계속 살폈다. 북쪽에 있는 실내 분수 옆 소파에서 마침내 성칭랑을 찾았다.

성칭랑도 쭝잉을 봤지만, 그녀 곁에 할머니가 있는 것을 보고 선뜻 나서지 못하고 그냥 앉아서 기다렸다.

외할머니는 쭝잉과 함께 체크인 수속을 하려고 했지만, 쭝잉이 말렸다.

"피곤하실 테니 여기 앉아 계세요. 제가 수속하고 올게요."

쭝잉은 외할머니의 여권을 들고 데스크로 향했다.

쭝잉이 예약 정보를 말하자, 호텔 직원이 물었다.

"스탠다드 룸 하나 예약 맞으시죠?"

"아니요."

쭝잉은 목소리를 낮추며 신분증과 여권을 건넸다.

"두 개 주세요."

"따로따로요?"

직원의 시선이 소파에 앉아 있는 외할머니로 향했다. 노인 혼자 방을 쓰게 하면 불안한데 하는 눈빛이었지만 두말하지 않고 룸 카드 키 두 장을 주었다.

쭝잉은 키를 받아 들고 몸을 돌렸다. 외할머니는 다른 소파에 앉아 있는 성칭랑을 쳐다보고 있었다.

쭝잉이 빠르게 다가가 "할머니" 하고 부르며 부축해 일으켰다.

"체크인했어요. 올라가서 쉬세요."

외할머니는 쭝잉의 부축을 받으며 일어나면서도 성칭랑에게서 시선을 떼지 않았다. 몸을 돌리고 나서야 시선을 거두며 쭝잉에게 말했다.

"저 청년 봤니? 점잖게 생겨서 어디서 저렇게 다쳤을까. 싸움이라도 했나? 차림새도 아주 고풍스러운 게, 정말 이상하네."

쭝잉은 곁눈질로 성칭랑 쪽을 힐끗 보고 엘리베이터가 열리자 바로 말을 끊었다.

"할머니, 엘리베이터 왔어요."

객실로 들어오자, 외할머니는 고향에서 있었던 옛일을 말했다. 말을 끊을 수가 없어 묵묵히 들으며 시계만 쳐다봤다. 쭝잉의 초조함을 눈치챈 외할머니가 물었다.

"뭐 할 일이 남았니?"

"시간이 늦었으니 씻어야겠어요."

"그럼 너 먼저 씻어라. 난 조금 앉아 있어야겠다."

쭝잉은 외할머니의 고집을 이길 수가 없어 먼저 욕실로 들어갔다. 재빨리 씻고 머리도 반만 말린 상태에서 목욕 가운을 입고 나오니 채 십 분도 지나지 않았다.

"급하게 할 거 없다. 잘 씻어야지."

외할머니의 말에 쭝잉은 고개를 끄덕이며 여행 가방에서 갈아입을 옷을 꺼냈다. 셔츠와 긴 바지를 잽싸게 입자 그 모습을 지켜보던 외할머니가 물었다.

"너 그렇게 입고 자려고?"

"나가서 담배 좀 피우고 오려고요."

쭝잉이 재빨리 대답했다.

외할머니는 담배 피우는 것을 싫어했지만, 쭝잉이 담배를 피울 때는 다 이유가 있겠지 싶어 뭐라고 말하려다 꾹 참았다.

외할머니가 욕실로 들어가는 것을 보고 난 뒤에야 쭝잉은 방에서 나와 로비로 내려갔다. 홀로 앉아 있는 성칭랑에게 직원이 다가가 나가라고 완곡하게 말하고 있었다.

순간 쭝잉은 화마오호텔에서 있었던 일이 떠올랐다. 그녀 혼자 로비에 앉아 있었을 때 직원이 다가와 나가라고 했을 때와 비슷한 장면이었다. 대상이 자신에서 성칭랑으로 바뀌었을 뿐이었다.

쭝잉이 다가가 성칭랑에게 손을 뻗으며 직원에게 말했다.

"나와 같이 오신 분이에요."

성칭랑이 미처 반응하기도 전에 쭝잉이 손을 더 쑥 뻗어 성칭랑의 손을 잡고 엘리베이터 쪽으로 향했다.

밀폐된 공간이 천천히 위로 올라가자 목욕용품의 향긋한 향기와 전쟁터에서 묻어온 화약 냄새가 섞였다.

쭝잉이 미간을 살짝 좁히며 성칭랑 쪽으로 몸을 돌렸다. 성칭랑은 엘리베이터 벽 쪽에 딱 붙어 꼼짝하지 않았다.

"얼굴은 어쩌다 그런 거예요?"

"포탄 파편이 스쳤을 겁니다."

쭝잉의 물음에 성칭랑은 한참 동안 멍하더니 대답했다. 너무 피곤해서 반응이 둔해진 것 같았다.

쭝잉의 시선이 성칭랑의 얼굴에 머물렀다.

쭝잉이 앞으로 성큼 다가가 성칭랑 앞에 섰다. 너무 가까워 숨소리마저 들렸지만 안 그래도 벽에 붙어 있던 성칭랑은 피할 곳이 없었다.

엘리베이터 내부의 밝은 불빛을 빌려 쭝잉은 눈썹을 잔뜩 찡그린 채로 성칭랑의 얼굴에 난 상처를 꼼꼼히 살폈다. 그리고 손을 뻗어 그의 턱을 살짝 올렸다. 그제야 목에 난 상처 두 개가 드러났다. 정말 파편에 스친 상처라면 운이 진짜 좋은 것이었다.

"조금만 더 깊었으면 경동맥이 끊어졌을 거예요. 그랬으면…… 이곳에 나타날 수도 없었을 거고요."

쭝잉은 성칭랑의 턱을 잡은 손을 뗄 생각이 없어 보였다.

거리낌 없이 상처를 살피는 통에 성칭랑은 그냥 벽에 기댄 채 기다리는 수밖에 없었다.

"무슨 약 샀는지 보여줘요."

쭝잉이 마침내 손을 떼자, 성칭랑은 조용히 숨을 내쉬었다. 그러나 숨을 다 내쉬기도 전에 쭝잉이 고개를 숙이자 다 마르지 않은 촉촉한 머리칼이 성칭랑의 피부를 스쳤다. 시원하고 은은한 샴푸 냄새가 났지만, 머리칼은 그다지 부드럽지 않았다.

순간 긴장으로 목울대가 출렁하고 손가락이 미세하게 떨려 주먹을 꽉 쥐었다.

쭝잉이 성칭랑에게서 약 봉투를 받아 들기 전에 엘리베이터 문이 열렸다. 쭝잉은 손을 떼고 성칭랑에게 말했다.

"저 따라오세요."

성칭랑은 무거운 짐을 내려놓은 것처럼 주먹을 펴고 엘리베이터에서 내렸다. 쭝잉이 오른쪽 복도로 걸어가고 있었다. 두꺼운 카펫이 깔려 있어 발소리가 나지 않았고, 천장의 조명이 따뜻하게 내려앉아 쭝잉의 젖은 머리칼이 한결 부드러워 보였다. 쭝잉의 뒤를 따라 걷던 성칭랑은 이 장면을 어디서 본 것 같은 느낌이 들었다. 프랑스어로 데자뷔라고 하는…….

수십 일 전, 폭격을 당하기 전의 화마오호텔에서 성칭랑은 쭝잉을 데리고 이런 복도를 걸었다. 조명과 냄새만 달랐을 뿐

이었다……. 바깥에는 포성이 없고, 열쇠는 칩이 내장된 카드
키로 바뀌었지만, 사람은 그대로였다.

문을 열고 들어가 카드 키를 전기함에 꽂자 불이 확 켜졌다.

쭝잉은 옆으로 비켜서며 성칭랑에게 안으로 들어오라고 했
다. 동시에 손을 뻗어 그의 손에 들린 봉투를 받아 고개도 들지
않고 말했다.

"먼저 씻으세요. 그러고 나서 상처를 치료하는 게 나을 거
같아요."

성칭랑이 그대로 꼼짝하지 않자, 쭝잉이 고개를 들었다.

"무슨 문제라도 있어요?"

"아닙니다."

말투에서 약간 어색함이 묻어났지만, 성칭랑은 이내 몸을
돌려 욕실로 들어가 문을 닫았다.

쭝잉은 소파 앞으로 다가가 둥근 탁자에 약 봉투를 내려놓
고 뒤적거렸다. 필요한 것은 다 있어서 구색은 갖췄다고 할 수
있었다.

쭝잉은 소파에 앉았다. 욕실에서 물소리가 들렸다. 쭝잉은
다시 시간을 보고 무료해 텔레비전을 켰다.

42인치 액정 디스플레이 텔레비전에서 어제 있었던 열병식
이 재방송되고 있었다. 전쟁이 끝나고 벌써 70주년이 되었지
만, 욕실에 있는 저 사람이 몇 시간 전에 겪은 것은 전쟁 초기
였다.

쭝잉의 눈빛이 점점 어두워졌다. 욕실의 물소리가 얼마나

계속됐는지 의식하지 못했다.

성청량은 세면대에서 셔츠를 빨았다. 천에 스며든 피는 아무리 빨아도 깨끗해지지 않을 것 같았다.

성청량은 문득 동작을 멈추고 두 손으로 세면대 양쪽을 잡았다. 세면대를 잡은 손의 손등에서 혈관이 툭툭 튀어 올랐다. 고개를 들어 거울에 비친 자신의 얼굴을 잠시 보다가 물을 잠갔다. 바깥의 텔레비전 소리가 점점 또렷하게 들렸다. 열병식 퍼레이드 곡 사이사이, 여성 해설자가 '항전 승리'를 강조하는 소리가 반복적으로 들렸다.

성청량은 문을 열고 나갔다.

갈아입을 깨끗한 옷이 없어 목욕 가운을 걸치는 수밖에 없었다. 쭝잉은 고개를 돌려 그를 보면서도 이상한 점을 느끼지 못했다.

"앉으세요. 상처 치료해 줄게요."

성청량은 사양하기가 뭐해 고분고분 소파에 앉았다. 쭝잉은 약 봉투를 끌어와 알코올 솜 포장을 능숙하게 뜯어 성청량의 상처를 치료했다.

알코올 솜이 닿자 집중적인 자극에 성청량은 미세하게 미간을 구겼다.

"조금만 깊었으면 봉합해야 했을 거예요. 정말 다행이에요."

약상자를 뜯어 약을 발라주는데, 성청량이 물었다.

"오늘 왜 난징에 있었습니까?"

"외할머니가 귀국하셔서 친척을 찾았는데 난징에 사는 분이 계셔서 모시고 왔어요."

쭝잉은 사실대로 대답했다. 성칭랑의 상처만 쳐다보던 쭝잉이 갑자기 눈을 들며 물었다.

"그러는 당신은요? 왜 여기에 있고, 상처는 또 왜 생겼고, 최근에는 어디에 있었어요?"

질문이 쏟아져 나왔다. 평소의 쭝잉답지 않게 궁금한 게 많았다.

쏟아지는 질문에 성칭랑은 눈을 내리깔다가 쭝잉의 시선과 부딪혔다. 성칭랑은 순간 멈칫했고, 쭝잉은 시선을 피했다. 부드러운 손가락이 그의 얼굴을 가볍게 누르며 피부에 약을 발랐다.

성칭랑이 대답하지 않자, 쭝잉은 "흠" 하고 콧소리를 냈다.

"오늘 중 선생이 있던 아파트 단지, 칠십 년 전에는 성가의 난징 공관이었습니다. 오늘 밤에는 자료를 가지러 그곳에 간 것이고, 상처는 부두에서 생긴 거예요. 최근에 상하이 공장이 이전을 시작했는데, 절차가 복잡해서 상하이와 전장鎭江 사이를 오가며 수속을 하느라 오랫동안 아파트에 못 갔습니다."

"그럼 요 며칠 잠은 어디서 잤어요?"

"밤에도 문을 닫지 않는 상점이나 병원이 있길래 그곳에서 밤을 샜습니다."

"카드는 왜 안 썼어요?"

"네?"

성칭랑은 쭝잉이 카드 사용 내역을 알 것이라고는 생각하지 못한 모양이었다.

"손목시계를 팔았습니다. 그래서 현금이 조금 생겼고 마침 어젯밤에 다 썼습니다."

성칭랑의 대답은 전혀 문제가 없었다. 쭝잉은 성칭랑의 목에 난 상처를 치료하기 시작했다. 턱에 불빛이 가려서 바짝 다가가야 상처가 보였다. 쭝잉의 코가 성칭랑의 얇은 목 피부를 살짝 스쳤다.

"성 선생님?"

쭝잉이 약을 바르며 불쑥 말하자 잔뜩 힘이 들어간 성칭랑의 목울대가 꿀렁거렸다.

"왜 그러십니까?"

"저에게 부담 주기 싫어서 그래요?"

"아닙니다. 그저……."

성칭랑이 설명을 하려는 순간, 쭝잉이 손을 뗐다. 성칭랑은 그제야 숨을 내쉬며 제대로 설명하려고 했다. 그러나 쭝잉이 다시 손을 들어 그의 턱을 잡으며 말했다.

"입 벌려요."

성칭랑이 말 잘 듣는 환자처럼 입을 벌리자 입가의 따끔거리는 통증이 더 심해졌다.

날카로운 금속 파편이 스치면서 생긴 작은 상처라 피가 나지도, 잘 보이지도 않았지만, 쭝잉은 그런 것까지 다 찾아냈다.

쭝잉이 손가락으로 성칭랑의 입가를 쓱 만지며 물었다.

"아파요?"

쭝잉은 눈을 들고 성청량은 눈을 내려 두 사람의 시선이 부딪쳤다. 얽힌 시선 속에 혼란과 자제가 교차되었다.

쭝잉이 손을 뚝 떼며 아무렇지 않게 말했다.

"여긴 약 안 발라도 곧 나을 테니 신경 안 써도 되겠어요."

쭝잉은 욕실로 들어가 손을 씻고 나왔다. 텔레비전에서 나오던 열병식은 거의 끝나가고 있었지만, 구석에 표시된 '항전 승리 70주년' 자막은 사라지지 않았다. 자막을 쳐다보는 성청량의 옆얼굴이 긴장한 채로 풀어질 줄 몰랐다.

지옥 같은 시간도 결국에는 끝이 나겠지만 그래도 너무 길어 견뎌낼 수 있는 사람이 얼마나 될지 알 수 없었다.

성청량이 고개를 돌려 쭝잉을 바라보자, 쭝잉이 리모컨으로 텔레비전을 껐다.

"좀 쉬세요. 아니면 무슨 힘으로 내일 하루를 또 버티겠어요?"

실내가 조용해지자, 쭝잉이 다시 물었다.

"난징에 언제까지 머무를 거예요?"

"내일모레 상하이로 돌아갑니다."

"그러면 룸 키 잘 챙기고, 내일도 이곳으로 오세요."

쭝잉은 문 쪽으로 걸어가며 한마디 더 했다.

"잘 자요."

성청량도 잘 자라고 말하기 전에 쭝잉은 문을 닫고 나갔다.

쭝잉이 돌아왔을 때, 외할머니는 이미 잠든 뒤였다.

쭝잉은 창가에 놓인 침대에 누웠다. 에어컨은 시원한 바람을 계속 토해냈고 반쯤 걷힌 커튼 사이로 달빛인지 불빛인지가 들어와 실내를 차갑게 밝혔다.

쭝잉은 밤새 이리저리 뒤척였다. 불면의 밤이었다.

다음 날, 쭝잉과 외할머니는 이모할머니 가족과 시내에 있는 호텔에서 점심을 먹기로 했다. 가족이 다 모이자 식탁이 꽉 찼다.

점심 식사는 떠들썩하게 진행됐다. 노 자매는 옛날이야기로 정신이 없었고 밥을 다 먹은 아이들은 룸 안을 이리저리 뛰어다녔다. 쭝잉은 두통이 밀려와 핑계를 대고 밖으로 나갔다. 뜨거운 물에 약을 먹으려고 하는데 6촌 동생이 나왔다.

"아직도 머리가 아파요? 제대로 못 쉬었나 봐요."

쭝잉이 고개를 끄덕이며 복도에 있는 직원에게 컵을 건넸다.

"할머니들은 식사하고 차 마시러 가신데요. 언니는 좀 쉴래요, 아니면 우리와 같이 쇼핑하러 갈래요?"

쭝잉은 어제 욕실에 걸려 있던 피 묻은 셔츠가 떠올랐다.

"같이 가요."

쇼핑몰에 간 쭝잉은 곧장 남성복 매장으로 들어가 가지런하게 놓인 셔츠 진열대 앞에서 멈췄다. 한 손은 바지 주머니에 넣고 다른 한 손은 허공에 놓은 채로 한참을 보다가 그중 하나를 가리키며 말했다.

"이걸로 주세요."

"사이즈가 어떻게 되죠?"

점원의 물음에 쭝잉이 기억을 더듬으며 대답했다.

"키는 1미터 84에서 85 정도 되고요, 체중은 72에서 74 정도 됩니다."

쭝잉은 눈썰미가 좋으니 오차가 거의 없을 것이었다.

"아, 언니 남자친구 주려고요?"

결제하는데 6촌 동생이 옆에서 물었다.

동생의 질문에 영수증에 사인하던 쭝잉의 손이 멈칫했다.

"그건 아니고."

"그럼 어떤 친군데요?"

동생이 다시 물었다.

"인연이 깊은 친구요."

대답하고 보니 성칭후이를 처음 만났을 때 같은 질문에 '지나가는 친구'라고 했던 게 생각났다.

쭝잉의 대답에 동생은 쭝잉이 마음에 드는 이성 친구에게 선물하려나 보다 하고 생각했다.

"인연이 닿기도 참 어려운 일인데, 앞으로 잘될지도 모르겠네요."

잘된다? 쭝잉은 말없이 쇼핑백을 받아 들었다.

쭝잉과 성칭랑은 같은 시대 사람이 아니었다. 어떤 생각은 일단 떠오르면 제어가 되지 않아 그것이 어떤 결과를 가져올지 예상할 수 없다. 그러니 아예 싹부터 잘라버리는 게 안전했다.

이성이 다시 우위를 점하자 안심은 됐지만, 왠지 모르게 아쉽고 실망스러웠다.

6촌 동생과 거의 한나절을 보내고 저녁에 외할머니와 민물 생선을 먹으러 갔다가 호텔에 돌아오니 밤 10시가 다 되어 있었다. 쫑잉이 운전하고 외할머니는 뒷좌석에 앉아 있었다. 외할머니는 조수석에 놓인 쇼핑백 브랜드를 자세히 살피고 남성복 브랜드라는 것을 확인하자 저도 모르게 생각이 많아졌다.

그 나이가 되도록 연애라고는 관심도 없던 애가 갑자기 남자 옷을 사다니, 도대체 이게 무슨 일인지 궁금했다. 궁금한 게 많았지만 어떻게 말을 꺼내야 할지 몰라 혼자서 끙끙거렸다.

차가 호텔 주차장에 들어서자, 쫑잉은 시계를 봤다. 9시 50분이었다. 재빨리 차에서 내려 뒷문을 열면서 외할머니에게 말했다.

"할머니 먼저 올라가 쉬세요. 저는 여기서 담배 좀 피우고 올라갈게요."

외할머니는 쫑잉에게 룸 키를 받아 들고 한마디만 했다.

"조금만 피워라."

쫑잉은 고개를 끄덕이며 외할머니가 차에서 내리는 것을 부축해 호텔에 모셔다드린 다음 차로 돌아와 기다렸다.

창문을 반쯤 열고 담배에 불을 붙이자 담배 연기가 허공으로 흩어졌다. 시선이 닿는 넓은 도로에는 차량만 지나갈 뿐 인적은 드물었다. 한 개비를 다 피울 때쯤 길 건너편에서 익숙한 그림자가 불쑥 나타났다. 그가 횡단보도를 건너 이쪽으로 걸어왔다. 쫑잉은 담배를 끄고 조수석에 있던 쇼핑백을 들고 차에서 내렸다.

성칭랑도 쭝잉을 발견하고 빠른 걸음으로 다가왔다.

"쭝 선생."

쭝잉은 쇼핑백을 건네고 나서야 성칭랑이 어제처럼 피 묻은 셔츠를 입고 있지 않다는 것을 발견했다.

성칭랑은 새 옷으로 갈아입고 있었지만 쭝잉은 선물을 거두지 않았다.

"필요 없을지도 모르겠지만 겸사겸사 샀으니 받으세요."

그때, 호텔 방에 들어간 외할머니가 창문을 열고 아래에 있는 쭝잉과 성칭랑을 보고 있었다. 두 사람은 잠시 이야기를 나누다가 쭝잉이 건네는 쇼핑백을 남자가 받아 들고 함께 호텔로 들어왔다.

쭝잉은 혼자 돌아와 아무 일도 없었던 듯이 샤워를 하고 약 두 알을 삼킨 다음, 두통이 있어 먼저 자겠다고 말했다.

외할머니는 쭝잉이 등을 보이고 자는 모습을 보며 묻고 싶은 말이 많았지만, 꾹 참았다.

이튿날 아침, 일찍 일어난 외할머니는 쭝잉이 자는 틈을 타 프런트 데스크로 내려가 물어보려고 했다. 문을 열고 나선 순간, 대각선 방향의 문이 열리면서 젊은 남성이 나왔다.

외할머니는 그가 아주 눈에 익다고 생각했다. 그제 호텔 로비에서 봤던 그 남자였다. 하지만 지금은 그때와 전혀 다른 모습이었다. 깔끔한 셔츠를 단정하게 입은 남자는 신사처럼 점잖아 보이는 게 이 시대에서는 쉽게 볼 수 없는 분위기를 풍겼다.

남자의 손에, 어제 쭝잉의 조수석에 있던 쇼핑백이 들려 있었다.

　무슨 일인가 싶어서 남자에게 물어보려는 순간, 쭝잉이 문을 열고 몸을 쑥 내밀며 물었다.

　"할머니, 나가시게요?"

　그와 동시에 쭝잉은 맞은편에 서 있는 성칭랑을 봤다.

　외할머니가 고개를 돌리며 쭝잉에게 물었다.

　"둘이 아는 사이니?"

　순간 쭝잉은 재빨리 들고 있던 휴대전화를 봤다. 5시 56분, 시간이 없었다.

제8장

복숭아 맛 이별

쭝잉의 표정에서 불안을 읽은 외할머니는 자세한 내막은 몰라도 두 사람이 보통 사이가 아니라는 것을 알 수 있었다. 쭝잉은 철옹성처럼 단단해 물어보기가 쉽지 않으니 다른 돌파구를 찾을 수밖에. 눈앞의 이 온화하고 구식인 듯한 젊은이가 최적의 대상임은 의심할 나위가 없었다.

외할머니는 그렇게 결론을 내고 고개를 돌려 웃으며 성칭랑에게 물었다.

"어제 쭝잉이 댁에게 주려고 옷을 샀나 보네요. 그러면 서로 아는 사이라는 거고. 내 기억에 그제 호텔 로비에서 본 것 같은데?"

외할머니의 기억력이 너무 좋아 어물쩍 넘어갈 수가 없었다. 외할머니는 두 사람의 대답을 기다리지 못하고 이어서 물었다.

"어제 언제 왔어요?"

일부러 슬쩍 떠보는 질문에 성칭랑은 빨리 벗어나야 한다는 것을 알면서도 침착을 유지하려 애썼다. 팽팽한 신경전을 깬 것은 쭝잉이었다.

성칭랑이 적당한 대답을 생각하는 사이, 쭝잉이 밖으로 나와 성칭랑을 끌어안고 친한 척 손을 잡더니 재빨리 고개를 돌려 외할머니에게 말했다.

"이 사람과 할 말이 있어요. 할머니, 잠시만 기다리세요."

손을 잡은 채로 성칭랑의 허리를 꼭 끌어안고 빠른 걸음으로 걸으면서 속삭였다.

"시간이 급하니 일단 여길 피하자고요. 칠십 년 전 여기는 어디였어요?"

성칭랑은 쭝잉의 키에 맞춰 고개를 숙이며 빠르게 대답하는 수밖에 없었다.

"그때도 호텔이었습니다. 다만 7층이었죠."

쭝잉은 고개를 들어 엘리베이터 층수 표시등을 봤다. 21층에서 멈춰 내려오지 않았다. 쭝잉은 눈살을 확 찌푸리더니 성칭랑을 끌고 비상구 쪽으로 달려가 빠르게 계단을 내려갔다.

검은 바탕에 금색 글자로 '7F' 표지가 나타나서야 쭝잉은 뛰기를 멈추었다. 순간 쇼핑백이 계단 모서리에 긁히는 소리가 나면서 옷이 쏟아졌다.

성칭랑이 옷을 주우려고 하자, 쭝잉이 시간을 보면서 말했다.

"그냥 놔두세요."

쭝잉이 고개를 들어 성칭랑을 쳐다봤다.

"오 초 남았어요."

오 초 동안 무엇을 할 수 있을까?

쭝잉은 호흡이 가빴고 성칭랑도 숨이 차 두 사람 모두 한마디도 제대로 하지 못했다. 손을 놓는 찰나, 이별이었다.

계단에 쭝잉의 숨소리와 찢어진 쇼핑백, 갈아입은 셔츠만이 남았다.

순식간에 사라진 성칭랑은 1937년 난징의 한 호텔 옥상에 나타났다. 쭝잉도, 어두운 계단도 사라지고 그 대신 난징의 희뿌연 하늘과 빠르게 퍼지는 먹구름, 습기가 가득해 쭉 짜면 물이 떨어질 것 같은 공기만이 있었다.

6시 1분, 서로 다른 두 개의 시대에서 거의 동시에 서로에게 들리지 않는 탄식이 울렸다.

한 사람은 소나기가 쏟아지기 전에 옥상에서 벗어날 생각을 했고, 다른 한 사람은 계단에 떨어진 셔츠를 주워 숨을 고른 다음 다시 위층으로 올라갔다.

쭝잉이 돌아갔을 때, 외할머니는 방문 앞에서 쭝잉을 기다리고 있었다.

"왜 혼자 와? 그 사람은?"

"급한 일이 있어서요. 친구 전화 받고 갔어요."

쭝잉의 설명에 외할머니가 궁금증이 가득한 표정으로 물

었다.

"사람 참 괜찮아 보이던데, 언제부터 알았니?"

"조금 됐어요."

"그럼 그날 밤에는 왜 모른 척했어?"

"그 사람이 수줍어해서요."

쭝잉은 적당히 둘러대기가 어려워 무뚝뚝하게 대답했다.

쭝잉의 말에 더 흥미가 생겼지만, 더 물어도 대답할 것 같지 않아 한마디만 더 했다.

"언제 밥 한번 같이 먹자."

쭝잉은 어물쩍 대답해 넘기고 방으로 돌아와 더러워진 셔츠를 세탁 주머니에 넣고 세탁 목록을 작성한 다음, 외할머니 쪽으로 고개를 돌려 화제를 돌리려고 일부러 호칭까지 바꿔서 물었다.

"팡 여사, 오늘 어디 가고 싶어요?"

돋보기를 쓰고 여행 책자를 보던 외할머니가 난징대학살희생자기념관을 가리키며 말했다.

"나 여기 좀 데려가 줘. 1937년에 겨우 여섯 살이던 큰오빠가 큰고모를 따라 난징 친척 집에 갔다가 돌아오지 못했어. 어디에 묻혔는지조차 알 수 없었지."

추억에 잠긴 채 사진을 어루만지는 주름진 손에서 슬픔이 묻어났다. 분위기가 무거워지자, 쭝잉은 말없이 옷을 갈아입고 외할머니를 모시고 아침 식사를 한 다음 기념관으로 출발했다. 난징대학살희생자기념관 제단 위 장명등이 아침 바람 속에서 불타고 있었고, 십자가에는 '1937.12.13.~1938.1'이라고 새겨져 있었다.

12월 13일, 성칭랑에게는 얼마 남지 않은 날이었다. 그리고 그날이 되기 전에 상하이도 적의 수중에 떨어질 것이었다. 쭝잉은 벽에 새겨진 날짜를 보면서 자신이 아는 사람들은 또 어떻게 될 것인지 생각했다.

이미 정해진 역사를 어떻게 할 수 없다는 무력감은 기념관을 나와서도 계속되었다. 외할머니도 쭝잉의 저조한 기분을 알아채고 공자묘를 둘러보자고 제안했다. 인파 속에 섞이고 나서야 인간 세상의 활력을 조금이나마 붙잡을 수 있었다.

난징 여행은 이것으로 끝이 났다.

원래 계획대로라면 내일 방을 빼고 상하이로 돌아가야 했지만, 일단 오늘 밤 성칭랑을 먼저 상하이로 데려다주고 내일 아침 고속철로 난징으로 돌아와 외할머니를 모셔 갈 생각이었다.

외할머니와 함께 저녁을 먹고 성칭랑의 방을 뺀 다음, 외할머니에게 사실대로 말했다.

"저 오늘 밤에 일이 있어서 먼저 상하이에 갔다가 내일 아침에 모시러 올게요. 그래도 괜찮겠죠?"

"어차피 갈 거 같이 가면 안 되니?"

외할머니가 고개를 들어 쭝잉을 쳐다봤다.

"왔다 갔다 하려면 번거롭잖아."

"할머니는 저녁에 쉬셔야죠."

"차에서 쉬면 되지. 밤에 너 혼자 고속도로 달리는 것도 안심이 안 되고."

"다른 사람과 같이 갈 테니 걱정하지 않으셔도 돼요."

그러자 외할머니는 더더욱 같이 가겠다고 고집했다.

"아침에 그 사람이니? 그 사람이 같이 상하이로 돌아가재?"

"네."

숨기려고 해봐야 숨길 수가 없어서 그냥 털어놓았다.

외할머니는 즉시 일어났다.

"지금 바로 짐 싸자. 넌 내려가 퇴실 수속해."

완강한 외할머니의 태도에 쭝잉은 다른 방법이 없었다.

"일단 샤워부터 하세요. 그 사람은 10시에나 오니 아직 시간
있어요."

쭝잉의 말이 조금 이상했지만 일단 접어두고 쭝잉의 말대
로 샤워부터 하고 천천히 짐을 싸서 로비로 내려가 기다리기로
했다.

밤이 깊어지니 로비를 지나는 사람도 줄어들었다. 호텔 괘
종시계 시침이 10을 가리키자, 외할머니가 초조한 듯 물었다.

"왜 여태 안 오니? 약속한 거 맞아? 다시 전화해 보렴."

쭝잉은 휴대전화를 만졌지만 어디로 걸어야 할지 알 수 없
었다. 그에게 전화기를 한 대 사줄까? 그러면 연락이 더 쉽지
않을까?, 하는 생각이 들었다.

11시가 다 되자, 외할머니는 졸기 시작했다. 쭝잉은 고개를
숙인 채 조용히 앉아 있었다. 쭝잉이 낙담하며 일어나 다시 방

을 빌리러 가려는데 성칭랑이 들어왔다.

성칭랑은 약속을 지키기 위해 먼 길을 왔는지 온몸에서 먼지가 풀풀 날렸다.

그런 모습이어도 쭝잉은 안심이 되어 몰래 한숨을 내쉬고 외할머니를 깨웠다. 힘없이 눈을 뜬 외할머니는 성칭랑이 보이자 잠이 확 깬 듯했다.

"이제야 왔네요. 쭝잉이 얼마나 오래 기다렸는데."

성칭랑이 연신 죄송하다고 사죄하자, 외할머니는 그의 예의 바른 모습이 마음에 들었는지 쭝잉에게 말했다.

"그럼 어서 출발하자. 더 지체하지 말고."

차에 들어가 앉은 외할머니는 보온병을 열어 따뜻한 물을 마시고 성칭랑에게 질문을 시작했다. 삼백 킬로미터에 가까운 긴 여정이라 남는 게 시간이니 궁금한 것을 물어보기에 딱 좋았다.

"아직 이름도 모르네요. 이름이 뭐예요?"

"성칭랑입니다."

"어쩐지 귀에 익은데 잘 기억이 안 나네. 어디 사람이에요?"

"상하이입니다."

"같은 상하이 사람이구나. 지금도 상하이에 살아요? 어느 구?"

성칭랑이 대답하기 전에 쭝잉이 가로채 대답했다.

"징안구요."

"역시 같은 징안구였네. 그럼 두 사람 집이 아주 가깝겠네요. 무슨 일 해요?"

"법률 분야에서 일합니다."

"변호사?"

"네."

"좋구먼."

외할머니는 잠시 망설이더니 성칭랑의 얼굴에 난 상처를 언급했다.

"얼굴에 난 상처는 직업과 관계가 있어요? 보복이라도 당한 건가?"

"네, 맞아요, 할머니."

쭝잉이 다시 가로채 대답했다.

"조심해요. 요즘엔 쉬운 일이 없지."

"할머니, 그만 쉬세요."

이 말은 이제 그만 물어보라는 뜻이었다. 외할머니는 쭝잉의 의도를 알아챘다.

"그럼 눈을 좀 붙여볼까."

외할머니는 손을 뻗어 성칭랑의 왼쪽 어깨를 살짝 두드렸다.

성칭랑이 고개를 돌리자, 외할머니가 목소리를 낮춰 말했다.

"상하이까지 네 시간 정도 걸리는데 쭝잉 혼자 운전하려면 피곤하니 이따가 좀 바꿔줘요. 애 좀 쉬게."

성칭랑의 얼굴에 난처한 기색이 떠올랐다.

"제가 운전을 못합니다."

"아, 나도 못하니 괜찮아요."

의외의 대답이었지만 외할머니는 상대의 난처함을 달래주려고 애썼다.

외할머니는 다시 좌석에 몸을 묻고 잠을 청했다. 성칭랑은 외할머니가 담요를 잘 덮는 것을 확인하고 나서야 자세를 고쳐 앉고 쫑잉에게 말했다.

"번거롭게 해서 정말 죄송합니다."

쫑잉은 대답하지 않고 긴장한 채로 운전에만 집중했다.

성칭랑은 창밖을 쳐다봤다. 빠르게 스쳐가는 밤 풍경은 단조로웠고, 다양한 색의 도로표지판만이 어둠 속에서 빛났다. 아쉬울 정도로 고요한 밤이었다.

한참 뒤 뒷좌석에서 외할머니의 코 고는 소리가 들렸다. 말씀은 안 했어도 피곤하셨던 모양이었다. 긴장으로 굳어 있던 쫑잉의 얼굴도 그제야 풀리며 작은 소리로 말했다.

"3시 정도면 상하이에 도착할 거예요. 프랑스 조계로 갈까요, 아니면 공공조계로 갈까요?"

"프랑스 조계요."

"아파트로 돌아가게요?"

"네. 칭후이와 아이들을 좀 보려고요."

조금 의아했다.

"누님이 두 아이의 입양을 반대해 칭후이가 잠시 제 아파트에 머물게 됐습니다. 요 며칠 제가 상하이에 없어서 예 선생에게 신경을 좀 써달라고 부탁했는데 어떻게 하고 있는지 잘 모르겠습니다."

성칭랑이 설명해 주었다.

"지금 상하이는 어때요?"

성칭랑은 눈을 깜빡거리며 지난 며칠 동안 발생한 일들을 떠올리고는 겨우 대답했다.

"좋지 않습니다."

쭝잉은 고개를 살짝 돌려 성칭랑을 힐끗 봤다. 순간 그가 '가면 돌아오지 않을' 것 같은 느낌이 강하게 들었다.

시간은 조금씩 앞으로 나갔고, 차는 고속도로를 빠르고 조용히 질주했다. 이대로 영원히 달릴 수 있을 것 같았다. 두 사람은 아무 말도 하지 않았지만 이런 고요하고 평화로운 교감이 아쉬울 정도였다.

갑자기 쭝잉의 휴대전화가 미친 듯이 진동하며 액정에 불이 들어왔다. '쭝칭린'이었다. 받을 때까지 울리겠다는 기세로 계속 울렸다.

쭝잉은 곁눈질로 고속도로 휴게소 표지판을 보고 휴게소로 들어갔다. 차를 멈추고 전화를 받자 인사를 하기도 전에 저쪽에서 벼락같은 질책이 쏟아졌다.

"너 현금 급해? 왜 갑자기 주식을 매도한 거냐?"

아버지의 질문에 쭝잉은 눈을 감고 이를 악물며 짐짓 평온한 목소리로 말했다.

"특별한 이유는 없고요. 그냥 보유량을 줄이려고요."

"지금 어디냐? 좀 보자. 바로 집으로 오너라."

쭝칭린은 화가 머리끝까지 난 듯했다.

쫑잉은 눈을 떴다.

"지금은 안 되겠네요. 저 지금 외할머니와 같이 고속도로에 있어요."

대답하면서 차 문을 열자 밤바람이 훅 치고 들어왔다. 쫑잉은 밖으로 나가 전화를 계속 받았다.

차 안에 있던 외할머니도 잠에서 깼다. 운전석에 사람이 없어 밖을 보니 칠팔 미터 밖에서 쫑잉이 담배를 피우고 있었다. 손가락 사이에서 담뱃불이 밝아졌다 어두워졌다 했다. 한 손을 바지 주머니에 찔러 넣은 채 담배 연기를 내뿜는 얼굴이 고독해 보였다.

외할머니는 서운하고 마음이 아팠지만, 겉으로는 내색하지 않고 성칭랑에게 말했다.

"나중에 쫑잉에게 담배 조금만 피우라고 해줘요."

성칭랑은 장 변호사라는 사람이 쫑잉이 재산을 처분하고 유언장을 쓰려는 것 같다고 한 말과 조금 전 이를 악물고 참던 모습이 떠올라 저도 모르게 표정이 확 구겨졌다.

성칭랑이 차에서 내리려는데 쫑잉이 빠른 걸음으로 차로 돌아왔다. 그리고 아무 일도 없었다는 듯이 휴대전화를 전화기 받침대에 꽂고 안전벨트를 맨 뒤 시동을 걸었다.

그런데 갑자기 시동이 걸리지 않았다.

아무 징조도 없었기에 기분이 더 나빴다.

쫑잉은 가까스로 유지하던 평정심이 무너질 것 같았지만 화를 낸다고 해결되는 일이 아니었다. 6시가 점점 다가오고 있는데 이곳에 성칭랑을 남겨둘 수는 없었다. 그런 무책임한 짓은 하고 싶지 않았다.

외할머니가 고개를 내밀며 무슨 일이냐고 묻자, 쭝잉은 "차가 고장 난 거 같아요"라고 말하며 차에서 내렸다.

차 안의 두 사람은 돌발 상황에 속수무책이어서 그저 쭝잉의 분주한 모습을 지켜볼 수밖에 없었다. 걱정스러운 마음에 외할머니가 성칭랑에게 말했다.

"쭝잉 혼자 되려나 모르겠네. 그쪽이 나가서 좀 도와줘요."

성칭랑은 현대식 자동차에 대해 아는 것이 전혀 없었지만 그래도 뭐라도 해봐야겠다 싶어서 안전벨트를 풀고 차에서 내리려고 했다. 그 순간 외할머니가 성칭랑의 왼쪽 어깨를 잡았다.

노인은 힘이 무척 셌다.

"운전할 줄 모르면 차에 대해서도 모를 테니…… 그냥 앉아 있어요."

성칭랑은 다시 앉는 수밖에 없었다. 외할머니가 간식용 씨앗 한 봉지를 건네며 물었다.

"배 안 고파요? 이런 거 먹으려나?"

"감사합니다. 배 안 고픕니다."

성칭랑이 손을 휘휘 내저으며 대답했다.

외할머니는 봉투에서 감자칩을 꺼내 주며 말했다.

"요즘 젊은이는 이런 걸 더 좋아하겠지. 이걸로 줄까요?"

성칭랑은 난처한 듯이 다시 손을 내저으며 곁눈질로 차 밖을 봤다. 쭝잉이 저벅저벅 돌아오는 게 보였다.

쭝잉은 차 문을 열고 휴대전화를 집어 차량 긴급 출동 센터에 전화를 걸었다. 전화를 걸면서 차 문을 닫아 차 안에서는 쭝잉의 소리가 잘 들리지 않았다. 그저 고개를 숙인 채 통화를 하다 기다리면서 입술을 깨물고 손으로 머리칼을 뒤로 쓸어 넘기는 모습만 보였다.

외할머니는 쭝잉을 보면서 혼잣말처럼 중얼거렸다.

"어쩜 샤오만과 저렇게 똑같을 수가……."

외할머니의 말에 성칭랑은 쭝잉의 침실에 있던 검은색 하드 커버 책자를 떠올렸다. 성칭랑은 외할머니가 말하는 샤오만이 쭝잉의 어머니일 것이라고 추측했다. 옌만에 관한 것은 사진과 신문에서 본 것이 다였지만, 그것만으로도 성칭랑은 외할머니가 왜 그렇게 말하는지 알 수 있었다. 외모나 행동이 정말 닮았기 때문이다.

그때 외할머니가 불쑥 물었다.

"쭝잉이 일 처리를 참 잘하죠? 안 그래요?"

"네, 그렇습니다."

성칭랑은 정신을 차리고 진심으로 대답했다.

대답하면서 차창 밖을 보니 쭝잉이 통화가 끝났는지 휴게소로 들어가는 뒷모습이 보였다.

성칭랑은 점점 멀어지는 뒷모습을 보면서 외할머니에게 물었다.

"쭝잉 씨 생일이 9월 14일인가요?"

"맞아요, 맞아. 어떻게 알았어요?"

외할머니는 왜 뜬금없이 생일을 묻나 싶으면서도 고개를 끄덕이며 대답했다.

확인은 했지만 성칭랑은 기쁘기는커녕 눈빛이 어두워졌다.

"우연히 알게 됐습니다."

9.14는 쭝잉이 이 세상이 나온 날이자 그녀의 어머니가 이 세상을 떠난 날이었다.

하나는 출발점, 하나는 종착점이었다.

숫자와 함께 인쇄된 뫼비우스의 띠에도 다른 해석과 의미가 있는 것 같았다.

"올해 몇 살이에요?", "쭝잉하고는 어떻게 알게 됐어요?", "이렇게 늦은 시간에 무슨 일로 상하이로 돌아가요?" 등 외할머니의 질문 공세에도 성칭랑의 신경은 온통 백 미터 떨어진 곳에 있는 쭝잉에게 쏠려 있었다.

어둠이 내려앉은 휴게소 광장은 유난히 넓어 마치 세상에 그녀 혼자만 남은 것 같았다. 단단하게 땅을 밟고 서서 완강하게 버티며 홀로 문제를 해결하는 그녀에게서 남다른 강인함이 엿보였다.

과감하고 깔끔한 일 처리로 보아 무슨 일을 하든 카리스마가 넘칠 것 같았다. 성칭랑이 이런 생각에 잠겨 있는데 쭝잉이 갑자기 차로 걸어왔다. 거의 다 와서 다시 멈추더니 전화를 받았다.

쉐쉬안칭이었다.

"이제야 통화가 되는군. 난 또 네가 내 전화 피하는 줄 알았지."

전화기 저쪽에서 쉐쉬안칭이 하품을 하며 말했다.

"무슨 일이야?"

"나 이틀 동안 휴가라 할머니 집에 왔는데 심심해 죽겠어. 너 상하이로 돌아왔는지 물어보고 왔으면 같이 놀자고."

"네 할머니 집 쿤산昆山 아니야?"

"맞아."

쉐쉬안칭이 다시 하품하며 말했다.

"그러니까, 지금 나한테 오겠다고?"

쭝잉은 눈을 들어 휴게소 표지판을 보며 물었다.

"그럴 생각이었지. 지금 어디야?"

"후닝 고속도로 양청호陽澄湖 휴게소. 내 차 고장 났으니 네가 와."

쭝잉의 시원스러운 대답에 전화기 저쪽의 쉐쉬안칭이 벌떡 일어나 앉았다. 쉐쉬안칭이 반문하기도 전에 쭝잉이 먼저 전화를 끊었다.

쭝잉이 이렇게 무례하게 구는 것은 정말 드문 일이었다. 하지만 고속도로에서 차가 고장 났다더니 그래서 그런 건가 싶었다.

친구가 어려움에 빠졌다는데 가만히 앉아 있을 수는 없었다. 쉐쉬안칭은 이해가 안 되는 부분이 있었지만 그래도 일단 외투를 들고 집을 나섰다.

9월은 낮과 밤의 일교차가 컸고 밤바람도 서늘했다.

쿤산에서 양청호 휴게소까지는 약 한 시간 거리였고, 다시 양청호 휴게소에서 상하이의 징안구까지는 밤이라 차가 안 막힌다는 것을 전제로 한 시간 반이면 충분했다.

쭝잉은 시간을 꼼꼼히 따졌다. 시간 안에 도착할 수 있을 것 같았다.

쉐쉬안칭은 쭝잉의 플랜 비B였다. 쉐쉬안칭에게서 전화가 오기 전에는 긴급 출동 차량이 오면 차를 수리해서 성칭랑을 상하이까지 데려다줄 생각이었지만, 지금은 둘 중 누가 더 빨리 오느냐를 기다렸다.

한시름 놓긴 했지만 당장은 할 수 있는 일이 없어 차로 돌아왔다.

"날이 밝으면 해야 할 일이 많을 테니 일단 좀 주무세요. 차 오면 깨울게요."

쭝잉이 성칭랑을 염려하자 외할머니도 맞장구를 쳐주었다.

"쭝잉 말이 맞아요. 우리는 낮에 자면 되지만 낮에 일해야 하는 사람이 우리와 같이 밤샐 필요는 없지."

그러고는 덮고 있던 담요를 건네주었다.

"이거 무릎에 덮어요. 찬바람 쐬지 말고."

과분한 관심에 성칭랑은 몸 둘 바를 몰라 다급하게 사양했다.

"괜찮습니다. 저는 안 피곤합니다."

"지금 그게 어디 안 피곤한 모습이야? 눈 밑이 시퍼런 게 딱 봐도 며칠 동안 잠도 제대로 못 잔 거 같구먼. 젊다고 그렇게 몸을 함부로 대하면 안 돼요. 일은 해도 해도 끝이 없다고. 그저 건강이 최고지."

외할머니의 말은 구구절절 다 옳았다.

"고집부리지 말고 이거 덮고 얼른 자요."

성칭랑이 받지 않자, 외할머니는 자극 요법을 시전했다.

"왜 거기선 잠이 안 오나? 내가 뒷자리 양보해 줄까?"

"아니, 아닙니다."

성칭랑은 연신 부정하다 결국 담요를 받아 덮고 눈을 감았다.

쭝잉은 두 사람의 실랑이를 보며 입술을 깨물었다. 외할머니는 목적을 달성했다는 듯이 쭝잉에게 눈짓을 하며 작은 소리로 말했다.

"봐라, 잠들었잖니."

차 안에 적막이 감돌았다. 외할머니는 조심조심 다시 누웠고 쭝잉도 좌석에 기대 눈을 감았다.

기다리는 동안에는 아무리 피곤해도 깊게 잠들지 못한다. 그래서 휴대전화가 조금만 움직여도 쭝잉은 바로 눈을 떠서 받았다. 쭝잉은 목소리를 한껏 낮추어 "여보세요"라고 말하며 조심스럽게 문을 열고 나갔다.

"도착했어?"

"도착했으니 전화를 했겠지. 차 어디에 세웠길래 안 보여?"

쉐쉬안칭이 큰 소리로 말했다.

"너 보인다. 북쪽으로 와."

쭝잉이 주위를 둘러보다 쉐쉬안칭을 발견하고 말했다.

"어두운데 동서남북이 어딘지 어떻게 알아? 좌우로 알려줄래?"

"오른쪽."

쉐쉬안칭이 마침내 쭝잉을 발견하고 거리낌 없이 경적을 울렸다. 경적 소리에 외할머니와 성청랑이 깼다.

"잠깐 기다리세요."

쭝잉이 차 문을 열고 안에 대고 말했다.

쭝잉이 말을 마쳤을 때, 쉐쉬안칭은 빠른 걸음으로 다가오고 있었다.

"혼자 아니지?"

쉐쉬안칭은 쭝잉이 외할머니를 모시고 난징에 갔다는 것을 알았기 때문에 돌아올 때도 외할머니와 함께 있겠지 생각했다. 그러니 다급한 게 당연했다. 노인을 고속도로에서 기다리게 할 수는 없으니, 그런데…….

"야밤에 왜 노인을 모시고 고속도로를 달렸어? 내일까지 못 기다릴 일이 뭐야, 바보야?"

"나중에 다 설명할 테니 우선……."

쉐쉬안칭은 쭝잉이 채 말을 끝내기도 전에 허리를 굽혀 차 안을 살폈다. 조수석에 앉아 있는 성청랑을 발견했다. 쉐쉬안칭은 성청랑을 매섭게 쏘아보고 굽혔던 허리를 펴며 말했다.

"외할머니만 계신 게 아니었네. 내가 저 사람까지 데리고 가야 해? 정체도 모르는데."

큰 소리로 말한 것도 아닌데 쭝잉은 쉐쉬안칭을 한쪽으로 끌어와 정색하며 부탁했다.

"저 사람에게 급한 일이 있어서 날이 밝기 전에 상하이로 가야 해. 네가 데려다줬으면 좋겠어."

"그럼 너랑 외할머니는?"

"긴급 출동 서비스 기다렸다가 수리하고 가려고."

쉐쉬안칭은 쭝잉이 왜 이토록 저 낯선 사람을 생각하는지 점점 더 이해할 수 없었다.

"저 사람이 너한테 뭔데 이렇게까지 해?"

쉐쉬안칭이 차를 힐끗 보며 물었다.

"지금은 어떻게 말해야 할지 모르겠지만 아주 중요한 사람이니 그를 곤란하게 하지 마."

쭝잉은 잠시 생각한 뒤 말했다. 쉐쉬안칭은 그런 쭝잉을 물끄러미 쳐다봤다.

쭝잉의 얼굴에서 보기 드문 간절함과 무력함이 보였다. 농담하는 기색은 전혀 없고 진심으로 도움을 요청하고 있었다.

쉐쉬안칭은 썩 내키지는 않았지만 결국 그러기로 했다.

"알았어."

쉐쉬안칭은 대답하며 아랫입술을 핥고 손을 뻗어 쭝잉에게 담배를 달라고 했다.

"나도 한 대 줘."

쭝잉은 쉐쉬안칭에게 담배를 건넸다. 담배에 불을 붙이자마자 쉐쉬안칭은 인상을 확 쓰면서 한 모금 빨더니 못 참고 꺼버렸다.

"이게 뭐야, 달고 우유 맛도 나네. 우유 마시는 것도 아니고."

쉐쉬안칭은 고개를 숙여 담배를 보고 다시 고개를 들어 쭝잉에게 물었다.

"왜 갑자기 여성용 담배를 피우는 거야? 담배 끊으려고?"

"응, 끊어보려고."

쭝잉의 솔직한 대답에 쉐쉬안칭은 혼자 버려진 듯한 외로움이 느껴졌지만, 말은 다르게 나왔다.

"흡연이 안 좋기는 하지. 현장 냄새가 심하지만 않으면 나도 끊고 싶어. 금연해. 끊는 게 좋지."

쉐쉬안칭은 원래 쭝잉은 담배를 피우지 않았던 게 생각났다. 적어도 처음 만났을 때 쭝잉은 담배에 손도 대지 않았었다. 자신을 만나지 않았으면 흡연이라는 나쁜 습관을 들이지 않았을 수도 있었다.

쉐쉬안칭은 쭝잉에게 미안한 마음이 있었다. 담배 문제만이 아니었다. 마음 깊이 숨겨둔, 함부로 건드릴 수 없는 쉐쉬안칭의 죄책감을 자극해 비이성적인 행동까지 하게 만드는 일이었다.

쭝잉은 쉐쉬안칭이 갑자기 입을 다물자 시간을 보며 말했다.

"늦었는데 어서 출발하면 안 될까?"

쉐쉬안칭이 정신을 차리고 차 쪽을 쳐다보며 말했다.

"알았어. 네가 가서 오라고 해. 난 내 차에서 기다릴게."

쉐쉬안칭은 자기 차로 돌아갔고, 쭝잉도 자기 차로 걸어가 차 문을 열고 성칭랑에게 말했다.

"성 선생님, 내리세요."

성칭랑이 내리자 쭝잉이 설명했다.

"여기서 프랑스 조계까지는 두 시간이 안 걸리니 시간은 충분할 거예요. 하지만 긴급 출동 서비스 차량은 언제 올지 모르니 당신은 쉬안칭과 먼저 가는 게 좋을 것 같아요. 괜찮죠?"

의견을 묻는 말투였지만 통보나 다름없었다.

"쭝 선생 결정이라면 다 좋습니다."

성칭랑의 무조건적인 신뢰에 쭝잉은 쑥스러워 대꾸하지 않고 쉐쉬안칭의 차를 가리켰다.

"저쪽이에요."

쭝잉이 가리키는 곳을 보자, 쉐쉬안칭이 헤드라이트를 켜고 시위라도 하듯 경적을 두 번 울렸다.

쭝잉은 성칭랑을 데리고 쉐쉬안칭의 차로 가 성칭랑이 조수석에 앉는 것을 지켜봤다. 그러더니 문득 생각났다는 듯이 말했다.

"잠시만 기다리세요."

쭝잉은 자기 차로 돌아가 외할머니에게 물었다.

"아까 사둔 간식 봉투 어디 있어요?"

외할머니는 깜짝 놀라며 봉투를 건넸다. 쭝잉은 두말하지 않고 봉투를 받아 들고 뛰었다. 외할머니는 "아……" 하면서 그제야 쭝잉이 산 간식이 자신을 위한 게 아니라는 것을 깨달았다.

쭝잉은 쉐쉬안칭에게 차창을 열라고 하더니 빵빵한 봉투를 조수석의 성칭랑에게 주었다.

"유비무환이니."

성칭랑이 고개를 들자, 쭝잉이 다시 손을 쑥 뻗어 봉투에서 캔 음료 두 개를 꺼냈다. 그리고 캔 하나를 따서 성칭랑에게 건네고 자신의 것도 땄다.

쭝잉은 가늘고 긴 손가락으로 음료 캔을 들고 삼 초 정도 말이 없다가 입을 열었다.

"돌아오면 무슨 일이 있어도 내게 꼭 연락해요."

그러고는 캔을 쭉 내밀어 이별이라도 하듯 성칭랑이 들고 있던 캔에 부딪치며 건배했다.

그런 다음 고개를 들어 음료를 마셨다. 언제 다시 성칭랑을 만날지 몰랐고 다시 만날 수 있을지도 알 수 없었다. 하고 싶은 말은 모두 캔 음료 속에, 달콤한 복숭아 맛 주스 속에 담아두었다.

성칭랑은 걱정하는 쭝잉의 마음을 온전하게 느꼈다. 성칭랑은 자신의 직감이 맞다고 확신했다. 손에 들고 있는 금속 캔에서 체온이 느껴질 때까지, 쭝잉이 한 캔을 다 마실 때까지, 성칭랑은 검은 밤하늘에 걸려 있는 달을 보다가 쭝잉에게 시선을 돌리며 말했다.

"오늘 밤은 달빛이 참 아름답네요, 쭝 선생."

두 사람의 눈빛이 허공에서 부딪쳤다. 순간 쭝잉은 목이 메어 캔을 확 구길 뻔했다. 반면, 쉐쉬안칭은 두 사람의 모습을 더는 봐줄 수가 없었다.

"지금 두 사람 뭐 하는 거야? 연애라도 해? 하려면 속 시원하게 하던가. 생이별하는 것도 아니고."

쭝잉은 고개를 돌리고 결국 캔을 구겼다. 그리고 성칭랑 쪽으로 고개를 숙여 그의 귀에 대고 낮은 목소리로 당부했다.

"6시 전에 쉬안칭의 차에서 꼭 내려요. 몸조심하고요."

쭝잉은 성칭랑이 갑자기 사라지면 다른 사람이 놀랄까 걱정하면서도, 요 며칠간 자신의 행동을 보면 성칭랑이 자신의 삶에 불쑥 나타나는 것뿐만 아니라, 심지어 자신의 사람들과 일대일로 접촉하는 것도 자연스레 받아들이고 묵인하는 것 같았다.

쭝잉이 말하자 복숭아 주스 향이 났다.

말을 마친 쭝잉이 몸을 떼자, 쉐쉬안칭이 즉시 유리창을 닫았다. 성칭랑이 손에 든 캔에서 같은 향이 은은하게 풍겼다.

차량이 휴게소에서 벗어나자, 성칭랑은 고개를 돌렸다. 노란 불빛 아래 쭝잉의 모습이 점점 작아지다 완전히 보이지 않게 되어서야 붉게 물든 그의 귀가 조금씩 제 색을 찾았다.

쭝잉은 차로 돌아가 휴대전화 잠금을 풀고 음악을 틀었다. 랜덤으로 선곡된 노래는 〈프레리 문Prairie Moon〉으로, 하모니카 소리가 유난히 아련하게 들렸다.

음력 24일, 보름달의 모서리가 깎이는 시기. 이제 보름달이 지고 새로운 초승달이 뜰 것이다.

그때 외할머니가 분위기를 깼다.

"그 봉투 안에 있던 간식, 진작 그 사람에게 주지. 난 또 내 건 줄 알고 오면서 많이 먹었잖니, 미안하게."

쭝잉은 정신을 차리고 재빨리 고개를 돌렸다.

"트렁크에 팡 여사 것도 있어요."

"그럼 진작 말을 했어야지. 방금 그 봉투에 있던 건 죄다 젊은이들이나 좋아할 간식이던데."

쭝잉의 차 안과는 달리 쉐쉬안칭의 차 안 분위기는 그다지 평화롭지 않았다. 마치 외나무다리에서 만난 원수처럼 팽팽한 긴장이 흘렀다.

한참 뒤에야 쉐쉬안칭이 먼저 입을 열었다.

"오랜만이에요, 성 선생님. 지난번엔 바짓단이 온통 피에, 화약 냄새를 풀풀 풍기더니 이번엔 얼굴에 상처가 났네요. 뭐 어디 조직에라도 몸담고 있어요?"

곁눈질로 성칭랑의 얼굴을 훑으며 쉐쉬안칭이 거리낌 없이 물었다.

"잠시 분쟁에 휘말렸을 뿐입니다."

성칭랑이 부인하며 말했다.

이런 대답에 만족할 쉐쉬안칭이 아니어서 그냥 솔직하게 말했다.

"지난번에 내가 그쪽 DNA와 지문을 채취했는데 아무것도 안 나와서 그쪽 신분을 알 수가 없었어요. 그게 마음에 걸려요."

성칭랑은 쉐쉬안칭의 말을 다 알아들을 수는 없었지만 짚고 넘어가야 할 것은 짚어야 한다고 생각했다.

"무슨 권리로 그렇게 했습니까?"

"당신이 의심스러웠기 때문이죠. 그래서, 도대체 당신 정체가 뭐죠?"

"쭝잉의 친구입니다."

성칭랑이 화를 누르며 대답했다.

쉐쉬안칭도 조금 화가 났지만, 상대가 가만히 있는데 먼저 화를 낼 수는 없었다.

침묵 속에서 한동안 고속도로를 달리자, 하늘이 조금씩 밝아왔다.

"무슨 일로 이렇게 급하게 가시나요. 비행기라도 타요?"

"네. 시내 안까지만 태워주시면 됩니다. 번거로우시면 여기서 내려주셔도 되고요. 감사합니다."

성칭랑은 그냥 쉐쉬안칭의 말대로 대답했다.

"어떻게 번거로울 수가 있겠어요."

쉐쉬안칭이 코웃음을 치며 말했다.

"돕기로 했으면 끝까지 도와야죠. 저는 봉사하는 걸 좋아하거든요. 공항까지 모셔다드릴게요. 푸둥? 홍차오虹橋? 어느 공항이에요?"

홍차오든 푸둥이든 둘 다 그다지 안전하지 않았다.

"감사합니다. 괜찮습니다. 그냥 지금 내리겠습니다."

쉐쉬안칭은 성칭랑의 태도가 점점 더 이상해 곁눈질로 훑어 보며 말했다.

"말을 안 해주니 일단 푸둥으로 갈게요. 어쨌든 거의 다 왔으니."

성칭랑은 불안한 마음을 꾹 눌렀다. 쉐쉬안칭은 어째 쉽게 보내줄 것 같지 않았다.

차가 푸둥공항에 도착했을 때는 6시에서 이십 분 정도가 남아 있었다. 성칭랑은 더 머물렀다가는 차 안에서 사라질 것 같아 두말하지 않고 차에서 내려 바로 공항으로 들어갔다.

쉐쉬안칭은 차를 세우고 조용히 따라갔다.

성칭랑은 남자 화장실로 들어가더니 이십 분이 지나도록 나오지 않았다.

쉐쉬안칭은 미간을 확 구겼다. 시간이 일러 공항 대합실에는 사람이 거의 없었고 남자 화장실도 오랫동안 들고나는 사람이 없어서, 쉐쉬안칭은 그냥 안으로 들어갔다. 소변기 앞에 아무도 없어서 칸막이 문을 다 열어봤지만 그 어디에도 성칭랑은 없었다.

연기처럼 사라지기라도 했단 말인가?!

쉐쉬안칭이 성칭랑을 찾았든 못 찾았든, 태양은 어제처럼 떠올랐다.

최고 기온이 섭씨 30도 이하로 내려가고, 구름이 많고 햇빛도 오락가락하면서 북동풍이 도시 전체를 가볍게 스치는 것이 곧 가을이 올 것 같았다.

주식거래 시간이 시작되기가 무섭게 쭝잉의 전화가 끊임없이 울려댔다.

쭝잉은 고속도로를 달리고 있어 진동하는 휴대전화를 내버려 두었다. 갑자기 왜 신시 주식을 판 거냐고 묻거나 신약 출시를 앞둔 중요한 시기에 보유량을 줄이는 이유가 무엇인지 물어보려는 게 분명했다. 쭝잉은 주가 등락이나 현금으로 얼마나 되는지 따위는 관심이 없었고, 신시의 경영 상황은 더더욱 관심 밖이었다.

신시는 더 이상 창립 초기의 신시가 아니었고, 옌만이 기대했던 것과는 다른 방향으로 나간 지 오래였다.

휴대전화 진동이 꺼지자마자 다시 액정이 밝아졌다.

고속도로 요금소를 빠져나온 쭝잉은 블루투스 이어폰을 끼고 전화를 받았다. 쉐쉬안칭이었다.

"쭝잉."

"안전하게 도착했어?"

"내 말 먼저 들어봐."

쉐쉬안칭의 말투가 평소와 달라 무의식적으로 핸들을 잡은 손에 힘이 들어갔다.

"말해."

쉐쉬안칭은 재빨리 생각을 정리했다.

"그 사람을 푸둥공항에 데려다줬거든. 그런데 사라졌어. 정말 연기처럼 사라졌다고! 내가 공항을 이 잡듯 다 뒤졌는데 머

리카락 한 올 못 찾았어. 이 세상에서 증발된 것처럼 말이야. 이
건 정말 말이 안 되잖아!"

쉐쉬안칭의 목소리에 공항의 시끄러운 소리가 섞여 있었다.
그 말에 쭝잉은 순간 머리가 멍해지고 귀에서 윙윙 이명이 들
렸다.

"어디로 데려다줬다고?"

쭝잉이 다시 물었다.

"푸둥공항."

쉐쉬안칭이 미간을 찌푸리며 대답했다.

푸둥…….

쭝잉은 이모할머니 집에서 검색해 본 상하이전투 기록을 똑
똑히 기억했다. 이틀 전, 황푸강 우안에 있는 적군을 위협하기
위해 중국 제8 집단군*이 푸둥 수비에 나섰다.

점령당하진 않았어도 그곳은 두말할 필요 없는 전방이었다.

외할머니는 핸들을 잡은 쭝잉의 손이 떨리고 옆얼굴도 긴장
된 것을 봤다.

"왜 거기로 데려다준 거야?"

쭝잉이 어금니를 꽉 물며 물었다.

"질문에 확실하게 대답하지 않고 말을 계속 빙빙 돌리잖아.
무슨 문제가 있나 싶어서 떠볼 생각이었는데, 갑자기 사라질
줄 누가 알았겠어! 그 사람이 어떻게 돌연 사라졌는지 네가 좀

---

* 第八集團軍. 항일전쟁 시기 중국 육군의 병단급 전투 단위 중 하나.

말해봐. 거긴 꽉 막힌 곳이었다고. 마술이라도 부린 거야?"

쭝잉은 거의 폭발하기 직전이었다.

"쉐쉬안칭, 나 지금 농담하는 거 아니고, 이건 사람 목숨이 걸린 문제야. 나 정말 너 안 볼 수도 있어."

목숨이 걸린 문제라는 말에 쉐쉬안칭은 깜짝 놀라고 더 곤혹스러워졌다. 사태가 정말 심각하다는 것을 깨달았지만, 쭝잉은 이미 전화를 끊어 '뚜뚜뚜' 소리만 들렸다. 다시 전화를 걸어도 쭝잉은 받지 않았다.

쭝잉은 쉐쉬안칭에게 화를 낼 뻔했다. 하지만 화를 낸다고 될 일이 아니라는 것을 잘 알았다. 물론 자책도 소용이 없었다. 성칭랑이 과거로 돌아가면 소식을 전혀 알 수 없기 때문이다. 화내고 자책한다고 성칭랑을 찾을 수 있는 것은 아니었다.

휴대전화가 배터리 부족으로 자동으로 꺼졌다. 방해물이 사라지자 차 안이 조용해졌다.

"무슨 일 생겼니? 안전하게 도착하지 못한 거야?"

외할머니가 조심스럽게 물었다.

쭝잉은 핸들을 꾹 잡고 원래 계획대로 699번지 아파트로 차를 몰았다.

"문제가 좀 생겨서 지금은 상황을 알 수 없어요."

외할머니가 미간을 찌푸리자, 쭝잉은 외할머니의 걱정을 덜기 위해 말을 보탰다.

"하지만 제가 잘 처리할 거예요."

쭝잉은 외할머니를 아파트에 모셔다드리고 바로 푸둥공항

으로 달려갔다. 이 시간에 가봐야 성청랑을 찾을 수 없다는 것을 알았지만, 그래도 쉐쉬안칭과 함께 공항을 한 바퀴 둘러봤다. 쉐쉬안칭이 남자 화장실을 가리키며 말했다.

"CCTV 진작 돌려봤지. 들어간 건 찍혔는데 나온 건 없었어. 그런데 안에는 정말 사람이 없었고."

쉐쉬안칭이 바로 결론을 내렸다.

"정말 연기처럼 사라졌다니까."

쉐쉬안칭이 무거운 낯빛으로 눈을 들어 쭝잉을 쳐다봤다.

"넌 이미…… 알고 있었어?"

"그게 중요해?"

쭝잉이 되물었다.

"응, 중요해."

쉐쉬안칭은 이 불가사의한 일로 머리가 복잡했지만, 살아 있는 사람이 연기처럼 사라졌다는 현실을 받아들일 수밖에 없었고, 뜻밖에도 냉정한 분석을 내놓았다.

"이건 그 사람이 연기처럼 사라져서 어디로 갔느냐가 중요한 문제거든. 과거냐 미래냐, 아니면 다른 공간이냐."

쭝잉이 입술을 깨물었다.

"내 생각엔 과거야."

쉐쉬안칭은 성청랑의 구식 옷차림과 스타일, 그리고 바짓단에 묻은 혈흔과 몸에서 풍기던 화약 냄새를 떠올렸다. 쉐쉬안칭은 쭝잉을 보며 한 자 한 자 힘주어 말했다.

"설마 전시戰時?"

무심코 '전시'라고 말한 쉐쉬안칭은 아차 하면서 동시에 두려움이 몰려왔다.

쉐쉬안칭은 이 모든 것이 근거 없는 추측이길 바랐다. 그러나 단서가 너무 많았다. 자신이 쭝잉의 아파트 현관문을 따고 들어간 날 안에서 잠겼던 문 안에 아무도 없었던 것이나, 쭝잉이 자신의 차를 빌려 간 날 새벽에 와이바이두차오의 신호등 아래 차만 덩그러니 놓여 있었던 것까지.

늘 연기처럼 사라졌다.

쉐쉬안칭은 무의식적으로 눈을 감고 주먹을 꽉 쥐어 냉정을 유지하며 담담하게 물었다.

"와이바이두차오에 차를 세워뒀던 그날, 너도 차 안에 있었어?"

성칭랑은 운전을 못하니 그렇다면 분명 쭝잉이 차를 몰았을 것이다. 그렇다면 왜 쭝잉도 사라졌단 말인가?

쭝잉은 더 이상 숨길 수가 없어 입술을 깨문 채로 침묵했다.

쭝잉을 바라보던 쉐쉬안칭은 갑자기 무력감이 몰려왔다.

"넌 어디로 사라졌던 거야? 혹시 그 사람과 함께 갔던 거야?"

어떻게 이런 일이 생길 수가 있지?

쉐쉬안칭은 큰 사건을 많이 봤고 이상한 일도 한두 번 접한 게 아니었지만 쭝잉과 관련된 일이다 보니 정신이 거의 무너질 것 같았다.

공항 대합실에는 사람들이 끊임없이 오갔고 간혹 탑승을 재촉하는 안내 방송이 울렸다. 세상 사람들은 모두 바쁘게 앞을 향해 달려가는데, 쭝잉만이 과거에서 툭 튀어나온 손님을 따라 뒤로 후퇴하고 있었다.

쭝잉은 가장 위험한 순간에 자신의 손을 잡아주었는데, 자신은 쭝잉의 손을 잡아주지 못할까 봐 쉐쉬안칭은 두려웠다.

여행용 가방을 끌고 이리저리 뛰어다니던 아이가 갑자기 "아, 내 가방!" 하고 소리치는 순간, 여행용 가방이 쉐쉬안칭을 치고 지나갔다. 그제야 쉐쉬안칭은 정신이 확 들었다.

쉐쉬안칭은 고개를 들어 쭝잉을 쳐다봤다. 쭝잉도 쉐쉬안칭을 쳐다봤다.

"나 지금 꿈꾸는 거니?"

도저히 납득이 안 되었다.

쉐쉬안칭은 자기 팔을 꽉 꼬집었다. 아픈 걸 보니 꿈은 아닌 듯했다.

쉐쉬안칭은 입을 꾹 다물었다. 한참 뒤 쭝잉이 말했다.

"꿈 아니야. 그 사람 1937년에서 왔어."

쭝잉이 어렵게 제 패를 보였지만, 쉐쉬안칭은 전혀 즐겁지가 않았다.

"1937년? 1937년이라고!"

자신의 추측이 맞았다. 전시였다.

"네가 갑자기 사라졌을 때, 그 사람과 같이 1937년으로 간 거였어?"

"응."

쭝잉이 피하지 않고 대답했다.

쉐쉬안칭은 거의 펄쩍 뛰었다.

"그렇게 위험한 곳에! 너 미쳤어?!"

쭝잉은 너무 피곤했다. 두 다리가 더는 제 체중을 감당하지 못할 것 같았다. 쭝잉은 침울한 표정으로 쉐쉬안칭을 보며 갈라진 목소리로 말했다.

"위험? 그 사람은 매일 네가 말한 그 위험한 세계에 있어. 그의 시대에서 푸둥은 전쟁터라고."

쉐쉬안칭은 순간 사람을 떠보겠다고 그를 더 위험한 곳으로 몰아넣었다는 사실에 어쩔 줄 몰랐다.

"내가, 내가 알아볼게."

쉐쉬안칭은 가까스로 진정하고 휴대전화를 꺼내 검색창에서 상하이전투를 검색했다. '모모 전장, 모모 집단군, 폭격, 점령' 등 단어가 주르륵 떴지만 필요한 정보는 없었다.

쉐쉬안칭은 그 사람의 생애를 검색해 보려고 했지만, 성이 성씨라는 것만 떠오를 뿐 이름이 생각나지 않았다.

쭝잉에게 물어보려고 고개를 들자 손이 쑥 나와 휴대전화를 가져갔다.

"네가 알고 싶은 게 뭔지 알지만, 정말 부득이한 경우가 아니면 검색하지 마."

쭝잉은 지도 앱을 열어 성칭랑이 사라진 화장실 위치를 클릭해 화면을 캡쳐한 다음 안내소로 성큼성큼 걸어갔다.

쉐쉬안칭도 따라갔다. 쭝잉이 안내소 직원에게 휴대전화를 내밀며 물었다.

"칠십여 년 전에 푸둥공항 여기 이 위치는 뭐였어요?"

직원은 지도를 보더니 갑자기 이런 걸 왜 묻는지 모르겠다는 표정으로 쭝잉을 쳐다봤다. 직원은 공항 건설 역사에 대해 확실하게 몰라 옆에 있던 동료에게 물었다.

"바다를 메워서 만든 거 아닌가?"

"절반은 바다를 메워서 만든 거라고 기억하는데?"

동료는 갑작스러운 질문에 당황한 듯했다.

"바다였어요?"

데스크에 기대 있던 쉐쉬안칭이 놀라서 반문했다.

쉐쉬안칭의 놀란 목소리에 직원도 놀라며, 바다였으면 뭐? 왜 저렇게 놀라지?, 하고 생각했다.

"그랬을걸요."

직원은 쭝잉의 질문이 중요하지 않다고 생각했는지 대충 대답하고, 다른 관광객에게 "안녕하세요, 무엇을 도와드릴까요?" 하며 응대에 나섰다.

그때 옆에 있던 나이가 지긋해 보이는 관광객이 목을 쑥 내밀어 데스크 위에 놓인 휴대전화 화면에 뜬 푸둥공항 위성지도의 붉은 점을 봤다.

관광객은 미간을 좁히며 직원의 대답을 지적했다.

"무슨 바다? 여기 이곳은 갯벌이었을 거예요. 사방에 진흙과 갈대가 있는. 이런 건 인터넷으로도 찾을 수 있어요!"

그러고는 쉐쉬안칭과 쭝잉을 유심히 쳐다봤다.

"두 분 역사 관련 일 해요?"

쉐쉬안칭은 대충 고맙다고 인사하면서 다행이라는 듯 한숨을 푹 내쉬었다.

"바다가 아니라니 그나마 다행이다. 바다인데 그 사람이 수영을 못하면⋯⋯."

쉐쉬안칭은 이렇게 말하며 쭝잉에게로 시선을 돌렸다. 그러나 쭝잉은 시종 딱딱하게 굳은 표정이라 화가 난 것인지 걱정하는 것인지 도통 알 수가 없었다.

바다가 아니라고 해도 갯벌과 갈대밭도 좋은 착륙지는 아니었다. 성칭랑은 갯벌에서 기어 나오느라 기운이 다 빠지고 온몸이 진흙투성이가 되었으며 들고 있던 서류 가방과 쭝잉이 준간식 봉투도 진흙 범벅이 되었다.

그래도 이런 건 중요하지 않았다. 나올 수 있으면 그만이었다. 이보다 더 열악한 착륙지도 경험했던 그였다. 날마다 불확실한 시공 전환을 겪다 보니 갑작스러운 상황이 닥쳐도 능동적으로 대처하게 되었다.

새벽 6시, 하늘은 환하게 밝았고 공기는 축축했으며, 화약 냄새가 은은하게 감돌고 있었다. 전시였기 때문에 바다로 나가는 어민은 자취를 싹 감추어 시선이 닿는 곳에는 흔들리는 갈대와 국군이 구축한 방어선의 살풍경만이 펼쳐져 있었다.

성칭랑은 일단 피할 곳을 찾기로 하고 대충 방향을 잡았다. 밤 10시까지만 버티면 2015년의 푸둥으로 갈 테니, 그러면 이곳에서 벗어날 수 있었다.

성칭랑의 계획은 별문제가 없었다. 음식이 잔뜩 든 봉투가 있으니 며칠간은 굶어 죽진 않을 텐데, 한나절 버티는 것쯤이야 아무것도 아니었다.

하지만 성칭랑의 계획은 달려오는 자동차로 인해 깨지고 말았다.

순찰 중이던 제8 집단군 사병이 성칭랑을 발견하고 즉시 차를 세웠다.

봉쇄된 지역에 나타난 성칭랑의 출현은 너무 갑작스럽고 이상했다. 성칭랑이 설명하기도 전에 두 사병이 차에서 내려 그를 붙잡았다.

성칭랑은 한마디도 하지 못했다. 입을 열려고만 하면 검은 총부리가 이마로 올라왔기 때문이다.

차는 성칭랑을 태우고 질주해 주둔지에 도착했다. 성칭랑을 끌고 가려던 사병들이 성칭허가 나타나자 즉시 차렷 자세를 취하며 경례했다.

"대대장님께 보고합니다. 수상한 인물을 잡았습니다! 적군의 간첩으로 의심됩니다!"

"쉬어."

"넵!"

성칭허는 그 자리에 서서 간첩이라는 사람을 봤다. 먼저 진흙투성이 차림새가 눈에 들어왔고 그다음에야 얼굴이 보였다. 순간 놀랐지만 얼굴에 표를 내지는 않았다. 성칭허는 성칭랑을 쭉 훑어본 다음 흥미롭다는 듯이 말했다.

"형님, 앞뒤 다 봉쇄됐는데 여길 어떻게 들어왔습니까? 하늘에서 뚝 떨어지기라도 한 건가?"

성칭허의 질문에 성칭랑은 대답하지 않았다.

"말하자면 길어. 하지만 나는 합법적인 신분이 있고 적군의 간첩도 아니니 너희에겐 나를 구금할 권리가 없어."

성칭허는 당연히 성칭랑이 간첩이 아니라는 것을 믿었다. 하지만 지금은 성칭랑을 내보내 줄 시간이 있는 사람이 없었다. 게다가 내보내 주고 싶어도 밖은 안전하지 않았다.

성칭허는 속수무책일 때의 성칭랑의 모습이 보고 싶어 일부러 애를 먹이기로 했다.

"형님, 어디나 규칙이란 게 있어요. 일단 조사를 한 다음에 결론을 내리는 게 여기 규칙이고."

그러고는 옆에 있던 두 사람에게 말했다.

"일단 가둬놔."

두 사병은 깜짝 놀랐다. 방금 형님이라고 불렀으면서 가두라니, 도대체 진심인지 그냥 하는 소리인지 알 수가 없었다.

"멍하니 서서 뭐 해, 명령 안 따르고."

"네! 알겠습니다."

말이 안 통하는 사람에게는 방법이 없었다.

성칭랑이 각종 신분 증명과 통행증을 보여주어도 상대는 아무 반응 없이 열심히 성칭랑을 지키기만 했다.

밖에서 포성이 들렸다. 처음에는 간헐적으로 들리더니 점점 잦아지면서 언제든 머리 위로 포탄이 떨어질 것 같았다.

성칭랑은 손을 들어 시계를 봤다. 이제 아침 9시였다. 이런 상황일수록 시간은 더디게 흘렀고 견디기 어려웠다. 손목시계 시침은 너무 느려 언제라도 멈출 것만 같았다. 오전 내내 이어지던 포성은 정오에 잠시 멈추었다가 오후가 되자 다시 울렸다. 공기 중에 화약 냄새가 더 짙어졌다.

며칠째 잠을 못 잔 상태에서 포성이 울리자 귀에서 이명이 들렸고, 의지가 곧 무너질 것 같았다. 이대로 잠이 들면 밤 10시에 저도 모르는 사이, 자신을 지키고 있던 병사 앞에서 사라질 게 뻔했다.

날이 어두워지자 마침내 전투기의 폭격 소리도, 귓가의 이명도 멈췄다. 오늘 하루도 방어에 성공한 것 같았다.

실내에는 남포등만 있었다. 남포등 주위에 생긴 흐릿한 빛 테두리가 부드러운 분위기를 자아내 폭풍우가 지나고 잠깐의 평화가 찾아온 듯했다.

누군가 문을 벌컥 열고 들어왔다. 지키고 있던 사병이 즉시 경례를 했다.

"대대장님께 보고합니다! 이상 무!"

그 소리에 성칭랑이 고개를 들었다. 성칭허가 물통 하나를 들고 어깨에 옷 두 벌을 걸치고 들어왔다. 갑자기 걸음을 멈춘 성칭허가 물통을 내려놓고 야전침대에 옷을 던졌다. 흐릿한 불빛 아래 비친 성칭허의 얼굴에서 피곤이 묻어났다.

"심문 결과는?"

사병에게 묻자, 사병이 성칭랑의 서류 가방과 간식 봉투를 집어 들며 씩씩하게 대답했다.

"수상한 물건은 발견되지 않았습니다. 증명서만 몇 개 나왔을 뿐입니다. 공공조계공부국, 이전위원회와 베이징 상하이 경비사령부 통행증이 있었습니다!"

사병은 대답하며 분명히 사람을 잘못 잡았다고 생각했으나, 대대장이 사실대로 대답하라고 했으니 그러는 수밖에 없었다.

"일본 첩자는 아니고?"

"아닙니다!"

사병이 단호하게 말했다.

"됐어. 나가!"

성칭허의 명령에 사병은 두말하지 않고 나갔다. 실내에 성칭허와 성칭랑만 남았다. 성칭허에게서 화약과 먼지 냄새가 났고 성칭랑의 온몸에 묻은 진흙은, 마른 지 오래였다.

성칭허는 성칭랑을 멀뚱히 쳐다보고는 고개를 숙여 조악한 궐련에 불을 붙이더니 훅 빨아들였다. 눈을 가늘게 뜨고 담배를 피우며 고개를 들었다.

"뜬금없이 푸둥엔 왜 왔어? 여기에도 옮길 공장이 있나?"

성칭허가 피곤으로 갈라진 목소리로 물었다.

"다른 일 때문에. 지금은 말할 수 없고."

성칭허는 공장 이전에 관한 일에는 흥미가 없었고, 호감은 더더욱 없었다.

"그래봤자 공장 이전 문제겠지. 말은 그럴듯한데 결국 이전 가능한 건 큰 공장뿐이고 작은 공장은 다 망할 테지. 정부에서

'구국 공채' 명목으로 작은 공장들을 저가에 사들인다는데, 솔직히 전쟁을 틈타 도둑질하는 거지 뭐야. 형도 여기저기 다녀봤으니 알 거 아니야. 지금 정류소와 부두는 다 중점 폭격 대상이고, 봉쇄까지 더해져서 상하이 전체를 통틀어 공장 열 개만 구해도 대단한 일이라는 걸."

성칭허는 담뱃재를 털고 눈살을 찌푸린 채 자기 생각을 말했다.

"달걀로 바위 치기야."

"네 말은 상하이를 지킬 수 있으니 이전할 필요가 없다는 뜻이야?"

성칭랑이 고개를 들며 물었다.

성칭허의 얼굴에 언뜻 초조한 기색이 스쳤다. 성칭허는 무의식적으로 밖을 힐끔 쳐다봤다. 문은 닫혀 있고 뒷정리하는 소리만 작게 들렸다.

상하이를 지킬 수 있냐고? 성칭허는 아무 말도 하지 않았다.

그 대신 물통을 발로 툭툭 치고 턱으로 야전침대에 놓인 옷을 가리키며 말했다.

"씻고 갈아입어."

성칭랑이 가만히 있자, 성칭허가 성가시다는 표정으로 쳐다봤다.

"뭐, 도와줘? 그 몰골로 나갔다간 딱 봐도 수상한 사람으로 몰려. 번거로운 일 당하고 싶지 않으면 어서 갈아입어."

성칭허는 바닥에 담배를 던져 발로 눌러 끄고는 다시 담배에 불을 붙였다.

성칭허처럼 군대에서 오래 구른 사람은 기본적으로 사생활이라는 게 없었다. 다 큰 남자들이 대놓고 같이 목욕도 하는 마당에 실내에서 옷 갈아입는 것은 일상적인 일이었다.

성칭랑은 세수하고 침착하게 셔츠 단추를 풀었다. 성칭허가 고개를 돌리며 담배를 세게 빨았다.

"하여간 많이 배운 것들은 따지는 게 많다니까."

성칭허는 평가를 마치고 수건을 물통에 던져 넣었다. 그리고 성칭랑이 방금 갈아입은 셔츠를 불빛에 대고 보더니 대뜸 말했다.

"딱 봐도 비싼 거네."

그리고 상표를 보더니 덧붙였다.

"게다가 서양 거."

성칭허는 공부할 재목은 아니었다. 성칭랑과 나이도 비슷한데 학생 때 성적도 나빠 집에서 늘 "넌 그 사생아보다 못하냐"라는 말을 들었다. 성칭허는 지위와 재산, 가풍이나 따지는 가족이 귀찮았다. 그래서 집이 싫었고, 큰아버지 집에 맡겨진 성칭랑도 싫었다. 공부만 잘하면 다야? 총을 멜 수나 있어? 지뢰를 철거할 수 있어? 전쟁터에 나갈 수 있냐고?

생각이 여기까지 미치자, 성칭허는 셔츠를 던지고 두 걸음 다가가 담배를 문 채로 성칭랑의 간식 봉투를 집어 들었다. 반투명 비닐봉지에 낯선 상표가 찍혀 있었다.

성칭허는 거리낌 없이 봉투를 열어 뒤졌다. 안에는 각양각

색의 포장지가 있었다. 어떤 것은 서양 글씨로, 어떤 것은 절묘하게 생략된 한자로 된 것이 딱 봐도 이상했다. 하지만 성칭허는 깊게 생각하지 않고 감자칩을 꺼내 봉투를 뜯었다. 구운 감자 향이 코로 훅 밀려들어 왔다.

고개를 돌려 성칭허를 본 성칭랑은 막지 않고 그냥 내버려 두었다.

성칭허는 얇고 바삭한 감자칩을 아작아작 씹으며 황어 통조림을 따면서 질문을 퍼부었다.

"이거 어디서 난 거야? 미스 쭝과 관계있는 거야? 미스 쭝은 상하이 떠났어?"

성칭허에게 등을 돌린 채 카키색 셔츠를 입던 성칭랑이 순간 멈칫했다.

"떠났어."

허기졌던 성칭허는 감자칩을 금세 먹어 치우고 신기하게 생긴 포장지를 구겼다.

정말 떠났다고? 성칭허는 어스름한 새벽, 아이 둘을 데리고 자신을 향해 다가오던 쭝잉의 모습이 떠올랐다. 옷에 피를 잔뜩 묻힌 채 신생아를 안고 있던 가늘고 길고 힘 있는 손에서 강인함과 용기가 묻어났다.

성칭허는 자신이 쓸데없는 생각을 한다고 느꼈는지 자조적으로 웃으며 크래커 봉투를 뜯어 한 번에 두 개를 입에 넣고 벌떡 일어났다.

"옷 다 갈아입었어? 그럼 가자."

성칭랑은 고개를 숙여 시계를 봤다. 저녁 8시를 향해 가고 있었다. 쭝잉의 시대로 돌아가기까지 두 시간이 남았다.

지금 떠나는 게 딱 좋았다. 성칭랑이 서류 가방과 간식 봉투를 집어 들자, 성칭허가 말했다.

"내려놔."

"뭘?"

"형, 내 옷 입었으니 대가는 치러야지."

성칭랑은 두말하지 않고 지갑을 꺼냈다.

"누가 돈 달래?"

성칭허가 눈짓으로 성칭랑이 손에 든 비닐봉지를 가리켰다. 성칭랑은 그제야 성칭허의 뜻을 알아채고 봉지를 내려놓았다. 안에서 복숭아 맛 주스만 꺼내고 다른 것은 전부 남겨두었다.

성칭허는 만족스럽게 문을 나섰고, 성칭랑은 그 뒤를 따라 나섰다.

녹색 지프가 문밖에 세워져 있었다. 성칭허가 운전석에 앉으며 말했다.

"타. 갈 수 있는 데까지 데려다줄게."

성칭랑은 고맙다고 말하며 조수석에 올랐다. 성칭허는 시동을 켜고 남쪽으로 차를 몰았다.

스산한 어둠 속을 달리자 습한 밤바람이 몰려왔다. 머리 위로 별이 총총한 밤하늘이 펼쳐져 있고 고요 속에서 자동차 엔진 소리만 들리는 것이, 전쟁의 불길이 이곳까지는 미치지 않은 것만 같았다.

봉쇄선에 도착하자, 성칭허가 브레이크를 확 밟으며 말했다.

"여기까지야. 남은 길은 알아서 가."

"알았어. 고마워."

성칭랑은 차에서 내려 봉쇄선을 넘었다. 그러나 등 뒤에서 차가 출발하는 소리가 들리지 않았다.

성칭랑이 고개를 돌리자, 운전석에서 그를 보고 있던 성칭허가 갑자기 손을 들어 뭔가를 던졌다.

성칭랑은 발 옆에 떨어진 물건을 집어 들었다. 잘 손질된 브라우닝 M1911 콜트였다. 달빛 아래 총이 차갑게 반짝거렸다.

"탄창 꽉 채워놨어. 일곱 발뿐이지만. 행운을 빌어."

성칭허가 여유롭게 말했다. 성칭허는 성칭랑이 총을 쏠 줄 아는지는 아랑곳하지 않고 자기 말만 하고는 차에 다시 시동을 걸고 나는 듯이 그 자리를 떠났다.

성칭랑은 봉쇄선 밖에서 성칭허가 멀어지는 것을 눈으로 배웅했다. 그리고 총을 가방에 넣고 몸을 돌려 성큼성큼 걸어 갔다.

밤 여행자 1

초판 1쇄 발행 2022년 7월 30일

지은이 　|　자오시즈
옮긴이 　|　이현아

펴낸이 　|　조미현
책임편집 　|　황정원
디자인 　|　정은영

펴낸곳 　|　㈜현암사
등록 　|　1951년 12월 24일 제 10-126호
주소 　|　04029 서울시 마포구 동교로12안길 35
전화 　|　02-365-5051
팩스 　|　02-313-2729
전자우편 　|　dalda@hyeonamsa.com
홈페이지 　|　www.hyeonamsa.com
블로그 　|　blog.naver.com/hyeonamsa

ISBN 978-89-323-2238-4 04820
ISBN 978-89-323-2237-7 (세트)